나는 죽음을 돕는
의사입니다

나는 죽음을 돕는
의사입니다

스테파니 그린 지음
최정수 옮김

이봄

지워지지 않는 흔적을 남긴 내 모든 환자들에게,
그리고 내가 의지하는 모든 CAMAP* 회원들에게

● 캐나다 '의료조력 사망MAiD' 평가자 및 제공자 협회

일러두기

1. 원주는 미주로, 역주는 각주로 표시했다.
2. 본문 중 고딕체는 원서에서 이탤릭체로 강조한 부분이다.
3. 인명, 작품명 등 외래어는 국립국어원 외래어표기법을 따랐으나 일반적으로 통용되는 표기가 있을 경우 이를 참조했다.
4. 말기 환자를 대상으로 한 죽음의 방식에 관해서는 존엄사, 안락사, 조력 죽음, 조력 사망, 의사조력 자살 등 여러 용어가 혼용되고 있다. 대체로 국내에서 '존엄사'는 인공호흡기 제거 등 연명의료 중단을 뜻하며 '안락사'는 생명을 단축하는 모든 절차 또는 제도를 포괄한다.
'조력 죽음Assisted Dying'은 약물 주입 등 의료진의 조력을 통한 죽음의 과정을 뜻하며, 의료제도로 도입된 경우 '조력 사망Assisted Death'으로 불린다. 캐나다에서는 2016년 조력 사망이 합법화된 이후 이를 MAiDMedical Assistance in Dying(의료조력 사망)로 칭하며 이 책의 본문에서도 용어대로 MAiD로 표기했다. 이 외에 의료조력 사망의 한 형태인 '의사조력 자살physician-assisted suicide'은 의료진에게 처방받은 약물을 환자 스스로 복용해 죽음에 이르는 과정으로, 미국의 오리건주 등에서 시행되고 있다.

삶의 끝에서 당신이 언제 어디서 죽을지 구체적으로 결정할 수 있다면 어떻겠는가? 한밤중에 병원 침대에서 혼자 죽지 않고, 집에서 당신이 정한 시간에 죽을 수 있다면? 당신이 세상을 떠날 때 누가 방안에 함께 있으면서 당신의 손을 잡거나 안아줄지도 정할 수 있을 것이다. 또 의사가 편안하고 평화롭고 위엄 있게 죽을 수 있도록 도움을 준다면 어떻겠는가? 사랑하는 모든 사람과 나눌 마지막 대화를 미리 준비할 수 있다면 어떻겠는가? 그럴 수 있다면 당신은 결코 죽음을 지금까지와 같은 방식으로 보지 못할 것이다.

৩

에드를 처음 만난 순간 나는 그가 독특한 사람이라는 걸 알았다. 그가 자기 아파트 현관문을 열었을 때, 나는 팔찌 한 줄, 목걸이 여러 개 그리고 다양한 귀걸이 등 그의 몸에 휘감긴 갖가지 핸드메이드 액세서리에 마음이 끌렸다. 그의 뒤로 보이는 마룻바닥에는 작은 불상이 다채로운 색의 크리스털 장식에 둘러싸여 있었다. 가구 한 점 없는 그 공간에 진한 향냄새가 부드럽게 떠다녔다. 그때까지 나는 몇 달 동안 조력 사망assisted death—사람들이 삶을 마치도록 약물을 투여하고 도움을 주는 것—을 제공해왔고, 매력적인 사람들, 용감한 개척자들을 만나왔다. 그런데 그중에서도 절망적이지만 고요한 사람 에드가 눈에 띄었다.

다양한 거주지들로, 때로는 캐나다 브리티시컬럼비아주州 빅토리아의 병원으로 에드를 만나러 다니는 몇 달 동안 나는 그가 어떤 사람이며 그에게 어떤 사연이 있는지 알게 되었다. 68세인 에드는 자신이 한 번도 정규 직업을 가져본 적이 없으며 "자유로운 영혼의 삶을 살아왔다"고 자랑스레 말했다. 자신은 세상을 보았고, 꿈을 좇았으며, 후회가 있을지언정 조금일 뿐이라고.

내가 조력 사망과 관련해 만나온 사람의 65퍼센트 이상이 그렇듯이, 에드는 전이성 말기 암 환자였다. 암이 4년 넘게 진행되었는데, 그는 적극적인 의학적 치료에 한 번도 동의한 적이 없었다. 화학요법, 수술, 방사선 치료를 모두 거부했다. 그의 병은 예상대로 진행되었고, 이제는 피할 수 없는 증상들이 나타나고 있었다. 통증은 합리적으로 관리되었지만, 진통제 필요량이 증가하고, 몹시 피곤해했으며, 급히 화장실에 가야 하는 일이 잦아져서 독립적으로 거동할 수 있는 능력이 심하게 제한되고, 급기야 외출이 거의 불가능해졌다. 그런데 실내의 네 벽 안으로 한정된 삶은 에드에게 어울리지 않았다. 에드는 매일의 경험을 잃어버린 것, 모래시계 안의 모래가 점점 줄어드는 것에 대한 생각을 분명히 표현했다. 나에게 이야기한 바에 따르면 그는 환생을 진심으로 믿었고, 다음 생으로 옮겨가기를 간절히 바랐다.

또한 에드는 처음으로 나에게 혼자 죽고 싶다고 말한 사람이기도 했다.

그의 죽음이 예정된 날 가서 보니 그는 병원의 작은 1인실에 있었다. 그가 거기서 죽기로 한 건 뜻밖의 선택이었다. 일단 잠시 대화를 나눴다. 그는 준비가 된 듯했다. 기다리느라 지쳤고 얼른 실행하고 싶은 듯했다. 몇 분 뒤 그가 화장실에 갔다가 광대 복장으로 돌아왔다. 홀치기염색을 한 바지와 티셔츠를 입고, 알록달록한 광대 가발을 쓰고, 빨간 코도 붙였다. 빨간 코는 붙일지 말지 망설였다고 그가 나에게 말했다. 하지만 마지막 순간에 그냥 붙이기로 했다고. 이전에 나눈 모든 대화에도 불구하고, 나는 에드가 아마추어 광대라는 걸 전혀 깨닫지 못했다. 왜 오늘 입을 옷으로 광대 복장을 골랐느냐고 묻자, 그는 웃으면서 가고 싶다고 대답했다. 그것이 최선의 선택일 거라 생각했다.

나는 간호사를 불렀다. 간호사가 에드의 링거관을 작동시키는 동안, 나는 에드의 후배 메기를 보러 조용히 자리를 떴다.

에드는 메기에게 가까운 곳에 앉아서 기다려달라고 부탁해놓았다. 약 10년간 그의 하급자로 일했던 메기는 슬픔을 느끼면서도 잘 대처하고 있었다. 나는 메기가 함께 병실 안에 있지는 않을지라도 그 안에서 무슨 일이 일어날지 설명하고 싶었다. 우선 에드가 광대 옷을 입었음을 언급했다.

"오, 좋네요." 메기가 말했다. "그 복장이 자신을 웃게 해줄 거라고 생각한 거예요." 그러면서 작고 수줍은 미소를 보였다. "에드한테 우스갯소리를 해주세요."

나는 좋은 아이디어라고 생각했지만 무슨 우스갯소리를 해야 할지 알 수 없었다.

"에드는 힘들었던 시기에 나를 도와줬어요." 메기가 설명했다. "알고 지낸 지 20년이 넘었죠. 그가 광대 일을 어떻게 하는지 기본을 가르쳐줬어요." 그가 옛 기억을 떠올리며 활짝 미소 지었다. "몇몇 행사에서 함께 일하기도 했고요. 그땐 참 끔찍했는데. 사실 광대 일이 끔찍했던 게 아니라 우리의 관계가 끔찍했죠."

그러고 메기는 에드가 좋아하는 우스갯소리를 들려주었다.

나는 에드의 병실로 돌아갔다. 모든 것이 제자리에 준비되었고, 에드는 알록달록한 침대 시트 위에서 쉬고 있었다. 그가 준비되었다고 나에게 말했고, 간호사는 모든 것이 순서대로 정돈된 상황을 확인했다.

간호사는 녹색 병원 제복을 입은 중년 남자로 그 직종에서 베테랑이었다. 그가 링거관의 작동을 중지하고 잠시 쉬며 내 눈을 들여다보았다. 당시는 아직 조력 사망 초창기였고, 나는 그가 무슨 생각을 하는지 알 수 없었다. 나는 에드가 누워 있는 침대 건너편에 발을 단단히 디디고, 턱을 치켜들고(오로지 은유적 의미에서), 간호사가 이 일을 용납할 수 없는 이유에 대해 군소리를 늘어놓을 거라 예상하며 대비 태세를 갖추었다. 하지만 간호사는 조력 사망에 참여하는 것은 이번이 처음이라고 조용히 말했다. 그는 내가 하는 일에 감사를 표하고 싶어했다. 그는 이런 선택이 중요하다고, 진즉에 실행되어야 했던 일이라고 믿었다. 그리고 자신이 어떤 식으로든 이 일에 기여할 수 있게 되어서 기뻐했다. 나는 숨을 내쉬었다. 그는 다년간 많은 죽음을 목격했을 테고 그 죽음들이 모두 '좋게' 기억되지는 않았을 거라는 생각이 들었다. 예기치 않게 그가 짧은 의견 표명을 하자 나는 안도감과 지지받는다는 느낌이 들었다. 나는 그가 해준 일과 말에 고마움을 전했고, 그는 에드와 나 둘만 남겨두고 자리를 떴다.

"준비되셨어요?" 내가 에드에게 물었다.

"네, 확실하게 준비됐습니다." 에드가 대답했다. 그는 위쪽 천장을 똑바로 쳐다보고 있었다. 긴장되거나 슬퍼 보이지는 않았다. 하지만 미소를 띠지도 않았다.

"좋아요, 그럼 시작할게요."

나는 에드의 왼쪽 침대맡에 서 있었고, 약은 침대 옆 테이블에 가지런히 줄지어 놓여 있었다. 주사기가 모두 8개였다. 가운데 2개는 꽤 크고 유백색 주사액이 가득 담겨 있었다. 내가 가져온 밝은 파란색 플라스틱 낚시 상자는 내 발 옆 바닥에 놓여 있었다. 첫번째 약물을 링거관을 통해 그의 팔에 주입했다. 상황이 적절할 경우 이즈음이면 나는 환자가 소중한 기억을 상기하도록 유도한다. 이번에도 나는 몸을 기울이고 환자의 귀에 입을 가까이 대고 물었다.

"에드, 식인종은 왜 광대를 먹지 않을까요?"

그가 활짝 미소를 머금은 얼굴을 내 쪽으로 돌리고는 주저 없이 자기가 좋아하는 우스갯소리의 핵심 대목을 말했다.

"광대한테서는 뭔가 웃기는 맛이 나기 때문이죠."

우리는 얼굴을 바싹 댄 채 입을 크게 벌리고 웃었다. 이윽고 그가 편안한 자세로 고개를 젖혔고, 웃는 소리를 냈다. 다음 순간 그는 눈을 감고 잠에 빠져들었다.

〜

에드의 죽음 그리고 그를 합법적으로 지원하는 나의 일은 카터 판결Carter decision이라고 알려진 캐나다 대법원의 결정을 통해 가능해졌다. 2016년 6월 7일 조력 사망 금지를 폐지해 캐나다 법에 변화를 가져온 판결이다. 그날 캐나다 의회는 일명 '의료조력 사망Medical Assistance in Dying' 즉 MAiD를 합법화했다.

이는 의사들 그리고 전문 간호사들이 특정 상황에서 환자가 삶을 마치도록 지원하는 행위를 허가하는 것이다.

이에 따라 환자들은 2가지 방법 중에서 선택할 수 있게 되었다. 의사가 대동해 모든 과정이 원활히 진행되는지 확인하는 가운데 자기 투여 약물을 마시거나, 좀더 흔하게는 내가 에드에게 한 것처럼 임상의가 가져온 약물을 링거관을 통해 주입하는 것이다. 정부가 이 의료 서비스를 지원한다(특히 캐나다 거주자나 시민들에게). 환자가 18세 이상이어야 하고, 스스로 의사결정을 내릴 능력이 있어야 하며, '위중하고 치료 불가능한' 고통을 겪고 있어야 한다는 것이 조건이다. 이후 조건이 몇 차례 변경되었지만, 당시에 MAiD를 받으려면 환자의 고통이 견딜 수 없고, 질병이 회복 불가능하고, 자연사가 '합리적으로 예측 가능'해야 했다. 이는 환자가 불치병을 앓거나 생명이 시한부여야 한다는 의미가 아니다. 환자가 MAiD를 받지 않을 경우 살날이 얼마나 남았는가를 수량화할 필요는 없다. 어떤 환자는 살날이 며칠 또는 몇 주일 수 있고 몇 달, 심지어 몇 년인 환자도 있을 것이다. 단지 그들이 위중하고 치료 불가능한 질병으로 인해 자연사를 향해 가고 있어야 한다는 의미이다. 하지만 환자의 병세가 많이 악화되어야 하고, 환자 스스로 MAiD를 요청해야 하며, 강요에 의한 의사 표명이 아니어야 한다.

조력 사망은 지역에 따라 명칭이 다르기도 하지만, 현재 여러 형태로 많은 나라에서 적용 가능하다.

미국에서 흔하게 사용되는 용어는 '조력 자살assisted suicide' (혹은 의사조력 자살physician-assisted suicide)이다. 환자는 의사에게 약물을 제공받아 자신의 생명을 끝낼 수 있다. 이 용어는 자기 투여라는 본질적 요소를 강조한다. 사용되는 약물은 주로 물약 형태로, 약간 불쾌한 맛이 나는 바르비투르산*계 혼합액이다. 2016년 내가 조력 사망 일을 시작했을 때, 이런 형태의 조력 사망은 네덜란드, 벨기에, 룩셈부르크, 스위스, 캐나다 그리고 미국 5개 주에서 합법이었다.

캐나다에서는 자기 투여 약물뿐 아니라 정맥주사(링거관)를 통한 전문 의료적 약물 관리 등 기타 선택안도 제공한다. 많은 사람이 이 기타 선택안을 안락사로 설명한다. '안락사euthanasia'라는 용어는 '좋은' 혹은 '잘'이라는 뜻의 그리스어 'eu'와 '죽음'을 뜻하는 'thanos'에서 유래했다. 이 용어는 통증과 고통 완화를 목적으로 하는, 의사결정권이 있는 성인의 명확한 요청에 따른 의료 전문가를 통한 치사 약물의 집행으로 정의된다. 그러므로 조력 자살과 안락사의 핵심적 차이는 누가(환자 혹은 의료 전문가) 약물을 집행하느냐이다. 안락사—다시 말해 의료 전문가가 행하는 조력 사망—은 미국에서는 불가능하지만 캐나다, 벨기에, 네덜란드, 룩셈부르크 그리고 콜롬비아에서는 가능하다.

---

* 진정제, 최면제로 쓰이는 약물.

유럽에서는 자발적이고 합법적이고 의료적으로 지원받는 죽음을 지칭할 때 '안락사'라는 용어를 여전히 선호하지만, 캐나다는 부정적 암시를 피하기 위해 의식적으로 '의료조력 사망' 혹은 MAiD라는 용어를 사용하기로 했다. 누군가가 '자살을 시도했다' 같은 시대에 뒤처진 표현은 범죄가 연루됐음을 암시할 수 있다. 그리고 '안락사'라는 단어는 20세기로 접어들 즈음 우생학 운동에서 유전적 순수성 추구의 일환으로 신체 장애가 있거나 정신적 손상이 있는 사람들에 대한 '원치 않는' 혹은 '바람직하지 않은' 죽임을 설명하기 위해 의도적으로 부정확하게 사용되었다. 나치가 제2차세계대전 동안 이를 채택했고, 이는 그들의 살인 운동killing campaign을 위해 완곡하게 이용되었다. 조력 사망을 폄하하는 사람들은 이 혐오스러운 역사를 환기하기 위해 이 용어를 언급하기도 한다. 반면 MAiD라는 용어는 과거의 잔혹 행위와 연관되지 않으면서, 임상의 조력 자살clinician-assisted suicide과 자발적 안락사voluntary euthanasia 두 선택안 전부를 포함하는 포괄적 용어이다. 캐나다 법에 명시된 MAiD라는 용어는 폭넓게 사용되며, 특히 전반적인 틀이 잡히고 안전장치가 마련된 상황에서 캐나다 의사와 전문 간호사들이 제공하는, 합법적이고 자애로운 생애말기 돌봄end-of-life care을 의미하는 것으로 해석돼왔다.

MAiD가 법제화되었을 때, 기로에 선 기분이었다. 나는 20년 넘게 가정의로서 의료행위를 하고, 훈련받고, 임산부와 신생아를 돌보는 데 집중해왔다. 산부인과 의사로서 여성들과 그 가족들을 출산과 향후 탄생할 아기가 삶에 가져올 엄청난 변화에 대비시켰다. 그들의 아기를 받고 혼란스러운 첫 몇 달 동안 그들을 도왔다. 그러나 법이 바뀐 뒤 나는 이 새로이 떠오르는 분야에 관해 모든 것을 배우며 경력 분야를 바꾸었다. 그렇게 사람들의 마지막 소망과 삶의 다른 끝에서 그들이 겪는 이행을 지원할 수 있었다.

　　나는 두 분야 모두에서 생명의 매우 은밀한 순간으로 초대받았다. 에드는 혼자 죽는 것을 선택했지만, 내 환자들 대부분은 사랑하는 사람들에 둘러싸여 죽음을 맞이했다. 나는 그들이 나눈 기이한 마지막 대화, 남편과 아내가 속삭인 사랑의 말들, 엄마와 자식의 눈물 어린 작별, 조부모가 손주에게 한 마지막 조언의 목격자였다. 환자들이 세상을 떠나기 전 친구들과 가족이 모여서 건배하는 가운데 자기 삶의 궤적을 회상하는 모습도 지켜보았다. 사람은 자신이 죽을 날짜와 시간을 알면 마지막 말과 행동을 심사숙고해서 계획할 수 있다.

　　이 책은 내가 브리티시컬럼비아주의 밴쿠버 아일랜드 및 인근 지역에서 조력 사망을 제공한 첫 1년의 기록이다. 이 지역은 단지 지역이나 국가 차원에서만이 아니라 전 세계적으로도 조력 사망 비율이 가장 높다고 판명되었다. 또한 내가 남편, 아들딸과 함께하는 집이 있는 곳이기도 하다. 내가 도운 환자들의 이야기를 통해 내가 무슨 일을 하는지, 그 일이 어떻게 작동하는지, 그 일에서 무엇을 보고 배웠는지 말하고 싶다. 나는 사람이 죽을 시점과 방식을 선택할 권리를 가질 때 얼마나 큰 변화가 일어나는지 여러 번 목격했다. 환자들은 너무나 고마워하며 죽음death 그리고 임종dying에 관해 솔직하게 의논한다. 나는 그들의 이야기를 듣는 것이 이 일에서 바람직하며 그 자체로 치료 효과가 있음을 알게 되었다. 환자들의 얼굴에서 안도감을 보았다. 알 수 없는 결말에 대한 공포를 제어할 수 있다는 안도감이다. 그들은 무력하다고 느끼는 게 아니라, 몇 달 심지어 몇 년 동안 그들을 괴롭혀온 질병을 다스릴 권한을 부여받았다고 느낀다. 많은 사람에게 그것은 삶의 막바지에서 경험하는 견딜 수 없는 고통에서 벗어나는 방법일 수 있다. 다른 사람들에게는 그들이 느끼는 두려움을 조금이나마 줄이고, 마지막 나날을 놀라운 목적을 가지고 살아내기 위해 남은 시간을 온전히 되찾는 방법이다.

또한 나는 이 일—사람들이 마지막 소망을 성취하게 해주고 치사 약물을 관리하는 것—을 하며 어떤 기분을 느끼는가에 관해 약간의 통찰을 제공할 수 있기를 바란다. 처음 시작할 때는 모든 것이 무척 새로웠다. 관련 서류 위의 잉크가 채 마르지 않았을 정도로 초창기였다. 나는 뜻이 맞는 동료 몇 명과 함께 과정을 수립하고 매뉴얼을 발전시켰다. 조력 사망의 적합성 여부를 어떻게 결정할지 고안했다. 우리는 삶의 끝에 다다른 사람들과 어떤 식으로 이야기할지 알게 되었고, 그들의 가족 구성원과도 어떻게 이야기할지 알게 되었다. 개인적 경계, 안전, 그리고 책임 사이의 균형을 찾으려 애쓰는 동안 나는 마음속 깊이 휘청거렸다. 처음에는 이렇게 자문했다. '이 일을 하면서 내 마음이 편안했나?' '내가 하는 이 일에 관해 어느 정도로 공적인 태도를 취해야 할까?' '대중의 반발에 부딪히지 않을까?' 시간이 흐르면서 나의 새로운 역할에 좀더 몰두하게 되었고, 글자 그대로 내 환자의 삶과 죽음의 상황이 언제인지, 일할 때 나의 권한에 어떤 한계들을 부여할 수 있는지 가늠해야 했다. 적법한 경우가 아니어서 내가 지원하지 못한 환자들은 어떨까? 그들에 대한—그리고 나 자신에 대한—나의 책임은 정확히 무엇일까? 또한 MAiD 일은 나로 하여금 다음과 같은 근본적인 질문들을 제기하게 했다. 나는 소중한 사람들에게 충분한 시간과 에너지를 들이고 있나? 너무 늦기 전에 그들과 해야 할 대화를 나누고 있나?

대부분의 경우 그저 내가 도움이 되었기를 바랄 뿐이다. 어떤 때는 그마저도 못하기도 했다. 내가 하는 일의 많은 부분이 증인 역할이고, 그래서 숨 막힐 정도로 가슴 아프고 슬픈 장면을 목격할 때도 많다. 내 일이 죽음을 지원하는 것이긴 하지만,

나는 믿는다. 이 일을 통해 최고의 삶과 생활을 지켜보는 특권을 누리고 있음을.

1부

시작

**This is
assisted
dying**

1.　　　첫번째 환자, 하비

　　브리티시컬럼비아주 빅토리아에서 6월은 화
창하고 해가 긴 나날을 의미한다. 밴쿠버 아일랜드의 최남단에
자리한 이 도시는 캐나다 본토 남서부에 위치하며 남쪽에는 미
국 워싱턴주가 있다. 가든시티라고 불리기도 하는, 광대한 태
평양에 둘러싸이고 초록 식물이 무성한 오아시스 같은 곳이다.
온화한 기후로 유명하며 엘리트 운동선수들과 은퇴자들이 많
이 산다. 전자가 엄격한 스케줄에 따라 움직인다면, 후자는 매
인 삶에서 최근에 해방된 사람들이다. 이 두 무리는 바다에 면
한 이 도시를 십자로 가로지르는 다양한 보도와 자전거 도로를
공유한다. 6월이 한창일 때 나는 바깥에 나가 산책을 하며 고개
를 들어 하늘을 나는 대머리독수리 몇 마리를 본다. 사슴 여러
마리와 마주치고, 어떤 때는 수달들이 먹이를 먹고 대부분 개
발되지 않은 서부 해안의 물가를 따라 시야에서 사라지는 장면
을 자세히 보려고 걸음을 멈추기도 한다.

　　특별한 날이 된 2016년 6월 6일, 나는 주변 자연환경에 제
대로 적응하지 못했다. C14법Bill C14으로 알려진 캐나다 법안

에 대한 걱정이 머릿속에 가득했다. 이 법안은 정부가 하는 일의 다양한 층위에서 작동하고 있었지만 의회에서 논쟁이 진행 중이어서 완전히 준비되지 않은 상태였다. 그 세부 조항이 고통받는 환자들의 지원 요청을 막지는 못할 듯했다. 그 날짜에는 이 법안이 실행 면에서 아직 조정되지 않았음에도, 조력 사망은 캐나다에서 의료적으로 더이상 불법 행위가 아니었다. 이는 이 역사적인 월요일 아침에 내가 자유롭게 일을 시작할 수 있었다는 의미이다.

새로운 경력 분야에서 내가 맨 처음 상담한 환자는 94세 노인 페기였다. 죽을 권리 확장 운동에서 한 역할을 담당하는 전국적 지지 단체 '캐나다 존엄사 협회Dying With Dignity Canada, DWDC' 지부에서 내 이름과 전화번호를 받았다고 했다. 나는 몇 주 전 그 협회에 연락해 MAiD 일을 시작했음을 알린 바 있었다. 처음 전화를 걸었을 때 페기는 우리 사무장에게 자신이 지독한 골관절염으로 고통스럽고 다리에 신경통도 있다고 했다. 그런 식으로 사는 데 진저리가 날 뿐이며 이제 죽고 싶다고 말했다. 처음 통화한 날에서 며칠 후인 6월 6일 아침으로 페기와 만날 약속을 잡았고, 그의 아파트 현관문의 무거운 노커를 들어올리면서 나는 페기가 캐나다에서 합법적인 MAiD의 첫 상담 사례 중 하나가 될 거라고 확신했다.

그 단단한 오크 문 앞에 섰을 때, 나는 아무것도 예상할 수 없었다. 경력의 대부분 동안 나는 산부인과 전문 가정의로 일했다. 13년 넘게 일하면서 일반의약품을 다루거나 50대 이상의 환자를 보살핀 적이 없었다. 더 중요한 것은, 죽고 싶다는 소망을 명확하게 표현하는 누군가와 이야기를 나눠본 적이 한 번도 없다는 사실이었다. 간병인도 있을까? 우리가 페기의 거실이나 침실에서 만나게 될까? 약속을 정하기 위해 전화로 이야기할 때 페기의 목소리는 상당히 쟁쟁했다. 하지만 이 현관문 뒤에서 누가 혹은 무엇이 나를 기다릴지 상상이 되지 않았다. 페기는 어느 정도나 병약할까? 내가 눈앞에 보이는 장면에 어떤 식으로 반응해야 할지 걱정한다는 데 생각이 미치니 부끄러웠다. 모든 것이 낯설게 느껴졌다. 나는 진료실이 아니라 어떤 사람의 집에 와 있었다. 그리고 신생아가 아니라 노부인과 첫인사를 나누게 될 터였다. 새 가방이 등 뒤에서 이상하게 무겁게 느껴졌다. 병원 신분증 속 오래된 사진조차 다른 사람처럼 보였다. 21년 동안 의료행위를 해왔는데 다시 학생으로 돌아간 기분이었다. 경험을 쌓으려는 열의에 차 있지만 자신의 한계가 두렵고 다음엔 또 무엇을 대면할지 궁금해하는 학생. 나는 무거운 노커를 손에서 놓아 소리를 냈다.

"그린 박사님, 와주셔서 감사합니다. 내가 페기예요. 안으로 들어오시겠어요?"

페기는 내가 예상했던 것만큼 많이 아프지는 않아 보였다. 키가 크고 호리호리했으며 편안한 원피스 차림에 굽 낮은 신발을 신었다. 다리를 눈에 띄게 절뚝거리긴 했지만, 지팡이를 사용하지 않고 벽을 붙잡고 걸었으며, 상담을 위해 응접실 소파에 자리 잡기 전 우리 두 사람을 위해 몸소 차를 내오겠다고 고집했다.

페기의 집에서 보이는 도시 전망이 장관이었다. 건물이 언덕 꼭대기에 위치한 덕분에 그 널찍한 아파트 안에 있는 내내 시내 해안가를 굽어볼 수 있었다. 앞면이 유리로 된 식당 장식장에는 조그만 자기 조각상들과 섬세한 도자기 식기들이 들어 있었고, 커다랗고 투박한 나무 책장 3개에는 여행 안내서와 소설책들이 가득했다.

페기가 차를 내왔고, 자신에 대해 이야기하기 시작했다. 그는 1920년대에 독일에서 태어났고, 가족과 함께 함부르크에서 살았으며, 고등학교 재학중에 제2차세계대전이 발발했다. 혼돈과 폭격, 가정 와해, 가까운 친구들을 많이 잃게 된 사연을 자세히 들려주었다. "내 인생은 길고 굴곡이 많았어요. 하지만 후회는 조금도 없답니다. 슬픈 일이 많았지만 멋진 기억도 많아요."

그는 22세에 캐나다로 이주하고 이곳 남자와 결혼해 가정을 꾸리게 된 이야기를, 특수 장애가 있는 아이를 키우느라 고군분투하고 교사로서 경력을 쌓아가는 한편 자원봉사 활동도 많이 했던 자신의 삶을 상세히 설명했다. 딸아이는 자라서 자기 앞가림을 할 수 있게 됐고, 남편은 7년 전 작은 사고를 겪은 후 예기치 않게 세상을 떠났다.

"나는 내가 아는 그 누구보다 오래 살고 있어요. 딸아이도 더이상 내 손길을 필요로 하지 않고, 난 끊임없이 지속되는 고통 속에 있지요. 사회에 뭔가 공헌하지도 못하고요. 내 시간이 끝났다는 걸 알아요. 이제 저세상으로 건너갈 준비가 되었다고 확신한답니다."

페기는 그렇게 하루종일 이야기할 수 있었고 나 역시 기꺼이 귀 기울였을 것이다. 하지만 나는 사교적 방문을 한 것이 아니었다. 페기에게 호감이 갔고 그가 왜 죽을 준비가 되었다고 느끼는지도 이해가 됐지만, 대화한 지 얼마 되지 않아 이 경우가 내가 제공하는 의료 서비스에 적합하지 않다는 사실을 깨달았다.

캐나다 법은 MAiD 적합성을 엄격하게 규정한다. MAiD를 받기 위한 요건 중 '위중하고 치료 불가능한' 질병을 앓아야 한다는 것이 있는데, '위중하다grievous'라는 말은 극히 심각하고 기능에 의미심장한 쇠퇴가 있는 상태를 뜻하고, '치료 불가능한irremediable'이라는 말은 말 그대로 치료가 안 된다는 뜻이다. 이는 환자가 고통을 견딜 수 없어하고 자연사가 합리적으로 예측 가능할 것을 포함한다. 이런 기준이 법률에 명시되었고, 그것이 마음에 들든 들지 않든 취약한 사람을 보호하기 위한 장치로 시행되어왔다.

페기가 고통을 겪는다는 점에는 의심의 여지가 없었다. 그러나 그는 정확히 말해 죽어가고 있지는 않았다. 나는 고령 외에 다른 어떤 요인이 궁극적으로 페기의 죽음을 유발할지 생각하느라 애를 먹었다. 이는 곧 그의 죽음이 적합성 기준이 요구하는 대로 '합리적으로 예측 가능'하지 않음을 의미했다. 그리고 나에게 차와 쿠키를 대접할 때 보니 기능의 쇠퇴가 많이 진행된 상태도 아닌 것 같았다.

나는 예상치 못한 부담을 느꼈고, 앞으로 이런 일이 얼마나 자주 일어날지 궁금했다. 누군가 나에게 도움을 요청하지만 그의 상황이 의료적 혹은 법률적 기준에 부합하지 않는 경우 말이다. 도와줄 수 없다고 말하면 페기가 실망할까봐 걱정이 되었다. 하지만 가짜 희망에 위로는 존재하지 않는 법이고, 그래서 솔직하게 말하고 설명을 덧붙였다. "미안해요, 페기. 오늘 왜 저를 여기로 초대하셨는지 충분히 이해해요. 하지만 현행법상 당신은 조력 사망에 적합하지 않아요. 당신은 고통받고 있지만, 법이 요구하는 대로 죽음이 '합리적으로 예측 가능'하지 않거든요. 그래서 당신의 요청대로 일을 진행할 수가 없어요."

페기는 내 말을 수긍했고, 전혀 놀라지 않았다고 말했다. 인사치례의 말을 몇 마디 더 나눈 뒤, 나는 자리에서 일어나 작별 인사를 하고 그 집을 나섰다.

운전해서 사무실로 돌아가는 길에 나는 좀전의 일을 되돌아보았다. 페기의 이야기를 들으면서 많은 것을 배웠다. 이야기를 나눈 두 시간 동안 설득은 거의 없었다. 그는 인생에서 자신에게 가장 중요한 것이 무엇이며 그 이유가 무엇인지 나에게 공유해주었다. 나는 그가 왜 조력 사망을 요청했는지, 그가 지금 당장 어떤 수단을 이용할 경우 그 수단이 스스로에게 어떤 차이를 만들어낼지, 그리고 그동안 그가 어떤 식으로 대처하거나 대처하지 못했는지 알게 되었다. 또 나는 경청이라는 행위가 그 자체로 치료적일 수 있음을 떠올렸다. 그러나 앞으로 환자들과 만날 일을 생각하니, 대화를 통제하지 않을 경우 방문 시간이 매우 길어지기 쉽겠다는 점을 깨달았다. 일을 무리 없이 진행하려면, 약속들을 잘 분류하고, 대화의 방향을 잘 이끌고, 지역사회에서 노인들에게 제공하는 도움을 많이 찾아볼 필요가 있었다. 환자들이 아직 도움에 접근하지 못한 경우 그들이 필요로 하는 도움에 접근하는 법을 내가 안내할 수 있도록 말이다.

사무실 문을 열고 들어가자 사무장 캐런이 물었다. "어떻게 됐어요?"

"큰 깨우침을 얻은 상담이었어요." 내가 대답했다.

캐런은 거의 13년 동안 나를 위해 사무장으로 일했고, 단순한 사무장 일을 훨씬 뛰어넘는 역할을 한다. 그는 의료 업무에서 나의 목소리이자 최전선의 얼굴이다. 내가 산부인과에서 조력 사망으로 진료과목을 바꿨을 때도 그가 별말 없이 나와 함께하리라는 점에는 의문의 여지가 없었다. 캐런은 나보다 몇 살 많고 이웃에 사는데, 자신이 해야 하는 것 이상의 일을 하려 하고 나만큼이나 의료행위와 환자들에게 충실하다.

"나이든 노인들이 얼마나 재미있을 수 있는지 잊고 있었어요." 내가 캐런에게 말했다.

그가 나를 보며 빙긋이 웃었고, 전화벨이 울렸다. 2번 회선에서 팩스가 들어온다. "저랑 전화로 이야기할 때도 엄청 수다를 떠셨어요." 캐런이 말했다. "목소리로 볼 땐 그렇게 많이 아프신 것 같지 않더라고요."

"맞아요, 그분은 적합한 케이스가 아니에요."

나는 고개를 돌려 믿음직한 오래된 팩스 기계가 윙윙 소리를 내며 작동하는 모습을 지켜보았다. 소리가 멎자 나는 다가가서 기계가 토해낸 종이 한 장을 뽑아들었다. 동료의 사무실에서 온 팩스였다.

간부전 말기인 74세 신사분의 케이스를 살펴봐주면 고맙겠어요. 이 환자는 뉴스를 주의 깊게 확인해왔고, 조력 사망을 간절히 요청하고 있어요. 당신이 빅토리아에서 그 일을 할 거라는 소식을 들었어요. 용감하기도 하지! 검토 결과를 고대할게요. 환자의 파일 요약본을 첨부합니다.

나는 팩스 내용을 두 번 읽은 뒤 캐런과 공유했다. 우리는 잠시 서로를 바라보았고, 내가 침묵을 깼다. "환자분 이름은 하비예요. 차트가 필요해지겠네요."

캐런이 하비의 차트를 만드는 동안―종이 앞장에 인적 사항을 써넣고 뒷장에는 우리가 필요로 하는 신청서 양식을 만들 어넣는 동안―, 나는 전화기를 들고 하비의 전화번호를 눌렀 다. 그의 아내 노마가 전화를 받았다.

하비가 몸을 움직이지 못했으므로, 며칠 뒤 내가 그 집으로 찾아가 만나보기로 했다. 그동안 하비의 말기치료 담당의가 먼 저 그를 만나볼 테고, 나는 하비의 의료기록을 전부 모으고 충 분히 검토할 수 있을 터였다. 그날 오후의 나머지 시간을 나는 하비의 간부전 전문의와 이야기를 나누고 내 사무실 서버와 그 병원의 전자 기록 시스템을 원격으로 어떻게 연결하는지 배우 며 보냈다.

❧

사흘 뒤, 집 화장실에서 이를 닦으며 하비에게 무슨 말을 할지 연습했다. 어떤 방식으로 대화를 시작하고 어떤 어조를 택할지 궁리했다. 이 두번째 상담을 위한 나의 계획은 페기와 의 첫번째 상담에서처럼 상황이 임의로 흘러가도록 내버려두 지 않고 처음부터 상황을 잘 조정하는 것이었다.

물을 잠그자 집안의 익숙한 소리가 들려왔다. 주방에서 네 스프레소 커피머신이 웅웅거리는 소리였다. 남편 장마르크가 커피를 두 잔째 마시고 있었다. 장마르크는 한때 천체물리학자 였고 지금은 예술가 겸 사업가로 일한다. 밖에서 우리 개 벤지가 다람쥐를 쫓으려고 종종걸음으로 달리느라 발톱이 바닥에 부딪혀 찰캉거리는 소리도 들렸다. 열일곱 살인 아들아이 샘은 아마도 아직 침대에 있을 것이다. 샘이 낮은 소리로 틀어놓은 힙합 음악의 비트가 벽을 통해 쾅쾅 울렸다. 딸아이 새러가 복도에서 쿵쿵거리며 걷는 소리도 들렸다. 네번째 걸음에서 익숙한 삐걱거리는 소리가 났다. 새러는 아침을 먹으러 아래층으로 내려가고 있었다. 오늘 아침 학교에서 기말고사를 볼 것이다. 새러는 여느 열다섯 살 소녀들이 그렇듯 많이 수다스럽지는 않다.

나는 자동차에 올라 머릿속으로 계속 대화 연습을 하면서 하비의 집을 향해 운전했다. 그의 집에 도착해 출입구로 걸어 올라가 방충문을 열고 뒤쪽 나무 문을 단호하게 노크했다. 숱 많은 잿빛 콧수염을 기른 70대 남자가 문을 열고는 서글픈 미소를 띠며 손을 내밀었다. "안녕하시오, 그린 박사. 와줘서 고마워요. 나는 하비의 동서 로드입니다. 들어오세요."

문지방을 넘어 안으로 들어가자, 곧장 위층의 거실 겸 식당으로 안내해주었다. 그곳 소파에 두 사람이 있었다. 목욕가운을 입은 남자 옆에 한 여자가 바싹 붙어 앉아 있었다. 여자가 일어나더니, 나에게 다가오지는 않고 가만히 서 있었다. "안녕하세요, 선생님. 와주셔서 감사해요." 그가 웃으며 말했다. "우리 전화로 이야기 나눴죠. 제가 노마예요."

짧은 갈색 머리의 노마는 밝은 청색 블라우스와 진한 색 바지 차림에 굵고 긴 목걸이를 걸었다. 확실히 노마는 의사를 만날 때 옷을 갖춰 입는 세대였다. 그의 두 손이 앞에서 꼼지락거렸다. 좀 긴장한 듯 보였다. 아니면 그냥 어색한 것이거나. 나도 내심 비슷한 기분을 느꼈기에 노마를 탓할 수는 없었다. 긴장은 옆으로 치워두고 내가 대화를 시작했다. "만나서 반가워요, 노마. 앉으세요, 편안하게 있으셔도 돼요. 저도 앉을게요."

"제 여동생 패티와 제부도 왔어요." 내가 그들의 생활공간으로 들어가자 그가 덧붙여 말했다. "패티는 우리랑 함께 있을 거예요. 로드는 아마 뒷마당에 있을 거고요."

노마가 물러나 앉았고, 나는 내가 살펴봐야 할 남자에게로 주의를 돌렸다. 하비는 회색 파자마에 따뜻한 플리스 담요를 걸쳤는데, 아내보다 적어도 열다섯 살은 더 들어 보였다. 복수가 차서 부푼 배와 얇고 푸석하며 누런 피부가 눈에 띄었다. 간부전 증상이 많이 진행됐다는 징후였다. 손은 여위었고 면도하지 않은 얼굴이 수척했다. 앞으로 살날이 길어야 몇 주 정도 남은 것 같았다.

"만나서 반갑습니다." 내가 손을 뻗어 하비의 왼손을 살짝 쥐며 말했다. 손이 차갑고 앙상했으며 보랏빛 반점들이 있었다. 지지해줄 근육이 별로 없었다. 하지만 그는 예상보다 더 오래 내 손을 힘을 주어 쥐고 있었다. 그의 눈동자가 천천히 움직여 내 눈을 똑바로 응시하다가 다른 데로 옮겨갔다. 그의 의중이 담긴 듯한 몇 초의 움직임이었다. 노마가 하비의 오른쪽에 앉아 그의 오른손을 잡고 있었다. 나는 누군가 미리 하비 앞에 가져다놓은 튼튼한 식탁 의자에 앉았고, 아침 내내 연습한 말을 꺼냈다.

"의과대학의 제일 원칙을 깨뜨리는 것으로 상담을 시작하고 싶어요."

노마가 하비를 바라보았다. 하비는 못마땅하고 궁금해하는 미소만 지을 뿐 아무 말도 하지 않았다. 나는 그 반응을 계속 말하라는 의미로 받아들였다.

"새로운 환자를 만날 땐 자리에 앉아 조용히 기다려 환자가 먼저 이야기를 시작하게 하라고 의과대학에서 배웠거든요…… 중요한 원칙이자 유익한 조언이죠. 하지만 저는 저에 대해 2가지를 말씀드리는 것으로 시작하고 싶어요."

준비한 대로 말하려고 너무 집중한 나머지 나는 한 여성이 서류 뭉치와 펜을 들고 조용히 방안으로 들어오는 것도 거의 알아차리지 못했다. 그는 내 오른쪽 2인용 소파에 앉았다. 나는 이 여성이 노마의 동생 패티구나 하고 짐작했지만 물어보지는 않았다. 이런 사적인 만남에서 지켜야 할 에티켓은 정확히 무엇일까? 하비는 패티가 이 상담에 동석해주길 바라는 걸까? 내 소개를 해야 할까? 나의 본능이 하비가 우선순위가 되어야 한다고 말해주었다. 그래서 나는 정신을 흩뜨리지 않고 하던 이야기를 계속했다. 하비가 패티의 동석에 신경 쓰지 않는다면 나도 신경 쓰지 않을 것이다. 그러기로 했다.

"첫번째로 말씀드리고 싶은 건 제가 꽤 직설적이라는 점이에요."내가 말했다.

노마가 나를 똑바로 바라보았다. 패티로 짐작되는 여성도 마찬가지였다. 패티는 주로 노마를 지원하기 위해 이 자리에 온 것 같았다. 노마와 하비를 지원하기 위해 말이다. 하비가 천천히, 불안정하게 고개를 끄덕여 나를 응원했다.

"오늘 우린 죽음에 대해, 임종에 대해 이야기할 거예요."나는 이어서 말했다. "우린 당신의 죽음에 대해 이야기할 거고, 조력 사망에 대해 이야기할 거예요. 당신에게 무엇이 중요한지에 대해서도 이야기할 거예요. 꽤 솔직하게 이야기할 겁니다. 완곡하게 말하거나 뜬구름 잡는 이야기를 하지는 않을 거예요."

나는 잠시 사이를 두었다가, 마치 그곳에 다른 사람은 없는 것처럼 목소리를 낮추어 좀더 친숙한 어조로 하비에게 곧장 말을 걸었다. "이를테면 해부학적으로 정확한 용어를 사용할 겁니다. 되도록 모든 것이 명확했으면 하거든요. 이렇게 하는 게 괜찮으신가요?"

하비가 빙그레 웃어서 안심이 되었다.

"그래요, 정확히 내가 바라는 바예요."그가 말했다. "허튼소리는 더이상 필요 없지."그의 목소리는 조금 걸걸했다. 하지만 그는 첫음절에 힘을 실으며 단호하고 강조하는 어조로 마지막 말을 내뱉었다. "우리는 꽤 잘 맞을 것 같군요."그가 덧붙였다.

노마는 약간 당황한 것처럼 보였지만, 하비의 그런 장담에 크게 놀라지는 않았다. 노마는 조금 웃는 것으로 긴장을 깨뜨렸다. 그런 다음 하비를 향해 조용히 눈을 깜박여 그가 한 말을 책망했다. 노마의 눈에서 눈물이 흘러내렸다. 노마는 장난스럽게 남편을 나무랐고, 하비는 내가 하는 말을 놓치고 싶지 않아 눈으로는 계속 나를 바라보면서 다른 손으로 아내의 엉덩이를 두드렸다. 하비의 얼굴이 불과 몇 분 전 내가 처음 이곳에 들어왔을 때에 비해 한결 편안해 보였다. 눈가에는 엷은 미소가 떠올라 웃음 주름이 깊이 파였다. 상황에 적응한 것 같았다. 미처 감지하지는 못했지만 그의 얼굴에 긴장은 떠나가고 없었다.

"둘째로 말씀드리고 싶은 건 제가 노바스코샤에서 자랐다는 겁니다. 그렇게 흥미로운 이야기는 아니겠지만요. 어쨌든 저는 그곳 출신이고 우리 가족은 말을 빠르게 한답니다." 잠시 사이를 두었다. "제 말이 빠르다는 걸 알아요. 하지만 이곳 서부 해안에서 꽤 오랫동안 살아서 이제는 충분히 느려졌다고 생각해요. 계속 말하다 보면 가끔씩 다시 빨라지긴 하지만요. 그러니까 제 말의 요점은, 제 말이 너무 빠를 경우 하비 혹은 다른 분이 저에게 한번 더 말해달라고 또는 천천히 말해달라고 요청하셔도 된다는 거예요. 괜찮죠?"

"괜찮아요." 하비가 진심을 담아 대답했다. 그러나 나는 그가 조금 불안정해진 것을 알아차렸다. 고개가 흔들리고, 흥미가 엿보이긴 했지만 눈이 퀭하고 물기가 어렸다. 나는 여기에 온 이유를 다시 떠올렸다.

내 계획은 하비의 병력을 가능한 한 많이 요약하고, 그의 의료기록에서 알 수 있는 세부사항에는 소중한 시간을 허비하지 않는 것이었다. 내 쪽에서 질문 몇 개를 하고 그의 질문들에도 대답할 작정이었다. 정보를 서로 주고받고 싶었다. 조력 사망이 어떤 식으로 작동하는지 설명하고, 무엇이 그것을 요청하도록 하비에게 동기부여를 했는지 알아내고 싶었다. 공식 요건들이 머릿속에 맴돌았다. 연방정부의 적합성 기준, 주州 지침, 문서화 필요성 등. 이제 막 방법을 배우기 시작한 무수한 질문들에 대한 대답을 끌어내야 한다는 걸 나는 예리하게 의식했다. 그래서 만약을 대비한 가상 서류 한 장을 만들어 손에 든 차트 안에 넣어두었다. 하지만 그걸 보지는 않았다. 그러기보다는 대화가 좀더 자연스럽게 풀려나가기를 바랐다.

신속히 본질적인 부분에 착수했다. "왜 죽고 싶으신 거죠?"

하비는 이런 질문을 고대해왔다는 듯 능글맞게 웃었다. 그러고는 정답을 안다고 확신하는 아이처럼 불쑥 대답했다. "죽고 싶지 않아요!"

나는 아무 말도 하지 않고 기다렸다.

"오히려 살고 싶어요. 나는 멋진 삶을 살았고 상당히 잘해왔죠. 하지만 이 문제에 대해서는 말할 게 별로 없는 것 같군요."

내가 고개를 끄덕일 차례였고, 나의 몸짓이 그가 계속 이야기하도록 힘을 북돋워주었다.

"나에겐 멋진 친구들, 멋진 자녀들이 있어요. 우리는 가족을 가까이에 두는 축복을 받았지. 나는 운이 좋은 사람이에요. 여기 있는 이 여자와 52년 동안 행복한 결혼생활도 했고……" 그의 목소리가 서서히 작아졌다. 그가 노마의 손을 잡고 나를 향해 조금 흔들었다. 그러더니 북받쳐오르는 감정을 조금 삼키고는 약간 쉰 목소리로 말을 이었다. "지난주에 52주년이 되었지. 나는 정말로 52년을 채우고 싶었고…… 그렇게 했다오." 그가 말을 그치고 조용히 있었다. 벌써 진이 빠진 것이다. "이제 준비가 됐어요. 할 수 있다면 좀더 버티고 싶지만 그럴 수 없다는 걸 알아요."

하비는 자신이 바라는 것들에 관해 나와 솔직하게 이야기를 나누었다. 그는 자신이 죽어간다는 걸, 삶이 얼마 남지 않았다는 걸 알고 있었다. 하지만 언제 어떻게 죽을지 스스로 통제하고 싶어했다.

"마지막 순간에 노마와 우리 아이들이 함께 있으면 좋겠어요." 그가 눈을 빛내며 말했다. "여기 내 집, 내 침실에서."

그는 잠시 말을 멈추었다가, 그것이 빠르고 편안했으면 좋겠다고 말했다. 옆에서 누가 간호해주기를 바라지 않았고, 진통제 때문에 의식이 있었다 없었다 하는 것도 바라지 않았다. 그 순간 의식이 명확하길 바랐고 말도 하고 싶어했다.

"내가 뭘 선택했는지 알고, 선생님께 뭘 요청하는지도 알아요. 살면서 좋은 시간을 많이 보냈어요. 멋진 친구들과 함께한 좋은 추억도 있지요. 하지만 세상을 떠나기 전 내가 마지막으로 보는 것이 가족의 얼굴이면 좋겠어요. 이번에 새로 통과된 법이 정말로 도움이 될까요, 선생?" 그가 물었다. "그걸 가능하게 해주실 수 있어요?"

"결국 이렇게 되셔서 안타까워요, 하비. 당신이 죽음을 앞두었다는 걸 모두가 알고 있는 것 같네요. 안타깝게도 저는 이 상황을 바꿀 수 없고요. 하지만 당신을 도울 수는 있을 거예요." 페기의 경우와 달리, 내가 보기에 하비는 분명 적합성의 모든 항목에 들어맞았다. 그는 스스로 의사결정을 할 능력이 있었다. 자발적으로 조력 사망을 요청했고, 병세도 분명 위중하고 치료 불가능한 상태였다. 나는 머릿속으로 기준들을 체크했다.

패티는 내내 꼼짝 않고 있었고 심지어 소리 한번 내지 않았다. 노마는 지난 몇 주 동안 자주 지었을 것 같은, 긴장되면서도 환한 미소를 지었다. 우리가 대화하는 내내 초조해했지만, 마지막 말을 듣고 나서 뭔가 변했다. 꼼지락거리던 손을 움직이지 않았고, 숨을 내쉬었다. 하비는 집중력을 유지하려 애쓰며 주의 깊게 듣고 있었다.

"하지만 아시다시피 다른 선택안도 있어요." 내가 계속해서 말했다. "이곳 빅토리아에는 훌륭한 말기치료 시스템이 있어요…… 그런 쪽으로는 굉장히 다행이죠. 제가 읽어본 기록에 따르면 그 팀이 당신을 아주 잘 돌봐왔고요. 자택에 와서 지원하고 통증을 관리해주고요."

"네, 그래요. 그 사람들이 아주 잘 해줬지요." 하비가 동의했다.

"그런데 왜 계속 돌봄을 받으려 하지 않으시죠?" 내가 물었다. "그분들이 증상을 관리하고, 편안하게 해주고, 병으로 고통스러운 시간을 단축해줄 수 있을 텐데요?"

하비가 이미 말기치료 시스템을 이용하고 있다는 건 알지만, 그가 그 선택안도 인지하는지 확인할 필요가 있었다.

"이곳 자택 아니면 호스피스 병동 중 원하시는 곳에서 편안하게 자연사를 맞이하실 수도 있어요. 잘 아시겠지만, 치료를 중단하고 배에 찬 복수도 더이상 빼내지 않겠다는 환자분의 결정은 앞으로 살날이 몇 주밖에 안 될 거라는 뜻이고요." 나는 상황의 중대성을 인식하기 위해 잠시 시간을 두고 이 말을 하면서 그의 무릎을 살짝 건드렸다. 목소리도 낮추었다. "요청하신 일주일 과정을 밟는 동안 더 쇠약해지고 잠이 많아질 거예요. 그동안 저희가 계속 지원해드릴 거고요. 그런데 대체 왜 조력 사망을 요청하신 거예요?"

이유가 궁금했다. 현재 받고 있는 말기치료는 왜 충분치 않은 걸까?

"아니오, 선생. 됐어요." 그가 말했다. "나는 정말이지 그걸 원하지 않아요. 말기치료 담당자들은 훌륭하게 일해줬어요. 하지만 사실 난 우리의 52주년 결혼기념일을 기다리고 우리나라 법률이 바뀌길 기다리며 버텨온 거예요. 그리고 마침내 그렇게 된 거지. 내 방식대로 하고 싶어요. 이번 주말에 친구들을 부를 거고, 마지막 목욕을 할 거예요. 아마 맥주도 한 모금 마실 겁니다……" 그가 그 생각을 하며 빙긋이 웃었고, 나는 그의 안에 남은 장난스럽고 반항적인 어린아이를 보았다. "그런 다음에 가고 싶어요. 나는 친구들이 마지막 순간에 침대에서…… 의식이 없는 채로…… 떠나지 못하고 머뭇거리는 걸 보았습니다. 나 자신이나 가족이 그런 일을 겪게 하고 싶진 않아요. 내 삶이 끝났다는 걸 압니다. 하지만 그 삶이 어떻게 끝날지 내가 스스로 맡아서 책임지고 싶어요."

이어진 한 시간 반 동안, 하비와 노마는 하비가 살아온 이야기를 들려주었다. 하비는 10대 때 영국에서 캐나다로 이주했다. 열심히 일했고, 동시에 여러 가지 일을 했으며, 종국에는 자신의 건축회사를 설립했다. 4년 전 상당한 재산을 가지고 동년배들의 존경 속에 은퇴했는데, 너그럽게도 재산을 지역사회에 환원하는 모범을 남겼다. 하비는 목공 기술, 세부에 대한 안목, 독립적인 영혼으로도 유명했다. 가족에 대한 깊은 헌신도. 나는 그가 조력 사망을 원하며 그럼으로써 죽음에서도 삶에서와 같은 방법을 찾아냈다는 걸 깨달았다. 자수성가 말이다.

나는 이어서 해야 할 일로 관심을 옮겼다. 하비는 공식 신청서에 서명해야 했고, 노마가 그날 중으로 서명이 완료될 거라고 나에게 말했다. 그들은 증인 두 명이 입회해야 한다는 걸 알고 있었다. 하비에게 의료적 혹은 사적 돌봄을 제공하는 사람이나 그의 죽음을 통해 어떤 식으로든 혜택을 입을 사람은 증인 자격이 없었다. 신청서에 날짜가 명기되고 서명이 끝나면, 10일간의 숙려 기간이 시작된다. 법은 또한 2차 의료기관의 소견을 요구한다. 그러니 나는 지역 동료에게 하비가 조력 사망에 적합한지 검토해달라고 요청할 것이다. 이번 일이 내가 담당하는 첫 조력 사망임을 고려해, 사무실로 돌아가 주의 새로운 지침을 다시 읽어보고 하비의 죽음을 위한 매 준비 단계를 이중으로 체크하는 것이 나의 계획이었다.

이어진 며칠은 분주했다. 하비에 대한 2차 소견이 나왔다. 다른 의사도 그가 조력 사망에 적합하다고 판단했다. 간부전이 심해지면 그렇듯이, 하비는 인지적으로 계속 쇠퇴하고 있었다. 혹시 그가 너무 많이 빠르게 쇠퇴한다면, 절차 직전 그의 최종 동의를 받지 못할 터였다. 그 의사와 나 둘 다 그런 위험이 임박했다고 생각했으므로, 10일간의 숙려 기간을 단축하도록 허락받았다. 나는 이런 상황을 하비에게 설명했고, 그는 3일이라는 합리적인 기간을 선택했다. 경구용 약을 최종 약물로 선택할 수도 있었지만 하비는 정맥 주입식 약물을 선택했고, 나는 실질적인 면들에 집중하기 시작했다. 약사 몇 명에게 연락해, 최종 약물을 흔쾌히 준비하고 제공해줄 약사 한 사람을 찾아냈다.

내 사무실이 있는 건물에서 약국을 운영하는 댄이라는 약사로, 내 아들의 친한 친구의 아버지이기도 했다. 내가 상황을 설명하자 댄은 도와주겠다고 했다. 우리는 오후 한나절 동안 주州의 처방 약들을 검토했고, 그가 나를 위해 약물을 조제하고 사전 충전식 주사기 여러 개를 준비하기로 했다. 그리고 그 주사기들을 운반하는 안전한 방법과 라벨을 붙이는 방법을 함께 고안했다. 나는 관련 가능성이 있는 모든 사람—가정 주치의, 하비의 가족, 보건국, 브리티시컬럼비아 의과대학College of Physicians and Surgeons of British Columbia, CPSBC, 법률고문, 그리고 2차 평가 의사—에게 하비의 조력 사망을 말했다. 나는 그 절차가 언제 마무리되는지 잘 인식하고 있었다. 검시관에게 미리 알릴 필요는 없을 터였다. 하지만 어쨌든 내가 매뉴얼을 따르고 있으며 절차를 잘 확인한다는 것을 100퍼센트 확신하기 위해 검시관에게 전화를 했다. 나는 지역사회 내 MAiD 절차를 지원하도록 보건국의 허가를 받은 제시카라는 이름의 경험 많은 현역 간호사를 알게 되었다. 제시카에게 연락해보니 그는 다양한 링거관을 구하는 출처와 방법을 보유하고 있었다. 그 분야에서 제시카의 전문지식과 기술은 타의 추종을 불허했다. 환자의 정맥 굵기가 어떻든, 화학요법 때문에 흉터가 있든 상관없이 말이다. 10년 넘게 링거 주사를 놓지 않은 나로서는 몹시 안심되는 일이었다.

하비 자신의 말대로, 하비와 노마 부부는 조력 사망 3일 전 친구와 이웃들을 집에 초대해 하비의 삶을 기리고 모두에게 작별인사를 할 기회를 누렸다. 그 과정에서 나는 실질적인 면과 지침을 전부 검토했다. 무엇 하나라도 잘못하면 그 영향이 지대할 거라는 점을 나는 예리하게 인식하고 있었다. 형사고발을 당할 수도 있었다. '14년 이하의 징역형'이라는 말이 머릿속에서 계속 번쩍거렸다. 검사들의 분위기가 어떤지는 아직 아무도 모르지만. 그들은 과실을 저지른 임상의를 본보기로 징계하기 위해 각각의 케이스를 구석구석 세심하게 검토하며 대기중일까? 아니면 우리 모두가 최대치의 능력을 발휘하며 일한다는 걸, 항상 선의를 바탕으로 행동한다는 걸 확인하려고 대기중일까? 어쨌든 그 무엇도 운에 맡기고 싶지는 않았다.

하비는 단지 나의 첫 조력 사망 대상자만이 아니었다. 그는 밴쿠버 아일랜드와 캐나다 전체에서 시행되는 첫 MAiD 대상자였다. 그리고 나는 그런 권리의 필요성을 인식하고 있었다. 나 자신을 위해, MAiD를 위해, 하지만 가장 중요하게는 하비를 위해.

2.   최초의 죽음

어린아이 때 나는 죽음에 대한 개념이 흐릿했다. 어렸을 적 직계가족 중에 세상을 떠난 사람이 없었고, 그래서 내가 생명이라는 것이 끊어지는 장면을 처음 목격한 것은 카나리아와 작은 사막쥐의 죽음 정도였다. 살아 있던 사람이 더이상 존재하지 않을 수 있다는 개념은 나에게는 동화책에나 나오는 이야기였다. 그런 일이 일어났을 때 나는 그 일이 우연히 일어났다고 이해하고 그 이론적 결과들도 이해했다. 그러나 그건 다른 사람들에게 일어난 일일 뿐이었다. 나는 '현재'에, 어린아이의 현재시제에 붙들려 있어서 그 전후에 무슨 일이 일어나는지 잘 알지 못했다.

나는 유대인 부모에게서 막내딸로 태어났다. 아버지는 레스토랑을 운영했고, 어머니는 내가 어릴 때는 전업주부였다가 외조부모님이 연로해지시자 그분들을 대신해 파트타임으로 부동산 관리 일을 했다. 외조부모님은 핼리팩스 유대인 공동체의 기둥이었다. 우리는 유대교 관습을 특별히 잘 지키는 편은 아니었지만 집에서 코셔를 준수했다. 명절 기념 행사들, 정규 학교 수업을 마친 뒤 일주일에 며칠 히브리 학교에 가는 일, 그리고 내가 제일 좋아한 여름 캠프를 통해 내 삶 속에 유대교 문화와 전통이 직조되었다. 유대교는 내가 선택한 것이 아니었지만 엄청난 공동체 의식과 소속감, 그리고 내가 의심치 않은 윤리 기준을 제공해주었다.

내 기억에 우리 공동체의 일원이 최초로 죽음을 맞이한 것은 내가 10대 때였다. 누구인지 그리고 어떻게 내 이름을 알았는지는 모르겠는데, 어느 일요일 아침에 웬 나이든 여성이 전화를 걸어왔다. 그는 유대교 회당 소속으로, 나는 그 이름은 들어본 적이 있었지만 얼굴은 떠올리지 못했다. 그는 나에게 시간이 있으면 좀 도와달라고 했다. 그런 다음 자세한 설명 없이 내가 모르는 남자의 이름을 알려주면서 그 남자가 죽었다고 말했다. 오후 1시에 장례식이 열린다고 했다. 그래서 그 남자의 집에서 열릴 시바shiva를 위해 도움이 필요하다고 했다. 시바는 7일간의 복상服喪 기간으로, 망자의 가족과 친구들이 모두 모여 조의를 표하고 유가족을 지지해주는 유대인들의 전통이다. 나는 망자의 집에서 다른 여성을 만나 필요한 일을 하기로 했다. 그전에 내가 시바에 참여한 적이 있었는지는 생각나지 않지만, 개념상으로 그것이 무엇인지는 알고 있었다. 전화 속 그 여성은 다른 여성이 나에게 할 일을 가르쳐줄 거라고 했다.

왜 그날 나에게 그 전화가 걸려왔는지는 이후에도 알 수 없었고, 아직도 그 일은 내게 미스터리이다.

그때 나는 10학년이었고, 중대한 전환—전에 다니던 소규모 사립학교에서 대규모 지역 공립학교로의 전학—시기였다. 새 학교는 건물이 거대했고, 내가 아직 배우지 못한 사회상규에 의해 운영되었으며, 모르는 얼굴이 1500명이나 있었다. 그 학교에서 스포츠는 그저 교내에서 즐기는 오락거리가 아니었다. 선수층이 넓어서 엘리트 스포츠를 방불케 했고, 나처럼 취미로 운동을 하는 학생은 기가 죽었다. 그날 아침 내가 들어가려고 선택한 출입구에는 이런 글이 적혀 있었다. "이 남쪽 출입구는 '학생' 전용입니다. 북쪽 측면의 청색 출입구가 '전문가' 용 출입구이고, 정문은 고스 음악 애호가와 부적응자 전용입니다." 아무리 생각해봐도 내가 그중 어디에 속하는지 알 수 없었고, 다른 문들에 대해서도 전혀 알 수가 없었다.

부모님은 내가 열 살이 되기 전에 이혼하셨는데, 그 결별은 우호적이었다고 말할 만한 성질의 것이 아니었다. 당시 아버지는 처음으로 차린 레스토랑을 운영하느라 분투중이었고, 바람을 피운 걸로 의심되었다. 뒤늦게 상황을 깨달았을 때 아버지가 일종의 신경쇠약 증세를 겪고 있고 어머니가 상심했다는 걸 알았지만, 당시 아홉 살에 불과했던 나는 그저 혼란스럽고 외로울 뿐이었다. 어머니는 다시 학교를 다니고 일자리를 얻었고, 이혼한 지 3년 만에 재혼했다. 그리고 오빠와 나에게 갑자기 의붓남매 네 명이 생겼다.

고등학교를 전학할 때 나는 2년째 어머니의 재혼 가정에서 살고 있었다. 오빠는 대학교에 진학하면서 집을 떠났고, 의 붓남매 둘이 나와 함께 살았다. 한 명은 나보다 나이가 많은 언 니로 끔찍한 자동차 사고에서 회복중이었고, 다른 한 명은 나 보다 한 살 아래의 남동생이었다. 우리 중 누구도 서로 잘 지 내지 못했고 자주 말다툼을 했다. 부모의 상반된 양육 태도— 한쪽은 바싹 붙어 있고 다른 쪽은 멀리 떨어져 있는—, 어머니 보다 나이가 열여덟 살이나 많은 의붓아버지의 구식 사고방식, 내 방 밖에서 배회하는 의붓남매의 복잡한 성격 사이에서 나의 가정생활은 혼돈스럽기만 했다. 생물학적 부모는 여전히 불화 가 심했고, 나는 그 사이에 끼어 이러지도 저러지도 못했다. 사 람들이 나에게 어떤 행동을 기대하는지는 알고 있었지만, 집에 서나 학교에서나 환경에 속수무책으로 휘둘린다고 느꼈다. 새 영어 선생님이 그날 과제는 자신을 짧은 한 문단으로 소개하는 거라고 말했을 때, 솔직히 무슨 말을 해야 할지, 어디서부터 시 작해야 할지 도무지 알 수가 없었다.

한 여성이 낯설지만 친숙하게 들리는 목소리로 전화를 걸 어와 시바 행사를 도와달라고 부탁했을 때 나는 받아들였다. 그가 알려준 주소지까지 15분을 걸어가면서 내가 무슨 일에 발 을 들인 건가 싶었다. 겁이 나진 않았다. 무엇보다 호기심이 생 기고, 내가 쓸모있는 존재라는 느낌이 들었다. 사실 이제 다 컸 다는 느낌이었다. 그 수수한 벽돌집의 문을 두드리자, 약속대 로 어떤 여성이 나를 맞아주었다. 곧 장례식에서 돌아올 문상객들을 위해 집에서 준비할 것들을 그분이 가르쳐주었다. 나는 관습대로 거울들을 천으로 덮었다. 묘지에서 돌아올 사람들이 손을 씻을 수 있도록 집 입구 통로에 물이 담긴 대야도 가져다 놓았다. 현관을 열어놓고, 예정된 손님들을 위해 접시에 음식을 담아놓았다. 전화벨이 울렸을 때에야 집안에 나 혼자 있다는 걸 깨달았다. 그 전화를 받아야 할지 받지 말아야 할지 속으로 갈등했다. 당시는 아직 모든 집에 자동응답기가 있지는 않을 때여서, 나는 여덟번째로 벨이 울렸을 때에야 수화기를 집어들었다.

"모리스 씨 좀 바꿔주시겠어요?" 수화기 건너편에서 어떤 여자가 말했다.

"으으음, 그분은 지금 여기 안 계신데요…… 실례지만 누구신가요?"

"여긴 백 박사님 병원이에요. 화요일 오후 두시 진료 예약을 확인하려고 전화드렸고요."

"아…… 으으음…… 저기…… 그분은 가지 못하실 거예요." 내가 말했다. "이런 말씀 드리게 되어 유감이지만…… 모리스 씨는 어제 돌아가셨거든요."

"아! 알겠어요…… 네, 그렇군요. 알겠습니다. 상심이 크시겠습니다." 접수 담당자는 말을 더듬거렸다. "번거롭게 해드려 정말 죄송해요. 뜻밖의 소식이네요. 음, 네, 그래요. 감사합니다. 거듭 말씀드리지만 상심이 정말 크시겠어요."

내가 뭐라고 대꾸할 새도 없이 여자가 전화를 끊어버려서, 내가 누구인지, 왜 모리스 씨의 집에 와 있는지, 왜 그의 장례식 날 그 전화를 받았는지 설명할 틈도 없었다. 기억하기로 전화를 받았을 때 긴장했었는데 수화기를 다시 내려놓을 때는 다른 느낌이 들었다. 뭔가 강해진 느낌이었다.

나는 지시받은 대로 준비를 마쳤고, 첫 문상객들이 도착하기 시작했다. 나는 옆문으로 살짝 빠져나와 집으로 걸어갔다. 그날 일에 대해 어머니에게 말해야 했지만, 그 경험을 다른 누구와 공유한 기억은 없다. 그것은 평소와 너무도 다른 이상한 상황에서 내가 어떻게 이 시간에 여기 와 있게 되었을까 싶었던 순간 중 하나였다. 마치 다른 누군가의 인생 속에 들어가 연기를 하는 것처럼 말이다. 무섭진 않았지만 이상했다. 이상한 상황이 전개되는데 그걸 알아차리면서 상황은 한층 더 이상하게 다가왔다. 나는 규범에서 벗어나는 어떤 일을 하도록 부탁받았고 그 일에 흥미를 느꼈다. 어색한 위치에서도 기꺼이 계속할 의향이 있었고, 그렇게 하면서 그때까지는 내 손이 닿지 않는 곳에 있는 것 같았던 통제감을 발견했다. 되돌아보면 그런 통제감이 특이하게 느껴지는 그 공간 속으로 걸어들어가도록 나를 격려한 것이 아닌가 싶다.

물론 이 하나의 사건이 지금 내가 가고 있는 길, 즉 조력 사망을 제공하는 길로 나를 곧바로 이끈 것은 아니다. 나는 열일곱 살에 가정에서 벗어날 준비를 하고 집을 떠났다. 학구적 관심사에 따라 토론토대학교에서 생리학을 공부해 학사학위를 받았다. 주위 친구들이 거의 다 의과대학에 들어가기를 꿈꾸는 학생들이었다. 나는 그런 특별한 목표를 품은 적이 없었지만, 막상 고려해보니 의외로 매력적으로 다가왔다. 처음에 나는 사람 그리고 그들의 생리에 매혹되었기 때문에 의학에 끌렸다. 또한 그것은 사람들을 돕고 싶어하는 나의 소망과 일치했다. 되돌아보면 의학이라는 분야는 나에게 부여된 필요를 순서에 따라 채워준 것 같다. 그것은 문제에 접근하는 구조화된 길이었고 이해의 가능성이었다. 의료행위는 그것이 진실이든 아니든 내가 열심히 일하고 지식을 적절하게 활용하면 성취감으로, 세상 사람들의 존경으로, 그리고 내가 오랫동안 추구해온 통제감과 삶의 안정으로 보상받을 거라고 약속해주었다.

내 앞에는 학문과 새로운 발견의 세계가 펼쳐져 있었고, 나는 내가 무엇을 믿는지, 왜 그런지 왜 그렇지 않은지 질문하기 시작했다. 종교를 거부하고 나선 것은 아니다. 과학적 설명을 좀더 편안하게 느낀 것뿐이다. 나는 여전히 전통과 공동체의 가치를 높이 평가하며, 그런 요소들이 나에게 도움이 된다. 하지만 맹목적 믿음은 뒤로 제쳐놓는다. 무엇보다 내가 다른 사람들을 돕고 싶어한다는 걸 깨달았다. 그리고 언젠가 그럴 수 있다는 사실이 깊은 동기부여가 되었다. 나는 의학에서 세상속 나의 자리를 발견했다.

3.   "나는 갈 준비가 됐어요"

하비의 죽음이 예정된 아침이다. 나는 내 침실에서 5분 동안 옷장 속 심연을 응시하며 서 있다. 선택안들을 숙고하고 그런 다음 즉시 그 선택안들을 폐기한다. 어떻게 시작할지 그야말로 어찌할 바를 모르고 있다. 예정된 죽음을 실행하러 갈 때 어떤 옷을 입어야 할까? 온통 검은색으로 입으면 병적으로 보일 것이다. 하비는 분명 침울하지 않다. 반대로 너무 밝은색은 가족들에게 적절하지 않게, 지나치게 축제 분위기로 보일 것이다. 나는 프로페셔널하면서도 냉정하지 않게 보이고 싶었다. 캐주얼은 괜찮지만 청바지는 안 되었다. 어떻게 옷을 선택하는 것이 새 분야에서 첫발을 내딛는 날의 가장 어려운 문제가 될 수 있단 말인가?

위층 복도 끝에서는 고요가 손에 만져질 듯했다. 나흘 뒤면 고등학교를 졸업하는 샘은 더없이 기분 좋게 잠들어 있다. 수업이 다 끝났고 시험도 치렀기 때문이다. 나는 샘이 그 예식 반대편에서 자기를 기다리고 있는 인생을 꿈꾸기를 바란다. 막 10학년을 마친 새러는 여름 캠프에 필요한 몇 가지 물건—자

외선 차단제, 간식거리, 상처용 밴드—을 사기 위해 동네 약국
에 갔다.

내 주변에서는 온통 평범한 삶이 흘러가고 있다. 하지만 오
늘만큼은 그 무엇도 평범하지 않을 것이다. 2016년 6월 16일,
하비가 죽기로 선택한 날이다. 이 사건은 전부 하비에 관한 것
이고, 관련된 모든 사람에게 중대한 사건이다.

나는 불안감을 느끼며 옷장 앞에 못 박힌 듯 서 있다. 아니
면 혹시…… 흥분한 걸까? 바야흐로 중요한 역사를 쓰려는 참
임을 나는 의식하고 있었다. 머리칼이 아직 젖은 채 타월로 몸
을 감싼 상태에서 오늘 일어날 사건을 전망하며 잠시 좌절감을
느꼈다. 나는 오전 열시에 약을 가지러 갈 거고 열한시까지 하
비의 집에 도착할 것이다. 그리고 하비는 정오 전에 사망할 것
이다.

하비의 MAiD 관련 준비는 완료된 상태다. 문서화가 끝났
고, 주 지침의 각 단계도 삼중으로 체크했다. 당일인 오늘 아침
에 약사 댄을 다시 만날 것이고, 그와 함께 모든 서류 양식이
다 채워지고 정확하게 정리되었는지 재확인할 것이다. 우리가
파머케어PharmaCare(자격을 갖춘 주민들에게 처방약과 의약품 비용
을 지원하는 주州 약학 관련 단체)의 '특수 권한' 데스크에 보낸 양
식은 너무 최근에 만든 것이라서 전날 오후에야 겨우 사용 가
능했다. 나는 그날 아침 개인적으로 파머케어에 문의했고 약
제 비용이 온전히 충당된 것을 확인했다. 댄과 나는 여섯 장짜

리 처방전 양식의 서명란마다 모두 서명했다. 그런 다음 댄이 모든 장을 복사해서 각자 기록을 한 벌씩 보관할 수 있게 되었다. 이 모든 일을 한 뒤에야 약을 받아 하비의 집으로 향할 수 있었다.

마지막 순간에 나는 그레이 진에 검은 스웨터를 골랐다. 그리고 머리에 안경을 걸쳤다. 캐주얼하지만 지적으로 보이는 차림새가 올바른 차림새 같았다. 약이 든 가방을 손에 들자 비로소 일을 진행할 준비가 되었다는 느낌이 들었다.

가방이 예상보다 너무 가벼웠다. 댄은 예기치 못한 비상사태에 대비해 여분의 약도 챙겨주었다. 분명하게 라벨을 붙여 겹쳐 쌓은 투명 플라스틱 상자 1과 상자 2―하나는 파란 뚜껑, 다른 하나는 녹색 뚜껑―가 가방을 꽉 채웠다. 가벼운 무게의 아이러니, 이런 무거운 책임을 부여받은 무해해 보이는 가방이 나에게 특별한 느낌을 불러일으켰다. 내가 무엇을 들고 가는지 사람들이 알아차릴지 모르니 최선을 다해 포커페이스를 유지하며 그 치명적인 약을 자동차 트렁크에 단단히 실었다.

하비의 집으로 운전해 가는 30분 동안, 나는 우스꽝스러운 공상에 빠졌다. 경찰이 부서진 미등이나 속도 때문에 혹은 불시 검문으로 내 차를 불러세우면 어떻게 될까? '왜 이렇게 서두르십니까, 부인?' 나는 상상해보았다. '트렁크 좀 열어주십시오. 저기 저 가방 안에는 뭐가 들었죠?'

그런 질문을 받으면 정확히 뭐라고 대답해야 할까? 물론 사실대로 대답해야 한다. 하지만 경찰 중 다수가 내가 하는 일이 이제 합법임을 알지도 못할 거라는 생각이 들었다.

천천히 운전했지만 하비의 집까지 가는 여정은 빠르게 지나갔다. 하비의 집 옆 도로 경계석을 따라 차를 댔다. 도착했다고 말할 수 있을 만큼 가깝고, 집안에 있는 사람 그 누구도 내가 벌써 왔다는 말을 하지 못할 만큼 멀게. 골프 모자를 쓴 노신사가 동네에서 잭 러셀 테리어 개를 조용히 산책시키고 있었다. 나는 숨을 깊게 들이쉬었다. 의과대학에 다닐 때 이런 말이 있었다. "하나를 보고, 하나를 하고, 하나를 가르쳐라." 하지만 이 경우 나에게는 '하나를 볼' 방법이 없었다. 불과 며칠 전에 법이 바뀌었으니 말이다. 나는 그야말로 한 치 앞을 알 수 없는 큰 한걸음을 떼려는 참이었다.

백미러를 들여다보며 나 자신에게 속으로 격려의 말을 해주었다. 그건 평소에도 하는 행동, 늘 해온 행동이었다. 큰 시험을 앞두었거나 중요한 만남이 있을 때 나는 3~4초 동안 거울 속을 들여다본다. 옷깃을 바로잡거나 머리를 매만지기 위해서가 아니라, 이런 상황에 처했다는 걸 나 자신에게 상기시키기 위해서다. 평소의 내 루틴이 효과가 있기를 바랐다. 하지만 오늘 아침에는 그 이상의 것이 필요할 듯했다. 심장이 마구 뛰었다. 내가 정말로 준비가 된 걸까?

잠시 시간을 두고 주저하는 마음을 받아들였다. 그런 다음 이 일이 나에 관한 것이 아님을 떠올렸다. 내 머릿속에 어떤 생각들이 지나가든 내가 그 방안에서 가장 침착하고 가장 자신감 있는 사람이어야 한다는 걸 스스로 상기시켰다. 동시에, 얼마나 많은 눈이 나에게 향하든 내게 관심이 집중되어서는 안 되었다. 나에게는 그런 균형을 찾는 기술이 있었고, 수많은 여성의 출산을 담당한 지난 세월 동안 그에 걸맞게 갖춰진 것을 믿어야 했다.

나는 자동차에서 내려 뒤도 돌아보지 않고 하비의 집 정문으로 성큼성큼 걸어갔다. 안으로 들어가서는 문 바로 안쪽에 신발 여러 켤레가 무질서하게 널려 있는 것을 보고 신발을 벗었다. 그런 다음 개방된 거실 겸 식당으로 통하는 카펫 깔린 계단을 올라갔다. 거실 맞은편에 있는 노마와 시선이 마주쳤다. 그러나 노마에게 인사하러 가기 전에 나를 보조해줄 임상 간호사 제시카를 만났다. 제시카는 수술복 차림에 양말만 신은 발로 계단 꼭대기에 서 있었다. 우리는 서로에게 미소를 짓고 조용히 악수했다. 그가 오늘 링거관을 통해 약물 주입을 시작하는 일을 맡을 것이다. 하지만 이 특별한 순간에 내가 생각할 수 있는 것은 여기 와 있는 하비의 가족들이 제시카와 내가 실제로는 처음 만났다는 걸 짐작하지 못했으면 하는 것뿐이었다. 내가 이 일을 생전 처음 한다는 사실을 그들에게 상기시키는 일은 아무것도 하고 싶지 않았다. 제시카가 나에게 인사하는 방식과 약간 억지스러운 친근한 태도를 통해 그도 직감적으로 나와 똑같이 느끼고 있음을 알 수 있었다. 앞으로 우리가 잘 지

내리라는 걸 즉시 알 수 있었다.

이날 아침 하비의 가까운 가족 여덟 명이 집안에 모여 있었고, 노마가 나를 소개했다. 나는 그들에게 정중히 인사하면서, 내가 불편한 미지의 인물이며 아마도 그들을 불안하게 하고 있음을 눈치챘다. 나는 몇 분간 하비와 단둘이 이야기하게 해달라고 부탁했고, 그가 짧은 복도 오른쪽 끝 그의 침실에 있다는 대답을 들었다. 그래서 그쪽으로 향했다. 약이 든 가방을 침실 문 바로 안쪽에 내려놓고 침대맡에 놓인 의자에 앉아 입을 열었다. "간밤엔 좀 어떠셨어요?"

"그냥저냥 보냈어요." 그가 대답했다. "난 갈 준비가 됐어요. 그게 오늘 끝나면 좋겠습니다."

하비는 기다리지 않았다. 그가 한 말은 충격을 완화할 필요가 전혀 없다는 뜻이었다. 이번에는 내가 그의 직설적인 표현에 감사를 전했다.

이 대화의 공식적인 목적은 하비가 여전히 이 결정에 대한 의사 표현 능력이 있는지—하비의 정신이 말짱한지, 그리고 그가 여전히 일을 진행하길 바라는지—확인하는 것이었다. 그렇다고 확인되면 그의 최종 동의를 얻어야 했다.

"혹시 생각이 바뀌거나 하셨나요?"

"아뇨, 전혀 그렇지 않아요."

"좋아요, 그러면 진행될 일을 말씀드리겠습니다."

나는 오늘 시행할 일들의 순서를 재검토했다. 하비가 자신은 모든 면에서 잘 준비되어 있다고 안심시켜주었다. 장례 계획을 세워놓았고, 비용도 이미 지불했다고 했다. 가족들이 연락해야 할 그의 변호사와 회계 담당자 이름이 적혀 있었다. 그가 뒤에 남을 가족에 대해 약간의 염려를 표했다. 나는 그들을 지원하겠다는 말로 하비를 안심시키려 했다. 그러나 나 역시 융통성 없기로는 그와 필적할 만했다. 나는 거짓말을 하지 않았다. 모두가 힘들 거라고 동의를 표했다. 우리 둘 다 솔직한 태도로 말하고 있었다.

"이 일을 가능하게 해줘서 고마워요."

누가 먼저 손을 뻗었는지 혹은 언제 우리가 손을 맞잡았는지는 기억나지 않는다. 하지만 그가 다시 한번 예상보다 조금 더 오랫동안 그리고 조금 더 힘을 주어 내 손을 잡았다. 대화가 끝났다고 생각했지만 그는 나를 놓아주지 않았다. 뭔가 할 말이 있는 것이 틀림없었다. 준비가 되면 말할 거라는 걸 알았으므로, 나는 자리에 앉은 채 말없이 기다렸다.

"선생도 알겠지만 조금 무섭군요."

"당연히 그러실 거예요…… 괜찮습니다."

나는 말을 하다가 멈추었다. 그가 나에게 솔직하게 말한 만큼 나도 똑같이 솔직하게 대답하고 싶었다. 그러나 그가 무엇을 무서워하는 건지 확실히는 알지 못했다. 자신에게 곧 일어날 일이 무서운 걸까, 예상치 못한 불편함이나 치욕이 무서운 걸까? 아니면 시간을 좀더 달라고 부탁하는 걸까? 혹시 이 선택에 대한 마음이 바뀐 걸까? 나는 선택안들을 재빨리 헤아려 보고 그에게 출구를 제공하기로 결심했다. "서두를 필요 없어요. 원하시면 며칠 더 기다릴 수 있어요. 더 오래도요, 그러고 싶으시다면."

"아니, 아니에요. 오늘 하고 싶어요. 난 그냥…… 조금 무서울 뿐이에요." 그가 말했다. 하비는 미소를 짓고 어깨를 으쓱했다. 거의 사과하듯이.

거기에, 그 예상치 못한 순간에 내가 있었다. 나는 그가 한 말이 무심코 한 말이나 평범한 대화가 아님을 알아차렸다. 그저 손을 토닥이거나 달래는 건 바람직하지 않으리란 걸. 그래선 안 되었다. 그는 말하고 싶어하고, 나는 그의 말을 들어줄 필요가 있었다. 뭔가…… 필요했다. 나 자신에게 회의감이 느껴졌다. 지금 내가 잘못된 말을 하면 어떻게 될까? 나는 아는 것이 많지만 아직 배우는 중이었다. 하비는 더 많은 것을 받을 자격이 있다. 자기가 무엇을 하고 있는지 잘 아는 사람, 그를 좀더 안정된 곳으로 안내할 수 있는 사람의 서비스를 받을 자격이 있다. 이곳 말기환자 치료 분야에는 왜 내 동료들이 없을까? 이 분야는 의사들이 최선을 다하는 분야가 아닌 걸까? 나는 대체 누구인가? 1초도 안 되는 시간 동안 이런 망설임이 머릿속을 날아다녔다. 그리고 다음 순간 나는 이해했다. 이 순간 나는 그가 가진 전부였다. 물론 인생을 사는 동안 그에게는 많은 사람이 있었다. 하지만 하비가 이 고백을 한 이 순간 그가 믿는 사람은 오직 나 한 사람뿐이었다. 그래서 나는 위기 속에서도 잘 대처해보려 했다. 인간적으로 행동하면서도 호기심을 유지하려 했다. "저에게 말해보세요. 뭐가 가장 무서우세요?"

우리는 이야기를 나누고, 필요한 시간을 가졌다. 아무도 서두르지 않았다.

"이다음에는 무슨 일이 일어날 거라고 생각해요, 그린 선생?"

"잘 모르겠어요, 하비. 당신은 어떻게 생각하세요?"

"나는 종교적인 사람이 아니에요. 심지어 그다지 영적이지도 않죠. 하지만 이게 끝이라고 생각하진 않아요. 그럴 리 없지."

"네. 하지만 만약 이게 끝이라면요, 하비?" 내가 물었다. "그렇다면 무엇을 바꾸고 싶으세요? 혹은 과거에 무엇을 다르게 했기를 바라세요?"

대화는 계속되었다. 나는 이 질문을 입 밖에 내어 말하는 것이 답을 찾는 일만큼 중요하다는 걸 깨달았다. 나는 경청했고, 그가 탐험할 필요가 있는 것을 찾아내려고 애썼다. 그는 줄곧 내 손을 잡고 있었고, 나는 그의 후회들—별로 많진 않았다—과 그가 매우 자랑스러워하는 것들에 대해 들었다. 하비에게 너무나 많은 것을 배웠다. 그가 나의 첫 MAiD 환자라는 사실에 벌써부터 감사한 마음이 들었다. 자신의 가장 내밀한 감정을 기꺼이 나누려는 그의 마음이 이 심오한 일 속에서 내게 가르침을 주었다.

어느 순간 둘 다 말을 멈췄다. 내가 나가서 그의 가족과 이야기하고 앞으로 일어날 일에 대비시키겠다고 설명했다. 5분 뒤에 그가 사랑하는 사람들과 함께 돌아오겠다고 약속했다. 그가 동의의 표시로 고개를 끄덕이고는 눈길을 돌렸다. 대화는 그렇게 끝났고, 나는 그 대화가 충분했기를 바랐다.

나는 하비가 조력 사망에 적합하며 그것을 선택할 의사능력이 있다고 믿고 안심했다. 주州에서 요구하는 서류 양식을 그에게 건네주었고, 그가 불안정한 필체로 서명하는 동안 지켜보았다. 그런 다음 서류를 잘 챙겼다.

제시카를 불러 링거관 연결을 시작하라고 말하고는 몸을 돌려 거실로 갔다. 하비의 가족과 함께 소파, 2인용 소파, 그리고 몇 개의 식탁 의자에 대략 둥그렇게 모여 앉았다. 나는 자리를 잡고 앉은 뒤 주위를 둘러보았다. 남자 두 명이 손에 스카치 위스키 잔을 들고 있었고, 여자 한 명은 진이 담긴 것으로 보이는 잔을 들고 있었다. 노마는 크리넥스를 손에 뭉쳐 쥔 채 초조해했으며, 장성한 자녀들은 공허한 눈빛이었다. 모두 말이 없고 주저하는 태도로 무슨 말이든 하길 기다리며 나를 바라보고 있었다.

"오늘 진행될 일을 정확하게 점검할 거예요. 그러니 놀랄 일은 없을 겁니다." 내가 이야기를 시작했다. "우리는 이 거실에서 이렇게 이야기를 나누고 있고, 그러니 여러분은 저에게 무엇이든 자유롭게 물어보셔도 됩니다. 하비에게는 모든 세부사항을 자세히 말씀드렸어요. 지금 우리가 이야기하고 있는 것도 알고 계시고요."

나는 일이 진행되는 순서, 주사기의 수, 그리고 마지막 말을 나눌 시간에 대해 설명했다. 누가 어디에 서고 앉을지도 점검했다. 치르고 싶은 의례나 의식 같은 것이 있느냐고 물은 다음 세부로 들어갔다.

"처음 주입할 약물은 미다졸람이라고 불리는 항불안제예요. 그 약이 하비의 긴장을 풀어주고 기분 좋게, 약간 졸음이 오게 해줄 겁니다. 하비는 이미 많이 쇠약해져서 시름없고 얕은 선잠에 곧 빠져들 거예요. 코 고는 소리까지 들릴지도 몰라요. 그걸 통해 그분이 진정으로 편안하다는 걸 알 수 있을 겁니다."

그들은 진지한 태도로 내 말을 경청했고, 나는 최대한 투명한 태도로 정보를 잘 전달하려고 애썼다.

"두번째로 주사할 약물은 아마 여러분도 들어보셨을 텐데, 리도케인이라고 불리는 마취제예요. 그것으로 혈관에 감각이 없어지게 만들 겁니다. 하비가 이미 잠들었다면 어쩌면 그건 꼭 필요치 않을지도 몰라요. 하지만 저는 그분이 편안하다는 걸 100퍼센트 확실하게 하고 싶어요. 다른 약물들이 조금 따끔할 수 있거든요. 그래서 마취제를 쓰는 거죠. 혈관에 감각이 없어져서 남은 과정을 진행하는 동안 어떤 불편함도 느끼지 못하도록요."

하비의 남동생과 아들이 자기도 모르게 고개를 끄덕였다. 노마의 얼굴에 안도감이 비쳤다. 다른 사람들은 눈빛이 멍했다…… 현실이 피부로 느껴지기 시작했다.

"세번째 약물은 보통 수술 전에 환자를 잠재우기 위해 사용하는 프로포폴이에요. 다만 양이 훨씬 더 많을 뿐이죠. 프로포폴을 다량으로 쓰면 2~3분 후에 얕은 선잠에서 훨씬 깊은 잠으로, 코마 상태로 그리고 깊은 무의식 상태로 빠져들게 돼요. 여러분은 하비가 여전히 잠들어 있다는 것 말고는 별다른 변화를 느끼지 못할 거예요. 하지만 주의 깊게 살펴보면 프로포폴 때문에 호흡의 간격이 길어진 것을 알 수 있을 겁니다……" 나는 양손을 들고 손 사이의 간격을 벌려 무슨 일이 일어날지 설명했다. "또한 하비의 호흡은 더욱 얕아지고 거의 멈추다시피할 거예요."

나는 사람들의 반응을 살피고 이 설명을 듣는 동안 그들이 모두 괜찮은지 확인하려고 애쓰며 얼굴들을 죽 둘러보았다.

"저는 이 모든 일이 예측대로 되길 기대하고 하비가 이 세번째 약물로 사망에 이르기를 기대하지만, 정말로 마지막임을 확실히 하기 위해 계획서에 있는 네번째 약물을 연이어 사용할 거예요. 로쿠로늄이라는 것인데, 몸의 근육이 움직이지 않게 해줘요. 저는 하비의 심장이 언제 멈추는지 여러분에게 알려드릴 겁니다. 첫번째 약물 주입부터 하비의 심장박동이 멈출 때까지 전 과정이 8~10분 걸릴 거예요."

이어서 목소리를 조금 낮추었다. "물론 제가 그 과정 내내 하비와 함께 있으면서 각각의 과정이 그분께 약속드린 대로 순조롭고 편안하게 진행되는지 확인할 겁니다. 2가지 정도를 더 말씀드릴게요. 여러분은 헐떡임이나 경련 또는 마음을 불안하게 만드는 어떤 장면을 보게 될 겁니다. 저의 목표는 그걸 최대한 편안하고 존엄하게 만드는 거예요. 하지만 그분의 심장이 멈추기 전에 호흡이 먼저 그칠 현실적인 가능성이 있어요. 그런 일이 일어날 경우 여러분은 그분의 얼굴색이 변하는 걸, 안색이 창백해지는 걸, 아마도 조금 노랗게 된 모습을 보게 될 겁니다. 입이 벌어지고 턱이 약간 아래로 떨어질지도 몰라요. 입술이 좀 파래질 수도 있습니다. 이런 모습 때문에 불편한 느낌이 들면 언제든 망설이지 말고 뒤로 물러나 앉으시거나 자리를 뜨셔도 돼요. 방안에 계속 머무른다고 무슨 상賞을 받는 건 아니니까요. 저는 제가 하는 일에 집중할 겁니다. 그러니 그 얼마 안 되는 시간 동안 여러분은 여러분 자신이 보살피셔야 해요. 아셨죠?"

소리 없는 끄덕임. 몇 사람은 자신들이 숨죽였던 것을 깨닫지 못한 듯 숨을 내쉬었다.

"세세한 부분을 다 설명드렸습니다. 이제 모든 것이 현실로 느껴지시죠. 절차에 대한 질문이나 바라는 바가 있으신가요?"

다들 아무 대꾸도 없었고 움직일 엄두조차 내지 못했다. 그저 나만 바라볼 뿐이었다. 의미심장한 침묵이 이어지던 중 70대

중반으로 보이는 조용하던 신사가 물었다. "혹시 여분의 항불
안제가 있습니까, 의사 선생? 내가 좀 먹어야 할지도 모르겠군
요."

다시 하비의 방으로 향할 때는 그의 아내와 자녀들만 나
를 따라왔다. 부풀어오르고 멍들고 쇠약해진 하비의 몸이 선명
한 녹색 눈과 대비되었다. 내가 방안으로 다시 들어가자 하비
는 눈을 크게 떴고, 주사기들을 배열하는 나를 주의 깊게 바라
보았다. 그의 눈은 표정이 풍부했고 여전히 생명력으로 반짝였
다. 내가 의자를 침대가로 바싹 당기자 그가 다시 눈을 감았다.
나의 얼굴에서 무엇을 본 건지 궁금했다. 내가 전에 이 일을 한
번도 해본 적이 없고―본 적조차 없었다―그래서 이 일의 전
체 과정을 진짜로 알지는 못함을 우리 둘 다 인식하고 있었지
만, 적어도 내가 하는 일이 무엇인지는 잘 알고 있음을 알려주
어 그를 안심시키고 싶었다.

하비는 침착했다. 미소를 띠었으며 확신이 있어 보였다. 가
족에 대한 그의 사랑은 처음부터 명백했고, 지금 그들 모두가
여기에 그와 함께 있었다. 노마는 그의 오른쪽 매우 가까이에
놓인 의자에 앉아 몸을 앞으로 기울여 얼굴을 하비의 얼굴에
바싹 대고 있었다. 그러면서 미소를 짓는 동시에 눈물을 흘렸
다. 자녀들은 그의 발, 다리, 손을 만지려고 손을 뻗고 있었다.
우리 모두가 그렇게 침대 가까이에 옹기종기 모인 채 얼굴을
하비 쪽으로 향하고 있었다. 그가 부탁한 대로 모두 왔다. 그들

이 이 마지막 순간에 그들 자신보다 하비의 필요를 우선해 하비를 지지해준 것이 나에게는 용감하고 매우 사랑스럽게 느껴졌다. 할말이 남은 사람이 있는지 내가 물었다. 하비의 아들이 내 옆에서 손을 뻗어 손바닥을 하비의 가슴에 얹었다. 그리고 그를 사랑한다고, 그가 너무도 훌륭한 아버지였기에 감사한다고 되뇌었다. 그러자 하비는 이건 자신이 원한 일임을 그들 모두에게 상기시키고 슬퍼하지 말라고 했다.

나는 하비의 왼팔을 잡았다. 그가 내 눈을 들여다보며 고맙다고 말했고, 나는 시작할 때가 되었다는 걸 알았다. 내가 시작하겠다고 말하자 제시카가 내 뒤에서 손을 뻗었다. 제시카가 내 등에 손을 얹자 그제야 내가 얼마나 긴장했는지 알 수 있었다. 제시카의 손바닥에서 따뜻한 온기가 느껴졌을 때, 나는 이 모임이 완전하다는 걸, 우리 모두가 물리적으로 연결되어 있다는 걸, 그리고 우리 중 그 누구도 혼자가 아님을 알았다. 첫번째 약물을 주사기 안에 넣자 긴장이 풀리는 것이 느껴졌다.

"이제 좋았던 기억을 떠올릴 시간이에요." 내가 말했다. "좋아하는 뭔가를 했던 기억, 사랑하는 누군가와 함께 그걸 했던 기억…… 이제 그곳으로, 거기로 가세요. 그리고 그 순간을 다시 느껴보세요…… 졸음이 오면, 괜찮으니 눈을 감으세요. 그래도 돼요. 지금 우리 모두가 여기 당신과 함께 있어요. 당신과 함께 여기 머물 거예요."

하비는 그가 바란 그대로 세상을 떠날 것이다. 그는 자녀들이 몸을 받쳐주는 가운데 아내의 눈을 응시하며 졸음을 느끼기 시작했다. 지난 52년 동안 곁을 지켜준 아내. 내가 계속 진행하는 동안 그들 부부는 이마를 맞댄 채 서로에게 속삭이며 연결되어 있었다. 노마는 손으로 하비의 얼굴을 감싸고 그의 머리를 쓰다듬으며 괜찮다고 말했다. 그에게 사랑한다고, 그리울 거라고, 하지만 자신은 괜찮다고 말했다. 노마가 사적인 기억을 상기시키는 잘 알아들을 수 없는 말들을 속삭였고 그가 빙긋이 웃었다. 그 순간의 친밀함에 너무도 마음이 끌려서 내가 하는 일에 집중하려고 애를 써야 했다. 노마가 하비에게 이제 다 내려놓으라고, 자신이 당신과 함께 있다고 말했다. 그리고 그는, 인생의 거의 매일 밤 그래왔듯이, 아내의 목소리를 마지막으로 들으며 잠에 빠져들었다.

하비가 가볍게 코를 골았다. 그 소리를 듣고 노마는 촉촉해진 눈가를 살짝 눌렀다. 나는 일을 계속 진행했고, 하비는 곧 호흡을 멈추었다. 상황이 명백해지자 다들 아무 말도 하지 않고 가만히 있었다. 나는 우리 모두가 알아차렸다고 확신했다. 그 순간 내가 이 일을 지휘하는 만큼이나 증인으로도 참여하고 있음을 깨달았다. 상황이 내가 예상했던 대로 펼쳐지자 안도감이 들었다. 하지만 혹시 문제가 발생할지 모르므로 방심하지 않았고, 알려지지 않은 문제에 대한 경계도 게을리하지 않았다. 계속해서 마지막 약물까지 주입했다. 하지만 곧바로 그 약이 다른 약물들과 달리 순조롭게 흘러들어가지 않는다는 걸 알아차렸다. 링거관이 막힌 건 아닐까 싶어 잠시 패닉 상태에 빠졌다. 하지만 얼마 되지 않아 그의 혈액이 더이상 돌지 않기 때문임을 알아차렸다. 하비의 심장이 멈추었음을 확신할 수 있었다. 하지만 계속 진행했다. 마지막 약물이 다 주입된 뒤에야 링거관 끝을 막았다. 빈 주사기를 다시 봉해 플라스틱 통에 넣은 뒤 청진기로 손을 뻗었다. 그리고 60초 동안 그의 심장 소리를 들어보고는 배석한 가족에게 말했다.

"운명하셨습니다."

그제야 가족은 그들 모두가 겪고 있는 상실감을 표현하는 것을 허락했다. 흐느껴 우는 소리, 서로 꼭 안는 포옹, 그리고 흐르는 눈물. 다들 하비를 몹시 그리워할 것이다. 다음 순간 나로서는 몹시 놀랍게도 방금 내가 한 일에 대한 감사의 말들이 쏟아졌다. 나는 아직 그런 말을 들을 준비가 되어 있지 않았으므로, 조금 당황스러웠다.

4.   조력 사망이 합법화되던 날

　　조력 사망이 합법이 되리라는 걸 알게 된 날 밤을 기억한다. 하비가 세상을 떠나도록 도움을 주기 거의 2년 전인 2014년 10월 15일이었다. 병원에서 24시간 교대근무를 마치고 막 퇴근한 참이었고, 남편 그리고 친구 여섯 명과 함께 밖에서 저녁을 먹기로 되어 있었다.

　　나는 20년 넘게 산부인과 의사로 일했다. 그렇게 46세가 되고 보니 경력에 변화를 줄 시기가 된 것이 아닐까 하는 생각이 들었다. 나는 내 일을, 환자들과의 소통을, 임신과 출산을 통해 여성들을 지원하고 그 여성들이 갓난아기를 먹이고 보살피는 일에 도움을 주는 것을 좋아했다. 아기가 이 세상에 나오는 첫 순간에 참여하고 관련된 모든 사람의 기쁨과 안도감을 공유하는 건 너무도 영광스러운 일이었다. 하지만 문제점이 하나 있었고, 나이가 들어감에 따라 그 문제점이 점점 더 버겁게 느껴졌다. 바로 24시간 연속 근무―이 시간 동안 대개 두세 명의 아기를 받고, 복잡한 문제가 있는 여성들을 진료하고, 임산부와 아기들을 퇴원시킨다―였다. 근무를 마친 뒤 육체적으로 회복하는 데 필요한 시간이 점점 길어지고 점점 힘들어졌다. 남편에게 하소연할 수도 없었다. 남편 장마르크는 줄곧 모두를 위해 제발 일을 줄이라고 부탁했고, 나는 그의 그런 염려를 부당하다고 여기고 무시해왔으니까. 그리고 대부분의 경우에는 어떻게든 헤쳐나갈 수 있었다. 내가 경력 변화를 꾀하지 않은 이유 중 하나는 산부인과 일만큼 사랑할 다른 분야를 상상할 수 없다는 점이었다. 다른 일들은 모두 그에 비해 생생함이 없고 흐릿해 보였다. 그러나 그 10월의 밤에 나는 그야말로 고갈된 느낌이었고, 앞으로 얼마나 오래 이 일을 계속할 수 있을지 의구심이 들었다.

아이들이 어렸던 시절, 퇴근해서 집에 돌아오면 아이들이 나를 맞으러 반갑게 달려오던 시절이 생각났다. 모퉁이를 획획 돌고, 내 다리에 몸을 쾅 부딪치고, 수십 년은 못 만난 듯이 와락 끌어안던 그 시절. 그렇게 아이들과 끌어안을 때면, 다리가 움직여 균형이 무너지는 바람에 배낭을 멘 내 몸이 기분 좋게 흔들렸다. 아이들의 그 달콤하고 단단한 포옹은 영원히 지속되지는 않는, 잠깐 동안의 환영 인사였다. 관심이 조금씩 시들해졌고, 접촉도 점차 줄어들었다. 그리고 결국에는 노트북 컴퓨터 뒤에서 말로만 하는 인사로 대체되었다.

장마르크가 스피커에서 흘러나오는 올드 팝송을 중간중간 콧노래로 따라 부르며 주방에서 오가는 소리가 들렸다.

"어서 와, 자기이이이이!" 그가 미소 띤 얼굴로 영국식 악센트를 최대한 구사하며 나를 맞이했다. "오늘 7시 저녁 모임에 가야 해. 미치와 모나가 초대했지." 그가 가볍게 입맞춤을 하며 나에게 상기시켰다. "시간이 별로 없네, 그렇지?"

"그래, 알았어…… 나 옷 좀 갈아입을게."

샤워하고 준비를 마친 뒤, 나는 강조된 글씨체의 헤드라인 들을 쭉쭉 스크롤해서 내리며 잠시 스마트폰으로 뉴스를 훑어 보았다. ISIS*가 시리아에 있고, 주식시장이 폭락하고 있었다. 대부분의 뉴스가 저녁식사 자리에서 이야기하기엔 너무 우울한 것들이었다. 그런데 마지막 뉴스가 내 관심을 끌었다. 캐나다 대법원이 드디어 조력 사망 금지를 폐지하라는 호소에 귀 기울였다는 뉴스였다. 나는 그 소송 사건의 명칭을 알고 있었다. 카터 대 캐나다. 그 소송에 대해 처음 들은 뒤 꽤 시간이 흘렀지만 세부 내용을 자세히 기억하고 있었다.

이 중요한 이슈가 캐나다 뉴스에 나온 것은 처음이 아니었다. 사실 캐나다 사람들은 20년 넘게 조력 사망에 관해 논의하고 심사숙고해왔다.

∽

조력 사망을 합법화하려는 캐나다의 긴 여정은 사실 1992년

• 이라크·시리아 이슬람 국가. 이슬람 수니파 무장단체.

에 시작되었다. 수 로드리게스라는 이름의 젊은 어머니가 처음 조력 사망을 금지하는 법에 이의를 제기했다. 로드리게스는 우연히도 브리티시컬럼비아주 빅토리아에 살고 있었다.

당시 나는 스물세 살, 몬트리올 의과대학 3학년이었고, 생명의료 윤리 과정을 배우고 있었다. 강의 시간에 우리는 법적 판결의 선례들에 관해 토론하고 켜켜이 쌓인 임상적 시나리오들을 살펴보았다. 로드리게스 사건 덕분에 이 문제는 더욱 우리의 관심을 사로잡았고, 그의 이야기가 전국 언론의 헤드라인을 장식했다. 강의실에서 의사의 윤리 원칙—'선행: 환자에게 가장 이익이 되는 일을 하는 것' 그리고 '악행 금지: 환자에게 해를 끼치지 않을 의무'—을 배우는 동안, 나는 그런 원칙들이 실제 삶에서 어떻게 직접 갈등을 유발하는지 보여주는 예로서 로드리게스 사건을 참고하곤 했다.

수 로드리게스는 41세 때 흔히 루게릭병이라고 알려진 근위축성 측색 경화증Amyotrophic Lateral Sclerosis, ALS 진단을 받았다. ALS는 빠르게 진행되는 신경계 질환으로, 진단을 받은 뒤 평균 생존 기간이 3~5년이다. ALS를 앓는 사람은 걷고 말하고 먹고 삼키는 능력을 잃게 되고, 종국에는 호흡 능력까지 잃는다. 증상이 나타나기 시작하면 완화해주는 것이 도움이 될 뿐, 병 자체에 대한 치료법은 발견되지 않은 치명적인 질환이다.

로드리게스는 1991년에 이 병을 진단받았다. 앞으로 일어날 일을 알게 된 그는 자신이 어떻게 죽을지 결정할 권한을 갖고 싶어했다. 때가 되면 삶을 끝낼 수 있도록 의사가 약물을 주기를 원했다. 빠르고 확실하게 죽음을 맞이할 수 있도록 말이다.

수 로드리게스는 자신의 발언이 담긴 영상을 캐나다 의회에 보내 간단하지만 힘있는 의문을 제기함으로써 세상의 이목을 끌었다. "내가 나의 죽음에 동의할 수 없다면 이 몸은 누구의 몸이란 말입니까? 누가 내 생명을 소유하고 있는 거죠?"

사람들은 그의 발언에 공감하긴 했지만 조력 사망에 반대했으며 생명의 존엄성에 집착했다. 조력 사망이 일단 시행되면 위험한 비탈길을 달리듯 파국으로 치달을 것이며 적절한 안전장치를 만드는 일이 불가능할 거라고 경고했다. 반면 조력 사망에 우호적인 사람들은 죽음의 시간과 성격을 결정할 수 있는 권한을 존중했고, 그가 스스로 선택할 권리를 가져야 한다고 주장했다. 어쨌든 모든 사람이 그가 용감하다는 사실에 동의했다.

다른 수백만 명의 시청자들과 마찬가지로, 나도 로드리게스의 비디오 영상에 마음을 빼앗겼다. 그리고 그가 처한 상황에 동정을 느꼈다. 그때까지 나는 조력 사망이라는 개념을 숙고해본 적이 한 번도 없었다. 강의실에서 로드리게스 사건에 대해 토론할수록 나는 생명의 '소유권'이 그 자신에게 있다고 확신하게 되었다. 어떻게 그렇지 않을 수 있겠는가? 이는 그가 자기 생명을 마음대로 할 수 있다는 걸 의미하는가? 음주나 흡연, 혹은 무분별한 약물 복용처럼 신체에 해를 끼칠 결정일지라도? 나와 함께 강의를 듣는 학생들 대부분은 그렇게 생각했다. 그 권리가 자신의 생명을 끝내는 데까지 연장되는가? 캐나다에서는 1972년에 자살 시도가 기소 대상에서 제외되었다. 그렇다, 사회는 마지못해 그 결정에 동의했다. 그렇다면 그가 삶을 마치도록 다른 사람이 도와주는 행위는 어떤가? 삶을 끝낼 권리가 자신에게 있다면, 그런데 육체적 한계로 그렇게 할 수가 없다면, 누군가 그에게 조력을 제공하는 것을 금할 수 있는가? 그런 금지는 모든 사람에게 최선의 이익을 가져다주려는 신중한 결정인가, 아니면 그의 권리와 자유를 침해하는 결정인가? 나는 이런 질문을 하며 견해를 형성해갔다.

1993년 9월, 내가 의과대학을 졸업하고 얼마 되지 않았을 때, 캐나다 대법원은 수 로드리게스가 의사의 조력을 받아 삶을 끝낼 권리를 4 대 5로 부결했다. 순진하게도 나는 충격을 받았고, 로드리게스가 권리를 도둑맞았다고 느꼈다. 사회가 그런 변화에 아직 준비되어 있지 않다는 걸 깨달았다. 그러나 그 부결이 새로 형성된 내 견해를 흔들지는 못했다. 법원의 판결후 채 5개월이 지나지 않아 로드리게스가 법을 거역하고 익명의 의사의 도움을 받아 삶을 끝냈을 때 나는 그 결정을 긍정적으로 받아들였고, 그가 탈출구를 찾아서 다행이라고 여겼다.

이 사건은 캐나다 외의 나라들에서도 화제가 되고 논쟁을 불러일으켰다.

1990년대 초반까지 죽을 권리 운동에 대한 관심이 세계적으로 증가했다. 여론조사는 미국 대중의 절반 이상이 의사의 조력을 받는 죽음에 우호적임을 보여준다. 그러나 이 주제는 여전히 논쟁의 대상이다. 미국의 병리학자이자 조력 사망 지지자 잭 케보키언Jack Kevorkian 박사는 1990년에 조력 자살 수십 건을 공공연히 실행했다. 논란을 불러온 그의 접근법과 그에 따른 미디어의 흥미 위주 보도는 죽을 권리 운동에 별로 기여하지 못했다. 그의 행동으로 미국은 물론 캐나다 전역에서 그 주제에 관한 논쟁이 더 연장되었다. 1994년 오리건 존엄사법이 국민투표를 통과해 미국 역사에서 의사에 의한 조력 사망을 허가한 최초의 법이 되었다(그렇기는 해도 발효는 연기되어 1997년 10월까지 효력이 발생하지 못했다).

2000년대가 시작될 때까지, 죽음death과 임종dying에 대한 인식에 주목할 만한 변화가 일어났다. 20세기 초 북미에서는 대부분의 환자들이 집에서 죽음을 맞이했다. 그러나 1990년대에는 80퍼센트의 환자들이 병원 등 시설에서 죽음을 맞이했다. 죽음이 삶의 불가피한 한 부분이기보다는 현대의학을 통해 극복해야 하는 일종의 도전이 된 것이다. 환자들은 죽음이 임박했다는 걸 알면서도 일상적으로 외과적 처치 및 치료를 받았다. 그러나 에이즈가 전 세계에 급속히 퍼진 뒤, 혹은 베이비붐 세대가 나이들어 가면서 어떤 대가를 치르더라도 생명을 연장하는 데 초점을 맞추기보다는 남은 삶의 질을 개선하려는 노력이 시작되었다. 죽음의 의미를 되찾고 양질의 말기치료를 제공함으로써 임종에 대한 관심이 증가했고, 세계적으로 조력 사망을 허가하는 지역이 얼마간 생겨났다.

2011년에는 카터 사건이 뉴스에 등장했는데, 이 사건은 그동안 많은 변화가 일어났음을 보여주었다. 당시 나는 결혼해서 10대 초반의 자녀 둘을 둔 상태였다. 16년 동안 가정의학 분야에서 일해왔고 내 일을 좋아했다. 사랑하는 가족이 있고, 내 일이(그리하여 내 삶도) 균형을 이루도록 해주는 산부인과 분야의 동료들도 있었다. 바빴지만 행복했다. 아이들은 내가 쇼핑몰에 가서 어슬렁거리려고만 하면 꼭 비상 연락이 와서 산부인과 환자에게 달려가야 한다며 나를 놀리곤 했다. 로드리게스 사건이 막을 내린 이후 나는 조력 사망에 관해 그다지 많이 생각하지 않았다. 하지만 카터 사건을 계기로 그 이슈가 다시 머릿속에 떠올랐다.

케이 카터는 노스밴쿠버에 사는 89세의 노부인이었다. 척추관 협착증을 앓고 있었고 증세가 많이 진행되어 통증이 심했다. 말기치료 대상은 아니었지만 참을 수 없는 고통을 유발했다. 그는 자신이 '지극히 독립적'이라고 말하면서, 삶을 종료할 통제권을 갖겠다고 선언했다. 그러나 캐나다에서 죽음에 조력을 받는 것은 아직 불법이었으므로, 카터는 딸 부부와 함께 외국인의 생애말기 돌봄을 허가하는 국가인 스위스로 갔고, 2010년 1월 15일에 조력 사망을 맞이했다.

비슷한 시기에, 두 아이의 어머니이자 오토바이 마니아인 61세의 글로리아 테일러가 수 로드리게스를 괴롭혔던 질환과 똑같은 ALS 진단을 받았다. 테일러 역시 자기 삶을 끝낼 통제권을 갖고 싶다는 간절한 소망을 피력했다. 그러나 그는 그 권리를 얻기 위해 다른 나라로 가기를 원치 않았다.

2011년, 조력 사망 금지는 삶에 대한 권리, 자유, 위중하고 치료 불가능한 병을 앓는 사람의 안전을 침해한다고 주장하는 카터 소송이 제기되었다. 몇 달 뒤 글로리아 테일러가 이 소송에 합류했을 때 새로운 논쟁이 추가되었다. 테일러 같은 사람이 의사의 지원 가능성 없이 육체적으로 스스로 할 수 있을 때 자신이 선호하는 시점보다 더 일찍 삶을 끝내도록 타인의 강요를 받을지 모른다는, 그럼으로써 삶에 대한 헌법적 권리를 빼앗길지 모른다는 점이었다. 이는 대담한 논쟁이었고 제대로 작동했다.

2012년 6월에 린 스미스 판사가 판결문을 발표했다. 그는 의사조력 사망physician-assisted death(당시에는 이 용어가 쓰였다)의 전면적 금지는 개인의 헌법적 권리에 위반된다는 결론을 내렸다. 395쪽에 달하는 그 판결문으로 국가는 망연자실했고, 죽을 권리를 옹호하는 사람들은 기뻐했으며, 반대자들은 크게 우려했다. 물론 거기서 끝나지 않았다. 그 판결문의 여파는 너무도 컸다. 정부가 이 판결에 항소할 것으로 예상되었고 곧 그렇게 되었다. 2013년 10월 브리티시컬럼비아주 항소법원은 최초의 판결을 번복했다. 테일러와 최초 고소인들의 법률팀은 포기하지 않았고, 이 소송은 대법원까지 올라갔다.

그것은 22년 전의 로드리게스 사건을 연상시켰다. 그러나 중대한 차이점이 하나 있었다. 로드리게스 사건 이후 대중의 감정이 변화했고 열린 분위기가 감지되었다. 최근의 전국 여론조사에서는 캐나다인의 84퍼센트가 조력 사망을 지지한다고 답했다.[1] 가톨릭교도를 자처하는 사람들조차 83퍼센트가 조력 사망에 동의했다.

๛

카터 사건이 대법원의 심리 후 다시 뉴스 헤드라인에 등장한 그날 저녁, 나와 장마르크는 예정대로 여섯 친구와 함께 저녁을 먹었다. 음식, 대화, 와인이 풍성했다. 다른 화제들 사이에 우리는 카터 사건에 대해 토론했고, 나는 이런 의견이 과연 전국적으로도 사람들의 의견을 대표할지 의구심이 들었다. 친구 미치가 이 화제를 꺼내고 자신은 조력 사망이 법적으로 허용되는 것을 강력히 지지한다고 말했을 때 놀란 사람은 아무도 없었다. 하지만 우리에게는 늘 토론 분위기를 돋우기 위해 짐짓 반대 의견을 말하는 재키가 있었다.

"원칙적으로는 네 의견에 동의해." 재키가 이야기를 시작했다. "하지만 현실에서는 문제가 있어. 난 인간을 별로 신뢰하지 않아. 우리 인간들은 이걸 오해할 가능성이 커. 원자력도 애초엔 좋은 의도였잖아. 하지만 이후 상황이 얼마나 달라졌는지

봐. 난 매우 취약한 사람들의 권리를 보호하도록 사회의 책임에 균형을 부여할 필요가 있다고 생각해. 하지만 그걸 실행하는 것이 최선이라고 생각한다는 이유로 타인에게 그런 결정을 강요하는 사람이 없으리라고 어떻게 장담할 수 있겠어? 솔직히 말해서 난 너무 위험하다고 생각해."

"난 2년 전에 우리집 개를 안락사시켰는데," 이번에는 미치가 말했다. "그 개는 겨우 여덟 살밖에 안 됐고, 난 상심한 채로 몇 주를 보냈어. 하지만 절대적으로 최선의 결정이었지. 그러니까 내 말은, 우리 개 메기가 정말로 고통스러워했다는 거야. 메기는 내 품에 안겨 너무나 평화롭게 세상을 떠났어." 미치가 고개를 조금 흔들고는 테이블에 둘러앉은 우리의 얼굴을 죽 훑어보다가 재키에게 눈을 맞추며 말했다. "우리가 동족인 인간보다 반려동물에게 더 동정심을 가지는 건 괜찮은 일일까?"

나도 내 생각을 더 분명하게 표현할 수 있었을지도 모른다. 이번에는 법에 실제로 변화가 일어날지 궁금했다.

ॐ

넉 달 뒤인 2월의 우중충한 토요일 오전 6시 28분, 나는 동료 산부인과 의사들의 조찬 모임에 가기 전 우리집 개 벤지를 산책시키려고 문밖으로 바삐 나가는 중이었다. 헤드폰으로 라디오를 들으며 신선하고 상쾌한 공기를 들이마셨다. 라디오에서 630 뉴스가 시작되었다.

"2015년 2월 6일, 캐나다 대법원이 BC 시민 자유 협회BC Civil Liberties Association, BCCLA, 글로리아 테일러, 그리고 케이 카터 가족에 우호적인 판결을 내리고 캐나다에서 조력 사망 금지 조항을 폐지했습니다. 이는 위중하고 치료 불가능한 병으로 견디기 힘든 고통을 겪는 의사능력이 있는 성인이 의사에게 삶을 끝내도록 도와달라고 요청할 수 있게 되었고, 의사가 요청받은 대로 그들을 도와주어도 형사고발 대상이 되지 않는다는 의미입니다."

이 판결은 만장일치로 가결되었고 대법원이 서명했다. 캐나다에서는 보기 드물게 법원 전체가 한목소리로 의견을 표명함으로써 판결에 더 큰 권한을 부여한 제스처였다.

이런 결과가 가능할 거라고 생각했음에도, 막상 판결이 발표되자 나는 무척 놀랐다. 그 뉴스를 듣고 수 로드리게스를 떠올리지 않을 수 없었다. 벤지가 빨리 산책을 하고 싶어 줄을 잡아당겼지만, 나는 그 자리에 우뚝 선 채 마침내 이 나라의 법을 바꾼 용감한 세 여성의 힘에 감탄했다.

대법원 판결 이후 며칠 동안 조력 사망 반대자들은 이 판결이 사법 소극주의judicial restraint•의 종말이라고 주장했다. 장애

• 일반적으로 법 해석에서 재판관의 개인적 소신을 배제하는 입장을 뜻하나, 이 경우에는 위헌판결을 가급적 자제하는 태도를 의미한다.

인 인권 단체들은 그러잖아도 취약한 장애인들이 그 권리를 남용하거나 삶을 끝내도록 강요받을까 우려했다. 여러 단체들이 행여라도 말기치료를 개선할 필요에 대한 통찰을 잃어서는 안 된다고 의견을 표명했고, 캐나다 의학 협회는 모든 의사가 기꺼이 조력 사망에 동참하지는 않을 것임을 상기시켰다. 그건 의미 있는 순간이었다. 어떤 의료인이 그런 지원 제공에 일보를 내디디려 하겠는가? 하지만 소수의 목소리는 다수의 목소리에 가려졌다. BCCLA는 '기쁨에 겨워했다'. 캐나다 대중도 찬성을 부르짖었다. 많은 사람이 그 판결에 만족한 듯했고, 심지어 그 판결을 자랑스러워하는 것 같았다.

나는 그 판결을 법률적 판결 이상으로 보았다. 그것은 자비로운 판결로, 우리 모두가 가진 인간애의 상징으로 보였다. 그렇기는 했지만, 당장은 아무 일도 일어나지 않았다. 법원은 입법부에 법률을 개정할 시간을 주기 위해 그 판결을 12개월 동안 유예했다.

같은 해에 영국 왕위 계승자 윌리엄 왕자의 딸이 태어났고, 80만 명의 난민이 독일에 망명을 요청했다. 미국 대법원이 동성결혼 금지법을 폐지하고, 도널드 트럼프가 대통령 선거에 입후보하겠다고 발표한 해이기도 하다. 주위에서 변화의 물결이 요동쳤고, 나는 내 인생에도 뭔가 변화가 일어나기를 갈망하게 되었다.

병원에 있던 어느 날 밤이 기억난다. 한 남아의 탄생을 도운 참이었고, 다음 할 일이 생기기 전 다만 몇 시간이라도 눈을 붙일 수 있기를 바라며 수면실에 숨어 있었다. 불을 끄기 전 이 메일을 확인했고, 장마르크가 보내온 짧은 동영상을 발견했다. 그 동영상은 반갑고 기분 좋은 충격이었다. 내 가족이 그날 저 녁에 벌인 괴상하고 익살스러운 짓거리를 보며 나는 거의 소 리 내어 웃다시피 했다. 그들은 파자마 파티를 열었고, 나도 함 께하는 기분을 느끼게 해주려고 그 동영상을 보낸 것이다. 하 지만 그 모습을 보고 있자니 내가 그들과 멀리 떨어져 있다는 사실만 뼛속 깊이 느껴질 뿐이었다. 내가 무엇을 그리워하는지 더욱 강렬하게 인식하게 되었다. 가족들의 순진무구하고 즐거 운 저녁 시간이 쏜살같이 흘러가고 있음을, 아이들이 쑥쑥 자 라서 곧 우리 둥지를 떠날 것임을 실감했다. 샘은 고등학교의 마지막 학년을 시작했고, 새러는 그 어떤 막내 아이보다 폭풍 성장을 하고 있었다.

변화의 바람에 한 가지 덧붙이자면, 내가 속한 긴급대기 산 부인과 의사 그룹이 12년의 성공적인 활동 후 조용히 끝을 향 해 가고 있었다. 한 명은 은퇴할 예정이었고, 또 한 명은 안식 년을 보내고 있었으며, 다른 사람들은 개인 사정으로 1~2년 안 에 일을 파트타임으로 줄일 계획이었다. 사실 내가 새로운 분 야로 방향 전환을 할 준비가 되었는지 생각해본 것이 처음은 아니었다. 장마르크도 다른 가능성을 고려해보라고 몇 달 동안 권유해왔다. 처음으로 그것에 관해 진지하게 생각하는 걸 나 자신에게 허락했다. 의학 안에 혹은 다른 분야에 내가 할 수 있는 어떤 일이 있을까? 내가 하고 싶은 다른 어떤 일이 있을까?

그해 가을 우리나라 정부는 과도기였고, 새 총리는 2016년 2월까지 조력 사망을 입법화해야 한다는 걸 깨달았다. 불가능한 기한이었다. 그는 6개월의 기한 연장을 법원에 요청했고, 4개월 연장을 얻어냈다. 과연 입법이 될 것인가. 그리고 마침내 2016년 6월 6일에 조력 사망은 캐나다에서 명실상부하게 합법이 되었다. 조력 사망이 다시 뉴스에 등장했고, 나도 좀더 많은 관심을 기울였다.

경력 변화에 관해 좀더 진지하게 생각하기 시작하면서, 우선 내가 무엇 때문에 산부인과 진료를 시작했는지를 고려하게 되었다. 임산부와 신생아를 돌보는 것은 대개 기쁨을 주는 의료 분야이고 매우 특별한 경험이다. 나는 아기를 받는 경험을 통해 여성들과 그 가족들을 돕고 안내하면서 특별한 지식을 공유하는 데 자부심을 느꼈다. 그리고 점점 성장해 그 일을 매우 잘하게 되었다. 하지만 그 일 특유의 강렬함에 끌리는 것도 사실이었다. 나는 힘든 상황—10대 임산부가 아기를 입양 보내고 싶어하는 경우라든가, 미리 알지 못한 특수한 상황에 따른 의학적으로 복잡한 임신—일수록 더욱 참여하기를 원하는 것 같았다. 어려운 상황에서의 의료행위가 충족감을 준다는 걸 알았고, 내 일에서 발생하는 어느 정도의 논란에도 익숙했다. 일례로 지난 4년 동안 나는 산부인과 진료에 더해 남자 신생아의 포경수술도 시행하고 있었다.

캐나다에서 포경수술은 의견이 첨예하게 갈리는 사안이다. 그리고 산부인과에서 쌓은 경험과 달리, 나는 이 일에서 직업적으로 고립되었다(처음 포경수술을 시행한다고 광고했을 때 몇 사람이 병원 건물 밖에 와서 항의한 일도 있었다). 그럼에도 불구하고 내가 그 일을 하는 근거는 나 자신의 다양한 능력만큼이나 환자의 자율권도 중요하다는 믿음에 있었다. 미국 소아과 아카데미와 캐나다 소아과 학회 둘 다 신생아 포경수술에 관한 최신의 객관적인 의학 정보가 각 가정에 제공되어야 한다는 입장이며, 가족 전통이나 가족 내의 핵심 가치, 문화적·종교적 믿음의 맥락에 따른 정보는 걸러내기를 권고한다.[2] 미국 의학 협회는 이렇게 밝혔다. "남자 신생아 포경수술에 관한 최종 결정권은 부모에게 있다. 그리고 부모는 이 결정을 하는 과정에서 정보를 충분히 제공받고 지지받았다고 느껴야 한다." 모든 부모가 선택하지는 않을 수 있지만, 어떤 부모가 아들을 위해 이 수술을 선택한다면, 나는 그것이 쉽게 접근할 수 있고 전문가의 손을 통해 행해져야 한다고 믿는다.

조력 사망은 확실히 평범한 주제는 아니다. 그리고 내가 미지의 것에 관심이 많다는 데는 의심의 여지가 없다. 하지만 조력 사망은 나를 끌어당기는 것 이상이었다. 나는 조력 사망을 단순히 누군가의 생명을 끝내는 것으로 보지 않았다. 환자의 기저질환과 고통이 이미 그 일을 하고 있다. 나는 조력 사망을 누군가의 마지막 소망을 이루어주는 것으로 이해했다. 그리고 내가 그 일을 할 적임자라고 생각했다. 우리 임상의들은 약물에 익숙하며, 의료 체계에 대해 잘 알고, 질병이 말기에 접어들기 전 통증이 온다는 걸 알고 있다. 하지만 조력 사망은 의학계 내부의 많은 사람에게 철학적인 면에서 엄청난 변화였다. 우리는 '환자에게 아무런 해도 끼쳐서는 안' 되며, 생명을 끝내도록 도움을 주는 것은 환자에게 해를 끼치는 일이라고 배워왔다. 하지만 이제는 나도 그렇고 현행법도 그렇고, 특별한 상황에서 그것은 해가 아니라 오히려 도움이라고 본다.

대부분의 사람들이 다른 사람을 돕고자 하는 마음으로 의료계에 들어온다. 이것은 단순한 진실이다. 그리고 나의 경우 조력 사망은 그런 본능의 연장이었다. 나는 그 일이 의사로서 내가 해온 일과 크게 다르다고 보지 않았다. 나는 환자들이 문제를 진단하는 걸 도우며 살아왔다. 할 수 있는 경우 그들이 병과 싸우는 걸 돕는다. 기회가 주어지면 병illness을 막고 건강wellness을 촉진하도록 돕는다. 그러나 '할' 일이 더이상 아무것도 없을 때는 환자와 함께 앉아 상상 속 여행을 하거나 현재에 머무르기를 시도한다. 최대한 귀를 열고 이야기를 들어주고, 질문에 답해준다. 바로 이것이 의사가 하는 일이다. '때로 치료하고, 자주 고통을 완화해주고, 항상 위로해주는 것.'

֍

같은 해 초인 2016년 1월 말 노바스코샤로 어머니를 만나러 갔을 때도, 이 모든 생각이 머릿속에서 요동치고 있었다. 돌아오는 긴 여정 동안 나는 짧은 잿빛 머리칼의 중년 여인 옆에 앉았다. 우리는 농담 몇 마디를 나누다가 수다를 떨기 시작했고, 나는 그가 미국에 살고 있으며 아들을 만나러 브리티시컬럼비아주 내륙 지역으로 가는 중임을 알게 되었다. 그 중년 여인의 이름은 에니드였다.

에니드는 자신이 은퇴한 조산사라고 말했고, 내가 자세히 캐묻자 몸을 좀 다쳐서 일을 할 수 없게 되었으며 그 일이 무척 그립다고 했다. 그가 잃은 것이 스스로에게 어떤 의미인지 이해할 수 있었다. 나는 현재 산부인과 의사이며 분야를 바꿔보려고 숙고중이라고 말했다. 그러자 에니드는 호기심 어린 눈으로 나를 바라보았고, 나는 앞으로 두 번 다시 그를 만날 일이 없으리란 생각에 내 상황을 자세히 설명하기로 마음먹었다.

난생처음으로 내 머릿속에 소용돌이치는 모든 요인—일을 줄이라는 남편의 압력, 아이들이 집을 떠나기 전 좀더 많은 시간을 함께하고 싶은 소망, 그리고 동료 산부인과 의사 그룹의 해체가 임박한 것—을 입 밖에 내어 말할 수 있었다. 내게 주어진 선택안들이 정말로 무엇인지 적극적으로 고려하고픈 마음이 점점 더 커졌다. 그리고 새로이 떠오르는 분야에서 일하는 데 관심이 일었다. 게다가 지난 20년 동안 산부인과 일을 하면서도 결코 느껴보지 못한 열망을 느꼈다.

　내게서 모든 것이 쏟아져나오고 있었다. 내 생활 영역과 전혀 상관이 없는 사람에게 털어놓으니 뭔가 더 자유롭게 이야기를 할 수 있었다. 아마 바텐더에게 자기 이야기를 털어놓는 사람들도 나와 비슷한 상황일 거라는 생각이 들었다. 장마르크와 상의하기 전에 머릿속에서 생각을 정리하고 싶었다. 게다가 에니드는 나와 비슷한 곳에 서 있던 사람, 내가 해온 일과 같은 일을 한 사람, 그리고 자의는 아니지만 이제 그 모든 것을 뒤로 한 사람이었다.

　나는 조력 사망을 향한 관심이 갈수록 커진다고 이야기했다. 캐나다 법이 어떻게 바뀌고 있는지 그리고 그 주제에 관해 내가 어떤 것들을 알게 되었는지도 설명했다. 그것은 환자에게 (병에게가 아니라) 언제, 어디서, 어떻게, 그리고 누구와 함께 죽을지를 결정할 자율권을, 그리고 바라건대 인간의 존엄성과 평화에 걸맞은 권한을 주는 일이라고 설명했다.

　에니드에게 이야기를 하다보니 내가 그 분야에 뛰어들 것을 진지하게 고려하고 있음이 점점 명확해졌고, 함께 그 주제를 탐험하는 동안 나에게 생기가 도는 것이 느껴졌다.

　"지금이 적기라고 생각한다면 산부인과 진료를 그만둬야 해요." 에니드가 말했다. "다른 사람이나 상황이 결정을 좌우하게 하지 말아요. 그러면 평생 후회하게 될 테니까." 그는 그 점에 대해 단호했다. "내가 볼 땐 산부인과 진료를 그만둬야 할 시점인 것 같네요. 하지만 스스로 내린 결정이어야 해요."

비록 다시 만나지는 못했지만, 에니드는 내가 진로를 선택하는 데 결정적인 도움을 주었다. 놀랍게도 그와 이야기하면서 산부인과 진료에 계속 남아 있지 않고 다른 분야로 옮겨가도 된다는 허락을 받은 기분이었다.

그리고 조력 사망에 대한 관심이 진지하다면, 그 절차가 어떻게 작동하는지 좀더 깊이 파고들어야 한다는 걸 깨달았다. 앞으로 누가 그 일을 하게 될까. 가정의? 말기치료 담당의? 내과의사? 아직 아무도 이 일에 대해 이야기하지 않았다. 아무도 그걸 알지 못하는 것 같았다. 나는 그 답을 찾아보기로 결심했다.

먼저 내 의사 면허를 담당하는 기관인 브리티시컬럼비아 의과대학에 전화를 걸어 알아보니, 조력 사망에 관한 최종적인 연방법이 제정될 것이고 지역적으로 의료 서비스가 시행될 거라고 했다. 또한 우리 지역 내의 모든 보건국(브리티시컬럼비아에는 6곳이 있다)이 MAiD 프로그램을 개발하고 있다는 것도 알게 되었다. 전화를 받은 사람은 아일랜드 보건국Island Health(밴쿠버 아일랜드의 의료 서비스 관련 재정 및 행정 업무를 담당하는 지역 보건국)의 담당자와 직접 이야기해보라고 했지만 담당자 이름을 나에게 알려주지는 못했다. 그는 나처럼 질문을 해온 임상의 두 명의 이름을 알려주었다. 그중 한 명은 나도 아는, 우리 지역에 대형 여성 병원을 소유한 코니아 트루턴Konia Trouton 박사였고, 다른 한 명은 내가 모르는 젊은 내과의사 제시 페와

추크Jesse Pewarchuk 박사였다. 제시에게 전화해 물어보니, 그는 조력 사망 분야의 경험이 많은 의사들은 거의 유럽에 있다고 말했다.

"실무에 관해 좀더 알고 싶으면 5월에 암스테르담에서 열리는 학회에 참석하는 걸 고려해보세요." 그가 말했다. 자신은 꼭 갈 거라고 했다.

다음으로 코니아에게 전화를 걸었다. 그는 이미 제시와 이야기를 나눈 적이 있었고, 그와 마찬가지로 학회에 참석할 계획이었다. 그도 함께 유럽에 가자고 권했다.

제목이 '안락사 2016'인 그 학회는 5월 11일에서 14일까지 암스테르담에서 열릴 예정이었다. 죽을 권리 세계 연방 협회 World Federation of Right to Die Societies가 격년으로 개최해 조력 사망 문제와 관련된 의학적 · 법적 · 정치적 문제들을 토론하는 자리였다. 제시가 처음 이 학회를 언급했을 때, 나는 임종에 관한 학회를 상상조차 할 수 없었고, 그것이 정당하게 대중의 마음을 얻을 수 있는가 하는 잠재적 논란이 걱정되었다. 하지만 나는 그 학회가 평판이 굉장히 좋고 유럽에서 가장 큰 컨퍼런스 센터 중 하나인 암스테르담 센트룸Amsterdam Centrum에서 열린다는 걸 곧 알게 되었다. 조직위에서는 각 나라를 대표하는 임상의, 연구원, 학자, 변호사, 지지자, 윤리학자, 행정가 등 수백 명이 참석하리라고 예상하고 있었다. 모든 것이 투명하게 공개된 점이 이상하게 느껴질 정도였다. 소극적이지도, 비밀

유지 조건 같은 것이 있지도 않다는 사실에 감명을 받았다.

그 학회에 참석한다는 생각이 차츰 자리를 잡았다. 사실 내가 이 일에 전적으로 투자하리라는 걸―시간과 재정적인 면에서 모두―알고 있었다.

어느 날 저녁식사 후 나는 장마르크와 함께 우리가 좋아하는 오래된 거실 소파에 앉아 있었다. 그와 상의할 좋은 타이밍이라는 생각이 들었다. 그의 생각은 어떤지 알고 싶었다. 조력 사망 분야에서 일하기를 고려한다는 건 미친 짓일까? 내가 정말 암스테르담에 가야 할까? 장마르크는 수년에 걸쳐 경력상 의미 있는 변화를 꾀해왔다. 학계를 떠나 사업을 시작하고, NASA와 함께 일하고, 지금은 그래픽노블을 창작하고 있다. 그가 주의 깊게 그리고 열린 마음으로 경청해주리라는 걸 나는 알고 있었다. 뭔가 문제가 있다고 생각할 경우 솔직하게 말해줄 테고 그를 신뢰할 수 있으리라는 것도.

장마르크는 내 이야기를 경청했다. 아무런 논평도 판단도 하지 않았다. 그냥 이야기를 하게 놔두었다. 그런 다음 왜 그 분야에 흥미를 느끼는지 물었고, 나는 대답했다. 그는 그 일이 나에게 불러일으킨 호소력과 긴요함을 직감적으로 이해하는 것 같았다.

하지만 그는 현실주의자이기도 했다. "철학적인 문제는 한쪽으로 제쳐두고, 당신 이야기에 내가 좀 예민해진다는 말을 해야겠어. 솔직히 난 그런 것들이 좀…… 병적으로 느껴져. 당신이 정말로 그 일을 할 수 있을 거라 생각해? 진짜 그 일을 하고 싶어? 그 일을 하면 당신이 우울해지지 않을까?"

나는 그 일을 할 수 있다고 꽤나 확신했다. 그 일의 강렬함이 두렵지 않았다. 그리고 그 일이 병적이라고 생각하지 않았다. 나는 그 일을 서비스로, 한 사람이 심사숙고해서 내린 결정을 수월하게 만들어주는 일로 보았다. 게다가 그 일을 하게 되면 더이상 교대근무를 하지 않아도 될 것이다. 24시간 연속 근무를 하고 24시간 동안 회복하는 반복적인 생활을 더는 하지 않아도 될 것이다. 하지만 고백건대 그 일의 실무적인 면을 잘 알지는 못했다. 그래서 아직 주저하고 있었다. "이게 내가 암스테르담에 가는 것이 좋겠다고 생각하는 이유야."

실행에 옮기기까지는 일주일이라는 시간이 남아 있었다. 장마르크도 가는 것이 좋겠다고 동의했다.

다음날 아침 나는 비행기 표를 예약했고, 굉장한 모험처럼 느껴지는 일에 착수할 생각에 흥분했다. 그 결과가 어떨지는 아직 불확실했지만 말이다.

5.   암스테르담 '안락사 2016' 컨퍼런스

2016년 5월 11일 밤 환영 연회가 열리는 암
스테르담 RAI 센터에 도착했을 때, 나는 그 복합건물의 규모에
깊은 인상을 받았다. 마치 회의장과 전시홀들이 모인 거대한
캠퍼스 같았다. 어떤 출입구로 들어가야 하는지 알아내는 데는
아무런 문제가 없었다. 출입구마다 '안락사 2016'이라고 적힌
거대한 배너가 걸려 있었기 때문이다. 주위를 둘러보다가 출입
구로 다가갔다. 항의하는 시위자들은 없었고, 증원된 안전요원
들도 없었다. 이 학회가 무엇에 대한 학회인지 감추는 부분도
없었다. 네덜란드 대중이 조력 사망을 지지한다는 걸 나는 알
고 있었다. 하지만 그 배너 아래를 지나 넓은 로비 안으로 걸어
들어가면서도 주위 시선에 신경이 쓰였다.

연회에 참석한 사람은 100명쯤 되는 것 같았다. 여기에 더
해 수백 명의 사람들이 그다음날 도착할 예정이었다. 여느 학
회와 다를 것이 없었지만 와인이 더 훌륭했다. 연회장 밖에서
변호사들이 정치적인 내용의 팸플릿을 팔러 다녔고, DIY족들
은 다양한 자살 방법을 다룬 책을 팔고 있었다. 하지만 진짜는

연회장 안에 있었다. 그곳에는 전문직 종사자들, 여러 프로젝트와 언어들이 그야말로 한데 뒤섞여 있었다. 모든 사람이 서로 아는 사이 같았다.

몇 분 만에 코니아를 발견하자 한결 마음이 놓였다. 그에게 다가가 인사를 했다. 코니아가 나를 거침없는 활동가이자 유명한 임신중절 의사이며 일찍이 조력 사망을 지지했던 엘렌 위브Ellen Wiebe 박사에게 나를 소개했다. 위브 박사는 밴쿠버에서 방금 도착한 참이었다. 곧 제시가 합류했고, 대런 코페츠키Darren Kopetsky와 그레이스 파크Grace Park 박사도 합류했다. 그들 역시 밴쿠버에서 왔다. 우리 여섯 명의 캐나다인—의사 다섯 명과 행정가 한 명—은 모두 BC 출신이었다. 우리는 이 암스테르담 학회에 우리만 참석했다는 사실에 당혹스러워했다. 다른 캐나다인들은 다 어디에 있을까? 우리나라 법에 변화가 생긴 지 채 한 달도 안 되었기 때문에, 우리나라에서 온 사람들을 이곳에서 많이 만날 거라 기대했었다. 하지만 캐나다인은 우리 그룹 외에는 온타리오에서 온 윤리학자 두 명뿐이었다.

그날 저녁 나는 다음날 진행될 프로그램을 검토했다. 프레젠테이션 몇 개가 동시에 진행될 예정이었다. 참석하고 싶은 프레젠테이션 제목에 동그라미를 쳤다. '네덜란드 심의위원회: 관리 감독이 작동하는 방식과 지난해 자료' '유럽의 안락사: 위험한 비탈길이라는 증거가 있는가?' '윤리적 딜레마: 우리를 반대하는 이들이 오히려 우리의 동료들인 이유는 무엇인가.'

다음날 아침 나는 기본 정보를 찾아내며 하루를 시작했고 네덜란드의 자료에 관한 프레젠테이션에 참석했다. 홀 안에는 대부분 조력 사망이 아직 합법화되지 않은 나라—일본, 프랑스, 멕시코, 영국, 미국—에서 온 대표들이 앉아 있었다. 발표자는 네덜란드 악센트가 강하지만 영어를 매우 유창하게 하는 여성이었다. 침착해 보였고 준비가 잘된 것 같았다. 다른 나라에서 온 우리 같은 사람들을 위해 정보를 맥락화하는 방식이 마음에 들었다.

그는 연구원들이 2002년 이후 조력 사망과 관련해 네덜란드에서 일어난 일들에 관한 통계를 작성했다고 말했다. 그 결과 그는 그 통계치를 다른 유럽 국가들의 통계치와 비교할 수 있었다. 나는 누가 조력 사망을 요청하는지, 누가 제공하는지, 조력 사망이 어떻게 인지되는지, 그리고 관리 감독이 어떻게 이루어지는지에 대한 이야기를 열심히 들었다.

"네덜란드의 공개 자료를 자세히 살펴보기 전에, 네덜란드에는 탄탄한 1차 의료 체계가 존재한다는 점을 유념해주세요." 그가 말했다. "우리 네덜란드에서는 거의 모든 사람에게 일반 주치의가 있어요. 최근 자료에 따르면 일반 주치의의 93퍼센트가 안락사 요청을 받은 적이 있고 그중 79퍼센트가 그 요청을 수락했습니다.[1] 그 요청을 절대 들어주지 않을 거라고 답한 사람은 7퍼센트였고요."

이어서 그는 여러 막대그래프와 원그래프들을 보여주었다.

거기에는 성性, 지역, 연령, 기저질환에 따른 수치들이 있었다. "네덜란드에서 행해진 모든 조력 사망 중 73퍼센트가 암 진단을 받은 사람들을 대상으로 한 것이었어요."[2] 그가 알려주었다.

그것은 예상 가능한 점이었지만, 뜻밖의 자료도 있었다. 나는 사람들이 조력 사망을 요청하는 건 육체적 고통을 견디기 힘들어서일 거라고 추정했었다.[3] 하지만 대부분의 사람들이 삶을 끝내고 싶어하는 이유는 자율성을 잃은 것, 삶에 의미나 기쁨을 가져다주는 활동을 할 수 없게 된 것 그리고 자존감을 잃은 것과 관련이 있다고 진술했음을 알게 되었다. 많은 환자들에게 정신적 고통은 육체적 증상만큼 괴롭거나 심지어 더 괴로운 것 같았다. 이런 내용이 그리 흔하게 언급되지는 않지만, 양질의 말기치료로 어느 정도 해결할 수 있지 않을까 하는 생각이 들었다.

나는 빨려들듯 열심히 들었다. 첫째날 아침이 끝나갈 때쯤 나는 많은 지역에서 조력 사망이 어떻게 이루어지는지 알게 되었다. 유럽 전역에서 안락사가 얼마나 자주 행해지는지도 알게 되었다. 어떤 사람들이 안락사를 요청하는지, 요청하는 이유는 무엇인지, 그리고 그들이 앓는 병이 대부분 흔한 기저질환이라는 것도. 나는 이 분야가 상상했던 것보다 지적으로 매혹적이고 윤리적으로 복잡하다는 것을, 그리고 내가 배울 내용이 무척 많다는 걸 알게 되었다.

우리 캐나다인 그룹은 점심을 먹으면서 각자가 만난 새로운 동료들과 함께했다. 준비된 수프와 샌드위치를 먹으면서 자기소개를 하고 아는 내용을 주고받았다. 각자가 알고 있는 정보들이 궁금했기에, 노트를 공유하는 것이 좋겠다고 생각했다.

"분담해서 매일 적어도 한 강연에 우리 중 한 명이 참석하기로 하면 어때요?" 누군가 제안했다. "매일 아침 누가 어떤 강연에 들어갈지 고르면 좋을 것 같아요. 그리고 밤에 이메일로 노트를 공유하면 되죠."

모두 동의했고 이메일 주소를 교환했다. 그리고 남은 오후 강연 중 선호하는 것들을 골랐다. 지금 되돌아보면 그때 앞으로 진행될 일들이 싹텄고 동지애가 더해져 큰 프로젝트가 된 것 같다. 새롭고 도전적인 일을 향해 함께 한 걸음씩 나아갈 때 힘을 주는 동료들이 있다는 것이 얼마나 중요한지 벌써부터 느낄 수 있었다.

학회의 일정은 하루하루 알찼고, 나는 매일 매 순간을 바쁘게 보냈다. 조력 사망에 사용하는 약물 구성에 관해 배웠다. 어떤 약물을 써야 하고, 그것들을 어떻게 관리해야 하는지도. 나는 브리티시컬럼비아주가 빌려온 네덜란드의 약물 구성을 사용하게 될 터였다. 암스테르담에서 처음 그것을 알게 되었고, 하비에게 최초로 그리고 이후의 다른 모든 케이스에도 사용했다. 나는 신문에 나왔던, 예전에 법정 소송에서 증언했거나 뉴스 헤드라인에 새롭고 영향력 있는 스토리를 제공한 사람들을 만났다. 임상 시험을 행한 의사들 그리고 그 결과를 연구한 연구원들과 이야기를 나누었다. 의사들은 쉬고 회복할 시간을 따로 떼어놓지 않으면 그 일이 사람을 지치게 만들 수 있다고 조언했다. 그런 일을 할 때는 스스로도 돌봐야 한다고 당부했다. 나는 만나고, 경청하고, 배우고, 접촉하고, 다양한 요소들—단속 기관 담당자, 임상의, 변호사, 옹호자, 정신적 안내자, 윤리학자, 그리고 가족 구성원들의 역할—을 알게 되었다. 학회장은 떠들썩했고 그 주는 빠르게 흘러갔다.

학회 전체를 통틀어 내 마음을 가장 사로잡은 시간은 의료적으로 조력 사망을 제공한 경험이 풍부한 사람들의 비공개 강연이었다. 그 강연은 마지막 날 열렸는데, 나는 이 분야의 최전방에 있는 현역들에게 직접 이야기를 듣는 것이 몹시 기대되어 기다릴 수가 없을 지경이었다. 내 경험에 따르면, 의료행위는 견습을 통해 숙련된다. 나는 산통을 겪는 수백 명의 여성과 함께 앉아, 그리고 간호사와 선배 의사들의 숙련된 손길을 관찰하면서 아기 받는 법을 배웠다. 그러나 캐나다 가정에서 조력 사망이 시행되는 장면은 목격하지 못할 테고, 그래서 약물을 통해 조력 사망을 시행하는 것이, 한 사람의 삶을 끝내는 책임을 짊어지는 것이 어떤 느낌인지 정보를 얻기 위해 강연자들의 경험을 속속들이 흡수하고 싶었다.

강연실 앞쪽에 우아한 옷차림을 한 병원 소속의 여성 전문의 한 명과 지역사회에서 일하는 남성 일반의 네 명이 서 있었다. 모두 네덜란드인들이었고, 조력 사망을 제공한 경력이 적어도 15년은 되었다. 문들은 모두 닫혔고, 카메라도 꺼져 있었다. 다른 강연들과 달리 마이크나 녹음기도 없었다. 나는 넷째 줄에 앉아서, 그들이 조력 사망 초창기에 경험한 모든 이야기를 빨려들 듯이 들었다. 청중의 질문을 받는 시간이 됐을 때, 나는 정말로 알고 싶었던 것을 질문하기로 했다.

"저는 20년 넘게 산부인과 분야에서 의사로 일해왔어요. 늘 배우고 있긴 하지만, 이제는 그 분야의 일에 익숙한 기분입니다. 우리 캐나다에서는 새로운 변화가 시작되려 하고 있어요. 여러분에게 꼭 말씀드리고 싶은데, 마치 다시 의과대학생이 된 기분이에요. 무엇을 해야 하는지 혹은 그것을 어떻게 시작해야 하는지 아무것도 정확하게 알지 못하는 기분요. 여러분이 지혜의 말을 해주실 수 있을까요? 처음 이 일을 시작했을 때 알았다면 좋았을 텐데 하는 것들을요."

"당신은 이 일을 연출하고 싶으신 거군요." 우아한 전문의가 이야기를 시작했다. "심지어 세부사항들까지요."

이 말은 단숨에 이해되었다. '연출'이라는 개념, 예를 들어 출산 같은 의료적 이벤트의 연출은 나에게 친숙했다. 누가 그 자리에 초대받고, 각자 어떤 역할을 할 것인지. 그런데 삶의 종료와 관련해서는 다른 질문들이 있었다. 반려동물의 참석도 허락되는가? 그리고 마지막 말은 어때야 하는가?

"먼저 여러분이 그 마지막 순간에 무슨 말을 할지 생각해보세요." 가정 주치의 중 한 명에게서 나온 말이다. "'나중에 봐요'

혹은 '잘 지내요'라고 말할 수는 없죠. 환자에게 하는 마지막 말이라는 걸 알 때, 이미 마음속에 할말이 그려질 거라고 생각합니다."

출산 계획과 사망 계획, 이 둘은 깊은 화음을 이루었다. 이때 나는 처음으로 산부인과 진료에서 쌓은 내 능력과 양질의 죽음을 제공하는 데 요구되는 능력을 연계할 수 있었다. 둘 다 강렬한 정서적 경험이 잇따르며, 일어난 사건의 의미에 대한 강력한 감각을 전달한다. 둘 다 가정 내의 복잡한 역학관계를 상기시키고 환자 중심의 치료를 요구한다. 아마 나의 전문지식도 이전移轉이 가능할 것이다. 어쩌면 나는 내가 느끼는 것만큼 경험이 부족하지 않은지도 몰랐다.

"여분의 약 세트를 가지고 다니세요. 혹시라도 문제가 생길 경우에 대비해서요."

나는 모든 조언들을 적어 내려갔다.

"그리고 혼자 가지 마세요. 동료와 함께 가세요. 적어도 처음 몇 번은요."

나는 이 새로운 분야의 일을 시작하기로 결심했다. 이곳에서 받은 실용적인 조언에 크나큰 감사함을 느끼며, 그리고 앞으로 일을 할 때 이 조언을 모두 활용해야겠다고 생각하며 비공개 강연실을 나섰다.

캐나다로 돌아왔을 때, 나는 조력 사망 반대자들이 나로 하여금 믿게 했던 것처럼 그 일이 불길하다거나 혹은 장마르크가 염려했던 것처럼 사람을 우울하게 만들 거라는 걱정을 더이상 하지 않았다. 그 일이 중요하고, 도전적이고, 새롭게 느껴졌다. 자신의 경험을 기꺼이 공유하려는 경험 많은 동료들이 있었고, 나처럼 막 시작한 동료들이 있었다. 나는 양쪽 동료들 모두에게 지원받고 공동체에 들어온 것을 환영받는다고 느꼈다.

여행을 마치고 집에 돌아온 나는 이야기를 멈출 수가 없었다. 내가 알게 된 것을 장마르크에게 전부 전달하는 건 불가능했지만, 내가 왜 이 일을 하기로 결정했는지 설명하는 데 최선을 다했다. 그는 내 뜻을 존중했지만 여전히 긴장했다. 어느 날 저녁 우리는 벽난로에 불을 피워놓고 우리가 좋아하는 소파에 함께 앉았다.

"그래, 모든 이야기가 꽤 합리적으로 들려." 그가 말했다. "하지만 당신, 어떤 일들이 벌어질지 생각해봤어?" 그는 내가 신생아 포경수술을 시작했을 때 병원 건물 밖에서 일어났던 항의 시위를 상기시켰다. "내 생각엔 MAiD가 훨씬 더 큰 논란을 불러일으킬 것 같은데."

"조력 사망에 대한 반발이 있다 해도 미미한 정도일 거야." 내가 주장했다. "그 법에 대한 대중의 지지 분위기가 고조되었고, 우리가 사는 브리티시컬럼비아주의 정치 성향은 진보적이야."

"나도 그럴 거라 생각해." 그가 머리를 살짝 흔들며 인정했다. "하지만 극성스러운 반대자가 한 명만 있어도 당신의 일상은 엉망이 될 수 있어. 그 일을 하는 데 대해 정말 아무런 염려가 없어, 스테프?"

이 질문에 내 말문이 잠시 막혔음을 인정해야겠다. 이 일을 시작하는 데 매우 열심이긴 했지만, 걱정되는 한 가지가 있었다. 제도권 밖에서 일할 경우, 조력 사망 요건에 적합하지 않은 환자를 도와줄 경우 징역형을 받을 수도 있다. 물론 내가 의도적으로 그렇게 하지는 않을 테지만, 실수할 경우엔 어떻게 될까?

"약속할게. 언제나 법의 테두리 안에서 일하겠다고." 나는 장마르크를 그리고 나 자신을 안심시켰다. "일 때문에 감옥에 갈 위험은 무릅쓰지 않을게."

MAiD가 실제로 합법이 되기까지 겨우 3주 남아 있었다. 나는 아이들에게 일에 변화를 꾀하기로 했다고, 몸이 많이 아파서 삶을 끝내기 위해 도움을 요청하는 사람들을 돕는 일을 계획 중이라고 말했다. 혹시 궁금한 점이 있다면 기쁘게 대답해주겠다고. 두 아이 다 요즘 화제의 중심인 조력 사망 문제를 이해할 만큼 자라 있었고, 나는 아이들의 지지가 고마웠다.

"그거 중요한 일 같아요, 엄마. 아주 멋져요." 샘이 말했다. "그런데 저 바빠서 그만 나가요!" 샘은 이렇게 말하고는 나를 스쳐지나 친구들을 만나러 갔다.

이렇듯 아이들의 관심은 순식간에 멀어졌지만 그래도 고마웠다.

시간이 별로 없었고 준비할 것은 많았다. 나는 지역 존엄사 협회Dying With Dignity 지부에 연락해 조력 사망을 제공하기로 한 계획을 알렸다. 그들은 나를 만나고 싶어했고 나에게 일을 위탁해도 되겠느냐고 물었다. 또 나는 CPSBC—의사 면허를 관리하는 기관—에 전화해 전문의 담당자에게 내가 유럽에서 배워온 것을 전부 설명했다. 그는 내가 조력 사망 면허 기준에 부합한다고 했고, 앞으로 조력 사망을 제공할 수 있을 거라고 말했다. 그런 다음 내가 일에 사용할 수 있도록 새로 만들어진 MAiD를 위한 주州 처방전을 공개해주었다. 나는 제시 그리고 코니아와 협력해 밴쿠버 아일랜드에서 MAiD 프로그램을 담당하는 보건국 실무진과 연락했고, 그들은 우리 세 사람이 병원에서 MAiD를 제공할 수 있도록 자격증을 부여하는 서류 작업에 들어가겠다고 했다.

다음으로는 병원 일을 처리해야 했다. 사무장 캐런에게 전화를 걸어 내 계획을 설명했다. 그런 다음 산부인과에서 조력 사망으로 분야를 옮겨 계속 함께 일하자고 청했다. 내가 속했던 산부인과 의사 긴급대기 그룹이 해체돼서 새로운 임산부 환자를 받지 않았기에 캐런도 앞으로의 내 계획을 궁금해할 터였다. 캐런이 계속 함께 일하겠다고 대답했을 때 고마웠다. 그는 조금도 아쉬워하지 않았다. 즉시 해야 할 일들의 목록을 작성하고, 다음날 아침에 만나서 새로운 업무 계획을 짜자고 했다.

5월의 마지막 주에 우리는 캐런의 업무 공간에 함께 앉아 있었다. 나는 사무실을 둘러보고 새로운 눈으로 살펴보려 했다. 공간이 넓거나 현대적이지는 않았지만, 내 직업적 필요에는 부족함이 없고 편안했다. 사무실 벽에는 내가 받은 아기들의 사진이 잔뜩 걸려 있었다. 사람들은 그 사진들을 좋아했다. 내가 무엇을 바꿔야 할까? 우리는 일의 절차를, 일하는 공간을 새로운 필요에 도움이 되도록 어떤 식으로 개조할 수 있을까?

"그런데 환자들이 선생님을 어떻게 찾아낼까요?" 캐런이 곧바로 일 이야기로 들어가 물었다.

"우리에게 연락하고 정보를 얻을 수 있도록 웹사이트를 만들 거예요. 시내의 가정 주치의들에게 환자를 위탁받는다는 공지도 띄울 거고요. 어떤 사람들은 입소문을 통해 나를 알게 되겠죠. 전화 문의를 원할 경우, 아일랜드 보건국에서 내 이름과 전화번호를 안내해줄 거예요. 존엄사 협회도 내 계획을 알고 있고요. 그들도 우리에게 환자를 보내줄 거예요." 캐런에게 내 계획을 이해시키려고 했지만 어떤 방법이 가장 효과적인지는 나도 알지 못했다.

"그러니까 환자들이 전화로 직접 자기를 위탁할 수가 있는 거네요." 캐런은 메모를 하고 있었다. "아니면…… 환자를 담당하는 의사들이 팩스를 통해 상담 요청을 하거나요?"

사생활 보호 면에서는 팩스가 가장 안전했다. 그런 이유로 많은 의사들이 여전히 팩스를 사용하고 있었다. "그래요." 내가 대답했다. "전에 산부인과 환자들하고 그랬던 것처럼요."

나는 이곳에 처음 이사 오던 날 우리가 내렸던 모든 결정들을 떠올리며 주위를 둘러보았다. 출산 전 진료의 친숙함과 경험에서 나오는 자신감이 그리울 것이다. 하지만 나는 변화를 꾀하기로 결심했고, 앞으로 조력 사망이 널리 행해질 거라고 확신했다. 안쪽 방을 보다가 담요로 덮인 아기용 체중계가 눈에 들어왔다. 나는 그것을 처분하기로 했다.

"자동응답기는 어떻게 하죠." 캐런이 말했다. "그러니까 앞으로 선생님이 받을 메시지가 어느 정도로 솔직하기를 원하세요?"

나는 그 답을 아직 알지 못했다. 자동응답기에 인사말을 녹음한다면 뭐라고 녹음해야 할까?

"그리고 제가 사람들에게 응답 전화를 할 때 어떤 정보를 얻기를 원하세요? 그런데 제가 응답 전화를 해야 할까요, 아니면 선생님이 해야 할까요?"

나는 캐런의 책상 앞에 앉은 채 손에 펜과 스프링 노트를 들고 그를 물끄러미 바라보았다. 이런 일이 처음은 아니었다. 이곳을 운영하는 책임자가 우리 둘 중 누구인지 모호해지는 일 말이다.

캐런의 성실함 덕분에 우리는 준비된 상태에서 하비에 관한 팩스를 6월 6일에 받았다. 그 팩스를 받고 열흘 뒤 하비는 나의 첫 고객이 되었고, 나는 그의 아내와 자녀들에게 둘러싸인 채 그의 침대맡에 앉아 있었다.

2부

여름

This is
assisted
dying

6.　　　우리 중 누구도 줄 수 없는 것

　　　하비가 세상을 떠난 날, 나는 내가 느끼는 모든 감정을 자신에게 온전히 허락하기 위해 오후 일을 쉬었다. 주말 신문의 퍼즐을 풀고, 해변에서 개를 오랫동안 산책시키고, 개가 모래를 파고 개껌을 씹는 모습을 지켜보았다. 부정적 반응이 있지는 않은지 나 자신을 살폈다. 어떤 식으로든 괴로움을 느끼고 있나? 불안한가? 스스로 말할 수 있는 선에서 나는 괜찮았다. 내가 자리를 뜬 뒤 얼마나 지나서 장례식장 사람들이 도착했는지 궁금하긴 했지만. 일주일 뒤 노마에게 전화를 걸어 상황을 체크하기로 했다. 일이 끝났지만 내가 한 역할에 확신이 들지 않았다. 장마르크도 나를 예의 주시했다. 보호하는 태도와 걱정하는 기미를 동시에 보이며.

　암스테르담에서 만난 그룹 동료들에게 이메일을 보내 하비와 그의 가족을 도운 나의 경험을 공유했다. 그 학회 이후 그룹의 규모가 커졌다. 코니아, 엘렌, 제시, 그레이스, 그리고 나 외에, BC 커먹스밸리에 사는, 영국에서 태어나고 수련한 가정 주치의 조녀선 레글러 박사가 합류했다. 나는 지역 신문에 실린,

가까운 미래에 MAiD를 제공할 의향이 있다는 그의 인터뷰 기사를 본 적이 있었다. 그는 동료인 남아프리카 출신 가정 주치의 타냐 도스 박사를 데려왔다. 도스 박사는 몇 년 전 어린 자녀 등 가족과 함께 이곳으로 이민 왔다. 엘렌은 밴쿠버 출신의 동료 로이 몰슨 박사를 데려왔는데, 법정의 면책 조치하에 이미 그와 함께 조력 사망을 제공한 적이 있다고 했다. 그렇게 우리는 갑자기 여덟 명이 되었다. MAiD를 제공할 의향이 있는 여덟 명의 임상의. 그들에게 보낸 이메일에서 내가 하비의 조력 사망을 위해 준비한 것, 일 자체의 진행, 그리고 그 일을 하는 동안 내가 어떤 감정을 느꼈는지를 설명했다.

'일은 꽤 원만하게 진행됐어요. 하지만 사후 지원에 관한 것이 여전히 명확하지 않아요. 혹시 여러분은 자신이 담당한 환자가 아니더라도 후속 상담을 해줄 계획이 있나요?'

그날 오후 늦게 모두가 내 메일에 답장을 보내왔다. 그들은 일이 잘 진행되었다는 것을 알고 안심했다. 타냐와 조너선은 내가 링거 주사를 지원하는 간호사와 동행한 것을 부러워했고, 그들도 그들 나름대로 링거관을 꽂는 일에 좀더 적응되도록 병원에서 기운을 충전하는 시간을 가졌다고 언급했다.

'경험을 공유해줘서 고마워요, 스테파니. 내가 그 경험에서 많이 배울 거라고 확신합니다. 축하한다고 말해야 할지 아니면 잘했다고 말해야 할지 확신은 안 서지만, 나에겐 이게 정확한 느낌 같아요.'

내 새로운 동료 그룹의 이런 기반과 다방면의 지원이 굉장히 가치 있게 느껴졌다. 남편 장마르크도 나에게 힘이 되었지만, 내가 하는 일을 진정으로 이해할 사람은 이들 말고는 별로 없었다.

하비는 나의 첫번째 환자였다. 하지만 그달의 마지막 환자는 아니었다. 두번째 고객이 나와 함께 일하는 약사 댄을 통해 나에게 왔다. 그 노인은 댄의 오랜 고객 중 한 명이었고, 암 투병 막바지에 와 있었다. 법이 바뀌자 그 환자의 아내가 댄에게 자기 부부가 조력 사망에 대해 좀더 알고 싶고 관심이 있다고 말했다. 남편을 잃고 싶지 않지만 그가 너무도 끔찍한 고통을 받고 있으므로 조력 사망에 적합하기를 바란다고 했다. 댄이 우리를 연결해주었다. 그 노인은 조력 사망에 적합했고, 나의 두번째 조력 사망 지원이 진행되었다.

첫달에 나는 다른 세 명의 고객을 상담했다. 모두가 적합하다고 판명되진 않았고, 어떤 사람은 그냥 정보를 알아보는 것이 목적이었다. 하지만 이 일을 담당하는 임상의가 너무 적은 탓에 얼마 지나지 않아 나는 매주 많은 질문을 받는 입장이 되었다. 인구 35만 명이 넘는 도시 빅토리아에 MAiD 제공자가 3명 있었다. 그래도 우리는 운이 좋은 것 같았다. 인구가 거의 600만 명인 토론토에는 내가 아는 한 병원 밖에서 MAiD를 제공하는 임상의가 겨우 2명이었다. 그렇기는 하지만, 캐나다에는 MAiD 제공자가 전혀 없는 지역도 많았다. 대중 사이에 이제 조력 사망이 가능해졌다는 안도감이 처음 일었던 반면, 동료들은 조력 사망을 제공하지 않는 지역들에서 환자 가족들의 절박한 목소리가 들려오고 있다고 보고하기 시작했다.

6월에서 7월로 넘어갈 때, 루이즈라는 여성에게 그런 전화 한 통을 받았다. 그는 내가 있는 곳에서 800킬로미터쯤 떨어진 BC 내륙 지역의 조그만 도시에 살고 있었다.

루이즈는 69세로 전이성 유방암이 몸에 퍼졌으며 가정 주치의의 치료를 받고 있었다. 그는 어머니가 68세에 난소암으로 세상을 떠나는 모습을 지켜보았고, 3~5년 전 같은 유방암으로 자매 두 명을 잃었다. 불행히도 그는 남은 생이 몇 주 안 된다는 것을 알았다. 양질의 의료 지원을 받고 있다고 느끼기는 하지만, 세상을 떠날 시간과 마지막 환경을 통제할 수 있도록 조력 사망이 가능하기를 바랐다. 그의 주치의는 이런 바람을 기꺼이 지지해주었고 조력 사망 적합성 평가자 중 한 명으로서 도움을 주었지만, 루이즈가 사는 지역에서는 아직 아무도 조력 사망을 제공하려 하지 않았다. 그래서 온라인 검색으로 내 웹사이트를 발견했고, 내 사무실에 연락해 어떤 선택안이 있는지 알아보고자 했다.

처음 루이즈와 이야기를 나눴을 때 그가 나를 찾아올 거라고 생각했다. "그린 박사님, 저를 도와주실 수 있다면, 제가 남편 그레그와 함께 빅토리아로 날아갈게요." 루이즈가 이렇게 말했기 때문이다. "거기에 가족이 살아서 지낼 곳이 있거든요.

그들도 환영이라고 했어요."

그러나 몇 시간 거리이고 밴쿠버에서 비행기를 갈아타야 하는 만큼, 그의 건강 상태로 그 여정을 소화하기는 힘들 거라는 생각이 들었다.

"저를 환자로 받는 걸 고려해주신다면 참으로 감사할 거예요." 그가 이어 말했다. "일단은 원격의료로 1차 평가를 할 수 있길 바라요. 하지만 제 죽음을 위해서는 빅토리아로 갈 수 있어요."

평범하지 않은 방식이긴 했지만, 그를 내 환자로 받아들이지 말아야 할 이유는 없었다.

루이즈는 내가 원격의료로 환자의 상태를 평가한 첫번째 케이스였다. 브리티시컬럼비아주는 처음부터 우리 주에 시골 지역이 상당히 많다는 점을 감안해 MAiD 적합성 평가 2건 중 1건을 병원에서 원격의료 시스템을 통해 시행하도록 허가했다. 내 사무실 건물 건너편에 로열 주빌리 병원이 있었다. 나는 그 병원의 안내 책자를 보고 원격진료부가 있는 것을 확인했다. 곧장 그 부서에 전화를 걸어 루이즈와의 화상 인터뷰를 위한 방과 컴퓨터를 예약했다.

인터뷰 날 아침, 나는 커다란 컴퓨터 모니터 앞에 앉았고, 루이즈는 그레그와 함께 그 지역 병원의 비슷한 공간에 앉았다. 그레그는 테가 짙은 안경을 끼고 겉옷을 걸쳤는데, 어느 모로 보나 엔지니어로 보였다. 루이즈는 쇠약해 보였으나 휠체어에 앉아 미소를 띠었다. 여름인데도 터틀넥 스웨터 차림이었다. 그를 밖으로 데리고 나오고 이 인터뷰를 준비시키는 과정이 너무 힘들지 않았기를 바랐다. 가정 간호사도 그들과 함께 있었다. 주 지침에 따르면 화상 평가 자리에 증인이 참석해야 했기 때문이다. 두려운 점과 마지막 소망에 관한 대화를 하기에는 기묘한 구성이었지만 그렇게 해야 했다.

"우리가 왜 이런 자리를 마련했죠, 루이즈?" 내가 물었다. "혹시 뭔가 달라졌나요? 지난주에 저에게 연락하셨죠. 그리고 다음달까지 기다리는 것을 원치 않았고요…… 저한테 전화하기로 마음먹은 이유는 무엇인가요?"

루이즈는 먹을 수 없는 것, 미각을 잃은 것 등 전반적인 식욕 상실을 한탄했다. 침대에서 나와 안락의자에 가서 앉는 건 어떻게든 해낼 수 있고, 필요할 경우 혼자 화장실에 가는 것도 아직은 할 수 있다고 했다. 하지만 다른 사람의 도움 없이 밖에 나가지는 못했다.

"혼자 힘으로 서 있는 게 너무 불안정해요." 그가 말했다. "하루의 대부분을 TV를 보거나 낮잠을 자면서 보내죠. 심지어 손님들이 와도 달갑지 않아요. 몇 분 이상 글을 읽을 수도 없고요. 십자말풀이도 더이상 하지 못한답니다. 정말이지 난 산다기보다 그냥 존재하고 있을 뿐이에요."

그는 치료를 받는데도 병이 계속 악화되었다고 했다. 그래서 한 달쯤 전에 화학요법을 중단했는데 그 뒤로 매주 통증이 심해졌다는 것이다.

"앞으로 어떻게 될지 알아요." 그가 말했다. "그리고 그걸 건너뛰고 싶어요. 피할 수만 있다면 나도 내 가족도 굳이 겪을 필요가 없으니까요."

"네, 가족분들은 어떤가요. 그분들이 당신이 아픈 걸 안다고 하셨지만, 이런 결정에 대해선 어떻게들 생각하세요? 조력 사망을 고려하고 있다고 가족들한테 말씀하셨나요?"

"가까운 친구들과 가족들 전부 알고 있어요. 모두 긍정적인 반응이고요. 내 자매들이 이 병으로 어떻게 갔는지 기억하거든요. 다만 아들 피트가." 루이즈는 그레그를 바라보고는 말을 이었다. "피트가 조금 힘들어해요." 그러면서 미소 지었다. "그애는 마지막 순간을 최대한 미루길 원해요."

우리는 90분 동안 이야기를 나눴다. 나는 루이즈의 의료기록을 검토하고, 그를 담당한 암 전문의와 이야기를 나누었으며, 첫 통화 후 약 일주일 뒤 루이즈가 MAiD에 적합하다는 판단을 내렸다. 그는 명확한 쇠퇴 상태였고, 긴 시간을 휴식 상태로 보냈다. 하지만 아직 집에서 도움을 받으며 살아내고 있었다. 가정 주치의도 그가 조력 사망에 적합하다는 데 동의했다. 그래서 우리는 루이즈가 요청한 대로 2주 뒤 빅토리아에서 절차를 진행할 계획을 짜기 시작했다.

그러는 사이 안타깝게도 고통스러운 장폐색 증상이 나타나 루이즈는 침대에서 전혀 일어나지 못하는 상태가 되었고, 상당량의 진통제가 필요했다. 그레그가 전화를 해서 혹시 와줄 수 있느냐고 물었다.

"미친 소리처럼 들릴 수 있다는 걸 아는데요, 그린 박사. 난 루이즈가 마지막 순간에 대한 통제력을 가질 수 있도록 최선을 다하겠다고 약속했습니다. 변함없이 집에서 루이즈를 보살필 거예요. 하지만 그 소망을 들어주고 싶습니다. 이리로 오는 걸 생각해보실 거죠?"

내가 매사에 예스라고 답하는 습관이 있던 시기였다. 그 일이 이루어질 수 있다는 걸, 잘될 수 있다는 걸, 그리고 모두에게 그것이 가능하다는 걸 증명하고 싶었다. 그곳에 갔다가 하루 뒤에 돌아오면 되었다. 마침 아이들은 모두 여름 캠프에 가 있었고, 장마르크도 긍정적으로 반응할 터였다. 그레그와 나는 이틀 뒤에 실행하기로 했다. 그러나 미처 고려하지 못한 현실적 문제들이 있었다.

첫째는 비행 자체였다. 캐나다 의료 시스템에서 의사들은 자신이 제공한 모든 의료 서비스에 대해 항목별로 구분되고 색인화된 비용 코드를 통해 주 정부에 비용을 청구한다. 그때까지 나는 MAiD 일에 들어간 비용을 상환받은 적이 없었다. MAiD 관련 비용 코드가 아직 없었기 때문이다. 그래서 내가 조력 사망을 실행하기 위해 타고 간 비행기 요금을 보건국에서 지불해줄 가망성이 별로 없었다. 그레그가 너그럽게도 내 여행 비용을 자기네 가족이 부담하겠다고 제안했지만, 일반 의료

시스템 안에서 일하는 의사에게 이유가 무엇이든 환자가 비용을 지불한다는 것은, 의료행위가 적법하고 그 비용이 상당하다는 것은 차치하더라도, 절대로 피하고 싶은 일이었다. 내가 그레그의 제안을 받아들이는 것이 허용될 만한 일인지 궁금했다. 그 생각에 너무도 마음이 불편해 CPSBC에 전화를 걸어 담당 대리와 이야기했다.

"그렇게 해도 직업윤리상 문제는 없습니다." 그는 나를 안심시켰다. "그 가족이 선생님의 여행 비용을 낼 능력이 있다면요. 하지만 정례적인 일이 아닌 건 분명하지요. 원칙적으로 환자가 그런 비용을 부담해선 안 됩니다. 주에서 MAiD 제공자 부족 문제를 고심해야 할 거예요. 먼저 우리와 이 문제를 상의해주셔서 감사합니다. 행운을 빌어요."

나는 그레그의 제안을 받아들였고 계속 계획을 짰다.

둘째 문제는 예상치 못했던 것이었다. 기꺼이 도움을 주는 약사에 너무 익숙해서 모든 약국이 조력 사망을 위한 약물을 입수하는 일에 기꺼이 도움을 주려 하지는 않으리라는 사실을 잊고 있었다.

먼저 수십 년간 루이즈를 담당해온 그 지역 약사에게 전화를 걸었다. 그는 상냥한 사람이었지만, 내가 요청한 처방에 불편해하는 기색이 역력했다. 이 일에 참여하는 걸 고려해달라고 말하자, 그는 '이런 일'에는 아무런 관여도 하지 않을 거라고 재빨리 대답하고는 전화를 끊어버렸다. 나는 같은 동네에서 일하는 그의 유일한 경쟁자에게 전화를 걸었다. 그는 기꺼이 관여할 의향은 있지만 이틀 안에 그 약물들을 공급받을 수 있을 것 같지는 않다고 말했다. 그러면서 자동차로 약 한 시간 거리에 있는 더 큰 도시의 약국에 전화해보면 어떻겠느냐고 권했다. 그 약국의 약사는 나를 돕는 일에 완전히 부정적이지는 않았지만, MAiD가 적법한 절차라는 걸 확신하지 못했다. 공식 정책에 관해 본사와 이야기해볼 테니 시간을 달라고 했다. 그가 다음날 늦게 나에게 연락해 회사에서 아직은 이런 일에 일부분을 담당할 계획이 없다고 말했을 때, 나는 이미 내가 있는 빅토리아에서 약물을 구해 가져가기로 결정한 상태였다.

그러나 문제는 거기서 끝나지 않았다.

그 약물은 일단 조제되면 24시간 내에 사용하는 것이 좋다. 나는 그 약물들에 대해 빅토리아에 있는 내 거래처 약국에 서명해야 했고, 그것들을 개인적으로 책임져야 했다. 그런데 그 운반 문제를 항공회사에 확인하는 것은 고려할 수가 없었다. 내가 직접 비행기로 운반해야 할 터였다. 거기까진 괜찮다. 하지만 공항 안전요원이 그 안에 뭐가 들었고 용도가 뭐냐고 물으면 뭐라고 대답하지? 그것은 인슐린 한 병이 아니었다. 주사기 여러 개에 든 치사 약물 두 세트였다. 나는 캐런에게 비행기에 들고 타도 되는 품목과 안 되는 품목을 알아봐달라고 요청했지만, 시간이 너무 없었다. 그걸 알아낼 길은 사실상 하나뿐이었다.

루이즈의 조력 사망 예정일 전날 오후, 나는 루이즈와 그레그에게 내가 짠 계획을 알려 확인받았다. 루이즈는 쇠퇴하고 있긴 했으나 아직 나와 전화 통화를 할 수 있을 정도로 정신이 또렷했다. 절차를 시작하기 전 그가 최종 동의 의사를 표할 수 있을 거라는 유망한 조짐이었다. 나는 처방된 약물을 받아 밀봉된 그대로 밤새 냉장고에 넣어두었다(그렇다, 오렌지를 꺼내려고 손을 뻗었을 때 우리가 저녁으로 먹고 남은 음식 옆에 놓인 그 치사 약물이 보이자 마음이 불안했다). 새벽 5시에 집을 나서 공항으로 차를 몰았다. 배낭 하나만 가져갔다. 배낭 안에는 청진기와 루이즈의 차트, 그리고 내가 주의를 기울여 포장한 주사기들이 담긴 보냉백이 들어 있었다.

셀프서비스 기기에서 탑승 체크인을 하고 곧장 공항 검색대로 향했다. 이른 시간인데도 대기 구역 전체에 줄이 구불구불 늘어서 있었다. 긴 줄 덕분에 앞으로 펼쳐질 상황을 다양한 시나리오로 시뮬레이션해볼 수 있었다. 혹시 나를 한쪽으로 데려가면 어쩌지? 경찰을 부르면? 그러다 비행기를 놓치면?

다행히 무사히 통과했다. 나중에 알게 된 바에 따르면, 처방 약물은 양에 상관없이 비행기에 가지고 탈 수 있었다. 심지어 안전요원은 무슨 약물이냐고 묻지도 않았다. 솔직히 탑승 준비가 완료되자 약간 실망스럽기까지 할 정도였다.

두 번의 비행과 한 차례의 환승, 그리고 90분 동안 차를 타고 간 끝에 루이즈의 집에 도착했다. 그 집은 작은 가문비나무

숲 옆 조용한 길에서 조금 떨어진 곳에 있었다. 내가 주차한 곳에서 집 뒤쪽 저편의 호수와 방충망을 쳐놓은 커다란 베란다가 보였다. 베란다 앞에 몇 사람이 모여 있었다.

차에서 내리자 그레그로 보이는 남자가 앞으로 몇 걸음 다가와 나를 맞이했다. 그가 나를 손님들에게 소개했다. 루이즈의 남동생과 올케, 남녀 조카들 그리고 가까운 친구들이었다. 분위기가 침울했지만 다들 따뜻이 맞아주었다.

"오늘 하게 되어 다행입니다." 그레그가 나를 집안으로 안내하며 말했다. "루이즈는 빠르게 내리막길을 내닫고 있어요. 하지만 걱정 마세요. 선생님을 무척 기다리고 있으니까요. 잠을 많이 자긴 하지만 무슨 일이 일어날지 잘 알고 있습니다. 아침 내내 선생님이 언제 오느냐고 물었어요."

개방형 주방을 지나 루이즈의 침실로 들어갔다. 루이즈는 침대에서 졸고 있었다. 숱이 별로 없는 머리칼 일부가 짙은 파란색 털모자에 덮여 있었다. 그리고 30대 후반으로 보이는 남자가 침대가에 조용히 앉아 있었다. 그레그가 아들 피트라며 그를 소개했다. 텁수룩한 머리칼이 진한 갈색이었지만 턱수염은 붉었다. 루이즈가 삶을 마치겠다는 자신의 결정에 피트가 양가감정을 느낀다고 말했던 게 기억났다. 그가 여전히 같은 감정인지 궁금했다. 피트는 내가 재킷을 벗고 가져온 물건들을 펼치는 모습을 지켜보았다. 이윽고 루이즈와 내가 단둘이 이야기를 나누도록 피트와 그레그가 방에서 나갔다.

"마침내 만나게 돼서 기뻐요, 그린 박사님." 루이즈가 피로에 젖은 부드러운 어조로 말했다. 전화 통화 후 불과 며칠 만에 눈에 띄게 달라졌다. 한 가지 생각이 머릿속에 번득였다. 내가 이 먼 길을 달려온 것이 과연 의미가 있을까? 나의 조력 없이도 루이즈가 그 주 안에 세상을 떠날 것 같았기 때문이다. 다른 점도 잠시 궁금했다. 결국 모든 것이 끝났을 때 가족들이 나를 여기로 오게 한 돈과 시간에 그만한 가치가 있었다고 느낄까? 피트가 어머니 인생의 마지막 주를 내가 자기에게서 빼앗아 간 것처럼 느끼지는 않을까?

그러나 이런 생각들은 한쪽으로 밀어두고 루이즈에게 집중했다.

"난 가족을 무척 사랑해요." 루이즈가 말했다. "하지만 갈 준비가 너무나, 너무나 잘돼 있어요."

나는 공식적으로 일을 시작하기 전 동의를 표하는 환자의 의사능력을 확인하고 환자와 단둘이 함께하는 이 시간을 소중히 여기게 되었다. 처음에 하비와 함께했을 때, 그리고 두번째 환자와 함께했을 때, 그리고 지금 루이즈와 함께하면서도 우리가 나누는 대화의 솔직함에 감명을 받았다. 침대맡에서 나누는 이 대화에는 날것의 진실이 있었다. 환자들은 자신이 느끼는 것을 정확하게 말했다. 내가 자리에 앉아서 어떻게 지냈느냐고 물었을 때 "잘 지냈어요"라고 대답한 사람은 없었다. 세 명 다 절차를 진행하길 고대했다. "난 준비됐어요." 혹은 "어서 끝나

면 좋겠네요." 하비 말대로 허튼소리는 없었다. 이 사적인 시간
은 또한 그들에게 강압의 요소가 없음을, 그들이 조력 사망을
택하도록 어떤 식으로든 다른 사람에게 권유받지 않았음을 보
장하는 데 도움이 되었다. 이런 대화는 환자를 안심시키는 만
큼이나 나도 안심시켜주었다.

대화가 끝나고 일을 시작하기 전, 나는 루이즈의 링거관이
막히는 부분 없이 잘 흐르는지 확인했다. 그의 가정 주치의가
그날 아침 일찍 와서 링거관을 꽂아놓았다. 나는 이 일에 깊이
관여한 루이즈의 주치의가 뒤에서 지켜보고 이 일의 증인이 되
어주길 기대했다. 하지만 전날 전화를 걸어 세부 내용을 말하
니, 그는 참석하지 않겠다고 했다.

"난 그 자리에 있지 못할 것 같습니다. 왜냐하면…… 십중
팔구 울 것 같아서요."

그의 솔직함에 나는 잠시 멍해졌다.

"나는 루이즈의 결정을 전적으로 지지합니다." 그가 말했다.
"그리고 그 가족을 정말 좋아해요. 그분들을 알고 지낸 지 정말
오래되었습니다. 하지만 내가 눈물을 보이면 그분들에게 도움
이 될 것 같지 않아요."

나로서는 그 생각에 동의하기 힘들었지만, 판단 내리기를
멈추었다. 그는 그저 솔직했을 뿐이고, 선택은 어디까지나 그
의 몫이었다. 약사부터 가정 주치의까지 내가 만난 모든 사람
이 그야말로 새로운 이 치료 분야에서 자신의 입장을 찾으려

애쓰고 있었다. 못마땅해하는 반응은 자신은 이 일을 피하고 관여하지 않겠다는 뜻이었다. 나는 이 일이 익숙해질 때쯤엔 초과근무가 교대근무로 바뀌길 바랐다.

루이즈 그리고 그에게 꽂힌 링거관에 모두 문제가 없음을 확인한 뒤, 나는 그가 요청한 대로 정확히 공식 절차를 시작하기 위해 그레그와 피트를 다시 들어오게 했다. 루이즈는 몹시 나른한 상태였다. 그는 가족에 대한 사랑을 표현하고는 얼마 지나지 않아 눈을 감고 나에게 시작하라고 청했다. 내가 시작하자 주위가 조용해졌다.

주사기 8개로 이루어진 3차 약물을 주입할 때, 피트가 갑자기 자리를 벗어나 방에서 나갔다. 그가 집 밖으로 향하는 소리가 들렸고, 나는 아마도 그가 서성이고 있으리라 생각했다. 하지만 그는 베란다 앞에 있던 가족의 품으로 곧장 뛰어든 것 같았다. 그가 흐느끼는 소리가 들려왔다.

"걱정 마십시오." 그레그가 말했다. "저애는 괜찮을 겁니다. 모자 사이가 가까웠거든요. 내 생각엔 아직 어린애 같아서 그런 것 같습니다. 이 일이 줄곧 정말 힘들었을 거예요. 모자가 어젯밤에 정말 좋은 대화를 나눴습니다. 작별인사를 충분히 했어요…… 저애의 외삼촌이 저기 밖에 있습니다. 그러니 괜찮을 거예요."

나는 그레그가 우리 중 누구를 안심시키는 건지 알 수 없었다. 그때 그레그가 양손으로 루이즈의 손을 잡으며 다시 루이즈에게로 관심을 돌렸다.

루이즈는 무의식 속으로 더 깊이 가라앉았고, 몇 분이 지나자 호흡이 그치고 얼굴에서 핏기가 가셨다. 그레그는 여전히 루이즈의 손을 두 손으로 다정히 감싼 채 아내에게서 눈을 떼지 않았다. 든든한 버팀목으로서 끝까지 곁에 가만히 있었다.

나는 잠시 기다렸다. 그런 다음 청진기로 루이즈의 심장이 뛰는 기미가 조금이라도 있는지 확인했다. 없었다. 그레그에게 조의를 표하고 사망 시각을 조용히 적었다. 그레그는 짧게 나를 바라보고는 고개를 끄덕였다. 그런 다음 다시 루이즈를 응시했다. 나는 가능한 한 조용히 물건들을 챙기고, 본능적으로 내가 있었던 흔적을 남기지 않고 자리를 뜨려 했다. 그곳에는 루이즈에 관한 추억을 떠올리게 하는 물건들이 가득했던 것이다. 사용한 주사기나 의학적 절차의 흔적이 그 사이에 끼어들 필요는 없었다.

그런 다음 식당으로 가겠다고 양해를 구했다. 그레그를 아내와 단둘이 놓아둔 채 필요한 서류 작업을 마무리해야 했기 때문이다. 우선 커다란 창문들과 베란다로 통하는 문이 하나 있는 공간을 통과해야 했다. 손님들이 베란다에 앉아 기다리고 있었다. 내가 침실에서 나와 그 공간으로 들어서자 모두의 시선이 나에게 쏠렸다. 루이즈의 가족과 친구들은 이 상황의 의미를 알고 있는 것이 틀림없었다. 하지만 그것을 현실로 받아들이기 전에 내가 입 밖에 내어 그들에게 말해주길 기다리는 듯했다. 나는 베란다 쪽으로 걸어가 문을 열고 출입구 앞에 섰다. 손에 약물이 담긴 가방을 들고, 목에 청진기를 걸고, 옆구리에 루이즈의 차트를 낀 채.

"운명하셨습니다." 내가 말했다. "무척 평화로웠습니다. 지금 그레그가 잠시 둘만의 시간을 보내고 계세요."

거기 그렇게 서 있자니 어색했다. 그래서 그들의 대화가 다시 시작되는 사이 다시 안으로 들어가 식탁 앞에 앉아 사망 진단서의 서식을 채워넣었다. 절차의 세부사항, 각각의 약물이 주입된 시각을 적어 내려갔다. 집에서 사망한 경우를 위한 서류 양식도 채워넣었다. 시작하기 직전 루이즈에게 동의를 얻었음을 확인하는 다른 양식의 서류 칸에도 체크했다. 채워넣을 서류가 많았다. 전부 17쪽이었다. 주의 깊게 하나하나 전부 해나갔다. 그리고 앞으로의 일들을 준비하는 차원에서 가능한 사항들은 미리 채워넣을 수 있도록 머릿속에 새겨두었다.

그레그가 와서 스카치를 한 잔 하자고 권했다. 그는 안색이 창백하고 충격을 받은 듯했다. 하지만 어딘지 체념한 듯한 표정이었다. 나는 물 한 잔을 따라 주방에 있는 그에게 갔다. 곧 베란다에서 두 사람이 스카치를 마시러 왔고—루이즈의 남동생과 가족의 가까운 친구였다—, 그들이 우리와 머무르자 나머지 사람들도 와서 합류했다.

그들이 방금 일어난 일에 어떻게 반응할지 궁금했다. 그들 인생에서 끔찍한 날이었을까, 루이즈가 요청한 조력 사망에 도움을 준 것이 그들에게 어떤 의미가 있었을까? 루이즈는 삶의 끝에 아주 가까이 가 있는 상태였다. 그런데 피트는 어디서 어떤 기분을 느끼고 있을까? 그 순간 모두의 반응이 나 자신이 받은 그 어떤 인상보다 중요하게 느껴졌다.

"우리는 골프장에 연락했어요." 친구가 말했다. "골프장에서 오늘 루이즈를 기리는 의미로 조기弔旗를 달 겁니다." 그레그가 카운터에 몸을 기대며 동의의 뜻으로 고개를 끄덕였다.

그때까지 그 공간에 여덟 사람이 모여 있었고, 나는 그들의 모든 지원에, 그리고 루이즈가 주변에 품은 사랑에 얼마나 깊은 인상을 받았는지 이야기했다. 또 어쩌면 오늘 일은 루이즈보다 그들에게 더 힘들었을 거라고 말했다. 루이즈에게는 여러분의 참석과 지지가 진정한 선물이었다는 말도 했다. 그들이 이 일을 그런 식으로 보기를 바랐다.

이 말에 그들의 억눌린 감정이 터져나온 것 같았다. 조용한 끄덕임, 전반적인 동의가 있었고, 갑자기 눈물이 쏟아졌다. 나는 마음속 깊은 곳에 있는 느낌을 입으로 소리 내어 말하면 참석한 사람들이 그 순간의 감정을 처리하는 데 도움이 되는 것 같다는 사실에 주목했다. 앞으로 이 점을 마음속에 새겨두기로 했다.

MAiD 제공을 시작한 이 초기의 몇 달 동안, 나는 무엇이 잘 작동했고 무엇이 그러지 못했는지, 무엇이 적절하고 적절하지 못했는지는 물론, 내가 언제 무엇을 말하고 싶었는지에 관한 멘털 체크리스트를 계속 추가했다. 내가 루이즈의 가족과 친구들에게 그날을 위해 각자의 필요와 소망을 제쳐두고 루이즈의 필요와 소망을 들어줌으로써 '사랑하는 사람에게 선물을 주었다'고 말한 것은 방금 내가 그의 침대맡에서 목격한 것을 그대로 묘사한 말이었다. 또한 하비 가족과의 경험에서 얻은 것이기도 했다.

우리는 주방에 다같이 옹기종기 모여 음료를 계속 홀짝였다. 이 사람들의 대부분을 오늘 이런 상황에서 처음 만났는데 얼마 안 있으면 내가 그들의 삶에서 사라진다는 사실이 묘하게 느껴졌다. 창밖으로 오후의 길어진 그림자들이 자취를 감추기 시작했다. 돌아가는 비행기 시간은 오후 4시였고, 그래서 아직 시간이 조금 있었다. 하지만 이 자리에 얼마나 머물러야 하는지 판단하기란 쉽지 않았다. 이제 절차가 다 끝났는데 이 자리에서 내 역할이 무엇일까? 정의 내리기가 어려웠다. 또한 그 역할은 분명 한정적이었다. 그레그와 그의 가족 그리고 친구들을 다시는 만나지 못하리라는 걸 나는 알고 있었다. 일이 끝나긴 했지만, 혹시 궁금한 점이 생기면 내가 쓰임새가 있었으면 했다. 일단 그레그가 나와 연락할 수 있는 모든 경로를 알고 있는 것을 확인했다. 그러나 이 집안에 있는 모든 사람이 방금 매우 소중한 이를 잃었음을 인정한다는 걸 확인하지 않고는 내가 떠날 수 없을 것 같았다. 이걸 어떻게 잘 전달할 수 있을까?

루이즈의 집에서 보낸 그날 오후, 나는 피트를 제외한 모든 사람에게서 그걸 확인했음을 알아차렸다. 피트가 베란다에서 혼자 담배 피우는 모습이 창문 너머로 보였다.

떠날 때가 되었다는 느낌이 들었다. 무례를 범하고 싶진 않았다. 갈 길이 멀었다. 그래서 가방을 챙겨 들고 그레그에게 작별인사를 한 뒤 문밖으로 걸어나갔다. 자동차를 향해 가면서도, 주방에서 나눈 대화에도 불구하고, 내 여행 경비와 그들이 거기에 들인 노력이 이 가족에게 과연 그만한 가치가 있었는지 여전히 궁금했다.

"그린 박사님!" 피트가 큰 소리로 나를 불렀다.

소리가 난 쪽을 돌아보니 그가 베란다에서 걸어나와 내 쪽으로 다가왔다. 아마도 화가 나서 자기 생각을 나에게 알리려나보다 하는 생각이 머릿속을 스쳤다.

"잠깐 안아드려도 되겠습니까?" 갈라진 목소리로 그가 말했다.

"물론이죠." 나는 이렇게 대답하고는 그를 향해 한 걸음 내디뎠다. "난 포옹의 힘을 무척 신봉하는 사람이거든요."

"와주셔서 정말 고맙습니다." 그가 두 팔로 나를 안으며 말했다. "어머니에게 우리 중 누구도 줄 수 없는 것을 주셨어요."

7.   로열 주빌리 병원 436호

"제 남편은 췌장암이에요…… 지금 무척 아프고, 무척 쇠약해졌어요……" 캐럴이라는 여성이 내 사무실 자동응답기에 남편 찰리에 관한 메시지를 남겼다. 목소리가 갈라졌지만, 그 여성은 심란한 마음을 간신히 가라앉히고 목소리를 조금 낮춰 말을 이어갔다. "그가 갈 때가 그리 멀지 않은 것 같아요…… 선생님이 제 남편을 곧 만나주실 수 있으면 좋겠습니다. 그는 선생님의 도움을 간절히 원하고 있어요."

캐럴은 찰리가 현재 내 사무실 건너편에 있는 병원에 입원 허가를 받았으며 내가 거기로 와서 그를 만나줄 거라 믿는다고 했다.

그가 남긴 휴대폰 전화번호를 들으면서 캐런을 돌아보았다. 캐런은 캐럴의 목소리에 담긴 감정에 깊이 영향을 받아 눈물이 그렁그렁했다. 임신 소식을 알리는 새 환자의 메시지와는 사뭇 달랐다. 나는 그런 의지할 데 없고 침울한 토로가 여전히 우리에게 새롭게 다가온다는 것을, 그리고 슬픔이란 전염성이 있다는 것을 새삼 깨달았다.

"두 사람 다 도울 수 있으면 좋겠어요." 캐런에게 말했다.

나는 길 건너편 병원에서 찰리와 첫 만남을 가지기로 결정했다. 그가 적합하다고 판명되면, 제도적 틀 안에서 조력 사망을 제공하는 실행 계획을 짤 것이다. 이 계획이 실행된다면 내가 처음으로 환자의 집이 아니라 '공개된 장소'에서 조력 사망을 제공하게 되는 경우일 것이다. 간호사, 잡역부, 의료계 동료, 미화원, 접수 담당자 들이 주위에 있을 것이다. 그런 시스템 안에서 개인들이 내 역할에 혹은 나에게 어떻게 반응할지 알 길이 없었다. 병원이란 환자들이 생존하도록 돕는 기관인데, 나는 그 반대의 것을 행하는 의사이니 말이다. 병원 직원들이 내가 그랬던 것처럼 환자 중심 치료patient-centered care로서의 MAiD에 관해 검토해봤기를 바랐다. 환자가 삶을 더이상 감당할 수 없을 때 통제력과 존엄성을 회복해주는 치료 말이다. 의료계 안에서도 어떤 사람들은 자신의 도덕 관념에 기반해 조력 사망에 반대하기도 했다. 당시 조력 사망에 대한 캐나다 대중의 반발은 매우 적고 제한적 항의만 있는 수준이었다. 하지만 모든 사람이 조력 사망을 지지할 수는 없다는 걸 나는 충분히 이해하고 있었다.

24시간이 지나 찰리와 상담하기로 한 날, 나는 내가 어디로 가고 있는지 알 수 없는 불안한 기분으로 병원에 들어갔다.

빅토리아에는 시와 업무협약을 맺은 병원이 세 곳 있고, 나는 그 세 곳 모두에 출입을 허가받았다. 그중 한곳은 우리집에서 차로 40분가량 걸리는, 가정 주치의들이 운영하는 작은 지역 병원이었다. 빅토리아 종합병원Victoria General Hospital, VGH은 첫번째 병원과 다른 방향으로 30분 거리인데, 유일하게 산부인과와 소아과가 있는 병원이었다. 나에게는 산부인과 진료를 보던 시절부터 친숙한 곳이다(심지어 나는 이 병원 카페테리아에서 유명한 버터 치킨을 무슨 요일에 내는지까지 알고 있었다). 찰리가 입원 허가를 받았고 내가 루이즈와 원격진료를 진행했던 로열 주빌리 병원은 넓고 오래된 캠퍼스가 있었다. 내 사무실 건너편에 위치하긴 했지만, 나에게 그다지 친숙한 병원은 아니었다.

나는 배낭끈을 좀더 단단히 조였다. 그런 다음 신분증이 목에 걸려 있는지 확인하며 출발해, 엘리베이터를 타고 436호실로 갔다. 지난번에 환자를 개인적으로 만나기 위해 병원에 들어갔을 때와는 기분이 확연히 달랐다. 20년 동안 나는 아기를 받는다는 기대감과, 무슨 일이 일어날까 하는 흥분을 느끼며 병원에 갔다. 그러나 MAiD 담당 의사로서 병원에 들어가는 건 전적으로 다른 경험이었다. 산부인과와 MAiD에는 비슷한 점들이 있지만—둘 다 삶에서 특별한 의미가 있는 이행의 순간을 담당한다—, MAiD의 경우 지금까지는 온전히 감사받지 못한다는 차이점이 있었다. 다른 사람들의 반응 말이다.

출산에 대한 사람들의 반응은 매우 한결같다. 가족들은 무척 기뻐하고, 간호사들도 만족하며, 출산이 다 끝나면 모두들 황홀해한다. 그리고 내가 병실로 들어가면 대부분의 사람들이 나를 보고 행복해한다. 아기를 출산하는 과정은 매우 다양하게 펼쳐진다. 때로는 나의 통제력에서 벗어날 때도 있다. 어떤 여성들은 꼬박 24시간 동안 산통을 겪고, 어떤 여성들은 겨우 3시간 정도 겪는다. 출산은 수술방에서 이루어지기도 하지만 자동차 뒷좌석에서 하는 경우도 있다. 그런데 조력 사망은 그와 정반대로 전개된다. 절차 자체는 매우 예측 가능하다. 특정한 목적으로 처방된 약물을 투여하면 예상했던 결과가 큰 변이 없이 일어난다. 그러나 관련된 사람들의 정서적 반응은 예상하기가 좀더 어렵다. 하비의 가족이 그랬던 것처럼 그 경험을 적극적으로 끌어안기도 하고, 루이즈의 아들 피트처럼 현장에서 달아나기도 한다. 이제 나는 이 병원 직원들 모두의 반응을 고려해야 했다. 내가 온다는 걸 병원 의료진이 알고 있을까? 만약 알고 있다면 그들이 나의 역할을 이해할까? 내가 도움을 주려 한다고 생각할까, 해를 끼치려 한다고 생각할까?

4층의 바빠 보이는 접수 담당 직원 쪽으로 걸어갔다. 그 젊은 여자 직원은 복도 한가운데에 있는 넓은 워크스테이션에서 끊임없이 움직이고 있었다. 내가 목에 건 로열블루 색 줄 안에 의사 신분증이 들어 있어서 다행이었다. 그건 이 병원 안에서 일종의 골든 티켓이었다.

"안녕하세요, 저는 그린 박사예요. 윈슬로 씨의 병실을 찾고 있어요."

"윈슬로 씨라…… 잠시만요…… 네, 436호실이에요. 건너편이네요. 북쪽 4번요." 그는 잠깐 미소를 지어 보인 다음 시선을 내리고 헤드셋에 대고 뭔가 이야기를 하면서 서류 양식을 채우기 시작했다.

나는 주변을 돌다가 왔던 길을 되짚어 문밖으로 나가, 엘리베이터들이 있는 공간을 지나 북쪽 4번으로 들어갔다. 병실에 들어가 만나기 전에 찰리의 차트를 읽고 싶었다. 하지만 환자들의 차트를 어디에 보관하는 건지 알 수 없었다. 좋은 의료행위에는 확신을 느끼지 못할지라도 확신을 투사하는 것이 포함된다. 또한 나의 한계를 아는 것도 그에 속한다. 나는 가짜 확신을 선택했고, 접수 담당 직원을 지나쳐 곧장 뒷방으로 성큼성큼 걸어들어갔다.

방안에 임상의 대여섯 명이 앉아서 환자들의 차트를 읽거나 쓰고 있었다. 내가 들어가자 몇 명이 고개를 들어 올려다보았다. 대부분 나를 모르는 사람들이었다. 내가 데스크톱 컴퓨터들 옆에 흩어진 바인더에서 이름을 확인하는 시늉을 하자, 자주색 수술복 차림의 여자가 유심히 바라보았다. 그러더니 놀라울 정도로 상냥한 목소리로 물었다. "누구 차트를 찾으시는 거예요?"

"436호실의 윈슬로 씨요."

"아마 복도 끝 그 환자 병실 근처 간호 스테이션에 있을 거예요. 간호사들이 자기들 것은 거기에 보관하고 싶어하거든요. 어느 부서에서 오셨는데요?"

"저는 그린 박사라고 해요. MAiD 평가 때문에 여기에 왔고요." 이 말을 입 밖으로 내뱉자마자, 문득 내 환자의 사생활 보호가 염려되었다. 하지만 내가 누구인지 달리 어떻게 설명할 수 있었겠는가?

"MAiD…… 그게 뭔데요?" 그가 정말 모르는 표정으로 물었다.

"윈슬로 씨가 조력 사망을 요청했어요. 그래서 그것이 가능할지 평가하려고 여기에 온 거고요. 저는 MAiD 팀 소속입니다." 사실 MAiD 팀 같은 건 없었다. 좀더 공식적으로 들리도록 즉석에서 만들어낸 허구의 팀이었다. "MAiD는 '의료조력 사망'의 약자예요."

"오, 맞아요. 이제 그게 합법이 되었나요?"

"네, 그렇게 됐어요. 하지만 모든 사람에게 자격이 있는 건 아니에요. 당신은 어느 부서 소속인가요?" 이 여자에 대해 알지도 못하면서 이 대화를 계속하자니 조금 걱정스러웠다. 특히 은연중에 듣는 귀가 아주 많으니 말이다.

"저는 물리치료사예요."

"그렇군요. 만나서 반가워요." 우리는 악수를 나누었다.

이렇듯 나에게는 법이 달라진 데 대해 일반 대중은 물론이고 의료계 사람들까지 교육해야 하는 일이 자주 일어났다. 아직은 시간이 필요했다. 나는 재빨리 당면한 일로 관심을 돌리고 찰리의 병실로 향했다.

병실 안으로 들어섰을 때 침착함을 잃지 않으려 노력해야 했다. 찰리는 충격적일 정도로 수척해서 친구와 가족도 그를 알아보지 못할 정도였다. 차트에 따르면 그는 67세였다. 가느다란 머리칼은 진한 갈색을 띠었고, 턱선이 뚜렷했다. 한때는 꽤 잘생긴 남자였을 것이다. 하지만 그날 그는 마치 살아 있는 해골 같았다. 그는 침대에 모로 누운 채 마디가 튀어나온 무릎과 발목 사이에 베개들을 끼워놓았다. 뒤에도 베개들이 받치고 있었다. 피부에 황달기가 있었고, 병원 환자복은 종잇장처럼 몸에 걸쳐져 있었다. 그는 휴식을 취하는 듯했다. 금방이라도 죽을 것처럼 보였다. 내가 들어가자 그가 눈을 떴다. 어둡고 퀭한 얼굴에 빛 두 줄기가 비쳤다. 하지만 어느 정도 하얬을 얼굴에 노란 부분이 무서울 정도로 많았다.

찰리의 아내 캐럴이 침대 옆에 놓인 자신의 의자를 나에게 권했다. 스타일 좋은 스포츠 의류를 입은 캐럴은 건강하고 유능해 보였지만, 얼굴은 걱정으로 상한 모습이었다. 내 소개를 하는 사이 그는 내 뒤의 의자에 앉았다.

찰리는 조용히, 짧은 문장들로 말했다. 자신이 얼마나 쇠약해졌는지 알고 있었고 생각이 놀랍도록 명확했다. 그가 자기 이야기를 들려주었다. 증상들, 검사, 조직검사, 췌장암 진단, 그리고 빠르게 쇠약해진 일 등 병력에 대한 것이었다. 남은 모든 에너지를 말을 하기 위해 아끼려는 듯 몸은 움직임이 없었다.

"이번에는 장폐색으로 여기 들어왔습니다. 끊임없이 구토를 했어요…… 무척 고통스러웠습니다…… 병원에서 코에 튜브를 끼웠어요…… 수술은 받을 수 없다고 하더군요…… 내가 죽는구나, 하고 생각했는데 어떻게 넘어갔지요…… 통증은 나아졌지만 난 무척 약해졌어요…… 그런 고통을 절대, 결코 다시 겪고 싶지 않습니다."

찰리는 집으로 돌아가기엔 자신이 너무 기력이 없고, 호스피스 병동에 자리가 나기를 기다리고 있다고 설명했다. 그는 그 모든 보살핌에 고마워했다. 하지만 할 수만 있다면 자리가 나기 전에라도 정말이지 죽기를 희망한다고 말했다.

"이건 찰리의 본래 모습이 아니에요." 캐럴이 말을 보탰다. 나는 몸을 돌려 캐럴을 바라보았다. "찰리는 너무나 건강한 사람이었어요. 항상 밖에서, 자연 속에서 사이클을 타거나 하이킹을 하곤 했죠." 그러고는 눈을 내리깔고 고개를 저었다. "그무엇도 찰리를 막을 수 없었는데."

찰리는 죽음을 앞당기기 위해 최근에 먹고 마시는 것도 중단했다고 말했다. 하지만 갈증과 사투를 벌이고 있음은 인정했다. "아직 링거관을 뺄 용기는 없습니다."

찰리의 경우 의학적 평가는 복잡하지 않았다. 모든 기준에 명확히 들어맞았다. 그래서 상담의 초점을 그의 생각, 소망, 무엇이 가장 괴로운지에 맞추기로 했다. 하지만 그는 너무 쇠약해서 많은 이야기를 하는 데는 한계가 있었다.

"그저 목숨을 유지하는 건 나에게 아무 득이 안 돼요." 그가 주장했다.

"부탁드려요, 그린 박사님." 캐럴이 끼어들었다. "찰리 앞에는 더 큰 고통만 있을 뿐이에요. 찰리가 그만 갈 수 있게 제발 도와주세요…… 더 큰 고통을 겪기 전에요." 마지막 단어를 말하는 캐럴의 목소리가 갈라졌다. 말을 마친 캐럴은 눈을 꼭 감고는 그 생각에 조용히 울었다.

나는 이 요청을 이해했고, 그들을 돕도록 해보겠다고 약속했다. 그런 뒤 다음 단계들을 요약해서 메모했다. 서면 요청서가 필요하다. 희망을 품고 찰리의 주치의에게 2차 평가를 부탁해야 한다. 그런 다음 가능한 한 빨리 이들을 다시 만나러 와야 한다. 나는 자리에서 일어나 메모한 것을 가방 안에 넣고 외투를 집어들었다. 그리고 찰리의 앙상한 손을 잡으려고 다가갔다. 그가 양손으로 내 손을 잡았다. 처음에는 조용히, 그냥 잡고만 있었다. 그러다가 눈을 들어 내 얼굴을 들여다보며 말했다. "고맙습니다, 그린 박사님…… 고마워요."

나는 찰리에게 우리가 이런 상황에서 만날 수밖에 없어서 안타깝다고 말했다. 하지만 이렇게라도 할 수 있어서 영광이라고, 곧 다시 연락하겠다고 덧붙였다. 그런 다음 병원을 떠나 다시 길 건너편의 내 사무실로 향했다. 책상 앞에 자리를 잡고 앉아 상담 노트를 타이핑하기 시작했다.

타이핑을 끝마친 뒤, 2차 평가를 해줄 뜻이 있는지 알아보기 위해 찰리의 가정 주치의에게 전화를 걸었다. 접수 담당자에게 전화한 이유를 말하자 곧장 의사와 연결해주었다.

"안녕하세요, 버트. 저는 스테파니 그린이에요." 내가 설명했다. "이 도시의 MAiD 담당 의사 중 한 명이죠. 당신의 환자인 찰리 윈슬로에 관해 이야기하고 싶어요. 오늘 주빌리 병원에서 그를 만났거든요."

"미안합니다만…… 무슨 담당 의사라고요?"

"조력 사망으로 환자들을 돕는 의사예요. 찰리가 조력 사망을 원한다고 요청했고요…… 알고 계신 줄 알았는데, 미안합니다. 그 절차에 대한 정보를 주려고 오늘 병원에서 찰리를 만났어요."

"아, 그래요. 그분 아내가 몇 주 전 그것에 관해 저에게 물었습니다. 저는 아무것도 모른다고 대답했고요."

"그렇군요, 하지만 걱정 마세요. 다행히도 제가 알고 있으니까요!" 이 말이 저절로 튀어나왔다. 건방지게 보이려는 의도는 없었다. 나는 잠시 가만히 있었다. 그는 반응이 없었다. 나는 어조를 가다듬은 뒤, 찰리가 이 일에 매우 진지하며 그가 조력 사망에 적합한지 결정해줄 다른 임상의가 필요하다고 설명했다. "당신은 여러 해 동안 찰리를 알아왔으니, 다른 임상의가 그 역할을 하게 될 경우 당신이 괜찮을지 궁금했어요. 그 절차가 어떻게 진행되는지 전부 설명하게 돼서 다행이에요. 다른 새로운 의사를 내세우는 것보다는 당신에게 물어보는 게 적절할 거라고 생각했어요. 찰리에게도 그게 더 편안할 테고요."

다시 침묵이 흘렀다. 이번에는 더 길었다. 나는 대화가 어디로 가고 있는지 탐지하며 급히 한발 물러났다. "전에 이런 일을 해보신 적이 없을 거라는 거 알아요…… 이제 막 시행된 일이니까요. 하지만 당신이 갖고 있지 않은 어떤 기술을 요구하진 않아요. 곤혹스럽게 하려는 의도도 아니고요. 혹시…… 이런 대화를 나누는 게 불편하신 건 아니죠?"

전화기 너머에서 마른기침으로 목을 가다듬는 소리가 또렷이 들렸다.

그때 나는 깨달았다. 대다수의 사람들에게는 MAiD에 익숙해질 시간이 좀더 필요하다는 것을. 나에게도 그 망설임에 익숙해질 시간이 조금 필요할 것이고. 전에 산부인과 의사로서 전화했을 때는 동료 의사들이 대체로 나와 대화 나누는 것을 즐거워했는데 말이다.

"으음…… 찰리의 소망을 이해합니다. 그에게 최선의 것만 주어지길 바라고요." 버트가 본격적인 이야기를 시작했다. "찰리를 안 지는 7~8년쯤 되었습니다. 하지만 제가 그 일에 관여하는 걸 편안하게 느끼는가는 중요하지 않아요. 이해하시죠? 이제 BC에서 그 일은 합법이잖아요, 그렇죠?"

"네, 나라 전역에서 합법이죠." 내가 대꾸했다. "좋아요, 이해합니다. 괜찮다면 다른 의사에게 2차 평가를 해달라고 부탁할 수 있어요. 그냥 당신에게 제일 먼저 부탁하는 게 바람직할 거라고 생각했을 뿐입니다. 그러니 염려 마세요."

"아뇨, 제가 그 일에 말려들길 원하느냐 아니냐가 중요한 건 아니에요." 그의 어조가 일상적인 어조로, 좀더 프로페셔널한 어조로 바뀌었다. "네, 고마워요. 전화 주셔서 감사합니다." 그는 이렇게 말하고는 전화를 끊었다.

괜찮았다. 모두 같을 수는 없으니까. 하지만 나에게는 정보 부족, 이 주제에 대한 친숙함 여부마저도 윤리적 장벽만큼이나 크게 느껴졌다.

동료 의사 코니아의 사무실에 전화를 걸어, 이틀 뒤에 2차 평가를 하기로 약속을 잡았다. 다음으로 지역 보건국의 새 임상 전문 간호사 로잔 뵈탕에게 전화를 했다. 새로운 MAiD 프로그램의 시행과 조정을 맡아 보는 사람이었다. 그는 내가 찰리의 조력 사망을 조정하는 걸 돕고 찰리의 MAiD를 시행하는 날 병원 직원들이 무엇을 예상해야 할지 알 수 있도록, 그리고 그들이 그 일에 관련되는 걸 편안하게 여기도록 찰리가 입원한 층의 임상 수간호사Clinical Nurse Leader, CNL에게 연락해주기로 약속했다. 로잔 말로는 병원 내에 그런 절차가 있다고 했다. 그 말을 들으니 기뻤다. 병원 직원들이 내가 임무 수행 보고를 해준다고 한 것에 고마워한다고 했다.

"네…… 이 일을 하는 것이 기쁘네요." 내가 대답했다. "저를 위해 링거관을 꽂아줄 사람이 필요할 거예요. 여의치 않으면 저 혼자서 할 수도 있고요."

나는 앞으로 나아갈 길을 다지는 데 기꺼이 도움을 주려는 로잔의 마음에 고마워하며 전화를 끊었다. 지금까지 MAiD는 내가 제시카 그리고 약사의 도움을 받아 혼자서 해온 일이었다. 그러나 병원에서는 간호사들, 병원 행정부서 그리고 동료 의사들의 협조 없이는 그 일을 할 수 없었다.

찰리의 조력 사망은 우리의 첫 만남 후 5일이 지났을 때 그의 병실에서 진행되었다. 그의 남동생, 아내, 그리고 가까운 친구 두 명이 참석했다. 병실로 들어가니 그가 좋아하는 재즈 음악이 흘러나오고 있었다. 일반적인 병실과는 다른 방식의, 환자의 상황을 고려한 센스 있는 대처였다. 찰리를 담당한 볼빈더라는 이름의 여성 수간호사가 내가 약물들을 주입한 정확한 시각을 적기 위해 함께했다. 환자의 집안이었다면 사진들, 의미 있는 기념품들 그리고 사랑하는 많은 사람들에 둘러싸였을 것이다. 하지만 찰리는 자신이 있는 곳이 어디인지 신경 쓰지 않는 것 같았다. 그저 절차가 진행되기만을 원했다.

"오늘 여기 오신 분들 중 할말이 더 있는 분이 있나요?" 시작하기 전에 내가 물었다.

"전부 이야기했어요." 캐럴이 찰리에게서 눈을 떼지 않은 채 대답했다. "찰리는 우리가 그를 얼마나 사랑하는지 그리고 우리가 그를 정말로 그리워할 거라는 걸 알고 있어요." 캐럴이 찰리의 손에 키스했다.

"이 자리에 와주고 나를 지지해주셔서 모두에게 감사드립니다." 찰리가 눈을 감은 채 말했다. "이제 시작합시다."

나는 그의 확실한 의사 표현에 안심하고 고개를 끄덕인 다음 시작했다. 첫번째 약물이 주입되자 찰리는 잠들었다. 그가 너무 쇠약한 상태라 두번째 약물을 주입하기 전에 세상을 떠나지 않을까 하는 생각이 들었지만, 나는 멈추지 않고 절차에 따라 약물들을 연이어 주입했다. 다 끝났을 때 찰리의 남동생이 몸을 돌리더니 조용히 창문을 열었다.

"찰리가 해방되게 해달라고 부탁했어요." 캐럴이 설명했다. "그가 그토록 좋아하던 바깥으로 다시 돌아가도록요."

나는 그들에게 찰리가 떠나서 얼마나 애석한지 말한 다음, 그들 모두가 잠시 함께 있을 시간을 주기 위해 병실에서 나갔다. 그리고 그들이 준비가 되었을 때 복도 아래쪽 일광욕실에서 다시 만났다.

처음에는 불편할 정도로 조용했다. 그들은 방금 일어난 일 때문에 망연자실해 보였다. 나는 우리가 임종 날짜와 시각을 정확하게 안다 할지라도 사랑하는 사람을 잃는다는 현실에 대처하는 능력이 반드시 커지는 것은 아님을 상기했다. 모두가 자리할 때까지 나는 기다렸다. 하지만 여전히 아무도 침묵을 깨지 않았다. 마치 우리 중 아무도 앞으로 나아갈 방법을 알지 못하는 것 같았다. 그래서 그 침묵을 깨는 일을 내 몫으로 받아들였다. 나는 의학적인 면에서 모든 것이 원만하게 진행되었다고 말했다.

"그래요." 찰리의 남동생이 대꾸했다. "무척 차분했습니다."

"매우 평화로웠어요." 캐럴이 덧붙였다.

이 일이 참석한 사람들에게 어떻게 인식될지에 대해 나는 다시 한번 깊이 관심을 가졌다. 이 일이 관련된 모든 사람의 삶에서 특별한 순간이라는 걸, 그리고 이때 느낀 기분이 그 일의 세세한 부분이 기억에서 사라진 뒤에도 오랫동안 남아 있으리라는 걸 나는 의식하고 있었다.

나는 그들이 이 자리에 참석해 지지해준 것이 찰리에게 큰 선물이라고 생각한다고 말했고 가족들은 경청했다. 루이즈 때 그랬던 것처럼, 그 순간 그들의 감정이 터져나왔다. 그들은 우는 것을 스스로에게 허락했고, 티슈에 손을 뻗었고, 조용히 고개를 끄덕였다.

"그렇게 말씀해주셔서 감사해요, 스테파니." 캐럴이 말했다. "우리 모두 정말 힘들었거든요. 하지만 저는 이것이 찰리가 원한 일이라고 확신해요. 찰리도 선생님의 보살핌에, 이 일이 가능하다는 것에 무척 고마워했어요."

캐럴이 나를 이름으로 불러줘서 기분이 좋았다. 산부인과 진료 시절 환자들은 보통 그렇게 하지 않았다. 둘째, 셋째 아이가 생겨 다시 찾아와 출산과 신생아 돌보기라는 과제를 오랜 시간 함께 치르는 경우가 아니라면 말이다. 캐럴이 나를 그린 박사라고 부르지 않고 스테파나라고 부르자 우리가 짧은 시간 동안 매우 긴밀하게 연결됐다는 느낌이 들었다. 나는 내 모든 MAiD 환자와 그 가족들에게 원한다면 나를 이름으로 부르도록 허락하기로 결심했다.

나는 찰리의 가족이 그 병원의 사별 프로그램에 대해 알고 있음을 확인했고, 내 이메일 주소와 전화번호를 캐럴에게 다시 한번 알려주었다. 그것은 MAiD 제공자로서 나의 역할에 포함되는 새로운 사항이었다. 산부인과 환자들에게는 내 직통 연락처를 알려준 적이 없었다. 그들은 항상 병원이나 자동응답기를 통해 나와 접촉해야 했다. 그러나 MAiD 일에서는 혹시 문제가 생길 경우 환자의 가족이 나에게 직접 연락해도 좋을 것 같았다. 그들의 문제에 응답해줄 수 있는 사람이 더 적기도 하고, 가능한 한 과정을 수월하게 해주고 싶었다. MAiD가 여전히 매우 새로운 분야이기도 하고, 내가 실행한 조력 사망이 아직 몇건 안 되기 때문이기도 했다. 어쨌든 출산에 관여할 때에 비해 그런 접촉이 더 도움이 된다고 생각했다. 참석한 사람들 사이에 공유된 갑작스러운 친밀함도 무시하기 어려웠다.

서류 작업이 끝나자 임상 수간호사CNL가 눈에 들어왔다. 병원 직원들과 만날 준비가 되었다. 임무 수행 보고에 관해 로잔에게 한 약속을 완수할 수 있어서 기뻤다.

우리는 다른 복도 아래쪽에 있는 교육실에 모였다. CNL이 자기 휘하의 간호사들은 물론이고 잡역부 한 명, 연구직 직원한 명, 미화원 한 명도 참석을 신청했다고 알려주었다. 모두가 관심이 있는 것 같았고, 몇 사람은 질문을 하고 싶어했다. "그런 박사님, 정확히 어떤 사람이 조력 사망에 적합한지, 선생님은 어떤 약물을 어느 정도의 용량으로 쓰시는지 말씀해주실 수 있습니까?" 나는 가능한 한 간결하고 투명하게 대답했다.

내가 이야기하던 중에 그 병동의 젊은 간호사 한 명이 상념을 떨쳐내려는 듯 고개를 흔들었다. 그러더니 몇 분 뒤 벌떡 일어나 교육실에서 나가려고 했다.

CNL이 상황 수습에 나섰다. "신디, 불편한 기분이 들면 나가도 돼요. 하지만 나가기 전에 지금 도움이 될 만한 것, 그런 박사님께 묻고 싶은 것 없어요?"

"저는 이게 옳다는 생각이 들지 않아요." 신디가 대답했다. "전 이걸 신뢰하지 않아요. 이런 일과는 아무 관련도 맺고 싶지 않아요." 그의 목소리가 격해졌다. "저에게 이걸 하라고 하실 수는 없어요." 신디는 화가 났다기보다는 괴로워 보였다.

내가 말했다. "전적으로 이해합니다. 당신은 이 일에 관여하지 않을 권리가 있어요." 신디는 문가에 멈춰 서서 바라보며 내 말을 들었다. "모든 사람은 각자 자신의 견해와 신념을 가질 권리가 있어요. 만약 당신이 이 층에서 혹은 병동에서 일어나는 어떤 일이 불편하다면, CNL에게 말하세요. 필요할 경우 이분이 당신의 보직을 바꾸도록 도움을 줄 수 있을 겁니다. 당신이 어떤 결정을 내리든 나는 당신의 의견과 관여 정도 혹은 관여하지 않는 것을 전적으로 존중해요. 다만 당신도 동료들의 결정을, 가장 중요하게는 환자들의 결정을 똑같이 존중하는지 여쭤보고 싶어요."

"감사합니다." 신디가 문가에 선 채로 진실하게 대답했다. "그렇게 말씀해주셔서 고마워요. 네, 저는 그렇게 할 수 있어요. 저는 이 조력 사망이라는 것이 이해되지 않고, 그래서 절대 스스로 그걸 하지는 않겠지만, 윈슬로 씨가 원하는 것을 하도록 해드릴 수는 있습니다." 그런 다음 잠시 사이를 두었다가 내 눈을 똑바로 들여다보며 말했다. "하지만 말씀해주세요, 박사님. 이 일을 하실 때 불편하지 않으세요?"

이 자리에서 이런 질문에 대답하게 될 거라고는 예상하지 못했다. 허를 찌르는 질문이었다. 약간 긴 침묵이 흘렀고, 모두들 몸을 돌려 나를 바라보았다.

"사실상 아직은 굉장히 새로운 분야죠. 하지만 지금까지 불편한 기분을 느끼진 않았어요. 오히려 내가 도움이 된다고 느껴요. 법률이 존재하고, 엄격한 절차가 있고, 여러 안전장치도 마련되어 있습니다. 난 그 규칙들을 따르고, 누군가 적합하다면 그 사람에게 그렇다고 말해줍니다. 그다음 일은 그 사람에게 달려 있어요. 그 사람이 절차를 진행하기를 바라면 난 도와주죠. 하지만 반드시 그럴 필요는 없어요. 만약 내가 편안하지 않다면 싫다고 말할 수도 있지요. 강요하는 부분이 전혀 없기 때문에 내가 어떤 의무를 억지로 지진 않아요. 하지만 규칙이 잘 준수된다면 기꺼이 이 일을 하려고 합니다. 지금까지는 환자들과 가족들이 고마워했고요."

"제가 병실에서 그런 박사님과 윈슬로 씨와 함께 있었어요." 찰리 담당 간호사 볼빈더였다. "그건 제가 지금껏 보아온 가장 평화로운 죽음 중 하나였어요. 실제로 약간 아름답기까지 했고요."

교육실 안의 분위기가 바뀌었다. 사람들은 자신이 목격한 죽음의 경험을 공유하기 시작했다. 어떤 사람은 가정에서 간호하던 환자가 죽음을 맞이한 경우를 이야기했고, 어떤 사람은 평화로운 자연사를 언급했다. 하지만 그런 행운을 누리지 못하는 사람들이 많다고. 대부분의 사람들이 일하던 중 환자의 죽음을 목격한 경험이 있었다. 주로 고통이나 말기의 섬망 같은 부정적인 이야기, 삶의 끝에서 환자들이 필요로 하는 일에 제한을 받고 가족들이 도움을 간청한다는 이야기가 많았다.

신디는 몇 분 더 문가에 서 있었다. 그러다 밖으로 빠져나가 병실로 돌아갔다. 나는 이후 40분 동안 교육실에 모인 사람들과 시간을 보낸 뒤, 소지품을 챙겨 내가 들어왔던 로비를 통과해 빛나는 7월의 오후 속으로 나갔다.

내가 처음 병원에서 MAiD를 제공한 경험은 산부인과 의사로서 겪은 그 어떤 경험과도 달랐다. 산부인과 의사로 일할 때는 병원이 친숙했고, 주변 모든 사람의 지지를 받았다. 우리가 교육실에서 나눈 대화 덕분에 이 병원에서 이루어지는 다음번 MAiD는 모든 관련자에게 좀더 수월해지기를 바랐다. 그런 의미에서 찰리와 그의 가족에게 고마운 마음이었다. 판단이나 어색함 없이 함께 일함으로써 그의 마지막 소망이 성취되었다. 우리 모두에게 신기한 경험이라는 생각이 들었다. 낯선 방 안에 들어가 어둠 속에서 더듬거리며 전기 스위치를 찾는 것과 조금 비슷한, 이 새로운 분야에서 우리가 갈 길을 찾아내는 일 이 말이다.

8.　줄리아와 더그의 작별인사

　　8월이 가까워졌을 때, 나는 사무실에 있다가 지역 라디오 방송국에서 걸려온 인터뷰 요청 전화를 받았다. 언론에서 연락받은 것이 처음은 아니었다. MAiD가 합법화된 초기 몇 주 동안 이미 인터뷰를 한 적이 있었다. 당시 언론은 법률이 개정된 일을 언급했고 이 사건이 나의 의료행위에 어떤 영향을 미칠지 궁금해했다. 인터뷰 담당자들이 꼼꼼히 조사를 하니, 혹시 내가 심각한 실수를 할까봐, 내 입장을 명확하게 설명하지 못할까봐 꽤 긴장되었다. 그러나 나는 그 인터뷰들을 통해 MAiD에 대한 정확한 정보를 대중과 공유할 수 있다는 데 감사했다.

　　목요일 아침으로 인터뷰 일정이 잡혔다. 나는 사무실 책상을 지키고 있었다. 인터뷰 시간을 몇 분 남겨두고 캐런과 함께 그가 나를 위해 작성해놓은 사무실 관련 문제들의 짧은 목록을 급히 살펴보았다. 다 마쳤을 때 캐런이 마지막 요점 하나를 덧붙였다. "그리고 제가 그 가족과 함께 확인했는데, 게리의…… 음, 그러니까…… 그의…… MAiD 날짜가 내일이에요. 그분들이 한시 삼십분에 집에서 기다릴 거예요." 내가 미처 대답하기도 전에 전화벨이 울리는 바람에 나는 알았다는 표시로 고개만 끄덕였고 캐런은 사무실에서 나갔다.

인터뷰 담당자는 여러 가지 질문을 했고, 얼마 지나지 않아 우리는 편안하고 정감 어린 농담을 주고받았다. 하지만 나는 다른 저널리스트들이 그랬듯이 지금 이야기하는 이 사람도 내가 하는 일에 관해 물을 때 적확한 표현을 찾아내려고 애쓴다는 점에 주목했다. 예를 들어 "그렇다면 그린 박사님, 이것, 음…… 그러니까 이 일을 둘러싼 규칙들을 말씀해주실 수 있습니까?" 그리고 "이것이…… 음…… 이 문제가 실용화되면 정확히 어떻게 되는 건가요? 사람들이 무엇을 기대해야 할까요?"

나는 그의 말 사이 빈칸을 모두 채우며 할 수 있는 한 간결하게 대답했다. 의료적 방법으로서의 MAiD를 언급했다. '예정된 죽음'이라는 표현을 시험해보기도 했다. 캐런이 단어 선택에 머뭇거렸듯이, 나도 인터뷰 담당자도 적절한 용어가 무엇일지 여전히 고심하고 있었다.

인터뷰가 끝나갈 때쯤 라디오 진행자에게 전에는 받아본 적 없는 질문을 받았다. "그런데 어떤 사람이 이 일을 합니까? 그리고 박사님은 어떤 종류의 훈련을 받으셨나요…… 알아야 할 것들을 어떻게 배우세요?" 잠시 말문이 막혔다.

나는 암스테르담에서 열린 학회에 참석했던 일을 설명하

고, 거기서 알게 된 정보를 넌지시 내비쳤다. 약물의 구성, 경험 많은 제공자들에게 들은 팁들, 내 의료행위에 영향을 미친 여러 자료. 그러나 나는 첫 MAiD 제공이 다소 벅찼다는 것을, 그것이 이 나라에서 행해진 첫 MAiD 케이스 중 하나였다는 것을, 그리고 함께 최선의 방안을 모색하는 동료 그룹이 존재한다는 사실이 감사하다는 것을 인정했다.

인터뷰가 끝나고 전화를 끊었지만, 마지막 질문에 대한 답변이 만족스럽지 않았다. '알아야 할 것들을 어떻게 배우세요?' 좀더 사려 깊게 답해야 했다는 생각이 들었다. 내 머릿속에 아직도 굴리고 있는 답변을.

෨

내가 처음으로 죽음을 목격한 것은 22년 전, 몬트리올의 심장병 치료 병동Cardiac Care Unit, CCU에서 가정의학과 레지던트로 한 달간 교대근무를 하던 때였다. 그 환자는 킹 씨로, 위중한 심장질환이 있는 71세 남성 노인이었다. 그 한 달 동안 나는 이틀 걸러 한 번씩 긴급대기 밤샘 근무를 했다. 다음날 아침 8시까지 그 병원 내의 가장 위중한 심장병 환자들의 치료를 책임졌다는 뜻이다. 사실 간호사들이 대부분의 일을 했다. 나는 그들에게 질문사항이 있거나 일이 옆길로 샐 때 필요한 존재였다. 그러나 CCU 간호사들이 나를 포함한 대부분의 레지던트들보다 심장병 치료에 대해 더 많이 알고 있었다.

킹 씨는 이미 여러 번 심장마비를 겪었고 수술도 한 번 이상 받았다. 그 무렵에는 부정맥 증상이 시작되어 심장박동이 비정상적이었다. 그의 심장박동을 정상적인 패턴으로 되돌리려면 신속히 개입해야 했다. 몸의 다른 부분도 상태가 좋지 않은 곳이 많았고, 전반적으로 건강이 나빴다.

킹 씨의 가족은 일주일 내내 최적의 치료법에 관해 논의했고, 그날에야 킹 씨의 계속된 고집대로 DNR을 허락하기로 했다. DNR은 'Do Not Resuscitate(소생시키지 말 것)'의 약자로, 그가 앞으로 부정맥이나 심정지로 고통을 겪게 되더라도 과한 조치를 하지 않는다는 의미였다. 다른 말로 하면, 그의 의식을 되돌리도록 CPRCardiopulmonary Resuscitation(심폐소생술)을 시행하거나 공격적인 치료를 하지 않으리라는 뜻이었다. 가슴에 심장 마사지를 하지 않고, 심장이 다시 뛰도록 전기충격도 가하지 않는 것이다. 그저 산소를 공급하고 편안하게 해줄 뿐이다. 사실 킹 씨는 진즉부터 한결같이 그렇게 해주기를 바라왔다. 하지만 킹 씨의 딸이 그 조치를 받아들이기까지는 시간이 필요했다. 마침내 딸이 삶의 마지막 단계에서 그가 그렇게 공격적인 치료를 받는 것이 의미가 없음을, 심지어 그것이 그에게는 모욕적인 일임을 이해했다.

그 주에 나는 CCU 코드 팀의 일원으로서 응급 상황이 발생하면 복도를 달려내려가고 계단통을 뛰어올라가는 책임을 맡왔다. 심장이 멈춘 사람들을 소생시키려는 CPR 시행과 약물치료 알고리즘을 담당하는 일이었다. 대부분의 경우 성공적이지 못했다. 하지만 적어도 시도했다고 말할 수는 있었다.

새벽 한시 삼십분 동료들과 앉아 수다를 떨고 있을 때 그 일이 일어났다. 킹 씨의 심장발작이 평소보다 심각해 보이니 빨리 와줄 수 있느냐는 담당 간호사의 호출을 받았다. 나는 앞서 말한 그 상황이 벌어지기 딱 1분 전에 도착했다. 내가 할 수 있는 일이 아무것도 없다는…… 낯설고 다소 무서운 생각이 들었다. 내가 수년 동안 훈련받은 것과는 정반대였다. 젊은 나의 생각에 의료 실무는 하나의 행위였다. 진단하고, 약을 처방하고, 개입하는.

아무것도 하지 않는 것이야말로 킹 씨의 소망을 존중하는 일이라는 걸, 그에게 '충격을 주어' 심장의 정상적인 리듬을 회복시키는 것은, 설령 그렇게 할 수 있다 해도, 불가피한 죽음을 지연시킬 뿐 매우 고통스럽다는 것을 나는 알고 있었다. 그 모든 것을 완전히 이해했다. 하지만 여전히 책임이라는 무게에 압도됐다.

내가 병실에 서서 나의 무위無爲를 고찰하는 동안, 킹 씨의 딸이 문밖으로 뛰어나갔다. 감정에 북받쳐 눈물이 터진 것이다. 그는 약간 정신이 나가, 우리에게 아버지를 돕기 위해 '뭔가 해'달라고 요청했다. 나는 딸에게 다가가 현 상황을 설명하기 시작했다. 하지만 딸은 좀처럼 받아들이지 않았고, 조금 화까지 내면서 아버지를 도와달라고, 뭐라도 해서 아버지를 구해달라고 요청했다. 잠을 자야 할 다른 환자들이 있었고, 그래서 간호사가 상냥하지만 단호한 태도로 그를 CCU 밖의 가족 대기실로 데려갔다. 간호사가 거기서 그와 이야기를 나누는 동안, 나는 킹 씨 곁에서 미리 지시받은 대로 진통제를 투여했다.

킹 씨는 죽어가고 있었다. 그의 심장이 멈춰가는 것을 모니터를 통해 볼 수 있었다. 나는 그가 편안하다는 걸 확인했다. 그의 침대맡에 선 채 나는 말 그대로 생명이 그에게서 빠져나가는 모습을 지켜보았다. 죽음을 목격하는 것은 마치 자동차두 대가 내 앞에서 충돌하는 장면을 지켜보는 것과 같았다. 나자신이 완전히 속수무책으로 느껴졌다. 그리 오래 걸리지 않았다. 아마 총 15분 정도였을 것이다. 끝이 가깝다고 느꼈을 때, 나는 그에게서 산소마스크를 빼고 그의 딸을 다시 들어오게 했다. 그때쯤 딸은 한결 침착해져 있었고, 아버지가 그날 밤 돌아가시리라는 사실을 받아들인 듯했다. 딸은 그저 아버지와 함께 있기를 원했다. 침대맡에 앉아 아버지의 손을 잡고 그의 가슴에 머리를 얹었다. 그리고 작별인사를 했다. 딸이 조용히 울기 시작했고, 바이털 사인이 평평한 직선이 되었을 때 우리는 딸이 놀라지 않도록 모니터의 볼륨을 낮췄다. 딸이 무슨 일인지보려고 고개를 들었고, 우리는 그가 세상을 떠났다고 말해주었다. 그는 고개를 끄덕이고는 다시 울기 시작했다. 이번에는 좀더 부드럽게. 이윽고 그는 아버지의 가슴을 토닥이고는 병실을 나서 가족을 부르러 갔다.

나와 간호사는 침대 다른 쪽 옆에 서서 서로를 바라보았다. 더할 수 없이 말이 되는 동시에 전혀 말이 되지 않았다.

이것이 예정된 방식이 맞나? 우리가 일을 제대로 한 걸까? 제대로 한 것 같았다. 하지만 여전히 불안했고 갈등했다. 나는 무엇을 해야 하는지 배우기 위해 그곳에 있었다. 하지만 아무 것도 하지 말라는 요청을 받고 있었다. 역시 뭔가를 해야 하는 걸까?

가족과 이야기하는 것은 진통제를 투여하는 일만큼이나 중요했다. 바로 그것이 강의실에서 배우는 지식을 뛰어넘는 경험을 가져다주는 수습 기간의 가치였다. 수습 기간을 통해 나는 의사로서의 기술을 배울 수 있었다. 하지만 내가 뭔가를 더 할 수도 있었다는 생각, 내가 아무 일도 하지 않은 탓에 킹 씨의 딸에게 아버지의 죽음을 좀더 수월하게 만들어줄 어떤 중요한 요소를 제공하지 못했다는 생각이 머릿속을 떠나지 않았다.

그때는 그게 무엇인지 전혀 알지 못했다.

෨

이후 산부인과와 가정의학과를 전문 분야로 선택하게 되면서 환자의 죽음을 상대할 일이 거의 없었는데도, 죽음을 대면할 일이 아주 없지는 않았다. 아기를 받는 다른 의사와 간호사들도 마찬가지일 것이다. 우리는 대개 긍정적인 면에, 출산의 기쁨과 놀라움에 초점을 맞추는 걸 좋아한다. 하지만 내가 산부인과 진료를 하면서 보낸 세월은 나를 생명의 가장 비통한 순간들과도 마주하게 했다.

특히 한 부부가 기억에 오랫동안 남아 있다. 동료들을 대신해 병원에서 대기 근무 중이었는데, 산통과 분만을 담당하는 부서에서 나를 호출했다. 한 부부가 병원에 도착했고, 분만을 시작할 준비가 되었다. 산모 줄리아는 임신 20주였고 태아에게 불치성 유전병이 있었다. 그런데 그 아기가 최근에 죽었고, 그래서 병원에 와서 딸아이를 사산해야 하는 상황이었다. 어렵고 감정적으로 힘든 밤이 되겠구나 싶었다.

분만 부서에는 이런 산모를 위해, 산통을 겪고 있는 일반 산모들과 떨어진 곳에 특별한 구역이 마련돼 있었다. 그 구역은 조용하고 사적이었다.

호출 시스템의 방식 때문에 나는 전에 줄리아나 그의 남편 더그를 만난 적이 없었다. 두 사람 다 30대 초중반으로 더그는 영업사원, 줄리아는 회계원이었다. 줄리아가 설명한 바에 따르면 가정을 꾸리는 데 열성이었던 그 부부는 유전 선별 검사 결과에 당연히 큰 충격을 받았다.

더그는 딱히 말을 많이 하지 않았고 상황을 받아들이는 듯했다. 나도 다른 것을 기대하지는 않았다. 환자들을 만날 때 되도록 그들의 입장에 서보려고 노력하긴 하지만, 이번 경우에는 똑같이 침묵한다고 도움이 되지 않을 것 같았다, 우리는 앞으로 일어날 일을 이야기했다. 쉽지 않았지만, 아기 사진이나 발자국 도장을 원하는지, 또는 아기를 안아보고 싶은지 물었다.

더그가 먼저 대답했다. 그는 딸아이를 안아보고 싶지 않다는 점을 명확히 했다. 그에 따르면 그 아이를 사랑하지 않아서가 아니었다. 자신이 보게 될 것이 무서웠던 것이다. 반면 줄리아는 딸아이를 안아보고 싶다고 했다. 줄리아는 아기의 몸이 차가울지 궁금해했다. 내가 따뜻할 거라고 말하자 그녀는 안도한 듯 보였다. 더그와 줄리아는 이 모든 것에 대해 미리 이야기를 나눈 것 같았고 자신들의 선택을 확신하는 듯 보였다.

내가 산통을 촉진하기 위해 줄리아의 자궁경관에 라미나리아를 삽입했을 때 병실 안은 조용했다. 처음에는 시간 차를 많이 두고 확인했다. 하지만 그날 밤 늦게 줄리아가 산기를 보였고, 일이 빠르게 진행되었다. 산발적으로 시작된 진통이 3~4분마다 꾸준히 왔다. 더그는 창가에서 서성거리고 있었다. 진통이 계속 심해졌다. 통증을 덜어줄 약물을 최대량으로 투여했지만 줄리아는 눈물을 멈추지 않고 줄줄 흘렸다. 줄리아는 매우 신속하게 딸아이를 출산했다. 의외로 육체적으로는 그리 힘들어하지 않았다.

나는 생명이 떠나간, 성인 남자의 손 크기만한 그들의 작은 아기를 들어올려 한쪽으로 데려가 빠르게 훑어보았다. 의사로서 예상했던 신체적 특성이 많이 있었지만, 이런 초기 단계에

서는 부모가 확연히 알아볼 수 있는 것은 많지 않았다. 아기를
담요에 싸서 줄리아에게 보여주었다. 그러기 전에 우선 약속한
대로 줄리아가 준비되었는지 확인했다. 줄리아가 준비되었다
는 뜻으로 고개를 끄덕였다. 더그는 방 한쪽 구석의 의자로 물
러가 손으로 얼굴을 감싼 채 조용히 울고 있었다. 나는 그 작은
여자아기를 줄리아에게 건네주었고, 줄리아가 눈물을 줄줄 흘
리며 딸아이를 받아드는 모습을 목구멍이 막히는 기분으로 지
켜보았다. 나는 꼼짝 않고 가만히 있었다. 말도 하지 않았다. 피
할 수 없는 일이었다.

줄리아는 눈을 감은 채 2분 정도 아기를 몸에서 조금 떨어
뜨려 안고 있다가, 눈을 뜨고 숨을 한번 들이쉬고는 딸아이를
내려다보았다. 그러더니 아기를 가슴에 바짝 갖다댔다. 그다음
으로 아기의 얼굴을 찬찬히 살펴보았다. 잠시 생각한 뒤 눈이
할아버지를 닮았다고 소리 내어 말했다. 더그가 일어나 조용히
침대맡으로 다가왔다. 하지만 차마 손을 뻗지는 못했다. 그가
아내를 바라보았다. 줄리아가 아이를 계속 살펴보는 동안 옆에
서 지켜보았다. 마침내 그가 시선을 떨구었고, 잠시 후 아기의
눈 모양에 대해 동의했다. 그는 다시 줄리아를 보았고, 서로 마
주보고 빙긋이 웃었다. 부부는 아이를 세세히 살펴보았다. 줄
리아가 천천히 담요를 젖히자, 빛나고 반투명한 피부가 조금씩
드러났다. 마침내 담요를 다 젖혔고, 줄리아는 그 작은 몸을 자
세히 탐험했다. 손마다 손가락이 5개씩 달려 있고, 발에도 완벽

하게 알아볼 수 있는 자그마한 발가락이 5개씩 달려 있었다. 줄리아가 자신의 발견을 혼잣말로 중얼거렸다. 어떤 점에서 그는 자기 딸에게 이야기를 시작하고 딸아이가 닮은 친척들에 대해 말하기 시작한 셈이었다. 줄리아는 딸에게 사랑한다고 말했다.

10분 뒤 변화가 일어났다. 줄리아는 딸아이를 옆에 따뜻하게 눕혀놓은 채 여전히 병원 침대에 앉아 있었지만 더이상 혼잣말을 중얼거리지 않았다. 다시 한번 눈을 감고 머리를 뒤쪽 베개에 기댄 채 울기 시작했다. 아까보다 더 서럽게. 줄리아는 지쳐 보였다. 몇 초마다 흐느낌이 안에서 고통스럽게 뽑혀나오는 것 같았다. 더그는 줄리아 곁에 가까이 있었지만 아무 말도 하지 않았다. 줄리아가 다시 눈을 뜨고 딸아이를 내려다보았다. 그러고는 천천히 담요로 아기의 몸을 싸기 시작했다. 너무도 조심스러운 몸짓이었다. 중요한 임무라도 수행하는 것 같았다.

아기의 몸을 다 쌌을 때, 더그가 자기가 해야 할 가장 자연스러운 일인 것처럼 아기를 안고 다시 구석의 의자에 가서 앉더니 아기를 흔들어 얼렀다. 몸을 가까이 기울이고 아기에게 뭐라고 속삭여 말하는 동안, 그의 뺨에 눈물이 흘러내렸다. 그가 고개를 들어 처음으로 나를 바라보더니 아기의 이름을 말해주었다. 흔하지 않지만 사랑스러운, 천국의 작은 보배라는 의미의 이름이었다. 줄리아가 어디서 온 이름인지 설명했다. 이윽고 그들은 마지막 작별인사를 마쳤다고 확인해주었다. 더그가 딸아이를 부드러운 몸짓으로 다시 나에게 건네주었다. 너무 작아서 아기라기보다는 뭉쳐놓은 담요 같았다.

나에게 해야 할 일이 있음을 기억해냈다. 나는 아기를 병실 밖에 있던, 이후 과정을 담당할 간호사에게 조심스럽게 건넸다. 그런 다음 다시 돌아가 줄리아의 상태를 확인했다. 그들의 상실을 인정하는 것부터 했다. 비정상적인 출혈의 흔적이 없는지, 모든 것이 의학적으로 안정적인지도. 그리고 그들에게 예상되는 다음 단계를 설명했다. 아마 젖이 나올 테니 대책을 생각해두어야 할 거라는.

몇 시간 뒤 그 부부가 병원을 떠나기 전, 나는 다시 가서 오늘 일에 대한 나의 생각을 말했다. 그들은 처음 부모가 된 여느 사람들과 마찬가지로 오늘 딸을 만났다. 딸아이를 찬찬히 살펴보았고, 그 아이를 인정했고, 그 아이를 자신들의 아이로서 사랑했다. 그들에게는 작별인사라는 놀랍도록 어려운 임무가 있었고 그 일 또한 해냈다. 나는 그 병원에서 셀 수 없이 많은 출산 장면을, 기쁨과 육체적 해방의 장면을 목격했다. 하지만 이건 또 달랐다. 줄리아와 더그는 딸아이를 만나고 작별인사를 하는 짧은 시간 동안 놀라울 정도의 강인함을 보여주었다. 그들이 앞으로도 오랫동안 그 아이를 애도할 거라는 점에는 의심의 여지가 없지만, 나는 당신들이 특별한 부모이고 당신들과 그 아름다운 딸아이를 쉽게 잊지 못할 거라고 말했다. 절대 그러지 못할 거라고.

사실이다. 조력 사망을 제공하는 '기술'에 관한 공식 훈련이 없었던 첫 몇 달 동안, 나는 더그와 줄리아 생각을 자주 했다. 그들이 어떤 약물을 투여할지 선택하는 것보다 훨씬 많은 일이 있음을 나에게 상기시켰다. 그런 엄청난 이행의 경험 동안 내가 할 역할은 그저 안내하는 것 이상이었다. 정중한 자세로 목격해야 했다. 때로는 가능한 한 가장 자비로운 방식으로 내가 무엇을 목격했는지 반추도 해야 했다.

내가 '사건event'이라고 불러온 것에 관해서는—조력 사망을 지칭하는 용어에 대해 주저하던 라디오 인터뷰 담당자의 태도는 사실 나 자신의 태도를 반영했다. 나는 조력 사망을 뭐라고 불러야 할까?—시간을 두고 생각해본 뒤 답이 명확해졌다. 나는 같은 직업에 종사하는 동료들과 함께 있을 때 그것을 '절차procedure'라고 부르기로 했다. 하지만 내 가족과 함께 있을 때 그리고 사무실에서 캐런과 함께 있을 때는 각각의 조력 사망을 '딜리버리delivery'라고 부르기 시작했다.* 그것은 산부인과 의사였던 내 전력을 긍정하는 것이기도 하고 내가 나의 역할을 어떻게 보는가를 반영하는 약칭略稱이기도 했다. 예전에 나는 삶을 향한 아기의 출산을 도왔다. 그리고 이제는 한 사람이 견디기 힘든 고통에서 벗어나 죽음을 향해 가는 일을 돕고 있었

• 'delivery'는 출산 외에 '배달' '인도' '전달'을 뜻하기도 하는데, 저자는 '조력 사망'을 'delivery'로 부름으로써 산부인과 전문의로서의 일과 MAiD 일을 연속선상에 있는 것으로 표현하고 있다.

다. 나는 그 대칭성이, 그 용어가 환기하는 것이, 그것의 시정詩情
이 마음에 들었다. 나중에 안 일이지만, 나의 환자들도 그 용어
를 마음에 들어했다.

9.　나는 무엇으로 기억되고 싶은가

　　길었던 8월이 끝나가면서, 나는 6월에 하비의 죽음을 도운 이후 내가 얼마나 많이 달라졌는지 인식하기 시작했다. 나는 더이상 무슨 옷을 입을지 고민하며 옷장 앞에 우두커니 서 있지 않았다. 그날 하루가 어떨지 불안하지 않았다. 심플한 바지와 블라우스가 좋다는 걸 이미 알고 있었다. 나는 적합성 기준을 기억하려고 애쓰는 일이나 MAiD에 요구되는 많은 서류 양식을 채워넣는 일에 더이상 겁먹지 않았다. 또한 환자의 가족에게 절차를 설명하고 때로는 동료 의사들에게 참여를 권하는 미묘한 대화를 다루는 데 좀더 편안해졌다. 그 여름 내내, 나는 이곳 밴쿠버 아일랜드와 본토 사이에 위치한 걸프 아일랜드에서는 물론, 밴쿠버 아일랜드의 더 북쪽에 있는 작은 도시들에서도 MAiD를 제공해달라는 요청을 받았다. BC의 북쪽, 내륙, 그리고 해안 도시들로 날아와달라는 가족들의 호소도 있었다. 그 지역들로 가려면 페리 혹은 개인 수상택시를 이용하거나 운전을 하거나 비행기를 타야 했다. 그러자니 꽤 긴 시간을 집 밖에서 보내게 되었고, 모험심 비슷한 것을 품어야 했다. 처음 몇 달 동안은 페리, 프로펠러 비행기, 고속도로, 그리고 수상택시를 이용했다. 그런데 그런 방법은 나와 맞지 않았다. 나의 새로운 동료들도 사정이 비슷했다. 우리는 좀더 많은 임상의들이 조력 사망을 제공하겠다고 나설 때까지, 고통받고 도움을 요청하는 사람들을 위해 정말로 최선을 다해야 한다고 느꼈다.

초기의 이 몇 달 동안 나는 내가 하는 일에 매개변수를 두지 못했다. 얼마나 바빠질지 혹은 어떤 요구를 받을지 전혀 알지 못했다. 환자가 나를 필요로 한다면 그리로 가기 위해 최선을 다할 뿐이었다. 환자가 초저녁에 죽기를 원하면 그러자고 했다. 나는 준비가 되어 있었고 그 일이 데려가는 곳이면 어디든 기꺼이 가려 했다. 생사와 관련된 일이니 어떻게든 시간을 내야 한다고 여겼다. 그 결과 가족 행사에 시간을 맞추지 못할 때도 있었지만, 곧 일정이 자리를 잡고 균형을 되찾으리라 확신했다. 나는 이 새로운 일에 뛰어든 몇 안 되는 사람 중 한 명으로서 미지의 땅에 서 있었고 일적으로나 개인적으로나 도전속을 헤쳐나가고 있었다. 이런 점에서, 이메일을 통해 기다리는 동료들이 있고 이야기, 문제, 조언을 열성적으로 나누려 하고 지지해주는 공동체가 점점 더 커지는 데 깊이 감사했다.

우리는 암스테르담 학회 이후 형성된 이 소그룹을 소중히 여겼지만, 회원 수를 조심스럽게 늘리는 일에 따를 잠재적 이익도 인지했다. 이 나라에서 MAiD 제공에 대해 공개적으로 이야기하는 임상의는 별로 없었다. 그러나 고립되어 일하는 다른 임상의들이 있을지 모른다는 생각도 들었다. 우리는 다른 지역에 몇 사람이 있다는 이야기를 듣고 연락을 취했다. 그중에는 가까운 동료 한두 명을 데려온 이들도 있었다. 리안과 팀이 노바스코샤에서 합류했다. 온타리오에서 에드와 샹탈이 가입했고, 곧 제리, 장 그리고 빌이 뒤따랐다. 초원에서 일하는 임상의 두세 명도 합류했다. 얼마 지나지 않아 앨버타 출신의 혼자 일하는 의사 한 명도 합류했다. 그렇게 첫 두 달 안에 우리 그룹은 20명으로 늘어났다. 구성원은 다양했다. 나 같은 가정의들, 전문 간호사 여러 명, 마취과 의사 몇 명, 말기 임상의 몇 명, 산부인과 의사 한 명, 그리고 내과 전문의 한 명이었다.

루이즈와의 경험이나 찰리와의 경험 이후, 나는 다른 사람들도 비슷한 문제를 마주하는지 궁금했다. 다른 의사에게 MAiD 평가를 부탁했다가 주저하는 반응에 맞닥뜨린 적이 있을까? 그들이 사는 곳에서도 약물을 공급하거나 그럴 뜻이 있는 약사를 찾아내는 것이 힘들었을까? 그들이 사는 주, 시, 동네에서는 MAiD 제공과 관련해 무슨 일이 일어나고 있을까? MAiD를 규제하는 법은 연방법이었다. 하지만 의료 서비스는 주에서 관리했고, 얼마 지나지 않아 우리는 매우 중요한 지역 간 차이를 발견했다.

토론토 출신의 에드는 이렇게 썼다. "이곳 온타리오에서는 모든 것을 검시관에게 보고해야 합니다. 환자 사망 후 환자의 집을 나서기 전에 검시관 사무소로 전화를 해야 해요. 적합성 판단 등 그 케이스에 관한 모든 것을 재검토해야 합니다. 그러면 검시관이 그 자리에서 전화로 환자 가족과 세부사항을 확인하죠. 그 과정이 정말 길고 복잡합니다. 마치 영원 같은 시간이 걸려요. 그 자리에 있는 모든 사람이 불편하기도 하고요."

캐나다 중서부 초원 지역의 동료에게는 다른 어려운 문제가 있었다. "여러분은 사망확인서에 사인死因을 뭐라고 적나요? MAiD라고 적습니까, 아니면 환자의 기저질환을 적습니까? 이곳 서스캐처원주에서는 반드시 '자살'이라고 적게 합니다. 하지만 내가 볼 때 그건 옳지 않습니다. 많은 가족들이 받아들이지 못하고요."

아침에 질문 하나를 올리면 한 시간 안에 답변 한두 개가 달리고, 정오까지는 여러 개가 달렸으며, 어떤 주제들에 대해서는 그다음날이나 다음다음날까지 논의가 이어지기도 했다. 우리가 알게 된 것들을 공유함으로써 서로를 자주 도울 수 있었다. 어떤 지역에서 잘 통한 해결책을 다른 지역에 제안했고, 그러면 그 지역 상황에 맞게 응용했다. 조너선과 타냐는 지난 두 달을 어느 시골 공동체에서 MAiD 실행을 준비하며 보냈다. 그 일을 하고 싶어하는 사람들을 위한 핸드북 만드는 일을 하며 전국의 동료들과 그것을 공유했다. 많은 동료들이 환자들이 MAiD 신청을 위해 증인 세우는 일에 어려움을 겪고 있다고 보고했고, 또다른 동료는 캐나다 존엄사 협회DWDC에 연락하라고 제안했다. 그 동료는 말하길, 온타리오에서는 DWDC가 가정과 의료시설들에 자원봉사 증인들을 보내기 시작했다고 했다. 이 프로그램을 다른 지역들로 확장하는 데 대한 이야기가 오갔다. 아마도 도움이 되지 않겠는가? 에드는 자신이 만든 종합적이고 본보기가 될 만한 평가서를 공유했고, 우리 중 여러 사람이 MAiD를 주제로 이야기하기 위한 슬라이드 덱을 공유했다. 그리고 모두가 환자들의 죽음을 도울 때 잘 진행된 것과 그러지 않은 것들을 공개했다.

물론 아무도 해결책을 알지 못하는 문제도 있었다.

"이런 말이 이상하게 들릴 수 있다는 걸 알아요. 하지만…… 여러분 중에 일한 데 들어간 비용을 지불받은 사람이 있나요?"

주마다 달랐지만, MAiD용 비용 코드가 만들어진 주는 하나도 없었다. 주 보건국에 우리가 한 일에 대해 비용을 청구할 합법적인 방법이 없는 것이다. 그래서 우리는 함께 합리적인 방법을 찾아보기로 했다.

"나는 노인평가 항목으로 청구하고 있어요." 한 동료가 말했다.

"나는 말기치료 항목으로 청구하고 있습니다." 다른 동료가 말했다.

"나는 한 번도 청구를 안 했어요."

BC 같은 몇몇 주들은 임시 비용 코드를 도입했다. 책정된 비용은 놀랄 만큼 적었지만, 우리 중 많은 사람이 신경 쓰지 않왔다. 다만 힘을 합쳐 기존의 비교 가능한 비용 코드에 바탕을 둔 대안적인 비용 코드 가이드를 제안하면 어떨까 했다. 하지만 우리의 요청은 형식적 절차에 묶여 행정 직원의 편지함 속에 담겼고 시간만 질질 끌었다.

규모가 커져가는 이메일 그룹 안에서 우리는 당면한 다양한 새로운 문제들을 든든한 마음으로 조사해나갔다. 익명의 환자들의 이야기를 기꺼이 공유하려는 태도는 실용적 조언만큼이나 가치가 있었다. 우리는 환자들이 마지막 시간을 위해 내린 결정들과 보고 들은 것에 대해 스스로 느낀 바를 이야기했다.

불과 두 달 동안, 나는 의지가 강하고 자신이 마지막 순간에 무엇을 원하는지 정확히 알고 있는 사람들을 만났고 도움만을 바라고 고통을 끝내주기를 애원하는 사람들도 만났다. 어떤 사람에게는 죽음을 계획하는 것이 그저 두 날짜 중 하루를 선택하는 정도의 일인가 하면, 좀더 복잡한 문제로 받아들이는 사람도 있었다. 어떻게 죽고 싶은가에 대한 환자들의 생각은 다양했다. 혼자, 혹은 클래식 음악이 흐르는 가운데 조용히, 혹은 손님들이 모인 가운데 뒷베란다에서 록음악을 틀어놓고 샴페인을 마시며 자신의 과거를 반추하면서 죽는 것까지.

오늘 나는 환자의 두 아들이 「나이팅게일에 부치는 시」를 낭송하는 것을 들었어요.

파멜라가 보내온 글이다.

그래요, 우리가 시작하기 직전에 아들들이 어머니를 위해 들려줬죠. 우리 모두 환자의 침대맡에 앉아 있긴 했지만, 마치 극장 안에 있는 것 같았어요…… 대단히 훌륭해서 적어도 한 아들은 앞으로 분명 무대에 설 거라는 생각이 들 정도였죠. 환자가 마지막 선물로 이 낭송을 부탁했어요. 그는 육체적으로 지치긴 했지만 두 아들을 따라 시 몇 줄을 읊었습니다. 그에게는 분명 매우 큰 의미가 있었을 거예요.

다음은 킴벌리가 보내온 글이다.

오늘 오후에 일을 진행하면서 나는 마음을 몹시 뒤흔드는 백파이프 음악을 들었어요. 평소에 잘 듣지 않는 악기였지만 무척 감동적이었습니다. 시내트라의 〈마이 웨이〉를 새롭게 변주한 곡이었죠.

이것이 우리 모두가 목격한 아름다움, 유머, 그리고 비극의 작은 조각들이었다.

조너선은 커먹스밸리에서 다음과 같은 글을 보내왔다.

최근에 나는 휴대폰을 미리 꺼두지 않은 바람에 환자가 코마 상태로 들어갈 때 전화벨이 울리는 경험을 했어요. 얼마나 당황스럽던지.

조녀선의 이메일을 읽으면서 움찔했다. 그리고 항목이 늘어가는 사전 체크리스트에 '모든 사람의 휴대폰이 꺼져 있는지 확인할 것'이라고 추가했다.

그 순간 잠시 정적이 흘렀고, 그 자리에 모인 손님들과 나는 그 벨소리가 친숙하고 상황에 잘 어울린다는 걸 인정하고 미소를 지었어요. 이 다행스러운 결말을 보고하게 되어 기쁩니다…… 그 벨소리는 〈스테어웨이 투 헤븐Stairway to Heaven〉의 시작 부분이었죠.

이메일의 마지막 문장을 읽으며 나는 킬킬 웃었다. 환자의 플레이리스트와 관련된 나의 최근 경험을 덧붙이지 않을 도리가 없었다.

음악과 관련해 지금까지 제일 좋았던 경험은 오디오에 노래 한 곡을 준비해놓고는 내가 약물 주입을 시작하면 곧바로 누가 플레이 버튼을 누르라고 하던 신사였어요. 그는 AC/DC의 〈하이웨이 투 헬Highway to Hell〉을 들으며 얼굴에 함박미소를 띤 채 잠에 빠져들었죠.

다른 사람들은 침착하게 일할 준비를 하기 위해 무엇을 하는지, 그리고 일을 마친 후 집으로 돌아와 무엇을 하는지 궁금했다.

지오티가 먼저 대답했다.

일할 때 나는 약을 전부 직접 조제해요. 일부러 환자의 집 다른 방에서 혼자 하죠. 그리 오래 걸리진 않아요. 그 시간에 환자들을 생각합니다. 그들과 그 삶에 대해 알고 있는 것을 머릿속에 그려봐요. 이게 내가 마음을 가다듬고 환자에 대한 집중력을 유지하는 방법이에요. 집중하는 데 굉장히 도움이 됩니다.

셜리가 말했다.

우리 지역에서는 조력 사망을 제공할 때 적어도 두 사람이 함께 일하게 해요. 일을 마친 다음에는 늘 모든 관련자에게 임무 수행 보고를 하고요. 개인적으로 나는 일을 한 뒤 오후에는 쉬려고 해요. 그리고 내가 도와준 환자들에 대한 일지를 쓰죠.

우리 그룹의 신입 회원 한 명이 맞장구를 쳤다.

나는 조력 사망 전날 밤에 잠을 잘 이루지 못하는 문제가
있었어요. 그래서 내 파트너에게 일이 끝날 때쯤 차로 데리
러 와 집까지 태워달라고 부탁했죠. 감정적으로 완전히 진
이 빠져버렸거든요.

팀이 말했다.

나는 일이 끝난 뒤 두어 시간 정도 혼자 있는 걸 좋아해요.
하지만 감정이 소진돼서 그러는 건 아닙니다. 그보다는 인
생의 모든 것이 그만큼 더 감사하게 느껴져서죠. 내 아이
들, 취미들, 심지어 신선한 공기까지.

다양한 반응과 제안이 있었지만, 모든 사람이 대응중이거
나 어떻게 대응해야 하는지 배우는 중인 것 같아 안심되었다.
　암스테르담에서 동료들은 자기를 돌보는 일의 중요성을 강
조했고, 우리 자신과 가족에게 필요한 것도 지속적으로 인식하
면서 적절한 균형을 유지하고 환자들에게 계속 헌신할 수 있는
방법을 공유해주었다. 모두들 이것이 중요하다는 걸 이해했다.
　그럼에도 불구하고, 때때로 우리가 아니라 환자들에게서
가장 단단한 교훈을 얻을 수 있었다.

케이티는 원기 왕성하고 활동적인 여성이었다. 69년 동안 행복한 결혼생활을 했고 자립적인 생활을 확고히 유지해왔다. 케이티와 그의 남편 켄은 70년 동안 같은 땅에 살았다. 그곳에 집을 짓고, 땅을 경작하고, 풍부한 작물을 직접 수확했다. 켄은 형제자매가 11명 있었고, 케이티는 15명이나 있었다. 둘은 6명의 자녀를 키웠다. 케이티는 자녀, 손주, 증손주 등 가족 전체를 돌보고 모두가 가까이 지내도록 독려해왔다.

90세가 되었을 때 케이티의 심장이 수명을 다했다. 판막증과 불규칙한 박동이 합쳐져, 어떤 의료적 처치에도 호전되지 않았다. 케이티는 몇 달 만에 빠르게 쇠약해졌다. 그의 요청에 따라 가정 주치의가 내 사무실에 전화를 걸어 상담을 청했다.

케이티의 농가 대지는 나로서는 면적이 얼마나 되는지는 알 수 없었지만 매우 아름다웠다. 작은 산의 측면 높은 곳에 위치한 그곳에서는 야생 녹지와 바위투성이의 풍경이 내려다보였다. 대지는 방대했지만, 주택은 개방형 주방과 식사 및 생활 공간이 있고 셰이커 양식의 목재 가구로 장식된 작은 침실들이 있는 소박한 구조였다.

처음 만났을 때, 케이티는 침실에 옆으로 누워 퀼트 이불을 가슴까지 덮고 있었다. 몸무게가 35킬로그램 정도밖에 안 나가 보였다. 입을 벌린 채 빠르게 숨을 몰아쉬고 있었고, 입술이 바싹 말라 있었다. 나로서는 이와 다른 모습의 케이티를 상상하기 어려웠다. 하지만 그렇더라도 그의 과거 모습을, 부산하고 바쁜 농부의 모습을 눈앞에 그려보았다.

"너무 피곤해요…… 아무것도 할 수가 없어요." 그가 말했다. "심지어 똑바로 앉는 것조차 못해요."

그의 적합성은 논쟁의 여지가 없었기에 우리는 다소 빠르게 다음 단계로 나아갔다. 케이티의 심장 전문의가 2차 평가를 해주기로 했다. 절차를 진행하기로 한 날 아침, 나는 자기 지역 밖으로도 출장 나와 링거관 꽂는 일을 도와주는 훌륭한 간호사 제시카와 함께 도착했다. MAiD는 결코 일상적인 일이 아니었고, 링거관 꽂는 일은 또 달랐다. 하지만 이제 나와 제시카는 우리 일에 리듬을 부여하기 시작했다. 가족들의 필요든 서로의 필요든 우리가 사람들의 필요를 예측할 수 있다는 걸 깨달았다. 자기소개를 한 뒤 제시카가 케이티의 방으로 들어가 준비하는 동안, 나는 손님들을 모두 거실에 불러모아 잠시 만났다.

모인 사람들은 12명 정도였다. 케이티의 남편, 자녀 여럿(60대 남자와 여자들). 몇 사람은 파트너와 함께 왔고, 인척들도 소수 있었다. 나는 곧 진행될 일을 그들과 함께 다시 검토했다. 케이티는 원래 거실에서 죽고 싶어했다. 그래서 참석하고 싶어한 모든 사람을 위한 공간이 거실에 마련되었다. 케이티를 침실에서 거실로 옮겨와야 했다. 하지만 아들 짐이 반대했다. 이 시점에서 어머니를 움직이면 몸에 큰 무리가 갈 거라는 의견이었다. 케이티는 기꺼이 수긍했고, 그래서 우리는 그의 침실 침대맡에 자리를 잡았다. 방의 크기 때문에 참석할 수 있는 인원이 7~8명으로 제한되었다. 나머지 사람들은 거실에 남아 있었다. 우리는 침대 주위에 촘촘히 끼어 섰다. 켄은 케이티의 왼편 작은 나무 의자에 앉아 별말 없이 아내의 손을 잡고 있었다.

케이티는 지쳤고, 준비가 되었다. 나는 계획된 단계에 따라, 할말이 남은 사람이 있는지 물었다. 다들 이미 작별인사를 나눴다고 했다. 나는 케이티에게 마지막으로 할말을 하시라고 했다.

"모두들 사랑한다…… 슬퍼하지 마…… 서로를 잘 돌봐주고."

약물 주입을 시작했다. 첫번째 약물이 주입되어 그가 잠에 빠져드는 동안 정적이 흘렀다. 30초가 지났다.

"딸기잼."

내 뒤 오른쪽에 있는 케이티의 막내딸이 한 말 같았다. 나는 반응하지 않으려 했지만, 이런 상황에서 하는 말치고는 이상했다. 다시 조용해졌다. 그러다 갑자기 방 건너편에서 누군가가 동의하듯 콧노래 부르는 소리가 들렸다.

"크리스마스 케이크." 다른 쪽 구석에서 나는 소리였다. 그 말에 왼쪽의 누군가가 조용히 "오예"라고 화답했다.

"모두를 위한 울 니트 양말."

작게 키득거리는 소리. 이 발상이 동석한 사람들 사이에 자리를 잡아갔다.

"예고도 없이 손주들 데려가기."

"토마토 통조림 만들기."

사람들은 몇 초마다 한 번씩 다른 기억을 떠올렸고, 절차가 진행되는 내내 몇 초마다 한 번씩, 그를 말해주는 것에 대한 헌사가 나왔다.

뜻밖에도 너무나 멋졌다. 그 자발적 분출, 이상하게 힘이 넘치는 그 소박함. 창밖에 있는 커다란 떡갈나무가 방안으로 드리운 빛이 어룽거리며 케이티의 퀼트 이불을 가로질렀다. 나는 그 아름다운 순간이 펼쳐지는 모습을 지켜보았다.

그날 케이티의 집을 나서 사무실로 향할 때, 나는 일부러 돌아가는 먼길을 택해 해안가로 차를 몰았다. 방금 내가 목격한 일을 되돌아보지 않을 수 없었다. 그 8분 동안 나는 케이티에 관해 많은 것을 알게 되었다. 그가 자기 자녀와 손주들의 삶에 가닿은 방식들, 그리고 그에 대해 알려주는, 그가 좋아하고 높이 평가했던 소소한 것들에 대해 알게 되었다. 케이티는 너그러운 의도로 인생을 살았고, 가족은 심오하고 적절한 헌사로 그를 기렸다. 케이티는 분명 가장이었고, 대가족을 뒤에서 받쳐주는 특별한 힘이었다. 나는 거의 쉰 살에 가까웠고 앞으로 남은 수십 년의 인생에 희망을 품고 있었지만, 마지막 시간이 왔을 때 나에 대해 어떤 말이 나올지 궁금했다. 나는 무엇으로 기억되고 싶은가? 길 한쪽으로 빠져, 올림픽 마운틴 바로 건너편 작은 전망대에 차를 댔다. 햇빛이 산꼭대기에 걸린 구름의 그림자를 몰아내고 있었다.

　농가의 침실 안 장면을 떠올렸고, 나 자신에게 물었다. 마지막 순간에 누가 내 손을 잡아주면 좋을까? 장마르크의 손이라고 확신했다. 20년간 결혼생활을 한 뒤 이런 확신을 느낀다는 것이 기분 좋았다. 옆에는 우리 아이들이 있을까? 그렇다, 나는 그러길 바랄 것이다. 하지만 내 인생에서 또 누가 중요할까? 그리고 그 이유는? 최근에 그들과 대화를 나눈 적이 있던가? 마지막 순간 내 주위에 많은 사람이 촘촘히 끼어 서 있을까? 아니면 정말 중요한 한두 명만 있을까? 죽음이 가까웠을 때 누가 내 곁을 지켜줄까?

　케이티의 가족은 본능적으로 그와 연관 있는 의미 있는 몸짓들을 공유했다. 나에게도 그런 몸짓들이 있을까? 나는 산부인과의 24시간 근무를 그만두고 남편과 아이들과 더 많은 시간을 보내려 했었다. 하지만 과연 전보다 더 많은 시간을 가족과 함께 보내고 있는지 의문이 들었다. 새로운 일에 너무 많은 시간을 투자한 나머지 가족에 대한 헌신을 간과하는 건 아닐까? 지난주만 해도 내 도움으로 세상을 떠난 한 남자의 친척들과 추억담을 나누느라 가족 저녁식사를 빼먹었다. 나는 사람들을 알게 되고 그들의 인생에 관해 아는 것이 참 좋았다. 그것은 이 일에서 내 영감의 원천 중 하나였다. 그리고 그런 이야기를 집까지 가져와 나의 경우에 하나하나 대입해보느라 길을 잃는 경향이 있었다. 물론 그런 경향에 잘못된 건 하나도 없었다. 나는 인생의 소명을 발견하는 중요한 일에서 아들과 딸에게 모범이 되고 싶었다. 하지만 그것 때문에 내 가정 안에서 일어나는 일들에는 정작 잘못 대응하고 있는 건 아닌지 다시 한번 자문했다. 내가 가정에 충분한 관심을 기울이고 있는 걸까?

내 일에 지속적으로 준비되어 있는 것이 중요할까, 아니면 가족과 함께 한결같이 시간을 보내는 것이 중요할까?

다시 시동을 걸고 해안가를 떠났지만, 계속 생각에 잠겨 있었다. 이런 느낌이 산부인과 시절과는 얼마나 다른지. 그 시절에는 나 자신의 인생 경험이 진료에 도움이 되었고, 새로 부모가 된 사람들에게 다행히도 가치가 있었다. 그런데 지금은 반대로 환자의 인생 경험이 나에게 영향을 미치고 도움이 되고 있었다. 내가 더 잘하도록, 내 인생의 사람들과 더 많은 시간을 보내도록, 내가 원하는 너그러운 의도를 가지고 인생을 살도록 케이티가 나에게 영감을 주었다.

앞으로 MAiD 환자들에게서 또 무엇을 배우게 될지 궁금했다.

케이티의 죽음에 도움을 주고 얼마 지나지 않아, 나는 앞으로는 일에 헌신하는 만큼 주말이나 평일 오후 5시 이후에는 MAiD 일정을 잡지 않겠다고 스스로에게 맹세했다. 그런 제한을 두고 일정을 잡아 나 자신과 가족에게 필요한 시간도 누리기로 했다. 이 맹세를 지킬 수 있을까 생각했다. 그러고 싶었다. 혹시라도 이 원칙을 깨고 싶은 유혹을 느낄 때는 잠시 시간을 가지고 케이티를 떠올리기로 했다.

10.　헬렌의 마지막 분노

　　　　　　나와 만났을 때 헬렌은 70대였다. 56년간 줄 담배를 피운 탓에 건강이 나빠지고 폐병으로 초췌해지고 야위었다. 최대한의 의학적 치료를 하고 호흡기 전문의가 후속 조치를 면밀히 취했지만 내가 그의 경우를 평가할 때까지 산소 탱크 없이는 화장실로 걸어가지도 못했다. 말만 조금 해도 숨이 가빴다. 하지만 그가 털어놓기를, 자기는 담배 피우는 걸 좋아한단다. 가정용 산소통이 절대적으로 필요해졌을 때에야 그토록 좋아하던 담배를 끊었다. 지금도 담배를 몹시 그리워했고, 죽기 전 마지막 한 개비를 피우는 걸 꿈꾸었다.

　오래전 헬렌의 딸이 약물중독 치료를 받는 동안 일곱 살배기 외손자 팀이 외할머니와 함께 살기 위해 빅토리아 외곽의 작은 도시로 이사를 왔다. 팀은 엄마가 중독 문제와 씨름하는 동안 사춘기 내내 그곳에 머물렀다. 이제 서른한 살이 된 팀은 실직 상태이고 여전히 헬렌의 방 2개짜리 아파트에서 함께 살고 있었다. 하지만 내가 팀에 관해 물을 때마다, 헬렌은 눈을 굴리고 손을 내저었다. 그래도 꼬치꼬치 캐묻자, 그는 팀이 "좋은 아이가 아니"며 자기중심적이고 책임감이 없다는 식으로 말했다. 10년이 넘는 세월 동안 팀이 외할머니인 자신의 돈을 훔쳐가고, 끊임없이 거짓말을 하고, 자기 물건들을 팔아 도박 비용을 댔다고 비난했다. 헬렌은 팀에 대한 분노와 두려움 사이를 오가는 것 같았다. 그러나 대부분은 그에 대해 이야기하기를 원치 않았다. 내가 방문했을 때 팀이 함께 있는 것도 허락하지 않았다.

그의 죽음이 예정된 날 도착해보니, 가까운 여자 친구 셋이 헬렌 곁에 있었다. 그중 한 여성은 우리가 이전에 만났을 때 함께 있던 사람이었다. 그들은 식료품을 갖다주고, 집 청소를 해주고, 같이 시간을 보내며 함께 헬렌을 돌보고 있었다. 거의 50년 지기였고, 자신들의 젊은 시절 행각 이야기로 나를 즐겁게 해주었다. 그들의 젊은 시절 모습을 마치 영화 속 장면처럼 그려볼 수 있었다. 밤 외출을 위해 옷을 차려입고, 서로 팔짱을 끼고 걷고, 소리 내어 웃어서 사람들의 이목을 끌고. 이제는 모두 70대 초반인데, 일생에 한 번 겪을까 말까 한 자매애와 서로에 대한 성실함은 남들의 부러움을 살 만했다. 그들은 인생의 중요한 사건들을 모두 공유했고, 이제 헬렌의 죽음을 함께하기 위해 여기에 있었다.

뜻밖에도 헬렌의 죽음 당일 팀도 모습을 드러냈다.

팀은 오버사이즈 후드재킷을 걸친 채 손에 든 전자담배를 연신 빙글빙글 돌렸다. 초조해 보였고, 심지어 짜증이 난 것 같았다. 그는 내가 절차를 준비하는 대부분의 시간 동안 다른 방에 있었다. 헬렌은 내가 보아온 많은 MAiD 환자들처럼 차분하고, 단호하고, 준비되어 보였다. 그러나 사적 담소가 끝나갈 즈음 최종 동의를 표하는 서류에 서명해달라고 요청하자 망설였다. "잠깐 기다려줘요." 헬렌이 말했다. "아직 완전히 준비가 안 됐어요."

내가 경험한 MAiD 가운데 그런 일은 처음이었다. 심지어 그에게서는 망설임의 기미조차 느껴지지 않았는데 말이다.

"좋아요. 무슨 일이 일어날지 궁금하신 점이 더 있나요?" 내가 물었다. "아니면 시간이 좀더 필요하신 거예요?"

헬렌은 가만히 있다가 펜을 집어들었다. 그러고는 다시 멈추었다. "아니, 그냥 아직 준비가 안 됐어요."

"문제없어요, 정말로요. 이해합니다. 제가 돌아갔다가 며칠 뒤에 전화를 걸어 이 상황에 대해 어떻게 느끼시는지 여쭤보면 되겠죠? 그래도 괜찮으시겠어요?"

"뭐라고요? 아니에요, 그냥 여기에 있어요! 난 그냥 팀에게 할말이 있어서 그런 것뿐이에요. 가서 팀을 데려와줄래요? 그리고 내 친구들도요. 친구들이 옆에 있어야 돼요."

나는 나머지 사람들에게 거실로 들어오라고 했다. 그들은 우리가 절차를 진행하는 줄 알고 있었기에, 나는 아직 준비가 덜 되었다고 말했다. 이 말에 헬렌의 친구들은 나만큼이나 얼떨떨해 보였다. 내가 팀에게 할머니가 먼저 그와 이야기하고 싶어한다고 말하자, 그의 얼굴에 우쭐하는 표정이 스쳐 지나갔다. 그가 헬렌 맞은편의 의자에 앉아 할머니의 손을 잡고 하시고 싶은 말이 뭐냐고 물었다.

일반적으로 환자가 임종 날짜를 정하면 자신의 인생을 마무리할 기회가 열렸음을 직감적으로 알게 된다. 어떤 환자들은 먼 지방에 사는 친구들에게 작별인사를 했다. 사업이나 다른 현실적 문제들을 정리하고 싶어하는 경우도 있었다. 비밀번호를 넘겨주거나 중요한 정보들을 알려주는 것 같은. 그들은 너무 늦기 전에 문제들을 처리할 기회가 있어서 무척 고맙다고 말했다. 그리고 마지막 시간을 가족이나 친구들과 함께 보내며 사랑, 고통, 감사 혹은 용서를 표현하고 싶어하는 환자들이 있었다. 나는 그런 대화가 오가는 방안에 자주 함께 있었다. 그런 순간에 입 밖으로 나오는 말들은 대개 부드럽고, 그 장면은 견디기 힘들 만큼 가슴 아프다. 하지만 헬렌의 경우는 마지막 대화가 예상치 못한 양상으로 전개되었다.

말할 때 숨이 가쁜 환자치고 헬렌은 주저함이 없었다.

"도대체 어떻게 생겨먹은 인간이 자기 할머니 돈을 훔치느냐?" 그가 이야기를 시작했다. "난 너를 그보다는 괜찮게 키웠다. 그런데 넌 기회를 몽땅 날려버렸어. 술을 마시고, 담배를 피우고, 온갖 약물을 하고…… 내가 모른다고 생각했니?"

팀은 너무 충격을 받아 처음엔 아무 말도 하지 못했다. 그가 뭐라고 항의하려 했지만 헬렌은 말을 잘라버렸다. "내가 유언으로 경고하는데, 제발 좀 건실하게 살아라." 그가 신랄한 어조로 손자에게 말했다. "그동안 내가 했던 것처럼 널 사랑해줄 사람은 아무도 없을 거다. 다른 누구도 너의 거짓말을 참아주지 않을 거야. 너는 못됐고, 나를 이용했어. 그런데 이제 그것도 끝이다. 내가 가고 나면 아무것도 얻어내지 못할 테니까. 돈도, 가구도. 네가 싸질러놓은 쓰레기를 치우라는 내 훈계 말고는 아무것도 얻을 게 없을 거야!"

헬렌의 말이 팀을 충격에서 분노로 차츰 몰아가는 것 같았다. 그는 두 주먹을 불끈 쥔 채 방에서 뛰쳐나가 아파트를 떠났다. 반쯤 열린 문을 통해, 그가 복도에서 서성거리고 투덜대는 소리가 들렸다. 헬렌이 우리에게 기다려달라고 했다. 아무도 말을 하지 않았다. 모두 아연실색해 말문이 막혀버린 것이다. 나는 주방으로 가서 제시카와 작은 소리로 이야기를 나눴다. 제시카는 그날도 환자 집에 와서 링거관을 준비중이었다.

"상황이 어떻게 될지 알 수가 없네요……" 내가 말했다.

"네, 이런 적은 처음이네요." 제시카가 대꾸했다. 그는 미소를 짓고 있었지만 진지했다. "여분의 약들을 항상 갖고 계시는 게 좋을 것 같아요."

마침내 팀이 돌아와 헬렌 맞은편에 앉았다. 그는 다시 손을 뻗어 헬렌의 손을 잡았다. 그가 숨을 깊게 들이쉬고는 약간 옆쪽을 바라보았다. 그리고 말문을 열었다. "저기요, 할머니, 미안해요. 너무 예상치 못했던 상황이라……"

하지만 헬렌은 손자의 변명을 들을 기분이 아니었다. 그는 손자의 말을 자르고 다시 질책했다. 나는 주방 가까이에 머물면서 끼어들지 않으려 했다. 헬렌이 상황을 우리 모두에게 위험하게 만드는 것은 아닌지 걱정되었다. 팀이 항복할지 아니면 폭발할지 알 길이 전혀 없었다. 나는 숨을 죽였다. 그는 말없이 가만히 있었다. 그러더니 마침내 팀이 흐느끼는 소리가 들렸다.

"제기랄, 할머니…… 난 정말 바보 같았어요." 그가 말했다.

팀은 할머니에게 용서해달라고 했고, 자신이 나빴다는 걸 인정했고, 할머니가 그리워질 거라고 말했다. 헬렌은 손자의 말에 귀 기울이고, 고개를 끄덕이고, 손자의 손을 토닥였다. 그런 다음 그에게 방에서 나가라고 했다. 팀은 얼떨떨한 표정으로 꼼짝 않고 있었다.

"이제 준비됐어요, 그린 박사님." 헬렌이 손짓으로 나를 부르며 말했다. "팀은 내 곁에 가까이 오지 않았으면 좋겠어요." 그는 손자에게 최후의 일격을 가했다. "이제 그만 나가라, 응? 그리고 내가 가면 제발 건실하게 살아!"

헬렌은 손을 빼내고 눈길을 돌렸다. 팀은 벌건 얼굴로 어리둥절한 채 서 있었다. 혼란스러워진 그는 몸을 굽혀 헬렌의 오른쪽 뺨에 어색하게 키스했다. 그런 다음 방에서 나갔다.

헬렌이 나를 돌아보며 말했다. "이걸 내 마음속에서 떨쳐내야 했어요. 이제 준비됐어요. 시작합시다."

헬렌의 죽음 후 집으로 운전해 돌아올 때, 나는 그의 결의

에 깊은 인상을 받은 상태였다. 헬렌이 수십 년 동안 말하지 못
한 감정이 수면 위로 떠올랐고, 그걸 가슴에서 쏟아낼 기회가
있었으니 나도 기분이 좋았다. 그는 자기 자신에게 전적으로
만족한 듯 보였다.

환자 곁을 떠나 사무실이나 집으로 돌아오는 시간은 생각
을 정리하고 성찰하기에 매우 좋았다. 나는 잠재의식 속에서
나와 가족의 역학관계를 방금 맞닥뜨린 시나리오로 투사해보
았다. 그럼으로써 나 자신을 다양한 역할들로 상상할 수 있었
다. 때로는 비통해하는 딸이나 아내로, 때로는 죽어가는 엄마
로. 인생의 어느 시점에서 그것은 현실이 될 것이고, 나는 적어
도 그 역할들 중 하나를 맡아야 할 것이다. 이런 생각을 하면
몹시 고통스러울 때도 있었다. 하지만 그 다양한 시나리오들을
머릿속에서 마음껏 펼치면서 통찰력을 얻게 되는 것은 분명했
다. 헬렌과 함께하면서 나는 해결되지 않은 감정이 어떤 것인
지 명확히 알 수 있었다. 그리고 우리 아버지를 생각했다.

৯

아버지는 정확히 10년 전에, 2006년 10월에 돌아가셨다.
내가 캐나다에서 추수감사절을 맞아 핼리팩스의 집에 가 있던
때였다. 우리나라에서는 추수감사절이 미국만큼 중요하지 않
지만, 긴 주말 연휴를 함께 보낼 좋은 핑곗거리였다. 아이들이

아직 어리고 빅토리아에서 산부인과 진료를 궤도에 올려놓느라 바빴던 시기이다. 동부 해안의 핼리팩스로 여행을 한다는 건 최소한 두 번 비행기를 타고 하루를 꼬박 길에서 보내는 것을 의미했다. 나는 전날 밤에 출발했다. 아버지가 전화를 걸어와 응급실에 있다고 말했다. 아버지는 당시 몇 년 동안 여러 번 병원을 드나들었다. 아직 65세밖에 안 되셨는데, 당뇨병이 있고, 몸이 병적으로 비대하고, 심장 개복 수술을 받았으며, 다리 한쪽을 절단했다. 아버지가 주말에 집에 없을 거라고 알려줘서 나는 병원으로 면회를 가야 했다. 아버지는 상황이 괜찮아지기를 바랐다.

나와 아버지 사이는 관계가 가장 좋았을 때조차 껄끄러웠다. 아버지가 어머니와 이혼한 후 그 관계는 피상적일 뿐이었다. 아버지의 건강이 중심이 될 때가 많았고, 나에게 특별히 좋은 영향을 미치지는 않았다. 어린 시절에 아버지가 정말로 나를 위해 곁에 있어준 적이 한 번도 없다고 느꼈다. 대학에 들어간 뒤에야 아버지와 대화를 하기 시작했고, 나 자신이 엄마가 되고 나서 비로소 아버지의 결함과 아울러 장점도 천천히 인정하게 되었다. 그렇기는 했지만 아버지와의 관계가 일종의 의무처럼 느껴질 때가 많았고, 거기서 도망칠 수 없을 것 같아 답답했다. 아버지가 나를 사랑한다는 것, 노력한다는 것은 알았다. 하지만 어떤 사람에게 그 사람이 줄 수 없는 것을 달라고 요청할 수는 없다는 사실을 수년에 걸쳐 알게 되었다. 아버지는 어머니와 이혼한 뒤 세 번 더 재혼했다. 그래서 아버지를 만나러 가면 어쩔 수 없이 새로운 사람들과 대면해야 하는 경우가 많았고, 그런 상황이 별로 유익하진 않았다. 나는 아버지에게 기대하는 수준을 낮췄고, 내 의무로 여겨지는 일을 하는 데 최선을 다하려고 했으며, 우리 아이들이 외할아버지와 알고 지내기를 바랐다. 그들의 관계는 조부모-손주 관계이니 좋을 수 있었다. 아버지와 나는 5,000킬로미터 떨어진 곳에 살았지만 1년에 많을 때는 두 번씩 만났다. 전화 통화를 하는 일은 드물었지만 그러도록 노력해야 한다고 느꼈다.

그때는 내가 핼리팩스에 갈 때마다 어머니와 함께 지내던 시절이었다. 1990년대 후반 이후 엄마는 정신은 말짱한 반면 모든 신체 기능을 차츰 갉아먹고 자부심과 독립성을 앗아가는 신경계 만성질환과 싸워왔다. 쇠약해진 엄마의 모습을 보는 건 항상 힘들었다. 그러나 엄마의 회복탄력성은 놀라웠다. 엄마는 병을 이유로 두번째 남편과 주저 없이 이혼했다.

나는 아버지가 병원에 있다는 걸 미리 알리려고 엄마에게 전화를 걸었다. 두 분은 서로에 대한 적대감을 해소하지 못했기에, 내가 그들 사이에 붙잡힌 느낌이 들 때가 많았다. 부모님 중 한 분과 같은 공간에 있게 되면 무의식적으로 어린 시절의 역할로 돌아갔다. 매일의 일상에서 나는 엄마이고, 의사이고, 한 사람의 성인이었다. 그러나 핼리팩스에서는 아버지와 어머니 양쪽의 비위를 맞추느라 중간에 낀 신세가 되어버리는 것이다. 수년 동안 그런 역학관계 속에서 곡예를 하며 보냈다. 시간을 내서 어머니 아버지를 각각 따로 만나고 졸업식, 명절, 결혼식 등을 잡음 없이 치러낼 방법을 찾으면서 말이다. 이런 관계를 이어나간다는 건 그야말로 도전이었다. 실제적인 면에서는 가끔씩, 감정적인 면에서는 항상. 둘 중 한 분과 더 많은 시간을 보내거나 특별한 일을 하게 되면 죄책감이 들었다.

이번 여행도 다르지 않을 것 같았다.

"음…… 또 병원에 들어갔다니 안됐구나." 엄마가 대꾸했다. "그래서 아버지 보러 갈 거니?"

아버지가 병원에 계셔서 내가 아버지를 보러 갈 계획이 아니라면 엄마는 정말로 내가 핼리팩스에서 부모와 따로따로 시간을 보내기를 기대했던 걸까?

나는 앞일에 커다란 두려움마저 느끼며 당시 여섯 살과 여덟 살이던 아이들을 병원에 있는 자이데zayde —이디시어로 할아버지—에게 데려갔다. 처음엔 아이들이 너무 부끄러움을 타서 친해지기 힘들었다. 하지만 결국 나의 다소 강압적인 리드를 따라주었고, 헤어질 즈음엔 우리 모두가 오길 잘했다는 생각에 기분이 좋았다. 다음날, 아버지와 4년 전 결혼한 린다에게서 전화가 왔다. 아버지의 상태가 많이 나빠졌으니 아이들은 두고 나 혼자 잠깐 와줄 수 있느냐는 용건이었다. 그날 오후에 병원에 갔더니 아닌 게 아니라 아버지 상태가 좋지 않았다. 간신히 의식을 붙들고 있었고 호흡도 짧았다. 나는 다음날 다시 들르겠다고 약속했다. 그러나 다음날 갔을 때도 상황은 좋아지지 않았다.

나는 그다음날 아침 아이들과 함께 비행기를 타고 집으로 돌아갈 예정이었다. 그러나 그대로 떠나자니 현명하지 않은 것 같다는 느낌을 떨칠 수가 없었다. 아버지가 돌아가실지도 모르는데 서부 해안으로 가는 비행기에 몸을 싣고 싶지 않았다. 하지만 아이들은 여기 있을 필요가 없었다. 그렇다고 아이 둘만 보낼 수도 없는 노릇이었다. 장마르크에게 전화를 걸어 상황을 의논했다. 그는 나는 며칠 더 머무르고 아이들은 집으로 돌려보내는 게 최선일 것 같다고 동의했다. 캘거리까지는 아이들만 비행기를 태우고 남편이 캘거리로 와서 아이들을 데려가기로 했다. 나는 샘과 새러를 비행기에 태운 뒤 비행기가 이륙할 때까지 지켜보았다(아이들이 해달라는 대로). 그런 다음 곧장 병원으로 돌아갔다.

하루종일 아버지는 상태가 점점 나빠졌다. 린다는 아버지를 무척 사랑했고, 당연히 마음 아파하며 조언을 구했다. 오후까지 우리는 아버지를 중환자실로 옮겨야 할지를 상의했다. 린다는 의학 지식이 많은 내 뜻을 따르겠다고 했다.

갑자기 의도하지 않은 입장에 처해버렸다. 나는 아버지가 삽관을 받고 중환자실로 옮겨지고 싶어할 것 같으냐는 질문에 직면해 있었다. 아버지가 소생하고 싶어한다면 말이다. 나는 내가 잘 알지 못하는 남자를 대신해 그 결정을 내리라는 요청을 받고 있었다. 그런데 그런 문제에 관해 아버지와 이야기를 나눠본 적이 한 번도 없었다. 우리의 껄끄러웠던 관계가 최근에야 다투지 않고 공생하기 위한 협정modus vivendi에 이르렀으니 말이다. 내가 아는 한, 아버지는 나보다 아버지를 훨씬 더 잘 아는 아내의 돌봄을 받을 것이다. 내가 맡은 마지막 임무는 그의 생애말기 의사를 결정하는 것이었다. 그것 외에 내가 무엇을 할 수 있겠는가? 나는 화가 났고, 분했고, 무엇보다 무력했다.

밴쿠버에 사는 오빠에게 전화를 걸었다. 오빠도 속상해했다. 오빠는 나보다 아버지와 더 가까웠고, 이건 비밀스러운 이야기지만 오빠가 나의 입장에 처했다면 나로서는 더 좋았을 것이다. 우리는 아버지가 삽관을 원치 않으리라는 데 합의했다. 삽관을 할 경우 그걸 빼게 될 일은 결코 없을 거라는 데도. 선택의 여지가 별로 없었다. 린다가 우리의 합의에 동의 의사를 표했고, 우리는 중환자실 의사와 이야기를 나누었다. 아뇨, 중환자실은 됐습니다. 아버지는 지금의 병실에 계속 계실 거고, 편안한 상태를 유지할 거예요. 의사는 밤사이에 환자가 돌아가실 수도 있다고 경고했다. 그리고 아버지는 돌아가셨다.

그 일이 일어났을 때 나는 침대 발치에 서 있었다. 린다가 울면서 아버지의 가슴 위에 늘어졌다. 나는 아버지가 마지막 호흡을 몇 번 하는 것을 지켜보았다.

정말이지 마음이 불편했다. 어디든 지구상의 다른 곳에 가 있는 게 더 나을 것 같았다. 우리의 문제는 아직 해결되지 않았다. 오직 지금 일어나고 있는 일과 그 안에서 나의 피할 수 없는 역할이라는 현실만 존재했다. 나는 린다에게 아버지의 호흡이 멈췄다고 말했다. 아버지가 돌아가신 것을 알릴 때가 되었음을 알았을 때 의사를 부른 사람도 나였다. 린다가 마침내 아버지의 몸에서 자기 몸을 뗐을 때 그를 부축한 사람도 나였다. 랍비를 부른 사람도, 오빠에게 전화한 사람도 나였다. 고맙게도 삼촌들과 고모에게 전화하는 건 오빠가 해주었다.

아버지가 돌아가셨다고 말하자 엄마는 깜짝 놀랐다. 나는 세상을 떠난 사람들을 위한 마지막 의식을 수행하고 시신이 홀로 있지 않도록 지키는 유대인 공동체 안의 자원봉사 그룹 셰브라카디샤chevra kadisha와 이야기를 나누었다. 잠자리에 들었지만 잠이 오지 않았다. 아버지와의 관계에 대한 혼란 그리고 아버지가 돌아가신 지금 내가 해야 할 역할에 대한 상반된 감정으로 마음이 어지러웠다. 다음날 아침 랍비를 만나 장례식의 세부 계획을 세웠다. 시바에 관해, 그것을 어디서 열지 그리고 누가 음식을 준비할지 결정했다. 그 지역 월마트에 가서 적당한 검은색 옷을 샀다. 오빠가 도착하자 영안실에서 만나 다음날 장례식에 함께 참석했다. 우리는 호텔에서 열린 시바 모임을 상주로서 주재했다. 사람들이 모두 떠난 뒤 아버지의 형제자매들과 함께 앉아, 아버지가 잘 만들기로 유명했던 치즈케이크를 먹었다. 아버지의 냉장고 안에 있던 마지막 치즈케이크였고, 맛있었다.

처음으로 핼리팩스에서 나 자신이 어른처럼 느껴졌지만, 그게 마음에 드는지는 알 수 없었다.

아버지의 죽음은 가족 구성원의 사망과 관련해 내가 최초로 겪은 혼란스러운 경험이었다. 죽음을 예견해 미리 논의하지 않았고 심지어 고려한 적도 없으니, 전하지 못한 말들과 다양한 감정—혼란 그리고 특히 두려움—이 분출했다. 어떤 자녀(혹은 배우자나 형제자매)가 이런 결정들을 책임지고 싶어하겠는가? 어떻게 그런 부담에 편해질 수 있는가? 병원에 들어가 코마 상태에 빠지기 전에 죽음과 관련된 자신의 소망을 알리고 서로 이야기함으로써 그렇게 할 수 있다. 하지만 말이 그렇지 쉬운 일은 아니다. 나도 안다. 나 자신도 그렇게 하지 못했다. 하지만 계획이라도 세워보는 것이 중요하다. 헬렌과 그의 손자 팀과의 경험을 통해, 나는 감정을 꾹꾹 눌러 참았다가 곪아 터지게 해봤자 그 누구에게도 도움이 되지 않음을 깨달았다.

아버지를 보내드린 일주일 중 가장 잊을 수 없는 순간은 랍비와 장례식 계획을 세우러 가려고 엄마의 아파트를 나서려던 순간이었다. 뒤돌아보니 엄마가 문가에 서 있었다.

엄마가 말했다. "너도 알겠지만, 우린 꽤 좋은 순간들도 있었단다. 네 아버지와 나 말이야."

엄마의 말에 어안이 벙벙했다. 전에는 그런 말을 한 적이 한 번도 없었기 때문이다. 두 분이 이혼을 진행하는 동안, 그리고 그후에도 나는 적대감에 무겁게 짓눌렸다. 아마 엄마도 그랬을 것이다. 하지만 엄마가 해준 이 말에 나는 전혀 기대하지 않았던 방식으로 안도했다. 엄마가 그걸 좀더 일찍 인정했다면 우리 모두에게 어떤 느낌을 주었을까?

MAiD 제공 일이 자리를 잡아가면서, 아버지와의 이런 경험을 통해 나는 사랑하는 사람의 죽음을 마주할 때 가족들이 경험할 수 있는 정서적 혼란에 대한 통찰력을 얻었고, 상황이 각각 어떤 식으로 마무리될 것인가 하는 호기심도 생겼다. 동시에 죽어가는 환자들과 그들의 가족 구성원과 함께한 새로운 경험들을 통해 나 자신이 주변 사람들과 맺은 관계들을 더욱 깊이 성찰하게 되었다. 또 과거의 사건들뿐만 아니라 미래에 상황이 어떻게 펼쳐지기를 바라는지 재고할 수 있었다.

3부

가을에서 겨울로

This is
assisted
dying

11.   '누가 적합한가'라는 난제

빅토리아의 가을은 예기치 않게 슬금슬금 찾아오곤 한다. 그래서 계절의 변화를 감지하지 못해도 이상한 일은 아니다. 한낮의 따사로운 햇빛이 10월까지 이어지지만, 가을의 징후들이 하릴없이 빛을 빠르게 변화시킨다. 오전 다섯 시 삼십분에 해가 뜨고 새들이 지저귀다가, 아침이 점점 어두워지고, 공기가 확실히 서늘해지며, 조지아 해협이나 후안 데 푸카에서 배들이 서로를 부르는, 마음을 달래주는 익숙한 소리가 들려온다. 나는 가을의 느낌을 좋아한다. 가을은 단연코 내가 가장 좋아하는 계절이다.

조력 사망 일을 시작하기로 결심할 즈음, 나는 새로운 루틴을 만들었다. 우선 아침에 해변에 가서 벤지를 산책시켰다. 바깥의 상쾌한 공기 속에서, 산 전체가 바라다보이는 풍경 속에서, 그날의 책임에서 벗어나 벤지와 함께하는 이 아침 의식을 나는 무척 즐겼다. 하루 일과를 시작하기 전 아침 시간에는 전화기를 보지 않는 연습을 했다. 아침에 해변에 가면 활기 넘치는 개들이 많이 있었다. 새와 공을 쫓아 뛰어다니고, 새로 온

개나 오래전부터 친구인 개를 반기고, 서로 소개하고, 보호자가 그 순간을 만끽하게 해주는 개들이었다.

계절이 바뀌면서, 나는 조력 사망의 실무적 세부사항―링거관을 어디서 구할지, 언제 그리고 누구에게 서류 양식을 팩스로 보낼지―에 초점을 덜 맞추고, 초기 단계라서 내가 아직 명확하게 알지 못하는 이 일의 좀더 미묘한 측면에 신경을 쓰게 되었다. 나는 조력 사망에 적합한지 판정하는 과정에서 환자들이 스트레스를 받는 경향이 있다는 데 주목했다. 그래서 명확한 답을 얻을 때까지 환자 상담과 건강 상태 확인을 내가 책임질 수 있는 한 빠르게 진행했다. 요건에 부합하지 않는다는 걸 알고 환자들이 크게 실망하는 경우도 있었다. 반면 내가 "환자분은 적합합니다"라고 말하면 즉각 변화를 보였다. 환자 몸에서 긴장이 풀렸다. 어깨가 조금 내려가고, 얼굴에 미소가 번지기도 하고, 거의 감지할 수 없을 만큼 고개를 끄덕이기도 했다. 그 순간 환자가 느끼는 안도감이 손에 잡힐 듯 또렷하게 느껴졌다. 조력 사망에 적합하다고 말해주는 것 자체로 치료 효과가 있었다. 자신이 어떻게 죽을지 더이상 두려워하지 않게 되면 남은 삶을 사는 데 집중하려 하고 떠나온 삶을 더욱 충만하게 수용하려 한다. 이렇듯 MAiD는 죽음에 관한 것이라기보다 어떻게 살기를 원하는가에 관한 것이다.

이따금 적합성 확인 과정에서 환자가 임종 일정을 1~2주 미루게 되기도 한다. 하지만 나는 알고 있다. 삶의 끝에서 약간의 통제력을 다시 가질 수 있다는 사실이 고통을 (객관적으로) 줄여주는 효과를 가져오며, 가끔은 환자에게 조금 더 살아보자는 의지나 자유를 부여한다는 것을. 모든 의사가 알고 있듯이, 때로는 항불안제를 처방해주는 것만으로도 환자가 느끼는 스트레스를 충분히 줄일 수 있다. 심지어 약을 먹지 않고 욕실 수납장 안에 넣어두기만 해도 말이다.

MAiD 제공 초기 몇 달 동안, 우리는 모두 실수를 저질렀다. 서명을 빼먹거나 증인용 서류 양식에 날짜를 잘못 적어넣는 것과 같은 사소한 실수들이었다. 좀더 중요한 면에서는 적합성을 해석하는 데 지나치게 제한적이거나 지나치게 후한 기준 사이에서 균형을 찾으려고 노력했다. 새로 제정된 법인 만큼 아직 검증되지 않은 부분이 많았다. 나는 적합성 요건들을 외웠다. 더이상 첫 상담 전에 했던 것처럼 그 요건들을 재검토하지 않아도 되었다. 하지만 '위중하고 치료 불가능한 상태'가 정확히 무엇인지는 여전히 모호한 상태였다.

매우 명확한 정의들이 있는 반면, 어떤 정의들은 조금 애매했다. 하지만 한 가지는 아주 분명했다. 내가 법을 어기면, 기준에 부합하지 않는 사람을 도와주면 형사소추를 당할 여지가 있고 최대 징역 14년 형을 받을 수 있다는 사실이었다. 그런 한계점을 테스트하고 싶은 마음은 없었다. 혹시라도 일이 잘못되면 어쩌나 하는 두려움이 마음 한구석에 항상 있었고, MAiD를 제공하는 의사 수가 적은 것에 대해서도 비슷한 염려가 있었다.

그해 가을까지 나는 자신감이 쌓였고, 새로운 지원 시스템이 생기기도 했다. 어떤 임상적 문제가 불분명해 보이면, 커져가는 우리 의사·간호사 공동체의 동료들과 의논했다. 절차상의 문제에 대해서는 신뢰할 만한 행정 담당자나 학계 사람들과 의논했다. 나는 다양한 학자들(법학, 윤리학 등)에게 조언을 구했다. 행여 있을 수 있는 의료과실이라는 주장에 대해 변호를 부탁할 수 있는 기관은 캐나다 의료보호 협회Canadian Medical Protective Association, CMPA였다. 내가 조력 사망 일과 관련해 형사 고발을 당할 경우 의지할 기관이기도 했다. 처음에는 하비 건으로, 그다음에는 루이즈 그리고 내가 도운 다른 모든 환자들 건으로 CMPA에 전화를 걸었다. CMPA는 상담할 모든 MAiD 요청의 세부사항을 설명하게 하고, 내 임상 노트를 의료기록과 함께 보내게 하고, 길게 이어지는 질문들에 대답하게 했다. 그리고 그것을 변호사에게 넘겼다. 그런 다음 그 요청 건의 법적 위험도가 높은지 낮은지 나에게 알려주었다. 초기 몇 달 동안 내가 받은 요청 건들은 모두 간단해 보였고 진행하는 것이 합리적이라고 느껴졌다.

그러다가 네빈을 만나게 되었다.

네빈은 빅토리아에서 비행기로 몇 시간 거리에 있는 북부의 작은 공동체에 사는 79세 노인이었다. 처음에 우리는 전화로 이야기했다. 전화기 너머에서 들려오는 그의 목소리는 매우 따뜻했고 어딘지 친숙한 억양으로 들렸다. 그는 단어를 짧은 간격을 두고 폭발시키듯 내뱉었다. 태평하게 들리도록 애쓰는 듯했지만, 숨을 참았다가 토해내기를 반복했다. 고통을 겪는 사람의 소리였다. 네빈은 자신보다 열한 살 아래인 로버트 그리고 간병인과 함께 살고 있다고 말했다. 내가 그에 관해 더 잘 알게 되자, 네빈은 로버트와 지난 37년 동안 파트너 관계였음을 알려주었다. 첫 통화에서 네빈은 꽤 오래전부터 자신이 이상하고 심신을 쇠약하게 하는 여러 건강 문제로 고통받아왔다고 설명했다. 그런데 최근 들어 그 문제들이 너무도 심해졌다고.

4년 전 시야가 흐릿해지고 한쪽 뺨이 얼얼해지면서 문제가 시작되었다. 나중에는 두개골 아랫부분에 통증이 왔다. 그리고 얼굴에 극심하고 주체할 수 없는 통증이 자주 느껴졌다. 그때부터 미각에 많은 문제가 생기고 오른쪽 귀의 청력에도 이상이 생기더니 결국 후각에까지 문제가 발생했다. 좀더 최근에는 몸에 엄청난 마비 증상이 퍼져서, 치과 치료를 할 때 입안에 부분마취가 필요 없을 정도라고 했다. 마비되지 않은 부위에는 극심한 통증이 느껴지는데, 이제는 머리의 거의 대부분에 통증이 심하다고 했다. 하루 종일 어지럽고, 지난 두 달 동안 두 번 쓰러졌으며, 한 번은 손목이 부러지고 팔꿈치를 삐었다고 했다. 그는 극도로 쇠약해졌고 점점 더 쇠퇴했다. 그가 사는 지역에서는 아무도 조력 사망을 제공하려 하지 않는데, 그래도 그의 가정 주치의는 자신을 지지해주며 평가자 중 한 명이 되는 것에 대해서도 긍정적이라고 했다.

네빈은 병원에 가서 공식적인 원격의료로 상담을 하지는 못할 거라 생각했다. 그래서 로버트의 아이패드를 통해 화상회의를 하기로 합의했다. 나는 네빈에게 그가 자격이 있다고 판명되면 기꺼이 그가 있는 곳으로 가서 도움을 주겠다고 말했다.

"통증이 끊이질 않습니다, 그린 박사님. 항상, 언제나 통증이 있어요." 첫 만남에서 그가 말했다. "약을 먹으면 의사 선생들이 즐겨 쓰는 표현으로 통증이 10에서 6으로 줄어들어요. 약을 너무 많이 먹어서 머릿속이 멍합니다. 약을 줄이면 통증이 견딜 수 없는 수준이고요. 통증이 6~7 정도로 계속 유지중이고, 그래서 정신은 말짱해요. 하지만 통증은 늘 있고 끔찍해요. 통증이 느껴지지 않는 유일한 시간은 잠잘 때뿐이죠. 그런데 잠을 자기 위해서도 다른 약이 필요하답니다."

네빈은 통증 전문가들을 포함해 2개 도시 4개 의학 분야의 전문가 6명을 만나보았다. 그러나 그들이 그려주는 그림은 혼란스러울 뿐이었다. 처음에 그는 후기 발병 다발성경화증을 진단받았고, 나중에는 3차 신경통을, 결국에는 '원인 불명의 결합 조직 질환'이라는 진단을 받았다. 최근에는 유전분증類澱粉症의 가능성이 높아졌다. 아밀로이드라고 불리는 이상 단백질이 신체기관에 쌓여 정상적인 기능을 방해할 때 일어나는 희귀 질환이다. 이 질환의 진단은 쉽지 않다. 전문가들도 확정적인 진단을 내리지 못한다. 게다가 그들이 처방해준 많은 약도 네빈의 상태 악화를 통제하지 못하는 것 같았다. 그러는 동안 네빈은 자기 건강 문제의 원인을 찾는 일을 그만두기로 마음먹었다. 전문병원에 예약을 하고 찾아가 검사받는 일이 견딜 수 없을 만큼 힘들어졌다. 입원치료 같은 것은 일절 받지 않기로 했고 집에서 로버트가 지켜보는 가운데 죽기로 결심했다. 네빈은 만약 자신이 조력 사망을 제공받을 자격이 없다면 혼자서 할 방법을 찾을 거라고 했다. "절벽 끝에 가서 떨어지기만 하면 될 테니까요." 그러나 절벽에 갈 생각을 하니 끔찍했다. 만약 성공하지 못하면 어쩐단 말인가?

주변의 지지에 관해 묻자, 네빈은 로버트가 그에게 바위산처럼 든든한 존재로, 집에 머무르며 MAiD 준비를 돕기로 약속했다고 연거푸 말했다. 로버트에게 육체적으로 더 크게 의존하게 되면서 네빈은 그것이 로버트에게도 힘든 일임을 의식하고 있었다. 또한 그는 자신과 가깝게 지내지만 MAiD에는 단호히 반대하며 적절한 간호 지원을 받거나 말기치료 병동에 입원하기를 권하는 남동생 앨비에 대해서도 언급했다. 흠잡을 데 없고 합리적인 선택안이긴 했다. 동생이 반대한다는 이야기를 들으니 일 진행이 걱정되었다. 지금까지는 항상 일을 진행하기 전 환자의 친구와 가족 구성원들이 지지해주었으니 말이다. 만약 법을 어길 경우 무슨 일이 벌어질지 나는 알고 있었다. 하지만 합법적인 MAiD라도 환자를 사랑하는 사람의 소망에 반해 진행할 경우에는 어떻게 될까?

사실 법은 꽤 명확했다. 결정은 환자 자신의 소관이라는 것. 그러니 환자에게 MAiD를 요청할 임상적 의사능력이 있다면—그 요청이 타인의 강압에 따른 것이 아니고 적합성 요건이 충족되는 한—, 나는 누가 반대하든 합법적으로 환자에게 도움을 줄 수 있다. 그 경우 내가 난처한 입장에 처할 수는 있지만, 가족과 친구들은 궁극적으로 어쩔 도리가 없고 법적 파문도 없을 것이다.

물론 불만을 표출할 다른 방법은 있다. 기분이 상한 형제자매, 배우자, 친구, 자녀가 의료 규제 기관, 즉 직업윤리에 위배되는 의료인의 행위를 규제하는 CPSBC에 찾아가 공식적으로 항의를 할 수 있다. 그들은 내가 직업윤리에 어긋나는 행동을 했다고 혹은 무례하거나 자신들을 무시했다고 생각할지도 모른다. 내가 어떤 부분에서 법률이나 주 지침을 따르지 않았다고 생각할지도 모른다. 그들은 비탄에 너무나 압도된 나머지 누구를 비난해야 하는지 알지 못할 것이다. 그 기관의 임무는 대중을 보호하는 것이다. 그러므로 항의를 접수한 뒤, 사실을 수집, 검토하고 진술서를 입수해 조사에 착수해야 한다. 또 필요할 경우 관련된 사람들을 면담해야 한다. 기관에서는 정보를 숙고하고 법적 구속력이 있는 판결을 내릴, 권한을 부여받은 소수의 패널을 구성할 것이다. 이 과정이 대개 6개월에서 12개월까지 걸린다. 직업윤리에 위배되는 행동을 했다고 판결이 나면 벌금형, 추가 교육, 의료행위 금지 혹은 제한, 나아가 의료면허 중지나 취소 등 적절한 조치가 취해진다. CPSBC는 다른 분야의 유사한 규제 기관들과 마찬가지로 MAiD에 관한 직업적 실무 표준professional practice standard을 마련해두었다. 그런데 의료인과 환자 사이의 상호작용에 무엇이 포함되어야 하는가에 대한 조항이 연방법과 다르다. '의사는 MAiD를 요청하는 환자에게 다음의 사항을 반드시 알려야 한다……' 나는 이 조항을 잘 이해했고, 그들의 제안을 따랐고, 마치 법을 준수하듯 이 조항을 충실히 지켰으므로, 제재 조치를 받을 일이 없다고 여겼다.

그러나 화난 가족과 눈에 불을 켠 기소검사는 별개의 문제였다. 연방 MAiD법에는 형사법이 포함되어서 준수하지 않으면 고의이든 아니든 간에 파문이 뒤따를 수 있었다. 그래서 초기 MAiD 제공자인 나와 내 동료 의료인들은 기소 의도의 징후들을 신중하게 찾았다. 판사들이 선의에서 발생한 초반의 실수를 너그럽게 눈감아줄까? 혹은 우리의 무모한 동료들을 본보기로 처벌하기 위해 만반의 준비를 하고 지켜보고 있을까? 우리 동료 중 실수하기를 바라는 사람은 아무도 없었다. 그 누구도 본보기가 되는 걸 원치 않았고, 감옥에 가는 걸 원치 않았다. 지금까지는 내가 아는 그 누구도 그러지 않았다. 우리는 그런 상태가 계속 유지되길 원했다. 초반에 환자들을 도울 때도 이런 염려가 내 마음 한구석에 있었다. 하지만 네빈의 요청을 검토하고 그와 상담하면서, 내가 이 일을 진행하는 데 동의한다면 불이익을 받을 수도 있겠다는 생각이 처음으로 현실로 다가왔다. MAiD에 대한 네빈의 열망이 확고하다는 것은 알 수 있었다. 그리고 내가 볼 때 그는 MAiD에 적합했다. 그러나 나는 신중을 기할 필요를, 그의 적합성을 보장해야 할 필요를 느꼈다. 전문가들에게 그의 경우를 이야기하고 의견을 구했다.

어느 규제 기관 담당자는 이 건이 그리 간단치가 않다고 했다. 그는 네빈 같은 환자가 '위중하고 치료 불가능한 상태'라는 요건을 충족할지 확신하지 못했다. "진단명이 명확하지 않다는 점이 염려됩니다." 그가 말했다.

그건 사실이었다. 전문가들은 진단명을 명확히 밝히지 못했다. 그리고 네빈은 더이상 검사를 견디지 못한다. 그런데 '위중하고 치료 불가능한 상태'란 정확히 무엇인가?

첫째, 심각한 질병이나 장애가 있어야 한다. 네빈에게 심각한 질병이 있다는 걸 나는 알고 있었다. 단지 그 질병이 정확히 무엇인지 아는 사람이 없을 뿐이다. 하지만 질병이 심각하다고 평가받으려면 진단명이 얼마나 정확해야 하는가? 예를 들어 환자의 몸에 전이성 암이 가득할 경우, 암이 신체의 어느 기관에서 시작되었지 아는 것이 어느 정도나 중요한가?

"이쯤 되면 네빈이 앓고 있는 병의 정확한 진단명을 알아내는 건 학문적 탐구의 영역이에요." 내가 주장했다. "흥미롭긴 하지만 조력 사망과는 무관한 문제죠. 네빈의 죽음은 급격히, 활발하게 진행되고 있어요."

둘째 요건은 환자의 활동 능력 쇠퇴가 많이 진행된 상태여야 한다는 것이다. 이것은 정확히 무엇을 의미하며 이런 문제를 누가 판단하는가? 이 요건은 그 누구에게도 명확히 와 닿지 않아서 우리 이메일 그룹에서도 빈번히 논의하는 문제였다.

"나는 그것이 병을 앓고 더이상 이전과 같은 방식으로 기능할 수 없는 상태를 의미한다고 생각합니다. 양적인 면만이 아니라 질적인 면으로도요." 한 동료의 의견이었다.

여기에는 임상의들이 일상적 활동이라고 부르는 것─혼자 몸을 움직여 이동할 수 있는지, 혼자 옷을 입을 수 있는지, 혼자 식사를 할 수 있는지, 혼자 욕실에서 자신의 필요를 해결할 수 있는지─이 포함될 것이다. 하지만 다른 것들도 의미할 수 있다.

"나는 그 요건이 사람마다 개별화되어야 한다고 생각해요." 다른 동료가 덧붙였다. "만약 어떤 사람이 건축 쪽에서 일했다면, 쇠퇴가 진행된 상태라는 것이 언어에 능통했던 사람과는 매우 다를 수 있죠."

우리는 합리적인 의견 일치에 도달했다. 우리가 결정한 바로, 그것은 임상의가 판단해야 하는 임상적 기준이었다. 내게도 그것은 확실히 임상적 판단으로 보였고, 나는 네빈의 쇠퇴가 진행된 상태라고 판단 내렸다.

셋째 요건은 쇠퇴가 진행된 상태가 돌이킬 수 없는 것으로 간주돼야 한다는 것이었다. 네빈의 쇠퇴는 돌이킬 수 있는가? 어떤 사람들은 그의 진단명을 정확히 알지 못하니 이것도 확실하게 알 방법이 없다고 했다. 하지만 다른 사람들은 법적으로

'쇠퇴가 진행된 상태'란 환자가 시도할 수 있는 어떤 수단으로도 돌이킬 수 없는 상태를 암시한다는 데 주목했다. 네빈의 경우 육체적으로 너무 힘이 들어 더이상의 검사나 치료를 포기한 것이 분명했고, 그래서 나는 이 요건에 충족된다고 생각했다.

넷째 요건은 육체적 또는 정서적으로 견딜 수 없는 고통이 있어야 한다는 것인데, 이것은 주관적인 특성이 강했다. 따라서 오직 네빈이 판단할 수 있는데, 그는 자신이 얼마나 고통받고 있는지 나에게 설명했고, 나로서는 그의 말을 의심할 이유가 전혀 없었다.

마지막 요건은 환자의 자연사가 합리적으로 예측 가능해야 한다는 것이다. 네빈의 경우 안타깝게도 이것이 사실로 보였다. 조력 사망을 원하는 다른 많은 환자의 경우 이것이 분명하지 않을 때가 많다.

전국의 변호사들은 법에서 이 요건이 의미하는 바에 관한 자신의 의견이 있었고, 나는 동료들을 통해 그 의견들이 다양하다는 걸 알게 되었다. 임상의들 역시 '합리적으로 예측 가능해야 한다'가 무엇을 의미하는지에 대해 각자 의견이 있었다. 그리고 때때로 그것은 우리가 변호사들에게 들은 것과는 상당한 차이가 있었다. 환자들도 무엇이 '합리적으로 예측 가능한' 것인가에 대해 의견이 있었다. 그러나 그들의 의견이 가족의 의견과 항상 일치하는 건 아니었다. 보건국들은 이 문구가 무엇을 의미하는지 전혀 알지 못했다. 몇 사람이 그들 자신의 해석에 근거해 정책을 만들었을 뿐이다. 그럼으로써 매우 흥미로운 질문이 제기되었다. '합리적으로 예측 가능하다'는 건 무슨 뜻인가? 그리고 누가 그것을 결정해야 하는가?

임상적 의사결정 영역과 법적 해석 사이에 상호작용이 진행되고 있었다. 법률이 제정됨으로써 우리 사회에 한 사람이 조력 사망을 제공받을 수 있는지 없는지에 대한 명시화된 기준이 생긴 것은 사실이었다. 하지만 거기에는 약간의 모호함이 있었다. 그 기준에 쓰인 단어들이 무엇을 의미하는가?(위중한 질환이 어떻게 정의되는가?) 그리고 누가 그런 문제들을 판단하는가? 나에겐 캐나다 형법의 조항을 해석하는 전문지식이 없지만, 의료인이 아닌 사람이 어떤 사람에게 위중한 질환이 있는지, 그의 쇠퇴가 진행된 상태인지, 그의 자연사가 합리적으로 예측 가능한지를 어떻게 판단할 수 있는지 궁금했다.

같은 해에 그 법이 요구하는 바에 관한 토론도 진행되었다. 온라인, 신문기사, 법조계와 학계, 그리고 전국의 병원들에서. 한편, 고통받는 사람들이 도움을 요청하고 있었다. 그리하여 새롭고도 어려운 결정들을 내리는 일이 나와 내 동료들에게 맡겨졌다. 나는 신중을 기하느라 서둘러 결정을 내리지 않고 있었지만, MAiD 적합성에 관한 판단이 탁상이나 회의실에서 논의될 것이 아니라 환자와 그를 담당하는 의사 사이에서 이루어져야 한다고 점점 더 깊이 확신했다.

다른 한편으로, 네빈은 점점 쇠퇴해가고 있었다. 침을 삼키는 데 문제가 있었고 질식할까봐 두려워했다. 특히 밤에는 그럴 가능성이 컸다. 그래서 그는 잠드는 걸 두려워했다. 그는 쇠약했고 걷는 것이 불안정했다. 밤이면 넘어질 위험이 컸다. 그래서 죽을 수 있도록 도움을 간청하고 있었다.

나는 네빈이 MAiD에 적합하다고 생각했지만, 적합성 판단이 명확하거나 전문가들의 의견 일치가 없으면 일을 진행할 수 없었다. 네빈의 지원팀 역시 그가 집에 있어야 할지 MAiD를 받을지 아니면 말기치료 병동에 가야 할지, 무엇이 최선의 조치인지에 대해 의견이 계속 갈렸다. 우리 모두가 의논하고 논쟁하는 동안, 네빈은 체중이 1.5킬로그램 더 줄었고, 내가 2~3일 후에 와서 도와줄 수 있는지 물었다.

이런 혼란이 계속되는 동안 나는 쉬잔을 소개받았다. 쉬잔의 진단명은 명확했다. 공격적인 성질의 유방암이었다. 그리고 62세 나이에 살날이 2년도 채 남지 않았다. 누구에게라도 충격적일 상황이지만, 한때 트라이애슬론 선수로 활동했던 그가 자신이 사는 블록 끝까지 걸어갈 힘도 없으니 더더욱 미칠 일이었다. 피로와 지속적인 통증으로 집에 갇혀 지내고 필요할 때만 어정어정 움직이게 되면서 쉬잔은 화학요법과 방사선 치료를 받았지만, 견딜 수 없는 부작용 때문에 둘 다 그만두었다. 그는 자신이 그 치료를 견뎌낼 수 있다는 걸 알고 있었다. 아마 몇 년 정도 삶을 연장할 수 있을 것이다. 하지만 그런 타협을 받아들일 마음이 없었다.

쉬잔은 스스로 MAiD에 대해 알아보았고, 죽음을 겪으며 사는 것을 피할 수 있도록 몇 주 내로 진행하기를 바랐다. 그를 담당하는 암 전문의가 쉬잔이 앓고 있는 암의 공격적인 성질을 알려주고 예후가 좋지 않다고 설명하는 편지를 써주었다. 말기 치료 담당 의사는 쉬잔이 약물로 통증을 다스리려 하지 않아 불만스러워했지만, 그가 통증을 다스리지 않고 불편함을 감내하며 살 권리가 있음을 받아들였다. 아무도 자신의 건강에 관한 결정을 내리는 쉬잔의 능력에 염려를 표하지 않았고, 나 역시 그에게서 정신건강 문제를 전혀 발견하지 못했다. 나는 쉬잔이 기준에 부합할 거라 여겼고, 그에게 조력 사망을 제공할 준비를 하고 있었다. 하지만 그의 죽음이 '합리적으로 예측 가능한' 경계 안에 있는지는 100퍼센트 확신하지 못했기 때문에 전문가들에게 의견을 구했다.

"오, 내 생각엔 그의 죽음이 합리적으로 예측 가능해요." 어느 의학자가 말했다. "그리고 나는 그가 고통받고 있다고 생각합니다. 쇠퇴가 진행된 상태인지는 명확하지 않지만요."

"뭐라고요?" 나는 당황했다.

"음, 법에서 그 부분이 제대로 정의되지 않았습니다. 박사님은 쉬잔이 여전히 집안에서 어정어정 돌아다닌다고 말했고요." 그가 이어서 말했다. "이 법의 의도는 살아 있는 사람의 고통을 줄여주는 게 아니라 죽어가는 사람을 도와주라는 것 같아요."

이 진술에 함축된 의미를 이해할 시간이 필요했다. 그건 내가 대법원의 의도라고 생각한 것의 정반대였다.

"아, 기능에 있어서 쇠퇴가 진행된 상태는 일반적으로 정의할 수가 없죠." 내가 말했다. "너무도 개별적이니까요. 그리고 그건 임상적 판단 아닌가요? 그렇다면 그가 더 많이 쇠퇴할 때까지, 신체가 더 많이 기능하지 못하고 더 큰 고통을 받을 때까지, 다시 말해 '더 많이 죽어갈' 때까지 제가 기다려야 한다는 말씀이에요? 이 환자는 이미 집 밖에 나가지도 못해요. 더이상은 안 되겠을 때 사람들이 스스로 죽음을 결정하도록 허가하는 것이 이 법의 요점 아닌가요? 그런데 법을 지키려면 그가 침대 신세만 질 때까지 혹은 더 큰 고통에 처할 때까지 기다려야 한다는 말씀이세요? 좀 잔인하게 들리네요."

네빈은 죽어가고 있었다. 하지만 나는 확신을 얻지 못했다. 쉬잔도 죽어가고 있었지만 아마도 그리 빠르게 닥쳐올 일은 아니었고, 그가 원칙과 규제에 부합해야 한다고 생각하는 사람들이 있는 만큼 상태가 많이 나쁜 건 아니었다. 내 역할은 최선의 임상 치료를 제공하는 것이었다. 임상의들에게 조언하는 변호사들은, 내가 생각하기에는, 기소 가능성을 줄이는 것을 목표로 하는 듯했다. 행정가들은 사람들이 지역사회 안에서 조력사망에 쉽게 접근하게 하는 동시에 절차 준수를 보장해야 했고, 학자들은 끝없는 논쟁의 포로 같았다. 모두에게 의견이 있었지만, 우리 중 누구에게도 어떻게 나아갈지 결정할 배타적 권리는 없었다. 하지만 나는 어떤 행동을 취하든 책임을 져야 하는 사람이었다.

❧

이 모든 스트레스의 한가운데 놓여 있던 어느 아름답고 화창한 아침, 나는 울분을 떨쳐버릴 겸 기분전환을 하기로 했다. 일정에서 몇 시간을 빼 집에서 가까운 해변에 가서 카약을 탔다. 해안에서 멀어지자마자 다른 세상에 와 있는 것 같았다. 새들이 곳곳에 있었다. 갈매기 떼, 거위 떼, 머리 위에 독수리들이 있고, 바위 위에는 왜가리들이 있었다. 하지만 멋진 주변 경관에도 불구하고, 네빈 생각을 멈출 수가 없었다. 바다에 나와서 나는 결국 그것은 경계에 관한 문제라는 걸 깨달았다. 누가 그것을 결정하고, 누가 그것을 정의하고, 누가 그것을 검증할 수 있단 말인가.

대중문화와 미디어는 임상의에 대한 몇 가지 정형화된 이미지를 강화해왔다. 머리만 좋고 세상물정 모르는 제너럴리스트. 모든 것에 대해 조금씩 알고 조금씩 행하며, 때로는 자신의 직무나 권한을 넘어서는 일을 한다(의학박사 마커스 웰비*를 생각해보라). 위험을 무릅쓴 뒤(이 경우 외과의일 때가 많다) 대승을 거두거나 집으로 돌아가는 남성적인 아웃사이더 '카우보이'

---

* TV 드라마 〈마커스 웰비〉의 주인공.

(〈ER〉이나 〈그레이 아나토미〉에 나오는 의사 캐릭터들을 떠올리면 된다). 환자를 돕고 정당한 일을 하기 위해 어려운 한계에 도전하거나 심지어 법까지 어기는 열정적이고 사명감 넘치는 활동가(잭 케보키언* 박사나 헨리 모겐탈러** 박사). 나는 이중 어느 유형도 아니었다. 법을 어기기를 원치 않았고, 그러고 싶지 않았고, 그럴 필요를 느끼지도 않았다. 우리는 울타리 푯대들이 제대로 박혀 있는지 아닌지에 관해 논쟁을 할 수 있었다. 하지만 경계들은 이미 그려졌다. 원칙을 따르면 MAiD는 합법이지만, 실수하면 합법이 아니었다. 경력을 쌓아오는 내내 나는 항상 자애롭고 환자 중심적이고 질 좋은 의료행위를 하고 싶었다. 하지만 그것은 어디까지나 법의 테두리 안에, 여성 건강과 신생아 돌보기, 혹은 생애말기 환경end-of-life environment 안에 있어야 했다. 나의 난제가 네빈, 쉬잔, 혹은 나 자신보다 더 커졌다. MAiD는 새로운 분야였고, 정당한 질문들이 있었고, 나에게 해답이 있다고 생각했던 것 같다. 하지만 내가 존중하는 다른 사람들에게는 나와 다른 중요한 의견이 있었다.

• Jack Kevorkian(1928~2011), 미국의 병리학자 · 의사 · 사상가. '죽을 권리'를 주장해 유명해졌으며, 실제 말기 환자들을 선별해 안락사를 도움으로써 미국 내에 사회적 반향을 일으켰다.
•• Henry Morgentaler(1923~2013), 캐나다 임신중절 합법화의 주역. 연방정부를 상대로 한 두 차례의 헌법소송을 비롯해 1988년 1월 캐나다 연방대법원이 임신중절을 불법화한 형법에 대해 5대 2로 위헌판결을 내려 임신중절 합법화라는 커다란 진전을 이루는 데 앞장섰다.

보호구역인 만灣에 다다랐을 때, 나는 다시 해안을 향해 노를 저어갔다. 카약을 바위 지형의 해변에 놓아두고, 방수 가방 안에서 휴대폰을 꺼냈다. 머릿속의 생각을 내가 신뢰하는 몇몇 테스트 대상에게 이메일로 보내기 전까지는 앞으로 나아갈 수가 없었다. 우리는 활발하게 의견을 주고받았지만, 새로운 명확함을 얻어내지는 못했다. 나는 네빈의 가정 주치의에게 전화를 걸어 위로한 다음, 로버트에게도 전화해 전문가들 사이에서도 의견 일치를 보지 못했다고 설명했다. 그런 다음 부지런히 노를 저어 집으로 돌아왔다.

그날 아침 나는 불확실성에 직면해, 네빈에게 조력 사망을 제공할 용기가 없음을 확인했다. 이런 결심을 올바르게 만드는 것은, 기준이 명확히 요구하는 대로, '견딜 수 없을 정도로 고통받는' 사람들에게 도움을 제공할 수 있다는 사실이었다. 이 기준을 틀린 것으로 만드는 건 매우 다른 차원의 일로 보였다. 나의 의료행위, 가정생활, 그리고 나의 개인적 자유가 위험에 처할 수도 있었다.

그러는 동안 네빈의 가까운 지지자들은 의견 차이로 고민했다. 로버트는 네빈이 집에서 지내도록 계속 도우려 했다. 앨비는 병원에 가자고 형에게 간청했다. 네빈은 말기치료 팀에서 조력 사망을 막을까봐 두려워했다. 그러나 결국 한밤중에 질식해서 죽을지도 모른다는 사실을 훨씬 더 두려워하게 되면서 병원에 입원하는 데 마지못해 동의했다.

처음에 나는 그것이 최선이라고 생각했다. 하지만 네빈의 두려움이 현실이 되었다. 네빈이 병원에 입원하자 의사는 진통제 용량을 늘렸고, 네빈은 잠에 빠져들어 스스로 의사결정을 할 수 없게 되었다. 의사는 네빈이 MAiD에 동의할 능력이 없다고 선언했고, 말기치료를 진행하기로 했다. 나는 최선의 의도로 이런 결정이 내려졌을 거라 생각했지만, 로버트가 여러 번 울면서 나에게 전화해, 이것이 바로 네빈이 그토록 두려워했던 일이라고 상기시켰다. 로버트는 의사에게 네빈이 의식이 있는 상태로 자신의 치료를 관리할 수 있도록 진통제 양을 줄여달라고 간청했다. 하지만 의사는 그렇게 하는 건 잔인한 일이라는 이유로 단호하게 거절했다. 내가 네빈의 가정 주치의에게 개입해달라고 부탁했을 때 그가 보인 반응은 이해는 되었지만 가슴 아팠다. "이 지역에서는 말기치료를 전문으로 하는 의사가 그 사람 한 명뿐입니다." 그가 나에게 말했다. "나로서는 그의 권고를 어길 수가 없습니다. 앞으로도 그 의사와 함께 일해야 하고, 이런 종류의 의견 차이는 환자 치료에 더 큰 재앙이 될 수 있어요."

정치, 불명확한 법, 그리고 공포가 전부 제 역할을 하고 있었다.

그 주에 나는 쉬잔을 방문하게 되었다. 나는 쉬잔이 MAiD에 적합하지 않은 게 아니라, 아직 완벽하게 적합하지 않다는 걸 설명하려 했다. 그는 상냥한 태도로 이해해주었지만, 해결할 방법을 스스로 찾아야겠다고 말했다. 나는 그에게 계속 연락을 하라고, 상황이 나빠지면 알려달라고 부탁했다. 그는 시간을 내서 만나러 와준 것과 내가 하는 일 전반에 대해 고마워했다. 중요한 일이라고 말했고, 이런 일을 하다니 내가 용감하다고도 했다.

그러나 나는 내가 용감하다고 느끼지 않았다. 나 자신의 안위에 대한 염려를 쉬잔이나 네빈보다 앞세우다니 이기적이라고 느꼈다. 하지만 모든 사람이 조력 사망에 적합하지는 않고, 그런 이유로 보호장치가 마련된 것도 사실이었다. 내가 도움을 주고 싶다는 것이 반드시 그래야 한다는 걸 의미하지는 않는다. 그리고 내가 누군가를 도울 수 있다는 것이 반드시 그래야 한다는 걸 의미하지도 않는다. 법이 존재하고, 의료행위 표준이 존재하며, 임상 의견들이 존재하고, 개인적 한계도 존재하기 때문이다. 나는 이 모든 경계를 존중해야 했고, 분명하게 알아야 했고, 그것이 나 자신의 관련 정도와 조화를 이뤄야 했다.

그후 얼마 지나지 않아 쉬잔이 심사를 재요청했다는 소식을 들었다. 재요청에 응한 다른 MAiD 제공자는 쉬잔이 **적합**하다고 판단했다. 세번째 임상의도 동의했다. 마침내 쉬잔은 소망을 이루었고 조력 사망을 맞이했다. 아무도 불편하지 않았고, 아무도 기소되지 않았다.

쉬잔의 여동생 낸시가 나에게 전화해 그 일이 언제 끝났는지 말해주었다. 낸시는 다른 임상의들이 행정가들과 의논했는지 혹은 변호사에게 조언을 구했는지 알지 못했고 신경 쓰지도 않았다. 단지 쉬잔이 자살이라는 최후 수단을 쓰지 않아도 됐으니 자신이 얼마나 안도했는지 나에게 말했다. 그렇게 될 경우 자신이 그 일을 도와줘야 했을 거라고 느낀 것이다.

며칠 뒤, 나는 네빈이 병원에서 말기치료를 받던 중 진정제를 투여받은 상태에서 사망했다는 소식을 들었다. 그가 더이상 고통받지 않아서 기뻤다.

이들 두 환자와 일을 진행하지 않은 것이 적절한 법적 선택이었는지 나는 결코 알지 못할 것이다. 하지만 쉬잔 같은 환자와 일을 진행하는 용기가 나에게 있기를 바란다. 비행기를 타고 네빈의 집에 가서 네빈을 도울 용기가 나에게 있기를 바란다. 그것이 그가 죽고 싶어한 방법이니까. 그가 품위 있다고 여긴 방법이니까. 아직 온전한 의사결정 능력이 있을 때 그가 요청했던 방법이니까. 내가 아는 건 그가 두려워했다는 것이다. 치료는 제쳐두고, 이해할 수 없는 그 병을 두려워했다. 결국 뜻을 굽히고 병원에 입원할 만큼, 자신이 원했던 죽음의 방법을 포기할 만큼 두려워했다. 자신이 원하는 죽음을 맞이하고자 하는 간절함으로 도와달라고 했건만, 내가 그의 기대를 저버렸다는 기분을 지금까지도 떨쳐낼 수가 없다.

12. 워싱턴주의 환자에게 걸려온 전화

"연합교회 목사님께 전화하세요. 그분이 요청 사항이 있답니다."

9월 말 캐런에게 전화번호와 함께 이 문자메시지를 받고 깜짝 놀랐다. 나는 우리 커뮤니티 밖의 가정에서 환자를 만나는 중이었다. 대체 무슨 요청인지 궁금했다. 병을 앓는 어려움에 처한 교회 신도 문제일까? 신도에 관한 일이라면 교회에서는 오히려 내게 도움받기를 바라지 않을 텐데?

나는 그 목사가 내가 하는 일에 불만을 표하려고 전화한 게 아닐까 의심했다. 주 전역에 그리고 좀더 넓게는 캐나다 전역에 MAiD를 공개적으로 지지하는 분위기가 퍼지고 있었지만, 종종 온라인 포럼에서 다른 지역 동료들이 부정적인 이야기를 들려주었다. 병원 간호사들이 병동을 지나가며 수군거리는, 마음 상하게 하거나 헐뜯는 말, 오래전부터 조력 사망에 반대입장을 표하고 싶어한 동료 의료인들의 망신스러운 시도, 그리고 공개 연설 중 청중 일부에서 나온 공격적인 야유에 관한 일화들이었다. 다른 지역의 어떤 동료는 조력 사망에 부적합하다는 답변을 들은 정신과 환자에게서 신빙성 있는 살해 위협을 받았고, 인근의 한 동료는 사무실 바깥 외벽에서 스프레이 페인트로 휘갈겨 쓴 '킬러'라는 글자를 발견했다. 흥미롭게도 부정적인 감정 대부분이 의료 관련 기관 내부에서 나왔다. 물론 교회에서 강경한 반대 의사를 표명하기도 했고, 신문에 짧은 견해들이 게재되었으며, 몇몇 사람들은 정부 청사 앞에서 항의하기도 했다. 그러나 종교 단체에서 나온 반응은 전체적으로 예상했던 것보다 조용했다. 만약 이 목사가 내가 하는 일에 화가 났다면, 통화 중 내 쪽에서 전화를 끊어버리는 위험을 무릅쓰기보다는 지역 신문사에 편지를 쓰는 편이 더 효과적일 터였다.

시간을 내어 질문해주는 사람이라면 누구하고든 조력 사망에 대해 논의하겠다고 나 자신과 약속했던 것을 상기했다. 그래서 전화기를 들고 그의 번호를 눌렀다.

예상과 달리 한 여성이 전화를 받았다. 그는 목사를 대리해 일하는 중이었고, 초청 건으로 전화를 했노라고 말했다.

"우리 교회에서는 박사님이 수명종료 문제에 관한 세미나에 합류해주시길 바라고 있어요." 그가 설명했다. "8주 연속 세미나를 계획하고 있어요. 한 주에 주제 하나씩을 배치하는 방식으로요. 매주 하루 저녁 동안 각 주제를 다룰 건데, 그중 하루 저녁을 조력 사망에 할당할 수 있을 것 같습니다. 많은 회중이 이 주제에 관심이 있고, 우리는 이 주제에 관해 좀더 많은 걸 알고 싶어요. 올가을에 오셔서 강연을 해주시겠어요? 보통 수요일 저녁에 90분 동안 모임을 진행합니다. 이미 45명이 참석하겠다고 신청했어요."

나는 감명을 받았다. 이 교회는 사회문제를 더 잘 이해하기 위해 상황을 앞서서 주도하는 노력을 하고 있었다. 다른 커뮤니티 리더들도 채택했으면 싶은 자세였다. "저로선 영광이죠." 나는 재빨리 대답했다.

죽음을 둘러싸고 얼마나 불편한 논의가 일어날 수 있는지 알기에, 그런 공적 모임에서 오명을 타파할 기회를 주어 기뻤다. 성교육이라는 주제를 피해봤자 젊은 사람들에게 혼란을 주고 그들의 활력을 빼앗는 것과 같은 이치이다. 죽음에 관한 대화를 회피하는 것도 임종을 앞둔 사람들에게 같은 일을 하는 거라고 나는 확신했다. 우리에게 필요한 일은 수명종료에 관한 선택안을 공개적으로 토론하고 정보를 나누는 것이었다. 그런 방식으로 교육된 견해를 형성할 수 있고, 그런 다음에는 희망을 품고 스스로 가장 적절한 결정을 내릴 수 있다.

평일 낮에는 바쁘고 저녁엔 피곤했다. 그래서 주말 동안 내가 세미나에서 무슨 이야기를 하고 싶은지, 청중은 무슨 이야기를 청할지 숙고해보고 슬라이드 필름을 준비하기 시작했다. MAiD가 우리나라에서 어떻게 시작되었는지 빠르게 검토하고 그 과정과 절차가 어떻게 진행되는지 설명한 다음 적합성 기준으로 넘어가기로 계획을 짰다. 간단명료하게 요약해서 강연을 하려면 내가 매우 심도 있게 이해하고 있어야 했다. 그래야 중요한 부분들을 강조할 수 있었다. 나는 법적 이의 제기에 관한 초기의 메모들로 돌아가 그 배경이 된 소송사건과 판결을 다시 읽어보았다. 로드리게스 사건과 카터 사건을 슬라이드 필름 2개에 요약할 수 있을 것 같았다. 그러나 법률 제정으로 넘어가기 전에 카터 사건 판결에서 대법원이 내린 결론과 결국 법이 어떻게 되었는가를 설명해야 한다.

대법원이 캐나다에서의 조력 사망 금지 조치를 폐지한 뒤, 법관들은 그 실행을 규제하는 법률 제정을 정부에 넘겼다. 정부는 법률을 제정하면서 '위중하고 치료 불가능한 상태'가 무엇을 의미하는가에 대해 한발 더 나아가 정의하고자 했고, 절차 관련 안전장치를 만들었다. 많은 사람이 정부가 너무 멀리 간다고 주장했다. 결국 C14법이 통과되었는데, 이것은 법원의 획기적인 판결을 대표한다고 보기에는 무리가 있으며, 의미가 있는 만큼 제한적이다. 특히 C14법은 조력 사망이 합리적으로 죽음이 예측 가능한 사람들에게만 한정될 것이며(환자의 예측 수명에 대한 특별한 명시도 없다. 6개월도 2년도 아니다) 그 사람은 반드시 기능상 쇠퇴가 진행된 상태여야 한다는 개념을 전제로 한다. 죽음이 합리적으로 예측 가능해야 한다는 이런 요건 혹은 요구(많은 사람들이 이것을 죽기 직전의 상태를 의미한다고 **부정확**하게 해석했다)는 카터 판결에는 포함되지 않았다. 카터 판결은 위중하고 치료 불가능한 질병과 견디기 힘든 고통을 언급했을 뿐이다. 이에 개의치 않고 C14법이 제정되었고, 몇몇 사람들이 이 문구의 수정을 요구하며 계속 법정 투쟁을 하고 있으며, 내가 염두에 두고 일하는 이 법과 MAiD 적합성 기준이 세미나에서 청중에게 설명하고 싶은 주제였다.

세미나에서 할 이야기를 계속 준비하면서 또다른 전화를 받았다. 이번에는 워싱턴주에 사는 사람이었다. 다발성경화증이 많이 진행되어 고통받는 68세의 노인으로, 자신이 캐나다에서 MAiD를 받을 수 있는지 알고 싶어했다. 국경 너머 미국에 사는 사람이 캐나다에서 진료를 받으려 하는 것은 흔한 일이 아니었으므로 나는 놀랐다.

"나는 16년 넘게 다발성경화증을 앓았습니다." 그가 설명했다. "하지만 이제 완전히 새로운 국면으로 접어들었어요. 거의 하루종일 돌봄을 받아야 합니다. 그동안은 전동 휠체어를 타고 주변을 돌아다녔지만, 이제는 피곤해서 침대에 누워 있는 시간이 점점 더 많아지고 있어요. 말을 하거나 음식을 삼키는 것도 훨씬 더 힘들어졌고요. 하지만 튜브로 영양분을 공급받을 생각은 없습니다. 끝나면 끝나는 거죠. 남은 시간이 얼마나 될지 잘 모르겠어요. 나를 담당하는 의사 선생은 아마 1~2년 정도 남았을 거라고 말합디다. 더 많은 감염이 일어난다는 조건에서요. 주로 비뇨기 쪽에 일어난다고 하더군요. 하지만 최근에 벌써 심한 폐렴을 앓았습니다."

현재 그는 집에서 가족과 친구들 그리고 정규 가정 간호 지원 시스템의 도움을 받으며 대처중이지만, 상황이 점점 더 버거워진다는 걸 알고 있었다. 머지않아 본격적인 보호시설이 갖춰진 환경으로 옮기는 안을 고려해야 한다. 하지만 그는 생의 마지막 몇 달 혹은 몇 년을 가족과 떨어져 지내고 싶지 않았다. 조만간 사랑하는 사람들에 둘러싸여 죽기를 바랐다. 가장 중요하게는 자기 방식대로. 내가 도울 수 있을까?

안타깝게도 대답은 쉬웠다. 나는 그를 도울 수 없었다. 나는 MAiD 자격을 갖추려면 캐나다 보건체계에 속해 있어야 한다고 설명했다. 그가 캐나다 시민권자여야 한다는 의미는 아니었다. 영주권자나 난민도 자격이 있었다. 하지만 외국인 방문객이 개인적으로 비용을 내고 조력 사망 서비스를 받는 것은 법적으로 허용되지 않았다.

전화를 끊고 나서야 그가 왜 나에게 이런 질문을 했는지 궁금해졌다. 워싱턴주는 일찍이 2008년 11월에 조력 사망을 합법화하는 법률을 통과시켰고, 2009년 3월 이후 그 법률이 발효되었다. 그런데 그는 굳이 왜 이곳 캐나다에서 조력 사망 서비스를 받으려 했을까? 그의 동기에 관해 알아보고 세미나 강연 준비도 할 겸 나는 미국의 조력 사망 시스템을 자세히 살펴보기로 했다.

국경을 넘자 조력 사망이 굉장히 다르게 보인다는 사실을 알았다. 2016년을 기준으로 조력 사망을 법적으로 허가하는 주는 미국 전체에서 겨우 5개밖에 되지 않았고, 그 5개 주 안에서도 적합성 기준과 절차 관련 안전장치들이 다양했다. 가장 큰 공통점은 1994년의 오리건 존엄사법을 모범으로 삼았다는 점이다. 이 법은 차후 미국 내의 모든 MAiD 법규를 위한 본보기로 사용되었다.

미국에서 환자가 조력 사망 서비스를 받으려면 먼저 의사에게 말기 질환을 앓고 있다는 판정을 받아야 한다. 말기 질환 환자란 6개월 내에 사망이 예상되는 사람이라고 법규에서 분명하게 정의하고 있다. 나 자신도 인정하는 바이지만 임상의들이 그런 예측에 끔찍이도 재능이 없다는 사실은 신경 쓰지 말자. 이렇듯 나는 환자의 죽음이 임박한 상태여야 한다는 미국의 요건이 (그 당시) 어떤 형태로든 조력 사망을 허가한 다른 국가들 중에서도 유일무이하다는 것을 알게 되었다. 네덜란드는 '견딜 수 없는 고통'이라는 적합성 요건을 강조했다. 벨기에는 '의학적으로 가망이 없는 상황'이라는 면에 초점을 맞추었다. 스위스는 약물이 자기 투여될 것과 도움 주는 사람에게 이기적 동기가 없을 것만 요구했다. 그리고 캐나다는 질병이 '위중하고 치료 불가능해야 한다'는 기준을 두고 있었다. 조력 사망 프로그램 중 임종 직전에만 배타적으로 사용하기 위해 설계된 것은 없었다. 그 프로그램은 적합성을 판단하는 데 있어 본질적 요인으로서 자율성, 환자의 고통, 그리고 치료 불가능성에 초점을 맞추었다.

좀더 두드러진 차이는 조력 사망을 허가하는 미국의 몇 주에서 환자들이 약물 자기 투여를 요구받는다는 것이다. 이것은 흔히 의사가 동석하지 않은 상태에서 실행된다. 미국에서 의사는 많은 적합성 요건들을 위해 환자를 평가해야 하고 약물 처방전을 쓰는 책임이 있긴 하지만, 처방전대로 약을 조제받는 사람은 환자 혹은 가족이며, 환자는 그 어떤 도움도 없이 약—보통 쓴맛이 나는 액상의 바르비투르산계 혼합물—을 복용해야 한다. 그러므로 미국에서 조력 사망 서비스를 받기 위해서는 환자가 똑바로 앉을 수 있고, 손으로 컵을 쥘 수 있어야 한다. 혹은 적어도 빨대로 음료를 마실 수 있고, 액체를 삼킬 수 있고, 그것을 소화할 수 있어야 한다. 대개 많은 사람들이 삶의 끝에서 하지 못하는 일이다. 이렇듯 죽음에서 단독 행위자인 양 환자를 강조하는 경향은, 짐작건대 그 죽음이 스스로 결정한 것임을 보장하려는 의도일 것이다. 문제는, 임상의가 동석하지 않기 때문에 여러 문제—구토, 사망에 이르기까지의 시간 지연 등—가 보고되어왔고, 시도가 성공적으로 끝나지 못하는 경우들이 있다는 것이다.

미국인들은 자기들이 무엇을 모르는지 모른다. 캐나다에서는 자기 투여 물약이나 임상의가 투여하는 정맥주사 중에 합법적으로 선택할 수 있다. 교회에서 강연 요청을 받을 당시까지 나는 오직 링거 주사만을 사용했다. 물약을 요청하는 환자는 한 명도 없었다. 그리고 좀더 세부적으로 조사하다보니 이런 선택이 가능한 곳—벨기에, 룩셈부르크, 네덜란드—에서 환자들의 절대 다수가 자기 투여 물약보다 의사가 놓아주는 주사를 선택한다는 사실을 알게 되었다. 네덜란드의 한 보고서에 따르면 2015년에 보고된 모든 조력 사망 케이스의 96퍼센트가 링거 주사를 쓴 것이었고 의사가 동석했다.[1] 링거 주사를 사용한 경우 합병증 발생률이 훨씬 더 낮았고, 광범위한 변종 증상을 가진 다양한 환자들이 이 서비스를 받을 수 있다.

워싱턴주에 사는 사람이 왜 나에게 연락을 해왔는지 이해가 되었다. 그의 예후는 분명하지 않았다. 그는 음식을 삼키는 능력이 쇠퇴하고 있었고, 병세가 악화되는 동안 가족과 멀리 떨어져 지내길 바라지 않았다. 사실 그는 더 큰 쇠퇴에 빠져드는 것을 전혀 원치 않았다. 자신이 원하는 방식으로 삶을 자유롭게 끝내기를 원했다. 그러나 불행하게도 그것은 미국이나 캐나다에서는 가능하지 않을 터였다. 그는 스위스로 갈 수 있을 것이다. 거기서는 다른 국가의 국민도 조력을 받아 죽는 것이 허용된다. 하지만 스위스까지 가기에는 비용이 너무 많이 들거나 너무 멀 것이다.

조사를 하다보니 깨닫는 것이 많았고, 나는 그렇게 알게 된 사실 중 몇 가지를 캐나다 모델의 이점을 강조하기 위해 강연에서 언급하기로 했다. 카터와 로드리게스 이야기를 요약하는 슬라이드 필름을 준비하면서, 불현듯 이곳 캐나다에서 독특한 일이 일어났다는 생각이 들었다. 조력 사망이라는 사안이 권리에 기초한 문제라는 법정 다툼을 통해 변화가 일어난 것이다. 이는 유권자 주도의 이슈가 아니었고, 정당에서 선호하는 이슈도 아니었다. 둘 다 앞으로 입장이 다시 바뀔 가능성이 컸다. 환자의 권리, 인간의 권리에 관한 이슈였다.

암스테르담 학회 덕분에 조력 사망으로 나에게 가장 친숙한 다른 지역은 네덜란드였다. 네덜란드는 2002년까지 조력 사망이 합법화되지 않았지만, 그 나라 의사들은 1970년대 초부터 조력 사망에 반대하는 자기 나라 법에 맞서왔다. 그리고 1980년대 초부터 실행이 용인되었다. AIDS 위기로 네덜란드에서 조력 사망이라는 사안이 대중의 주목을 받게 되었고, 끔찍한 고통 속에서 도움을 간청하는 환자들을 치료하던 의사들은 자신들이 윤리적 딜레마에 직면해 있음을 깨달았다. 그들은 환자의 건강을 지속하고 보전할 의무가 있었지만, 환자의 고통을 완화해주겠다고 선서한 것도 사실이었다. 네덜란드 법은 2002년에 개정되었다. 그전까지 네덜란드에서 조력 사망은 불법이었다.[2] 하지만 의사가 '의무 치료 기준due care criteria'을 따랐을 경우 기소되지 않을 수 있었다. 핵심적 차이를 분명하게 깨닫기까지 나는 그 '의무 치료 기준'이라는 것을 여러 번 읽어야 했다.

그 요건은 다음과 같다. ①의사는 환자가 자발적이고 자신의 요청을 충분히 숙고했음을 반드시 확신해야 한다. ②의사는 환자가 겪는 고통이 절망적이고 견디기 힘들다는 것을 확신해야 한다. ③의사는……

조항이 계속 이어졌다. 하지만 '의사'에 관한 이 모든 문구는 대관절 무슨 뜻이란 말인가? 그때 이런 생각이 들었다. 네덜란드의 조력 사망 체계는 기원에 충실하게 의사 중심이었다. 반면 우리 캐나다의 조력 사망 적합성 기준은 '환자'가 성인'이어야' 하고, '환자'가 위중하고 치료 불가능한 상태'여야' 하고, '환자'가 자발적으로 요청'해야' 한다.[3] 우리의 법이 고려하는 것은 헌법적 권리에 기초한 도전의 결과이다. 그리고 이것은 완벽하게 말이 되었다.

사소한 기술적 문제처럼 보일 수도 있다. 하지만 내가 볼 때 캐나다 법은 환자의 권리에 기반을 둘 것을 강조하고, 그래서 법적 용어를 완전히 환자 중심으로 만들었다. 그 결과 이것이 기반시설과 지원을 포함하는 치료 모델을 발전시켰고, 기본적으로 환자 중심으로 돌아가게 되었다.

그렇다면 미국은 어떤가? 미국에서 조력 사망과 관련된 법은 헌법적으로 인간이 타고난 권리에 대한 인정이나 의사 중심의 철학으로서가 아니라, 국민투표 혹은 입법 과정을 통해 변화했다. 그 결과 투표권자들의 관심은 환자가 아니라 치료 모델 자체에 쏠렸다. 말기 환자에게 마시고 삼키는 것을 통제할 때, 이는 그것이 환자를 위해 최선이기 때문이 아니라, 투표권자나 정치인들이 그것이 더 안전하다고 여기기 때문이다.

"타협이 당시의 풍조였다." 미국의 법학자이자 수명종료 관련 전문가 타데우스 포프Thaddeus Pope는 미국 조력 사망 법의 밑그림이 그려진 방식에 대해 이렇게 말한다. "법률 입안자들은 변화를 위한 충분한 투표수를 얻기 위해, 부담스러운 적합성 요건과 안전장치를 마지못해 법안에 포함했다."

내가 강연을 하기 전까지 연합교회는 첨단 의료 계획, 법조인의 의지와 영향력, 말기치료, 그리고 수명종료에 대해 복음이 말하는 바 같은 세미나 주제를 이미 다루었다. 강연 날 도착하니, 예정대로 50명의 청중이 넓고 현대적인 예배당 안에 모여 있었다.

죽 둘러보니 청중은 주로 나이든 사람들이어서 이 주제와 잘 맞아 보였다. 환자 데이터에 따르면 내 환자들의 평균 연령은 75세이고 남녀 비율이 비슷하다. 그중 65퍼센트가 암 환자, 15퍼센트가 신경계와 관련된 병, 그리고 그와 비슷한 비율이 말기 장기(심장, 폐, 간)부전 환자들이었다. 정적이 흐르는 가운데 나는 앞으로 걸어가 연단에 섰다. 숨을 깊이 들이쉰 뒤 첫번째 슬라이드 필름을 화면에 띄우며 곧장 시작했다.

MAiD를 경계하게 만드는 종교적 믿음을 갖고 있다고 생각되는 이 사람들 앞에서는 특히 더 투명해야 하고 가능한 한 명확해야 한다는 책임감이 느껴졌다. 반발에 대응할 준비도 했다. 그런데 청중은 적합성 기준의 미묘한 차이들에 관해, 또 치매를 앓는 사람도 자격이 있는지, MAiD를 요청할 경우 생명보험에 악영향을 미치지는 않는지 등 많은 것을 간절히 알고 싶어했다. 청중의 질문이 서서히 잦아들고 강연이 끝나갈 즈음,

어떤 사람이 이 일을 할 때 기분이 어떠냐고, 자신들의 예상대로 감정이 복받치냐고, 그리고 개인적으로 어떻게 대처하느냐고 물었다. 나는 머릿속에 생생하게 남아 있는 한 환자에 관한 짧은 이야기로 답변을 대신하기로 했다.

환자의 사생활을 보호해야 하기 때문에 세부사항은 많이 이야기하지 않았다. 그가 음악가―작곡가이자 연주자, 그리고 내가 그를 만난 날 유명한 아리아를 흥얼거리던 음악 애호가―였다는 사실만 언급했다.

"그 여성은 죽음 예정일 사흘 전에 멋진 해안이 바라다보이는 호텔에 체크인했어요. 남편분이 커다란 TV를 호텔 방에 설치하고 미리 준비한 수백 장의 가족사진을 계속 화면에 띄웠죠. 그는 이틀 동안 킹사이즈 침대에 누워 친구들과 이웃들이 지정된 방문 시간에 행진해서 들어오고 나가고 작별인사를 했던 일을 즐겁게 들려주었어요." 나는 잠시 사이를 두었다. 청중은 나의 강연 중 다른 어떤 순간보다 의욕적으로 경청했다.

이어서 말했다. "죽음 예정일에 도착해보니, 14명의 친한 친구와 가족들이 모여 있었어요. 마지막 순간을 향해 가는데 그분이 '마지막 가족 포옹'을 부탁하더군요. 그러자 지체없이 14명 모두가 침대를 둘러쌌어요. 그들은 서로 팔짱을 끼고 단단히 엮인 채 미소 짓고, 추억에 잠기고, 사랑의 말을 나누었습니다. 그분은 저에게 음악을 틀어달라고 했어요. 그날을 위해 직접 만든 플레이리스트였죠. 그분이 좋아하는 클래식 곡들이

블루투스 스피커를 통해 흘러나와 방안을 가득 채웠어요. 파바로티가 부르는 〈네순 도르마〉의 익숙한 선율이 나오기 시작하자 그분이 저를 보며 말했어요. '이제 됐어요, 시작하세요, 그린 박사님.'

곧 그분이 손녀의 손을 들어올려 입을 맞췄어요. 그런 다음 머리를 뒤로 기대고 고조되는 테너 음성이 가득한 방안에서 잠에 빠져들었어요. 제가 남은 약물들을 투여했고, 7분 뒤 그분은 세상을 떠났습니다. 정확히 스스로 소망한 대로, 자신이 선택한 시간과 장소에서 사랑하는 사람들에게 둘러싸여서요.

이 일을 할 때 제 기분이 어떠냐고요? 제가 만나는 분들이 비범하다고 느낍니다. 사랑과 지지를 표현하는 모습을 보고 무척 놀라요. 그리고 제 자신의 죽음은 어떻게 보이기를 바라는지 궁금해지죠. 그런 다음 집으로 돌아가 가족을 좀더 힘주어 끌어안는답니다."

강연이 끝난 뒤 몇 사람이 연단 위의 나에게 다가왔다. 그 중에 멋진 재킷을 입고 타이를 맨 말쑥한 옷차림의 남자 노인이 있었다. 하얀 콧수염을 기르고 우아한 워킹 스틱을 든 건장한 모습의 그는 자신을 리처드라고 소개했다.

"이야기해주셔서 감사합니다." 그가 내 눈을 들여다보며 말했다. "명함 한 장 받을 수 있을까요?"

나는 배낭 안을 뒤져 명함을 건넸다.

"곧 다시 만나기를 바랍니다." 그가 말했다.

자신의 병력에 관해 나에게 자세히 이야기하고 싶어하는 다른 노인들과 달리, 리처드는 신중했다. 그에게 내 도움이 필요할 거라 상상할 수는 없었다. 하지만 그가 떠나는 모습을 지켜보며 그 워킹 스틱이 사실 지팡이이며 걸음걸이가 느리고 때때로 주춤거린다는 걸 알아차렸다. 알 수 없는 일이지, 나는 생각했다.

13.   "네가 하는 일이 …… 자랑스럽다……"

그해 초가을에, 나는 정기 방문차 노바스코샤로 어머니를 만나러 갔다. 보통은 어머니가 지난 5년간 지내온 생활 지원 시설로 만나러 갔다. 그런데 이번에는 전날 밤에 도착해 호텔 체크인을 한 뒤 다음날 오전 아홉시 반에 어머니에게 갔다. (휠체어를 타는) 어머니를 모시고 쇼핑몰에 갔다가 점심을 먹으러 가는 계획이었다.

아파트 안으로 들어가니, 어머니가 일어나서 나를 맞이하려고 애썼다. 의자에서 벗어나고 싶어 안간힘을 썼다. 어머니는 항상 고집이 셌고 독립적이고 싶어했다. 운전을 그만두라고 어머니를 설득하는 데 시간이 얼마나 오래 걸렸는지 기억난다. 혼자 힘으로 일어설 수 있다는 것이 어머니에게는 자존심의 문제임을 알고 있었다. 하지만 내가 도와드리도록 기다리지 않으시니 짜증이 났다. 어머니는 팔걸이에 양손을 짚어 몸을 버티고, 숨을 내쉬고, 한두 번 비틀거린 다음 몸을 일으켰다. 하지만 보람이 전혀 없었다. 거의 반쯤 일어났다가, 잠시 쉬고, 다시 의자로 털썩 주저앉았다. 나는 어머니 곁에 다가가 말없이 한쪽 팔밑을 붙잡아 도와드렸다. 그러자 쉽게 일어섰다. 어머니는 아래를 내려다보며 "고맙다"라고 속삭였다. 불분명한 발음으로.

아버지가 돌아가시고 10년, 이제 어머니에게도 끝이 가까워지는 느낌이었다. 70대인 어머니는 신경계 만성질환이 계속 악화되는 중이었다. 지난번에 뵈었을 때보다 더 쪼그라든 것 같았다. 등이 더 굽고 다리를 더 많이 떨었으며 머리도 심하게 까닥거렸다. 걷기가 힘들었고, 방향을 바꾸는 것은 더 힘들어졌으며, 뒤로 걷는 건 정말로 위험했다. 더이상 글씨를 쓰거나 손으로 하는 일을 하지 못했고, 말로 의사소통하는 데도 어려움이 있었다. 바깥에 나가려면 간병인에게 전적으로 의지해야 했다. 나는 다음 단계에 단단히 대비했다. 증상이 약간만 심해져도 어머니가 음식물을 안전하게 삼키기 어려울 수 있었다.

나와 어머니의 관계는 아버지와의 관계처럼 멀고 껄끄럽지는 않았다. 하지만 이 관계에는 나름대로 복잡한 면들이 있었다. 어머니는 어린 시절 나의 주 양육자였다. 음식을 먹여주고, 옷을 입혀주고, 아프면 의사에게 데려가고, 교육의 가치를 가르치려 애쓰셨다. 어머니는 오빠와 나에게 가정이 되어주었다. 어머니가 우리를 깊이 사랑한다는 걸 잘 알았다. 하지만 어머니가 아버지와 이혼하고 의붓아버지와 재혼하면서 우리 삶에 혼돈이 찾아왔다. 때때로 나는 나의 인격 형성에 중요한 몇 년을 거꾸로 어머니의 행복과 안녕을 염려하며 보냈다고 느꼈다.

어머니가 일부러 그런 것은 아니었지만, 아마도 그래서 어머니와 함께 있을 때 성인이 된 내가 자주 갈등을 느끼는 것 같다. 어머니를 돕고 싶지만, 여전히 내면에서는 상처받은 아이처럼 느끼는 것이다.

그날, 내가 어머니에 대해 어떻게 느끼든 우리가 나눌 대화거리가 무한정 남아 있지는 않다는 사실이 머릿속에 불현듯 떠올랐다.

아버지가 돌아가시고 여러 해가 흐르는 동안, 나는 수명종료와 관련된 소망에 대해 어머니와 함께 이야기해본 적이 없었다. 벌써 오래전에 했어야 하는 대화인데 말이다. 어머니에겐 무엇이 중요할까? 만약 심한 폐렴을 앓게 되면 어머니는 삽관을 하고 중환자실에서 치료받기를 원할까? 만약 심장이 멈추면 누군가가 CPR을 시행해주길 바랄까? 어머니는 매장을 바랄까, 화장을 바랄까? 어머니 쪽에서 분명하게 말을 꺼내지 않는 이상, 혹시 조력 사망을 고려하느냐고 묻지는 않기로 마음먹었다. 강압이나 판단의 느낌, 내 쪽에서 그걸 선호하는 듯한 냄새를 조금이라도 풍기고 싶지 않았다. 하지만 어머니마저 병원 신세를 지게 될 땐 어떨까? 아버지가 떠올랐다. 아버지가 바라는 것이 무엇인지 수수께끼인 상태에서 내가 어떻게 수명종료 결정을 떠안게 되었는지 생각했다. 그런 경험은 정말이지 반복하고 싶지 않았다.

그날 어머니를 쇼핑몰에 모시고 갔다. 우리는 쇼핑을 하고 점심도 먹었다. 손주들, 동네에 떠도는 소문, 어머니의 친구들, 그리고 얼마 남지 않은 활동에 대해 이야기를 나누었다. 어머니가 말하는 데 어려움이 있었기 때문에 거의 일방적인 대화에 가까웠다. 나는 머릿속에 맴도는 더 깊은 질문들을 꺼내지 못했다. 어머니가 내가 하는 조력 사망 일에 관해 물었지만, 다분히 일반적인 대답을 하고 나니 더이상 묻지 않았다. 어머니는 그토록 좋아하던 산부인과 진료를 정말로 그만뒀는지 알고 싶어했다. 그렇다고 대답하자, 한참을 말없이 나를 바라보았다. 그러더니 집게손가락으로 나를 가리키며 중얼거렸다. "완전히 그만두지는 마라."

"그렇게 결정한 이유가 있어요." 내가 설명했다. "깊이 생각도 해봤고요…… 그러니 마음 놓으세요."

뜻밖에도 어머니는 이 문제에 대해 더 이야기하지 않고 브리지 게임을 할 생각이 있느냐고 물었다.

우리는 최근에 함께 게임을 해본 적이 한 번도 없고, 나로서는 어머니가 그런 질문을 할 거라고 예상해본 적도 없었다. 그런데 그 질문을 듣자마자 흥미가 생겼다. 나는 어머니가 앓고 있는 병 말고 우리 둘이 연결될 수 있는 다른 수단을 찾아보려고 줄곧 애써왔다. 지난 몇 년 동안 어머니의 건강 문제가 다른 무엇보다 중요해졌다. 그런 상황에서 카드 게임은 우리 둘다에게 자연스러운 활동처럼 느껴졌다. 어렸을 때는 어머니와 크리비지나 진 러미 게임 패 돌리기에 관해 얼마나 많이 얘기했는지 헤아릴 수 없을 정도다. 대부분의 부모들은 자동차 운전을 하는 동안 자식들과 얼굴을 마주보지 않고 진지한 대화를 나누는 요령을 안다. 우리 가정에서는 카드 게임과 보드게임을 하며 생활에서 겪는 어려운 문제들—아버지가 이사 나간 일, 새로운 형제자매가 이사 들어온 일—을 이야기하고 게임 전략에 집중하는 척할 수 있었다.

아마 내가 열한 살 때였을 것이다. 그해에 어머니가 브리지 게임을 배웠다. 부모님이 이혼하고 몇 달 지나지 않았을 때이고 엄마, 오빠 그리고 나, 이렇게 셋이서 우리의 어린 시절 집에서 살고 있었다. 엄마는 짧은 기간 다시 학교로 돌아가 공부를 했고, 집에 하숙생을 들였고, 우리를 키우는 데 도움이 되도록 보험 설계사 일자리를 구했다. 어머니는 그런 새로운 생활을 분명…… 예상하지 못했을 것이다. 하지만 엄마는 여전히 나의 엄마였다. 나의 수호자, 나의 챔피언, 나의 보호자였다. 당시 엄마는 아직 의붓아버지와 사귀지 않을 때였다. 나에게는 분명히 '전'이다. 어머니가 재혼해 새로운 가족이 이사 들어오기 전, 부정적 성향과 혼돈이 태동하기 전, 우리집의 안전이 흔들리기 전.

내가 주방 테이블 한쪽 구석에 조용히 앉아 있던 때가 기억난다. 엄마가 수업 계획에 따라 카드를 앞면이 위로 가게 해서 테이블 위에 펼쳤다. 그러고는 잠시 그것들을 바라보기만 하더니 게임을 시작했다. 그런 엄마를 지켜보며 손이 어떻게 움직이는지 배웠던 것이 기억난다. 트럼프 카드로 할 수 있는 것들에 깊은 인상을 받았다. 비딩이나 최종 계약이 무슨 뜻인지는 몰랐지만, 엄마가 실연을 보이는 대로 따라했다. 그리고 엄마를 내가 보고 싶은 모습으로 보았다. 똑똑하고, 능력 있고, 늘 곁에 있는 사람으로.

어머니는 내가 열세 살이 되던 주에 재혼했고, 의붓아버지와 그의 두 자녀가 우리집으로 이사 들어왔다. 그로부터 얼마 뒤, 나는 엄마를 잃었다고 느꼈다. 돌이켜 생각해보면 그 전화 통화가 있던 즈음의 일 같다. 열네 살 때였을 것이다. 어느 날 오후 나는 출근한 엄마에게 전화를 했다. 범상치 않은 일이었고, 도움이 필요했다.

"문제가 생겼어요." 엄마에게 말했다.

의붓아버지의 아들이 나를 괴롭히고 있었다. 자기 숙제 같은 것을 도와달라고 끈질기게 졸라서 끝내 그러겠다는 답을 받아냈다. 그 아이를 떼어내려면 해주겠다고 대답하는 수밖에 없었다. 한번은 내 방에 들어와서는 나가지 않고 계속 나를 놀리고 괴롭혔다. 우리의 말싸움은 자주 몸싸움으로까지 번졌다. 그 아이는 나보다 한 살 어렸고 아직 덜 자란 상태였다. 그래서 보통은 내가 그 아이의 행동을 제지하고 녀석이 나를 제압하지 못하도록 막았다. 그런데 내가 정말이지 하고 싶지 않은 그런 몸싸움을 하는 동안 의문스러운 접촉이 많았다.

특히 그날 오후에는 그애가 너무도 불편했다.

"걔는 정말 머저리예요." 내가 엄마에게 말했다. "정말 짜증 나게 한다니까요. 나가라고 해도 내 방에서 나가질 않아요. 그러지 못하게 막아야 해요. 제발요, 엄마. 나 좀 도와줘요."

엄마는 한동안 말이 없었다. "오, 스테파니." 엄마가 내 부탁을 가볍게 넘기며 대답했다. "그애가 어떤지 너도 알잖아…… 그 문제라면 내가 할 수 있는 일이 없어. 그리고 엄마 지금 일하는 중이야. 일단 기다려라. 퇴근하고 집에 가서 이야기하자……"

내가 원했던 대답이 아니었다. 그리고 우리는 나중에 그 이야기를 다시 꺼내지 않았다.

그날 저녁 엄마가 나와 그 대화를 하는 걸 피한다는 느낌이 들었다. 나는 너무 당황스러워서 그 불편함이 일회성이 아니라는 걸, 지속적인 일이라는 걸 엄마에게 말하지 않았다. 내가 어떤 일을 겪고 있는지 자세히 설명하지 않았다. 엄마가 처음에 한 대답이 너무나 실망스러웠다는 이유가 컸다. 그 대답에서 나는 이런 메시지를 받았다. 엄마는 나를 보호해줄 수 없다. 또는 보호해주지 않을 것이다. 그리고 홀로 남겨진 나는 오랫동안 수치심을 느꼈다.

그 전화 통화를 통해 나는 엄마도 실수할 수 있다는 걸 처음으로 깨달았다. 내가 취약한 상황이었는데도 엄마는 나를 대신해서 나서지 않았다. 혹은 나설 수 없었다. 그렇다, 나는 그 점에 화가 났다. 나는 그것을 여전히 이해하지 못했고, 그때 이후로 엄마를 그리워해왔다.

하지만 이 모든 일이 일어나기 전에, 엄마가 병을 앓기 전에, 엄마가 재혼하기 전에, 우리는 게임을 했다. 주방 테이블에서 엄마가 집중해서 게임을 실연하는 모습을 지켜보며 시간을 보내던 그 시절에, 나는 아직 엄마처럼 되고 싶어하는 어린아이였다. 그러니 같이 브리지 게임을 하자는 제안은 매력적이었다.

MAiD 제공자로 일을 시작하기 전해에 나는 동네 노인복지관의 브리지 게임 강좌에 등록했었다. 거기서 글렌과 루이즈 부부를 만났다. 그들은 60대 중후반이었고, 강좌 수강생 중 젊은 축이었다. 글렌은 재미있고 영리했으며 루이즈는 따뜻하고 친절했다. 혹은 반대였는지도 모른다. 우리는 매주 금요일 열두시 반에 우리 중 한 명의 집에서 다른 여성 수강생 앤과 함께 만났다. 이 '모임'도 일정표에 반영되었고 나는 이 시간을 열심히 지켰다.

MAiD 제공을 시작한 이후, 브리지는 나의 자가치료 수단이 되었다. 나는 그 게임과 게임을 통해 깊어지는 우정을 무척 좋아했다. 브리지 게임을 할 때는 뇌를 전체적으로 사용하기 때문에 삶의 다른 면에서 완전히 벗어날 수 있었다. 게임을 시작하자마자, 몇 시간 전 내가 여남은 명의 사랑하는 가족과 친구들이 작별인사를 하는 가운데 환자의 침대맡에 무릎을 꿇고 링거관에 약물을 주입한 일을 잊을 수 있었다. 게임을 하는 두 시간 동안은 전화기를 꺼두고 이메일도 확인하지 않았다. 거기에는 탄생도, 죽음도, 가족들의 요구도 없었다. 오직 세 명의 친구, 네 세트로 이루어진 카드 한 벌, 그리고 어떤 카드를 이미 사용했는지, 앤이 마이너 무늬로 시작한 뒤 2회차에서 노트럼프 2를 불렀을 때 그 의미를 기억하려고 애쓰는 집중이 있을 뿐이었다.

쇼핑몰에서 돌아온 뒤, 나는 어머니가 전화기를 들고 다음 날로 브리지 게임을 예약하는 모습을 다소 놀라서 지켜보았다. 몇 마디 하지 않았지만 의도는 명확했다. 어머니는 자신이 원하는 것을 정확하게 설명했다. 대화 상대가 누구든 그렇게 임무를 완수했다.

다음날 오후 두시에 우리는 어머니가 이용하는 시설의 공용 구역에 있는 4인용 브리지 게임 테이블에 앉았다. 나의 게임 파트너로서 어머니는 내 맞은편에 앉았고, 척추후만증 증세가 확연한(등 위쪽이 심하게 굽어 있었다), 지팡이를 든 82세의 클라라가 느릿한 움직임으로 합류하고, 뇌졸중 때문에 전동 휠체어에 앉아 생활하는 60대 여성 수전도 합류했다. 수전은 어머니가 그렇듯 그 시설의 회원 중 비교적 젊은 축이었다. 불과 얼마 전까지만 해도 그는 학술 커뮤니티의 활동적인 회원이었다. 지난번 방문 때 만난 적이 있는데, 그때 그는 내가 전문 분야를 바꾼 이야기를 꽤 흥미로워하며 열심히 들었다. 그래서 그가 그 이후의 이야기를 궁금해하지 않을까 싶었는데, 정말로 그랬다.

"그러고 나서 이제 몇 달이 지났네요. 말해주세요, 실제로 일해보니 어때요? 반발 같은 것도 경험했나요? 장애물을 맞닥뜨리기도 했어요?"

이런 대화가 반가웠다. 하지만 기분이 좀 이상하기도 했다. 사실 나는 어머니가 이런 질문을 해주길 바랐고, 어머니와 그런 정보를 공유하고 싶었기 때문이다. 하지만 어머니가 조력 사망에 관해 얼마나 궁금해하는지 나로서는 알 수 없는 노릇이었다. 어머니는 내 일을 지지한다는 뜻을 명확히 했다. 하지만 그 이상의 질문은 하지 않았고, 그것이 의사소통의 어려움 탓인지, 정서적 과묵함 탓인지, 아니면 그냥 그 주제에 대해 느끼는 일반적인 불편함 탓인지 나는 알지 못했다. 어머니는 다른 사람들의 생각에 신경을 썼고, 그래서 나는 핼리팩스의 유대인 공동체가 빅토리아의 유대인 공동체처럼 MAiD를 받아들이는 태도에 다양한 양상이 혼재하는 것이 아닌가 생각했다. 정통파는 자신들의 믿음으로는 그런 행위를 용인할 수 없다는 것을 분명히 했다. 몇몇 진보적인 그룹이 고통받는 환자들을 이해하고 그들의 개인적 필요와 소망을 묵인하에 지지해주긴 했지만 말이다. 혹시 어머니가 다양한 성직자들이 하는 말에 너무 신경을 쓰는 것은 아닌가 싶었다. 그런데도 나는 내가 생각하는 바, 실행하는 일에 대한 이야기를 꺼내게 하는 수전의 질문이 반가웠다.

어머니와 핸드 온 디펜스 게임을 하는 동안, 나는 어머니가 대답을 경청하는 데 주목했다.

"참 놀라웠어요." 나는 진실하게, 마치 어머니에게 하듯 수전에게 말했다. "우린 대부분이 종교 단체인 여러 그룹의 반발을 예상했었거든요. 솔직히 그 일은 도전적이었고 예상했던 것보다 훨씬 더 의미가 깊었어요. 누군가가 마지막 소망을 성취하도록 돕는다는 건 꽤나…… 무척…… 심오한 경험이었죠."

어머니는 다른 사람들의 질문에 그리고 그들이 생각하는 것에 관심이 있어 보였다.

"난 당신이 하는 일이 굉장히 중요하다고 생각해요, 스테파니." 수전이 강조했다.

우리는 거의 2시간 동안 카드 게임을 했다. 아무도 점수를 기록하지 않았다. 하지만 각자 자기 위치를 고수했다. 어머니가 다이아몬드 5를 불렀을 때, 나는 정말이지 깊은 인상을 받았다. 또 나는 수전이 목제 카드 홀더를 사용하는 것에 주목했고, 그것이 어머니를 위한 아이디어가 아닐까 싶었다. 어머니는 손이 떨려서 카드를 낼 때 가끔씩 다른 카드 한두 장을 바닥에 떨어뜨리곤 했기 때문이다. 하지만 그랬다면 어머니가 거부했을 거라는 생각이 들었다. 그렇기는 하지만 브리지 게임은 어머니를 위한 이상적인 게임으로 보였고―이 게임에서는 의사소통의 매우 많은 부분이 말없이 이루어졌다―어머니는 그 어느 때보다 예리했다.

카드 게임이 끝나고 어머니의 아파트로 돌아와서 나는 어머니에게 브리지 게임을 할 생각을 해줘서 고맙다고 말했다. 어렸을 때처럼 우리가 카드 패로 대화를 나누는 기분이었다. 어머니도 틀림없이 그렇게 느꼈을 것 같았다. 다음에도 또 하면 좋겠다고 말하자 어머니는 몹시 기뻐했다.

그날 저녁 내가 아파트에서 나오려고 일어섰을 때, 어머니는 전혀 예상치 못했던 말로 큰 감동을 주었다.

"스테프……" 어머니의 머리가 평소보다 더 빠르게 까닥거렸다. 지친 것 같았다. 하지만 천천히, 분명하게 말하려고 애쓰고 있었다. "네가 하는 일이…… 자랑스럽다……" 어머니가 미소를 짓고는 나를 똑바로 바라보았다. "정말이야!"

줄곧 알고는 있었지만, 실제로 들으니 확실히 기분이 좋았다.

"고마워요, 엄마." 나는 이렇게 말하고 엄마에게 굿나잇 키스를 했다. "내일 봐요."

보람찬 방문이었지만, 생애말기 돌봄이라는 어려운 주제를 어머니와 이야기하지는 못한 채 빅토리아로 돌아왔다. 뭔가에 가로막힌 느낌이 들었고, 그 주제를 놓고 어머니와 마주할 수가 없거나 그러기가 꺼려졌다. 이유가 뭔지는 잘 알지 못했다. 그리고 그 장면 속의 나 자신을 상상해보지 않을 수 없었다. 어머니가 임종의 순간을 맞이하면 어떻게 될까? 나는 무슨 말을 하고 싶을까? 사랑한다는 말일까, 고맙다는 말일까, 용서한다는 말일까? 이것들 중 어떤 말이 진실일까? 그리고 내가 아직 입 밖에 내어 하지 못한 말은 무엇일까?

그 말을 하지 못하도록 나를 막는 것은 무엇일까?

14.   호스피스 의료진과의 협업

2016년 10월이 되었다. 캐나다에서 법이 개정된 후 4개월이 흘렀고, 이미 많은 일이 일어났다. 나는 조력 사망 가능성을 타진하는 36명의 환자를 만났다. 그중 28명이 공식 서류를 작성했고, 18명이 적합하다고 판정받았다. 이 18명 중 삶을 마치도록 내가 도움을 준 환자가 12명이고, 4명의 의료조력 사망이 보류중이었다. 나는 이 새로운 의료 분야에서 초심자 수준을 벗어나 내가 하는 일에 좀더 자신이 생겼고, 어떻게 일하고 싶은지에 대해서도 좀더 편안해진 기분이었다. 지역 가정 주치의와 전문의들 사이에서도 조력 사망 제공자로서 점점 더 알려졌으며 접수되는 위탁 건수도 계속 늘고 있었다.

그달에 나는 빅토리아 호스피스 병동Victoria Hospice Unit의 휘트모어 박사에게서 전화를 받았다. 빅토리아 호스피스 병동은 병상 17개를 두고 독립적으로 운영되는 지역 호스피스 시설인데, 지역 병원에 속하지만 재정의 상당 부분이 지역사회의 기부로 충당된다. 다양한 단계의 질병을 앓는 대략 350명의 환자에 대한 팀 치료가 상시적으로 이루어진다. 이 시설은 가정에서 지내는 사람들을 주로 지원한다. 하지만 임시 간호 respite care•가 필요한 환자들도 받아들이고, 급성 증상이 갑작스럽게 나타나면 대처하는 일을 돕는다. 물론 죽음이 가까운 사람들에게 생애말기 돌봄도 제공한다. 호스피스나 말기치료 센터—북아메리카와 전 세계에 이런 시설이 수천 개 있다—의 목적은 통증 억제나 배변 관리, 머리맡에 음악을 틀어주거나 반려동물의 병문안을 허락하는 것 또는 사랑하는 사람들에게 마지막 편지를 쓰게 하는 것과 같은 정서적·영적 지지를 통해 환자들에게 남은 삶의 질을 최대한 높여주는 것이다. 말기치료 팀은 무수히 많은 창의적인 방식으로 삶의 끝에 다다른 사람에게 편안한 환경을 만들어준다. 그리고 나는 모든 환경과 지역사회를 통틀어 말기치료에 대한 접근을 넓혀주는 강력한 지원자이다.

휘트모어 박사는 그의 병동에서 치료를 받고 있는 특별한 환자에 관해 이야기했다.

서혜부와 복부에 상처가 나 있어요. 그의 말로는 음낭에도 있다고 하더군요. 몸 전체에 혹도 여러 종류 있어요. 다수가 벌어져 있고 진물이 흐르죠. 가장 큰 혹은 오른쪽 겨드랑이에 있어요. 거기서 고름이 다량 흘러나오죠. 이 환자는

• 노인 환자나 장애인을 가족 대신 일시적으로 보살피는 제도.

가슴에 열두 번쯤 총상을 입은 것처럼 보여요. 놀랄 만큼 고통을 겪고 있고요.

환자의 이름은 레이였다. 레이는 62세이고 14개월 전에 전이성 폐암 진단을 받았다. 그는 30년 넘게 학교 수위로 일했고 결혼한 적이 없으며 자식도 없었지만, 긴밀히 맺은 친구들 모임이 있었다. 처음에 그는 오른쪽 겨드랑이에 생긴 덩어리를 발견했지만 무심코 넘겨버렸다. 그런 다음 왼쪽 옆구리에도 덩어리가 생겼고, 복부 앞쪽에도 작은 덩어리 하나가 생겼다. 그런데도 그는 쉬지 않고 일을 했다. 결국 오른쪽의 가장 큰 덩어리가 터져 탁한 진물이 나오기 시작하자 의사의 진찰을 받아보기로 했다. 조직검사 결과 암으로 밝혀졌고, 좀더 검사를 진행한 결과 폐에서 최초의 암이 생긴 것으로 판명되었다. 매주 덩어리들이 새로 생겨났고, 그러면서 점점 더 고통받았다. 그는 큰 암덩어리들을 표적으로 하는, 그 크기를 줄이고 일시적으로나마 불편을 덜어주는 방사선치료를 받았다. 61세에 레이는 은퇴할 때가 되었다고 판단하고 화학요법을 받는 데 동의했다.

치료를 받았지만 암은 계속 커져가고 새로운 혹들이 생겨났다. 통증이 더욱 심해졌고 몸의 기능이 떨어졌다. 그러는 동안 레이는 휘트모어 박사에게 마치 두더지 게임을 하는 느낌이라고 말했다. 혹 하나에 방사선을 쐬면 금방 3개가 더 생겨났다. 2차 화학요법도 성공적이지 못했다. 통증이 더욱 심해졌고 체중이 줄었다. 3차 화학요법 약물은 독성이 너무 강했다. 그래서 레이는 거기서 멈추었다. 이것이 두 달 전의 일이었고, 이제는 가정 돌봄 간호사들이 할 수 있는 일에도 한계가 있었다. 휘트모어 박사가 내 사무실로 전화를 할 무렵 레이는 악액질惡液質 암으로 쇠약해졌고 크기와 분비물 면에서 다양한 단계의 혹들로 뒤덮인 상태였다. 그는 나흘 전 '총체적 통증 위기total pain crisis'라는 병명으로 호스피스 병동에 입원을 허가받았다. 그리고 조력 사망을 요청하고 있었다.

나는 우선 간호 스테이션 뒤에 있는 방에서 휘트모어 박사를 만났다. 그는 나처럼 말이 빠르고 기탄없이 표현하는 스타일이었다. 그가 나를 레지던트, 방안에 있던 간호사 그리고 차트를 가지러 불쑥 들어온 상담사에게 소개했다.

나는 다른 도시의 동료들에게서 의사들이 방해를 한다거나 호스피스 시설들이 조력 사망 제공에서 손을 떼려 한다는 충격적인 이야기를 들어왔다. 종교에 기반한 많은 기관이 그들 교회의 가르침에 기반해 조력 사망을 제공하지 않을 뜻을 분명히 했다. 하지만 종교에 기반을 두지 않은 몇몇 말기치료 시설조차 조력 사망에 관여하지 않으려 했다. 양질의 생애말기 돌봄의 중요성, 환자 중심의 의사결정, 그리고 환자의 고통을 줄여준다는 우리의 목표에도 불구하고, 조력 사망 선택이 문제가 되면 MAiD 담당자들과 말기치료 담당자들의 태도가 왠지 갈리는 것 같았다.

전국적으로 그리고 세계적으로, 많은 말기치료 임상의들이 어떤 형태로든 조력 사망에 참여하지 않을 뜻을 분명히 했다. 그들은 말기치료에 대한 세계보건기구WHO의 정의를 자주 인용하는데, 그 정의에는 말기치료에는 '죽음을 앞당기려는 의도도 늦추려는 의도도 없다'는 구절이 있다.[1] 이 정의는 꽤나 확정적으로 해석된다. 하지만 말기치료 환자들은 조력 사망에 관심이 있는 경우가 많다. 이는 모든 관련자들에게 난제다. 결코 사소한 문제가 아니다. 말기치료 시설의 조력 사망에 대한 공공연한 배척은 행정가를 갈등하게 하고, 임상의를 낙담하게 하고, 가장 나쁘게는 환자들을 혼란스럽게 한다. 환자의 필요가 우선이어야 하는데, 철학적 논쟁 속에서 길을 잃는 것 같다.

휘트모어 박사는 바로 본론으로 들어갔다. "와주셔서 기뻐요, 그린 박사님. 우리 병원 의료실장은 모두를 대변해, 환자가 받을 수 있는 모든 치료 선택안에 대해 알 권리를 존중해야 한다고 말합니다. 하지만 우리 병동의 직원 중 누구도 조력 사망을 적극적으로 평가하거나 제공할 의사는 없다는 걸 박사님께 알려드려야겠어요."

좋은 소식은, 다른 많은 호스피스 시설들과는 달리, 빅토리아 호스피스는 내가 그 시설 안에서 환자에게 MAiD에 관한 정보를 제공하는 것을 방해할 생각은 없다는 것이었다. MAiD를 요청했고 적합하다고 판정받은 환자에게 내가 MAiD를 제공하는 것을 막을 생각도 없었다. 병원 사람들은 단지 그 이상의 역할을 하고 싶지 않을 뿐이었다.

"직원들은 동요하고 있답니다." 휘트모어 박사가 말했다. "이 새로운 '진보적' 정책 때문에 직원 몇 명이 그만둘 것 같아요."

2016년에 MAiD가 시작된 이후, 전국의 많은 말기치료 의사들이 MAiD에 관련되었다. 의사들 몇 명은 제공자가 되기도 했다. 하지만 말기치료 시설들 내부에서 조력 사망에 대한 저항은 계속되어왔다. 내 동료들은 말기치료 시설에서 조력 사망을 반대하는 바람에 내부에서 MAiD 상담을 하지 못하고 버스 정류장에서, 북적이는 길모퉁이에서, 부산한 카페에서 MAiD 상담 모임을 가졌던 일을 보고했다. 또한 보건의료기관이 조력 사망을 요청하는 환자에게 기관 밖으로 나가서 조력 사망을 받으라고, 심지어 MAiD 평가도 밖에서 받으라고 요구하는 바람에 '억지 이동'을 해야 해서, 죽음을 앞두고 있고 견딜 수 없을 만큼 고통받는 환자들에게 불필요한 고통을 가중하고 있다. 환자들이 이런 이동을 견디고 최종 동의를 할 수 있으려면 통각 상실을 위한 상당량의 진통제가 필요하다. 비극적이게도 어떤 환자들은 그런 이동 중에 세상을 떠났다. 그들이 성취하기 위해 그토록 열심히 투쟁했던 자율적이고 존엄한 죽음과는 거리가 먼 죽음이었다.

대화가 끝난 뒤 휘트모어 박사가 나를 레이에게 데려가 만나게 해주었다.

병실로 들어가기 전에 휘트모어 박사가 나에게 말했다. "나는 많은 환자를 만나봤어요. 많은 고통을 목격했고요. 대개 우리는 잘 대처하고 있지만, 레이의 경우는 관리하기가 극도로 힘이 듭니다. 그야말로 모든 수단을 다 써봤지만 소용이 없어요. 그래서 지금은 케타민을 투여하고 있습니다."

최악의 통증이 잘 조절되지 않을 때 우리는 어떻게 해야 하는가? 나는 환자가 조력 사망을 요청하는 이유로 통증 호소는 드물다는 것을 발견했다. 조력 사망을 요청하는 이유 가운데 내가 가장 자주 듣는 것이 삶의 질의 상당한 저하 또는 삶에 기쁨이나 의미를 가져다주는 일을 할 수 없다는 것이었고, 다른 나라의 경우도 비슷했다. 현대의학의 말기치료는 대부분의 경우 통증 관리를 잘하고 있다. 하지만 레이는 전문가들조차 쩔쩔매게 만드는 것 같았다.

"우리가 그를 조금 더 도와야겠지요. 하지만 때로는 우리가 충분히 할 수 있다는 생각이 들지 않아요." 휘트모어 박사가 인정했다. "레이가 그런 경우 중 하나예요. 그가 자격이 된다고 박사님이 판단한다면, 저는 박사님이 그를 돕는 일에 대찬성이에요. 상황이 끔찍하지만 레이는 아주 좋은 사람이랍니다."

레이는 1인 호스피스 병실의 푹신한 리클라이너 의자에 앉아 있었다. 눈을 감고 두 발을 바닥에 단단히 디뎠으며, 양손으로 팔걸이를 꽉 쥐고 있었다. 연청색 파자마에 목욕가운을 걸친 모습이었다. 테이블에 유칼립투스 방향제가 놓여 있었지만,

방안 구석구석 배어든, 의심의 여지 없는 살 썩는 냄새를 막을
수는 없었다. 작고 여원 레이는 파자마 상의 밑에 큼직한 붕대
를 감고 있었고, 온갖 상처가 복부에 산재해 있었다. 그는 몸을
움직이지 않으려고 꼼짝 않고 앉아 있는 듯했다. 심지어 숨 쉬
는 것조차 고통스러워 보였다.

∽

나는 가정의학과 레지던트 근무를 마치고 소아과와 산부인
과의 추가 수련을 받기 전에 몬트리올 말기치료 펠로십을 일부
마쳤다.

그 경험 덕분에 삶의 끝에서 고통받는 환자들과 긴 시간을
보낼 수 있었고, 사람들이 비슷한 증상도 완전히 다른 방식으
로 겪을 수 있다는 사실을 알았다. 예를 들어 말초신경병증—
손가락 끝부분의 무감각—은 교사나 기타 연주자의 불운한 직
업병이지만 화학요법에 버금가는 고통으로 여겨질 수도 있다.
맥락과 틀에 대한 이런 새로운 발견은 산부인과 진료를 하면서
도움이 되었다. 많은 여성이 출산 과정에서 통증을 호소한다.
하지만 나는 말기치료에서 배운 바에 기초하고 산부인과 진료
를 하며 쌓은 경험을 통해 통증pain과 고통suffering을 구별하는
능력을 기를 수 있었다.

통증은 자상, 전기 충격, 질병과 관련된 염증 등 우리가 어

딘가를 다쳤을 때 느끼는 기분이다. 나는 진통과 산고를 겪는 많은 여성들을 보아왔다. 고통은 통증이라는 **경험**에 관한 이야기, 통증이 만드는 스토리이다. 우리가 통증을 이해하는 방식이자 그 통증으로 인해 앞으로 어떻게 될지에 관한 이야기이다. 한 병실에서 같은 겸자로 세 명의 환자를 검진할 경우 그들은 모두 같은 통증을 느껴야 할 것이다. 그런데 어떤 사람은 겸자로 검진받는 느낌이 이상하다고 생각하면서도 그냥 넘어가는 반면, 다른 사람은 좀더 통증을 느끼고 당황할 수 있다. 후자의 경우 내가 또 겸자로 검진을 할까봐 불안할 것이다. 내가 그 도구를 사용해 피를 보려는 욕구라도 있는 것처럼 말이다. 내가 그 환자에게 마음의 상처를, 영구적인 상해를, 혹은 더 심각한 어떤 것을 안겨줄지도 모른다! 후자는 전자보다 좀더 큰 고통을 받는다. 또한 통증은 반드시 육체적인 것만으로 한정되지 않는다. 정서적 통증도 엄청난 고통을 유발할 수 있다. 고통은 매우 개별적이고 개인적이다. 우리 자신의 역사에, 경험에, 그리고 해석에 영향을 받기 때문이다.

산고를 겪는 여성들을 상대하면서 나는 통증을 치료하는데 가장 효과적인 방법은 그들이 두려움을 완화하도록 돕는 것임을 배웠다. 산고를 겪는 여성들이 이러다 죽을지도 모른다고 생각하는 것을 나는 보아왔다. 경막외마취제와 진통제는 모두 존재 가치가 있고, 산모들이 요청하면 나는 자유롭게 투여해주었다. 하지만 산고를 겪는 여성들에게는 모든 일이 예상대로 돌아가고 자신이 엄청난 통증을 겪더라도 아기가 건강하다는 데서 오는 안심이 대개 고통을 줄이는 데 약물보다 더 효과적이었다. "힘들고 미친 짓처럼 보일 수 있겠죠. 아마 꽤 무섭기도 할 거고요. 하지만 당신은 매우 잘해내고 있어요. 모든 일이 정확히 예상대로 흘러가고 있습니다. 정말이에요. 그러니 힘을 내요! 아기의 상태도 아주 좋고, 산모 몸도 열심히 해내고 있어요. 필요한 것에 귀 기울이세요. 쪼그리고 앉길 원하세요? 아주 잘하고 있어요! 정말로 감명받았어요."

안심시키기, 자율권 주기, 그러면 고통이 줄어든다.

그리고 MAiD 일을 하면서 나는 주의 깊게 경청함으로써, 선택권을, 의사결정의 자율권을 줌으로써 죽어가는 환자들의 고통을 줄여줄 수 있음을 발견하고 있었다. 환자가 고통받고 있음을 이해하는 것, 그리고 내가 하는 일에서 큰 난관이 무엇인지 이해하는 것이 중요하다. "오빠 되시는 분이 내일 도착한다는 소식을 들었어요. 8년 동안 못 만나셨다고요. 분명 수많은 감정이 교차하겠죠. 그동안 따님이 당신과 함께 있어서 기뻐요. 정기 투약 사이에 환자분이 쓸 수 있도록 말기치료 팀이 모르핀 추가분을 준비해뒀어요. 필요하면 그들이 따님에게 어떻게 투약하는지 보여줄 거예요. 그러니 통증을 다스리는 데 뭔가 더 필요하다는 느낌이 들면 말씀만 하세요."

안심시키기, 자율권 주기, 그러면 고통이 줄어든다.

내 경험에 따르면 말기치료 팀은 고통을 줄여주는 전문가들이고, 나는 그 일을 하는 사람들을 깊이 존경해왔다. 하지만 생애말기 돌봄 일을 하는 사람들은 그 모든 노력에도 불구하고 통증을 적절하게 완화할 수 없는 때가 온다는 걸 알고 있다. 때때로 호흡이 짧아지는 증상이나 마지막 순간의 섬망을 완화할 수가 없는 것이다. 이런 순간에 말기치료 임상의들은 완화적 진정palliative sedation이라고 알려진 치료를 제공할지도 모른다. 레이는 이 선택안에 관해 휘트모어 박사와 이미 의논했고, 자신은 그럴 생각이 없음을 분명히 했다.

완화적 진정은 죽어가는 환자의 고통이 통제되지 않을 때 사용한다. 이 치료에는 강력한 진정제의 지속적 투여가 뒤따른다. 사랑하는 사람이 호스피스 시설이나 병원에서, 또는 호스피스의 도움을 받으며 집에서 세상을 떠났다면, 아마도 당신은 이런 유형의 말기 진정terminal sedation에 대해 잘 알 것이다. 의료진이 임종이 얼마 남지 않았다고 암시한 것을, 더이상 음식이나 물은 필요하지 않다고, 음식이나 물은 분비물을 과도하게 생성해 증상을 더 악화시킨다고 말했던 것을 기억할 것이다. 그건 체액의 흐름 중단을 권하는 것과도 같다. 당신은 사랑하는 사람이 평화로운 잠처럼 보이는 것 속으로 빠져들어가고, 며칠 뒤 죽음이 다가오는 것을 목격했을 것이다. 호스피스 팀은 완화적 진정이 최후의 수단 중 하나임을, 사랑하는 사람의 말기 증상을 통제하는 한 방법임을, 하지만 그들의 신조에 따라 그것이 어떤 방식으로든 죽음을 앞당기지는 않을 것임을 당신에게 상기시킬 것이다. 물론 치명적인 질병, 강력한 진정제, 그리고 수분 공급 중단이 합쳐져 죽음을 앞당길 수도 있다. 이 것을 직접적으로 의도한 치료는 아닐 테지만 충분히 이런 예상 을 할 수 있으며, 솔직히 말해서 반가운 결과가 될 수도 있다.

'지속적인 완화적 진정 치료continuous palliative sedation therapy' (예전에는 말기 진정이라는 용어로 알려져 있었다)를 시작한다는 것은 의료팀이 일반적으로 내리는 결정이며, 흔히 환자가 견딜 수 없을 정도로 고통받지만 더이상 동의 의사 표명을 할 수 없 을 때 가족과의 합의를 통해 이루어지는 경우가 많다. 아마도 죽음까지 몇 시간, 며칠이 걸릴 것이다. 드물게는 1~2주가 걸 릴 수도 있다. 완화적 진정은 폭넓게 받아들여지며, 많은 사람 이 고마워하는 조치이다. 또한 대부분의 경우 규제받지 않고, 보고되지 않고, 감시당하지 않는다.

그에 비해 MAiD는 전적으로 규제받고 면밀히 감시당하며, 의사결정 능력이 있는 성인 환자의 확실한 동의하에 진행할 수 있는, 꼼꼼하게 틀을 잡아놓은 절차이다. 그리고 죽음에 이르 기까지 시간이 별로 걸리지 않는다. 조력 사망은 아직 논란이 많은 것으로 간주되며 일반적으로 덜 용인된다. 그리고 나는 그 이유가 무엇인지 이해하려고 여전히 노력중이다.

ᔮ

레이는 완화적 진정은 "바보 같으며 내가 원하는 것이 아니"라고 생각한다고 나에게 직설적으로 말했다. 그는 통증이 멎기를 바라는 만큼이나, 무의식 상태에서 시간을 끌기를 바라지 않았다. 삶을 끝내기를 원했다. 레이는 호스피스 병동에 입원 허가를 받기 전 2주가 넘는 기간 동안 조력 사망을 요청했다. 의료진이 수그러들지 않는 통증을 관리하기 위해 기울이는 노력을 높이 평가하긴 했지만, 조력 사망을 진행하길 원했다.

"레이, 저는 당신이 조력 사망에 적합하다고 믿어요." 내가 말했다. "서류의 많은 칸을 채워야 하지만 저는 기꺼이 서명하고 기꺼이 도울 거예요. 당신이 다양한 가능성을 고려할 수 있었다는 것이 중요해요. 그래도 조력 사망을 강하고 분명하게 원하는 걸 알겠어요."

"휘트모어 박사가 마음 상해할까요?" 그가 물었다. "박사님이 해준 모든 것에 내가 고마워하지 않는다고 생각하진 않으셨으면 하는데."

나는 휘트모어 박사가 그의 결정을 이해할 거라고 안심시키고, 박사가 직접 나에게 전화해서 그를 만나게 해준 거라고 알려줬다. 레이는 안도하는 듯 보였다. 우리는 휘트모어 박사를 병실로 불러 그의 결정을 재검토하고 앞으로의 계획을 함께 세우기로 합의했다.

빅토리아 호스피스 병동에서 일이 진행되는 과정 속에서 나는 벨기에에서 시행된 통합적 생애말기 돌봄을 떠올렸다. 벨기에에서 말기치료는 1980년대 초반 조력 사망 합법화와 비슷한 시기에 생겨났다. 벨기에의 말기치료 선구자들은 적절한 말기치료가 조력 사망이 용인되고 실행 가능해지는 데 전제조건이 되어야 한다고 생각했다. 그들은 조력 사망과 말기치료가 함께 발전할 수 있고 그래야 한다고 여겼다. 이는 곧 양질의 통증 완화를 보장함으로써 조력 사망 요청에 앞서 환자에게 모든 임종 돌봄comfort care• 기회가 제공되어야 한다는 생각이다. 이런 접근은 벨기에 대중에게, 지역 말기치료 임상의들에게, 다른 보건 직종 종사자들에게, 그리고 입법자들에게도 폭넓게 받아들여졌다.[2] 교회가 안락사 지원에 전적으로 반대하는 입장이긴 했지만, 심지어 벨기에에서 여러 정신건강 시설을 운영하는 종교 단체 '브러더스 오브 채리티Brothers of Charity'도 자신들의 시설에서 증상을 적절히 완화해주지 못하는 환자들에게 조력 사망을 허가한다고 공개적으로 표명했다.[3] 이에 못지않게 중요한 것은, 데이터에 따르면 벨기에에서 조력 사망이 합법화된 이후 말기치료에 대한 접근과 투자가 상당히 증가했다는 사실이다.[4]

나는 24시간 내에 레이가 조력 사망에 적합하다는 것을 확인하고 내용이 제대로 채워진 서류를 받았다. 그리고 호스피스

• 의학적 치료가 더이상 무의미하다고 판단될 때 환자의 편안함을 최우선으로 하는 치료 방식.

팀과 협력해 48시간 뒤로 시간을 정했다. 내가 병실에 들렀을 때 레이는 호스피스 팀의 지원에 고마워하는 것 같았다. 결정은 그가 했지만 말이다. 캐나다 다른 지역의 몇몇 호스피스 시설과 달리, 이 호스피스는 다른 장소로의 이동이나 레이의 결정을 둘러싼 비밀 엄수를 요구하지 않았다.

레이의 죽음은 가장 가까운 친구 세 명이 참석한 가운데 그 호스피스의 루프탑 가든에서 치러졌다. 그를 담당하던 간호사가 그의 침대를 엘리베이터에 실어 4층까지 끌고 와서 말끔하게 손질된 루프탑으로 데리고 나왔다. 지속적인 통증을 완화해주기 위해 링거 펌프를 단 채였다. 레이는 친구들에게 늘 옆에 있어준 데 대해 고마움을 표했고, 친구들은 그가 이후 향하는 곳이 어디든 편안한 여행을 하기를 기원했다.

"그런 박사님, 이런 말이 우스꽝스럽겠지만, 박사님이 내 생명을 구해준 느낌입니다. 나에게 이런 일이 일어나게 해줘서 고마워요."

그가 남긴 마지막 말이었다.

레이의 조력 사망 절차를 마무리하고 호스피스 병동을 나선 나는 주차장에서 나와 간선도로로 접어들어 집으로 향했다. 라디오를 켰다. 귀에 쏙쏙 들어오고 발끝을 까딱거리게 만드는 대중음악이 흘러나왔고, 나는 아무 생각 없이 흥얼거리며 노래를 따라 불렀다. 운전하면서 리듬에 맞춰 핸들을 찰싹찰싹 두들기고 춤 같은 것도 조금 췄다. 잠깐 그랬을 뿐이지만 그걸 통해 내 기분이 어떤지를 자각할 수 있었다.

이런 순간에 행복해하는 건 부적절한 일이 아닌가 싶었다. 어쨌든 내가 돌본 환자가 방금 전에 세상을 떠났는데 말이다. 나 자신의 내면을 찬찬히 살펴보았고, 기분이 상당히…… 낙관적이라는 것을 알았다. 음악 때문이라기보다는, 아기를 받고 나서 느끼는 것과 비슷한 기분이었다. 이 발견에 나는 깜짝 놀랐다. 거의 혼란스러울 정도였다. 나는 발가락 까딱거리던 것을 멈추고 음악을 껐다. 그리고 도로변 주차공간에 차를 댔다. 낙관적? 음, 그렇다. 아드레날린이 조금 솟구치는 것을 느꼈다. 이건 말이 안 돼, 나는 생각했다. 하지만 부인할 길이 없었다. 나는 기분이 좋았다. 매우 좋았다. 좀더 정확하게 말하면, 뭔가 좋은 일을 한 기분이었다. 죽어가는 사람에게 선물을 준 느낌이었다. 레이는 깊은 통증을 겪고 있었다. 사실 극심한 통증이었고, 우리는 그를 도와주었다. 나와 호스피스 직원들이 힘을 합쳐 한 팀으로 일했고, 레이의 소망에 귀 기울였다. 어떤 사람이 품위와 연민을 느끼며 자신의 여행을 떠날 수 있도록 도와주었다. 또한 우리는 통합 생애말기 돌봄 모델을 통해, 최고의 완화 치료palliative treatment와 MAiD를 원하는 환자의 소망을 결합하며 그 일을 했다. 따라서 내가 느낀 기분은 임상의로서— 사람으로서—내 자리에서 도와주었다는 만족감이었다.

하지만 이런 말은 아무에게도 해선 안 될 거라는 생각이 들었다. 어떻게 생각하겠는가? "나는 오늘 어떤 사람이 죽게끔 도와줬어요. 그래서 정말 기분이 좋아요." 다들 내가 사이코패스라고 여길 것이다. 집에 도착하고 얼마 되지 않아, 나는 이메일 그룹에 이 소식을 알렸다. 호스피스와 일을 어떻게 진행했는지 업데이트하는 것으로 시작했다. 그런 다음 민감한 질문을 했다.

"그래서 저는 MAiD 절차를 마치고 떠날 때 여러분이 어떤 기분을 느끼는지 궁금해요. 슬픈가요, 만족스러운가요, 혼란스러운가요, 멍한가요, 자부심을 느끼나요?…… 여러분은 기분이 어떻죠? 물론 모든 케이스가 특별하죠. 나도 알아요, 하지만……"

그런 다음 그날 내 기분이 어땠는지 이야기했다. 나는 동료들을, 동료들과 의견을 나누는 그 공간을 온전히 신뢰했다. 그들이 아니라면 누구에게 솔직할 수 있겠는가?

45분 뒤 나는 벌써 답글이 3개 달린 것을 발견했다. 동료들은 내가 호스피스 팀과 일하며 경험한 것을 통해 격려받았고, 그들도 자신의 지역사회에서 그런 긍정적인 경험을 할 수 있기를 바랐다. 더 많은 코멘트들이 짧게 이어졌다. 그리고 그 이야기가 1~2일 동안 계속되었다. 내가 기대했던 대로, 그것은 단지 호스피스 팀과 일을 잘 진행한 것에 관한 문제만은 아니었다. 다른 주에 사는 한 동료는 자기도 조력 사망을 제공하며 기분이 좋곤 했다고, 낙담할 때가 많은 다른 일반적인 의료행위와 비교할 때 이 일은 자신에게 어마어마한 의미를 느끼게 한다고, 하지만 동시에 이 진실을 작은 소리로 속삭여 말할 필요도 느낀다고 썼다.

우리만 볼 수 있는 이메일에서 우리는 처음으로 이 일로 느끼는 기분을 공개적으로 이야기했다. 각자가 우리의 경험들이 보편적이지 않고 각각의 맥락이 특별하다는 것을, 모든 케이스에서 그렇게 깊이 협력하지는 않는다는 현실을 인정했다. 하지만 우리의 일이 일상적으로 의미와 만족감을 느끼게 한다는 것도, 그 자체가 보상의 한 형태라는 것도 인정했다. 이런 점을 공유할 수 있어서 기뻤다. 나는 혼자가 아니었다.

15.   안전장치의 역설

　　같은 해 가을에 동료 조녀선 레글러가 이메일 그룹 안에서 전에 했던 언급을 반복했다. "이메일 그룹을 넘어서 우리를 지원해줄 전국적 조직이 정말로 필요합니다."

　나는 이 의견에 줄곧 동의해왔고, 나머지 동료들도 그랬다. 조력 사망 분야에서 일하는 우리 모두를 대표하는 협회를 조직해야 할 때였다. 다양한 현장—가정의료, 마취학, 간호, 말기치료 등—에서 일하고 일의 성격이 여러 학제와 관련되기 때문에(우리는 사회복지사, 목회자, 언어병리학 연구원, 그리고 행정가와 일상적으로 함께 일한다), 직업적 비차등 지원 이상의 것이 필요했다. 네빈의 사례를 통해 나는 의사들이 MAiD 관련 법률 조항을 해석할 때 합의가 필요하다는 것을 알게 되었다. 적절한 훈련 자료를 만들고, 의료 표준을 수립하고, 전국적으로 표준화할 필요가 있었다. 다른 말로 하면, MAiD 전문가, 멘토, 교육자 들을 아우르는 국가기관이 필요했다. 지금까지는 통솔하는 사람이 아무도 없었다.

　밴쿠버 아일랜드에서 만난 첫 모임 구성원인 우리 다섯 명은 그달 말 BC 파크스빌에서 열리는 보건의료 단체들을 위한 MAiD 관련 1일 워크숍에서 도움을 제공할 예정이었다. 나는 동료들에게 미리 말하고, 국가기관의 위원직을 맡을 의향이 있느냐고 물었다. 그러고는 회원 자격 심사를 맡으라고 타냐를 설득했다. 조너선과 제시는 표준과 지침을 다루기로 했다. 코니아는 교육 관련 일을 이끌 예정이었다. 밴쿠버에 있는 엘렌에게 연락하는 것도 어렵지 않았고 조사 분야를 맡겠다는 동의를 얻어냈다. 파크스빌에서 워크숍이 끝나갈 때쯤엔 여섯 명이 적극적인 위원회를 꾸렸고 모두 비전을 공유했다.

나는 서류 작업 관리를 맡아 국가 전체에 걸쳐 MAiD 일을 하는 전문가들을 지원하고 목소리를 내는 비영리 협회를 설립했다. 우리의 주된 목표는 3가지였다. 조력 사망 일을 하는 사람들을 지원하는 것, 대중과 MAiD 관련 보건의료 단체들을 교육하는 것, 그리고 캐나다에서 MAiD를 위한 의료 표준medical standard 수립을 선도하는 것. 이 협회에 캐나다 MAiD 평가자 및 제공자 협회 CAMAPCanadian Association of MAiD Assessors and Providers이라는 이름을 붙였고, 내가 동료들의 격려를 받으며 회장직을 맡았다.

우리 협회의 설립이 서류상으로 완전히 마무리되기까지는 6개월이 더 걸렸다. 하지만 MAiD 공동체 전체를 연결하고 지원하는 일은 이내 시작되었다. 그해 겨울에 나는 뉴스레터를 창간했다. 프로그램을 개발하면서 있었던 이야기들을 담아내고, 나라 안 다양한 지역들의 장애물을 극복하고, 데이터를 공유하고, 민감한 사안들을 언급하고, 교육 도구로 가상의 사례를 소개하는 매체였다. 위원회는 자료를 포스팅하고 가족 추천글도 올릴 수 있는 웹사이트를 만들기로 결정했다. 조사 계획을 세우는 것으로 일이 시작되었고, 협력을 요청할 학문 기관과도 연계했다. 우리는 캐나다 존엄사 협회와 웹 세미나를 공동 주최했고, 거기서 개인적 경험들과 어려웠던 사례에서 얻은 교훈을 공유했다. 이제는 브리티시컬럼비아대학교와 공식 온라인 포럼이 이메일 그룹을 관리하게 되었고, 이 그룹은 왕성한 활동을 이어나갔다.

"의사능력이 완벽하지만 말을 하지 못하는 사람의 조력 사망 평가에 대해 제안하실 사항이 있나요? 가족 구성원들의 의견이 갈리고 이들이 조력 사망을 제공받겠다는 환자의 결정에 화를 낼 때 여러분은 어떻게 했나요? 혹시 여섯 살 정도 되는 어린아이를 조력 사망 현장에 참석하게 한 경우가 있었나요?"

할 일이 점점 더 많아졌다. 그런데 전국적 비영리 조직을 운영하는 일에 대해 내가 무엇을 알았겠는가? 나는 앞으로 나아가면서 배웠다. 친구, 가족, 지역사회의 지인들에게, 그리고 내가 접촉할 수 있는 사람이라면 누구에게든 도움을 구하면서.

우리 협회가 공식적으로 꾸려지고 얼마 지나지 않아, 나는 MAiD에 관한 전국 규모의 학회를 마음속에 그리기 시작했다. 행사 기획자 역할을 해달라고 장마르크를 설득했다. 그에겐 탁월한 조직 능력이 있었고, 우리는 함께 행사의 콘셉트를 구상했다. 기조연설자는 카터 사건 때 법정에서 성공적으로 변론한 유명 변호사 조 아베이Joe Arvay가 맡기로 했다. 이 학회는 캐나다에서 MAiD가 합법화된 지 1년이 되는 2017년 6월에 열 예정이었다.

∾

1년 내내 날씨가 온화한 빅토리아조차 겨울로 접어드는 것이 느껴졌다. 크리스마스 장식이 곳곳에 불쑥불쑥 보였다. 도심의 가로등에는 여름에 매달려 있던 꽃바구니 대신 사탕 지팡이와 반짝이 순록 모형이 있었다. 나는 가족과 함께 보내는 시간을 고대하고 있었다. 샘이 대학교에서 첫 1년을 보내고 집에 돌아올 예정이었고, 새러는 11학년을 마치고 몇 주간 방학이었다.

연말 휴가 기간에는 MAiD 빈도가 뜸해지는지 알고 싶었다. 상황이 개선되고 있는 듯했고, 나는 그것이 프로그램의 지속적인 성장을 반영하는 건지 혹은 주기에 따른 업무량 변화인지 궁금했다. 산부인과에서는 특별히 바쁜 시기가 있었다. 봄이 가장 정신없이 바빴다. 빅토리아는 캐나다 해군 태평양 함대의 본거지이고, 산부인과 의료진은 6개월 넘게 나가 있던 해군 함대가 언제 부두로 다시 돌아오는지 알고 있었다. 그때부터 9개월이 지나면 당연히 아기들의 탄생이 급증했다. 그런데 MAiD에서는 거의 아무것도 예측할 수가 없었다.

조력 사망 요청은 매달 증가했다. 그러나 연말 휴가가 다가오자 환자들은 휴가와 관련해 나에게 한두 가지 요청을 했다. 가족이 이 시즌에 사별을 떠올리지 않도록 연말 휴가 전에 죽고 싶어하기도 했고, 마지막 연말을 가족과 함께 보낸 뒤 연초에 죽기를 바라기도 했다. 상당수의 환자들이 12월 초에 MAiD를 받았다. 하지만 연말 휴가를 위해 가족들이 모이기 시작한 만큼 가지 않고 머무르려는 이해할 만한 경향도 있다. 계획을 연기하고 굳세게 견뎌보려는 환자들도 있었다. 하지만 모든 환자가 잘 버텨낼 수는 없었다. 많은 환자가 빠르게 쇠퇴해갔고 긴급한 치료가 필요했다. 그중 몇 사례는 안타깝게도 연말 휴가 기간에 일어났다.

나중에 알고 보니, 2016년 12월은 밴쿠버 아일랜드 보건국 Vancouver Island Health Authority의 기록에 따르면 MAiD 분야에서 가장 바쁜 달이었다. 법률이 개정되고 첫 4개월 동안 우리 지역 전체(인구가 80만 명이 조금 안 된다)에서 MAiD 사망 평균 건수는 매달 6건이었다. 10월에서 1월까지는 평균 건수가 20건까지 올라갔다. 개인적으로는 2017년 1월이 그때까지 중 가장 바쁜 달이었다. 사무실에서 바빴고, 병원에서 바빴고, 집에서 바빴고, 전국적 기관을 설립하느라 바빴다. 솔직히 말하면 잠을 자면서도 바쁘다고 느꼈다.

2017년 1월 고든의 조카 릭이 내 사무실로 전화를 걸어왔다. 고든은 거의 두 달 동안 MAiD에 관해 궁금해하고 있었다. 하지만 릭은 누구에게 도움을 청해야 할지 제대로 된 정보를 찾는 데 어려움을 겪었다. 고든의 가정 주치의는 '이 일'에 관여하지 않으려 했고, 가족들은 지역 보건국에 전화해본다는 생각은 하지 못했다. 결국 그들 가족의 친구의 친구가 내가 지역 커뮤니티 센터에서 한 강연에 관해 읽고 그들에게 내 이름을 알려주었다. 나머지는 인터넷이 맡아주었다. 나는 요청을 받고 24시간 내에 고든을 만나보기로 했다.

나는 고든의 경우와 유사한 장애물에 관해 자주 들었다. "제 담당 의사 선생님은 그것에 관해 아무것도 몰라요." "제 의사 선생님은 그런 유형의 치료는 제공하지 않는다고 하셨어요." 그리고 가슴 아픈 이야기. "담당 의사 선생님에게 그런 걸 묻는 게 편하지 않아요…… 그 선생님을 안 지 20년이 되었지만, 그런 이야기를 꺼내면 못마땅해할 것 같아요. 그분이 나를 도와주지 못했다는 생각은 안 하셨으면 좋겠는데."

이런 이야기들과 고든의 사례를 통해 나는 대중 대상의 강연을 더 많이 해야겠다고 다짐했다. 지역 의료시설에 있는 동료들은 내가 병원 의료 회진에서 그런 이야기를 하는 걸 꺼리지만 말이다. 나는 그 이유를 정확히 확신하지는 못했다. MAiD를 제공하는 많은 동료들이 이에 대해 궁금해하고 정보를 찾았다. 어쨌든 의료 관련 기관의 어떤 부문에서는 조력 사망에 관한 정보를 제공하는 일이 불편한 것 같았다. 반면 그 정보에 대한 대중의 요구는 상당히 컸다. 고통받는 환자들이 법률 개정을 요청하고 추진했다. 의사들이 환자들을 계몽했다기보다는 거꾸로 환자들이 의사들을 계몽했다고 보아야 할 것이다.

고든은 시내의 한 아파트에 살았다. 약속한 날, 나는 차를 운전해 그를 만나러 갔다. 릭이 버저를 눌러 나를 고급 건물 안으로 들어오게 했고, 나는 엘리베이터를 타고 신속히 10층으로 올라갔다. 아파트 안은 따뜻하고 햇빛이 가득했다. 고든은 옷을 반쯤 입은 채 거실에 설치된 병원용 침대에 누워 자고 있었다. 그는 매우 야위었는데, 키가 1미터 90센티미터 정도여서 쇠약한 거인처럼 보였다. 그에게 인사하러 다가가는데, 말기치료팀에서 제공하는 정보들이 담긴 익숙한 파란색 바인더가 커피테이블 위에 놓여 있는 것이 보였다. 침대 발치에 연결된 소변통은 비어 있었고, 침대 아래에는 뜯지 않은 성인용 기저귀 팩이 반쯤 숨겨져 있었다. 주방과 이어지는 카운터에는 약병 5개가 줄지어 놓여 있었다. 첫마디를 꺼내기도 전에 어떤 상황인지 알 것 같았다. 고든은 말기치료를 받고 있고, 다양한 진통제를 일상적으로 사용하며, 침대 신세를 진 채 변기 쓰는 것조차 버거워하고 있었다.

릭과 고든의 아내 메리가 방안에 머물면서 우리가 이야기하는 동안 귀 기울여 들었다. 고든은 빰과 턱에 커다란 악성종양이 있어서 말하기가 힘들었다. 하지만 몇 분이 지나자 그의 변형된 말소리를 좀더 잘 알아들을 수 있었다.

고든은 84세의 은퇴한 엔지니어였다. 세계 여행자이자 존엄하게 죽을 권리를 평생 지지해온 사람이기도 했다. 그는 희귀 피부암인 메르켈 세포암을 진단받았다. 암이 이미 폐와 두피 그리고 복벽에 퍼져 있었다. 고든은 자신의 병이 치료 불가능하다는 걸 알았다. 지난 몇 주 사이에 그는 피로로 침대에서 꼼짝 못하는 신세가 되었다. 고형 음식을 먹을 수 없었고, 옷 입는 일에서 볼일 보는 일까지 매사에 도움이 필요했다. 고든은 전자를 포기했고 후자는 두려워했다. 자신은 그저 숨이 끊어지기만 기다리며 여기 누워 있다고 했다.

"이런 삶은 비참해요." 그가 말했다. "나에게 권총이 있다면 스스로 처리할 겁니다."

이 말에서 너무도 진심이 느껴져서, 그 흉측한 장면이 저절로 눈앞에 그려졌다. 하지만 고맙게도 고든은 아내를 위해 트라우마가 덜 남을 만한 방식을 선호한다고 설명했다.

깨어 있을 때 고든은 평소와 똑같은 상태라고 릭이 말했다. 위트가 넘치고 사고가 명철하다고. 그러나 최근 들어 급격히 쇠했다. 낮에 깨어 있는 시간만큼이나 오랜 시간 잠들어 있었다. 마약성 진통제로 통증을 관리하긴 하지만, 주기적으로 혼란에 빠져 모든 사람을 속상하게 했다. 고든이 처한 상황은 대부분의 사람들이 조력 사망을 요청하는 이유가 적절한 치료나 지원이 부족해서가 아니라는 사실을 다시 한번 상기시켜주었다. 그들은 삶의 질이 모든 부분에서 저하되고 삶에서 더이상 의미를 발견할 수가 없어서 도움을 요청한다.

고든은 MAiD 신청서를 이미 작성했다. 하지만 나는 그 신청서 작성이 불완전하다는 걸 파악했다. 서로 다른 두 날짜에 증인 서명이 돼 있었고 같은 날짜에 본인 서명이 제대로 되어 있지 않았다. 우리는 신청서를 다시 작성했다. 나는 고든의 가족에게 내 견해로는 고든이 조력 사망에 적합하다고 말하고, 빨리 2차 평가를 해줄 임상의를 찾아보고 절차상 필요한 모든 것을 이행겠다고 고든에게 약속했다.

보통은 환자가 신청서를 작성한 뒤 자신의 선택을 재고할 수 있도록 의무적으로 10일간의 대기 기간을 두어야 한다. 하지만 평가자 두 사람이 모두 환자의 죽음이 임박했거나 환자가 의사능력을 잃을 위험성이 있다고 동의할 경우 그 기간을 줄일 수 있다. 고든의 경우 최근의 쇠퇴가 충분히 염려되어 그런 조치가 필요한 상황이었다. 우리는 완화적 진정과 긴급한 조력 사망 중에서 그가 어떤 쪽에 끌리는지 알아보았다. 고든은 MAiD를 강력하게 원한다고 말했다. 그렇다면 2차 평가자의 결론을 기다려야 했다. 나는 72시간 후에 다시 방문해 그의 죽음을 돕기로 했다.

사흘 뒤 건물 10층에서 다시 엘리베이터 문이 열렸을 때, 나는 문제가 발생했음을 느꼈다. 소리가 이상했다. 복도가 예상과 달리 조용하지 않았다. 문 2개를 지나 오른쪽에 고든의 아파트 현관문이 열려 있었고, 릭이 문턱에 다리를 걸치고 서 있었다. 안쪽 깊숙한 곳에서 사람들이 모여 서성거리는 소리가 들렸다. 릭은 고개를 숙이고 양손을 주머니에 찔러넣은 채 혼잣말을 중얼거리며 예민하게 고개를 흔들고 있었다. 내가 다가가자 고개를 들었지만, 와서 나를 맞이할지, 내가 1미터쯤 가로질러 그에게 다가갈 때까지 기다릴지 망설이는 듯 보였다.

내가 더 가까이 다가가자, 릭은 고든이 이틀가량 힘든 시간을 보냈고 말기치료 팀에서 모르핀 용량을 늘릴 것을 제안했다고 설명했다. 고든은 그 제안을 감사하게 받아들였다. 통증이 다시 잡혔지만, 이제 그는 거의 하루종일 잠을 자고 있었다. 내가 아파트 안으로 걸어들어가자, 메리가 나를 모여 있던 가족들에게 재빨리 소개했다. 그런 다음 18시간 넘게 고든과 이야기를 하지 못했다고 말했다.

고든은 사흘 전과 같은 자리, 같은 침대, 같은 시트 아래에 있었다. 지난번 방문 시 내가 도착했을 때도 그가 자고 있어서 깨웠지만, 이번에는 깨울 수가 없었다. 생각할 수 있는 모든 방법―몸을 건드리고, 큰 소리로 말하고, 흉골을 누르고―을 시도해봤지만 전부 소용없었다. 마지막으로 진통제를 투여받은 지 8시간이 넘었다는데, 약효가 사라질 기미가 전혀 없었다. 어느 순간 고든이 눈을 뜨고 잠시 나를 바라보는 것 같았다. 하지만 그는 아무 말도 하지 않았다. 눈을 깜박이지 못했고, 내 손가락을 꼭 쥐지 못했고, 내 질문에 대답하지도 못했다. 어떤 방법으로도 나와 의사소통을 할 수가 없었고, 어떤 상황인지 이해한다는 걸 나에게 알려주지 못했다.

제기랄.

무슨 말을 해야 할지 알 수 없었다. 하지만 무슨 일이 일어나야 하는지 혹은 무슨 일이 일어날 수 없는지는 알고 있었다. 내가 행동을 취할 수 없다는 사실을 알고 있었다. 고든의 최종 동의가 필요했지만, 그가 동의를 표할 방법이 없었다. 가족들을 대면하기가 두려웠다. 그들이 전부 지켜보며 기다리고 있었다. 나는 몸을 돌려 그들을 바라보았다. 릭이 먼저 입을 열었다.

"제가 먼저 말씀드릴게요, 그런 박사님. 여기서 진행될 일을 우리 모두가 이해한다는 걸 알아주셨으면 합니다. 박사님은 조력 사망 과정과 절차에 관해 매우 명확하게 말씀하셨고, 그래서 지금 우리가 곤란한 상황이라는 걸 알고 있습니다. 하지만 우린 삼촌을 잘 알고, 삼촌이 무엇을 원했는지도 잘 알아요. 삼촌이 박사님에게 직접 말했잖아요. 그러니까 박사님이 뭔가 말씀하시기 전에, 제가 여기 있는 모든 사람을 대표해서 말해야겠습니다. 만약 박사님이 그대로 진행하는 걸 고려하신다면…… 우리 모두가 그것이 삼촌이 원했던 것임을 알고 있습니다. 바로 그것이 해야 할 옳은 일이죠. 부탁입니다…… 그냥 진행해주세요. 우리 모두가 삼촌의 동의를 보증할게요."

다섯 쌍의 눈이 나를 바라보았다. 기대를 품고 애원하면서.

이 상황이 이제껏 내가 맞닥뜨린 경우 중 가장 힘든 상황

같았다. 그렇다, 나는 네빈을 도울 나의 능력에 명확성이 부족하다는 사실에 낙담했었다. 하지만 이번 일은 동료들과 이메일로 자세히 토론하는 상황이 아니었다. 비행기를 타고 멀리 출장 오지도 않았다. 나는 바로 여기에, 거실에, 환자 옆에, 내가 돕기로 약속한 사람 옆에 그의 가족과 함께 서 있었다.

나는 일을 진행하는 것을 잠시 고려해보았다. 정말로 누가 알겠는가?

하지만 그럴 수 없다는 걸 알고 있었다. 가족의 주장이 이해되는 만큼이나, 내가 이 상황을 부조리하게 생각하는 만큼이나 이것은 위험한 개인적 선례가 될 것이고, 내가 넘고 싶지 않은 선이기도 했다. 어떤 사람들에게는 이 일이 법의 개정을 옹호하는 것일지도 모르지만, 나는 최선의 능력을 발휘해, 기준의 상한선에 맞춰, 그러나 언제나 법이 허가하는 선 안에서 일하고 싶었다.

일을 진행할 수 없는 이유를 고든의 가족에게 설명하려고 애쓰며 거실에 서 있는 기분을 말로 표현하기란 쉽지 않다. 나는 고든의 소망이 무엇인지 알고 있었다. 그렇다, 그리고 지금까지 모든 과정을 정확히 따랐다. 아니, 그가 와병 중에 너무 늦게 나에게 연락했다는 이유로 벌을 받아서는 안 된다. 나는 그들의 입장을 충분히 이해했다. 하지만 그것이 규정을 바꾸지는 못했다. 정치인들이 절차 관련 안전장치를 만들었고…… 그것이 치료의 표준과는 아무 상관이 없다 해도.

"여러분이 하는 말을 모두 이해해요." 그들에게 말했다. "심지어 개인적으로는 나도 그 말에 동의하는지도 모르겠어요. 하지만 법을 내 마음대로 해석할 수는 없어요. 이 의료 서비스는 새로운 것이고, 표준을, 규정을, 그것이 안전하게 시행되도록 보장하는 관리 감독을 필요로 해요. 정말 죄송하지만 진행할 수 없습니다." 나는 가족의 부담을 벗겨내 내가 지기로, 그리고 그것을 나의 책임으로 받아들이기로 했다. "이 상황이 부조리하게 보인다는 걸 압니다. 하지만 감옥에 가는 위험을 무릅쓸 수는 없어요."

이 말을 한 뒤에는 더이상 논의의 여지가 없었다. 나는 침묵 속에서 내 물건들을 챙겼다. 메리에게 작별인사를 하고 앞으로 며칠 동안 힘을 내라고 빌어주었다. 그리고 그 건물을 떠났다.

어떤 사람들은 '옛날이 좋았다'고, 그때는 의사들이 의도적으로 진통제 용량을 늘렸고 환자들이 적절한 통증 관리라는 미명하에 죽을 수 있었다고 주장할지도 모른다. 아마 어떤 곳에서는 여전히 그럴 것이다. 하지만 나는 취약한 사람들을 보호함과 동시에 자율적인 소망과 행동 사이의 균형을 유지하려고 힘을 다해 노력하는 시스템을 갖춰야 한다는 걸 MAiD 제공자들이 보여주고 있다고 생각한다. 불완전하더라도 법은 필요하며 우리 모두가 그 법의 신세를 지고 있다.

나는 이 경험을 온라인 포럼의 동료들과 공유했다. 그들은 깊이 공감했고 각자 겪은 비슷한 이야기들을 들려주었다. 환자가 예기치 않게 의사능력을 상실해 절차를 취소해야 했던 이야기들을. 그런 일이 매우 흔하다는 것을 알자 섬뜩했다.

"7개월이 지났지만 우린 개인의 쇠퇴가 너무 많이 진행될 때까지 여전히 자문諮問을 하지 못하고 있어요."한 동료가 말했다. "그런 경우 환자가 조력 사망을 원하지 않는다고 판단하기도 애매하죠. 무엇보다 그 상황을 떠넘기지 않을 평가자나 의료 전문가를 찾아내는 데 어려움이 있어요. 그런 상황이 발생하면 모든 사람이 정말로 힘듭니다."

"환자가 조력 사망을 원한다는 걸 잘 알기 때문에 미칠 것 같아요." 나도 좌절감을 드러냈다. "단지 일을 시작하기 전에 필요한 최종 동의를 얻을 수가 없는 것뿐이잖아요."

절차를 진행하기에 앞서 현장에서 최종 동의를 받아야 한다는 것은 환자가 절차 시작 직전까지 언제든 마음을 바꿀 수 있도록 보장하는 조치이다. 조력 사망에 동의하는 주체가 환자 자신임을 보장하기 위해, 그리고 취약한 개인들이 조력 사망을 남용할 위험을 줄이기 위해 법으로 만들어놓은 안전장치이다. 이는 아무도 환자를 대신해 MAiD에 동의할 수 없음을 의미한다. 변호인도, 의료 담당자도, 화가 난 배우자나 탐욕스러운 자식도.

MAiD 일을 시작하고 7개월 뒤, 나는 많은 사람이 동의할 능력을 잃을까봐 두려워하는 것을 보았다. 어떤 환자들은 잠에 너무 깊이 빠져들지 않을까 하는 두려움 때문에 조력 사망 예정일까지 통증 관리를 거부하기도 했다. 그래서 통증과 고통이 심해졌다. 더 걱정스러운 것은, 병이 예상보다 빨리 진행되어 자신이 바라는 대로 죽을 결심을 할 능력을 잃을까 두려워서 그렇게 되기 전에 얼른 MAiD로 삶을 마치기로 선택하는 말기 환자들 이야기가 들려온다는 것이었다.

내가 고든과의 경험을 공유한 뒤 온라인 포럼에서 누군가가 주장했다. "최종 동의를 미리 표할 방법이 있다면 정말 좋겠어요. 우리를 너무 늦게 만난 사람들에게, 이미 MAiD 평가를 받았고 적합하다고 판정받은 사람들에게, 특히 치매가 있는 사람들에게요."

열화와 같은 논평이 뒤따랐다. 치매가 있는 환자들에게 조력 사망이라는 문제는 항상 최종 동의와 사전 요청이라는 조항과 밀접하게 관련된다. 나는 치매 환자를 아직 만나지 않았지만, 기억을 상실한 사람을 돕는 건 복잡한 일이리라. 쇠퇴가 진행되기 전에 환자가 치매 진단을 받으면, 그 환자에게 조력 사망을 요청할 의사능력이 있다고 볼 수 있을까?

어떤 사람들은 치매 환자들이 의사능력을 잃기 전에 사전 요청을 할 수 있어야 한다고 말한다. 그런 선택안을 만드는 것에 대해 대중의 엄청난 지지가 있었다. 그러나 나는 그 문제가 그리 간단하지 않다고 생각한다.

"최종 동의를 받고 절차를 진행해야 하는 날 내 눈을 바라보지 못하는 사람에게 내가 조력 사망을 제공할 수 있을지 잘 모르겠어요." CAMAP 포럼에서 한 동료가 이야기를 시작했다.

"노인병 전문의로서 나는 다양한 단계의 치매 환자들을 진료합니다. 이 병이 사람을 어떻게 만들 수 있는지 보았어요. 치매가 많이 진행되면 무척 파괴적이고 끔찍합니다. 합법이기만 하다면 나는 그런 운명을 피하기를 소망하는 사람의 사전 요청을 틀림없이 받아들일 겁니다." 다른 동료가 대꾸했다.

캐나다 법이 MAiD를 허용하는 것으로 개정되었을 때, 법률로 제정하기엔 너무 복잡하다고 생각되는 다음 3가지 이슈가 향후의 연구를 위해 제시되었다. 분별 있는 미성년자(18세 이하지만 자신이 받을 의료 서비스를 결정할 의사능력이 있다고 간주되는)의 MAiD 가능성, 정신질환이 유일한 기저질환인 경우의 조력 사망 요청, 그리고 MAiD에 동의하는 데 있어 사전 요청의 개념. 내 본능은 치매가 있는 사람들에게 MAiD 사전 요청을 허가하는 안전한 방법을 찾아내는 것이 중요하다고 말했다. 하지만 내가 답을 찾아내지 못한 비판적 질문들이 오늘날까지 남아 있다. 그 질문 중 주된 것은 적합성 기준이 언제 충족되는가, 그리고 무슨 척도를 사용할지 누가 결정하는가이다. 환자가 고통받고 있는지를 어떻게 결정할 것인가? 그것이 여전히 필요한가?

알츠하이머 진단을 받은 사람들은 사전에 MAiD를 요청할 수 있기를 바랄 거라고 많은 사람이 주장한다. 그들은 일단 조건을 대략 충족하면 죽고 싶다는 환자의 소망 이행이 가능할 거라고 본다. 그리고 환자가 가족을 더이상 알아보지 못하는 때를 전형적인 기준으로 자주 거론한다. 하지만 이런 조건들이 언제 충족되었는지 그리고 어떤 요점으로 그 기준이 충족되었다고 결정할 수 있는지에 대한 책임은 누가 지는가? 가족 구성원을 처음으로 못 알아봤을 때 조력 사망을 진행하자고 말할 사람은 아무도 없을 것이다. 그렇다면 두번째는? 그것이 일관될 때는 언제인가? 그 기한은 얼마나 되는가?

그 사람이 가령 당신의 어머니라면, 어머니가 자신이 더이상 가족을 알아보지 못하게 되면 조력 사망을 받고 싶다고 말했는데 지금은 전문 의료시설에서 예전과는 많이 다른 모습으로—당신이 자식인 것을 알아보지 못하고 당신을 키워준 친근한 어조의 어머니와는 상당히 다르게 행동하며—편안하게 살고 있다면 어떻겠는가? 아마 그는 더이상 의사소통을 원활히 하지 못할 것이고, 누구와도 특별히 연결된 것처럼 보이지 않을 것이다. 하지만 이상하게도 매주 수요일 오전 열시 삼십분에 빙고 게임을 열심히 즐기는 것처럼 보일 것이다(그는 빙고 게임을 싫어하지 않았던가?). 그가 언제 조력 사망을 원할지 사전에 그려놓은 기준을 충족한다 해도, 나는 그에게 조력 사망을 제공하면서 마음이 편할지 확신하지 못한다. 그가 미소를 지으며 나에게 누구냐고, 왜 자기를 찾아왔느냐고 물으면, 그리고 "됐어요, 난 주삿바늘을 좋아하지 않아요. 그러니 내 오른쪽 팔에 링거 주사를 놓지 마세요. 난 빙고 게임을 하러 갈 거예요"라고 말하면 나는 뭐라고 답해야 할까? 고통의 본질적 요소가 없어진 느낌이다. 그리고 우리는 누구의 고통을 고려해야 하는가? 과거의 사람인가, 아니면 현재의 사람인가? 그야말로 간단한 문제가 아니다.

하지만 나는 방법을 찾을 수 있다고 생각한다.[1] 의사능력이 있고 적합성에 부합하는 고든 같은 사람들을 위해, 완벽하게 평가되었고 공식적으로 승인받았고 이미 죽을 날짜를 잡아놓은 사람들을 위해, 특별한 유형의 사전 요청이 허용되어야 한다고 굳게 믿는다. 그들이 최종 동의를 표할 의사능력을 잃는다 해도 그들에게 MAiD를 진행할 수 있도록 말이다. 이런 허가가 치매 환자들의 사전 요청을 더 복잡하게 만들지는 않을 것이다. 이런 허가는 (전국에 있는 내 동료들에 따르면 특별하지 않은) 곤경에 처했다고 생각하는 고든 같은 사람들과 그 가족에게 도움이 될 것이다. 고든에게 절차 진행을 허가한다고 해서 정확히 누가 해를 입는단 말인가?

말기치료 팀은 고든이 죽음을 맞이할 때까지 편안하고 진정되도록 해주었다. 그는 76시간 뒤 자신의 집 거실에서 사랑하는 사람들에게 둘러싸여 사망했다. 그가 더이상 고통받지 않아도 되어 기뻤다고 릭이 전화로 나에게 말해주었다. 그들은 나의 입장을 이해하고 존중해주었다. 하지만 릭은 그 76시간이 가족에게는 영원처럼 느껴져 무척 힘들었다고 했다.

릭 그리고 고든의 다른 가족들은 그가 마지막 소망을 성취하도록 돕지 못해 조금 죄책감을 느꼈을지도 모른다. 확실히 그들은 연장된 고통의 기간을 걸머지고 그의 마지막 결과를 기다렸다. 나는 고든의 고통을 줄여주는 직업적 의무와 법의 테두리를 벗어나지 말아야 하는 당위성 사이에서 분열되었다. 아이러니하게도—그가 그러기를 원하지는 않았지만—나는 그 시간 동안 고든이 무의식 상태에 있었으므로 우리 모두 중에서 가장 타격을 덜 받았다고 여겼다.

4부

봄

This is
assisted
dying

16.   에드나 가족의 반대

2월의 하늘은 커다란 잿빛 구름들로 가득했다. 비가 내릴 것 같은데도 우리 개 벤지는 산책을 더 하고 싶어했다. 겨울 날씨가 불만스럽긴 했지만, 나는 늘 벤지와 함께하는 아침 산책이 기초 다지기라고, 이 미친 세상에서 온전한 정신을 유지하게 해주는 작은 캡슐이라고 생각했다. 나는 개 알레르기가 상당히 심한 편이지만 우리의 네발 달린 가족 구성원을 사랑하게 되었고, 벤지가 자신의 우정이 필요한 사람을 얼마나 본능적으로 찾아내는지 보면서 매번 놀랐다. 나는 벤지와 함께 해변으로 향했고, 휴대폰을 진동 모드로 해놓았다. 휴대폰에서 벗어나 내 시간을 확보하기로 굳게 다짐했다. 하지만 나 자신을 바깥세상으로부터 완전히 차단하지는 못했다.

해변에 가면 벤지는 곧장 앞으로 달려가 눈에 띄게 흥분해서 꼬리를 흔들며 가지고 놀고 싶은 막대기를 재빨리 찾아낸다. 이 점에서 벤지에게는 논쟁의 여지가 없다. 해변의 다른 쪽 끝까지 산책하는 것은 벤지의 계획에 없다. 벤지는 주변 사물을 포착하고, 땅을 파고, 뭔가를 씹으며 그 시간을 보냈고, 나는 집에 갈 시간이 될 때까지 벤지가 번갈아 드러내는 요구를 순순히 들어주었다.

해변을 떠나고 나서 몇 분 뒤 휴대폰이 윙윙거렸다. 재킷 주머니에서 휴대폰을 꺼내 화면에 뜬 이름을 본 나는 조금 놀랐다.

지역사회 말기치료 팀의 선배 의사 배스 박사였다. 전화를 받자 그가 에드나라는 이름의 자기 환자를 보러 올 수 있느냐고 물었다. 그는 몇 달 전부터 에드나를 진료하고 있었다. 나는 이 의사와 함께 일해본 적은 없었다. 그가 전화를 해줘서 기분이 우쭐한 동시에—그의 전문성을 존경했으므로—조력 사망에 관한 그의 개인적 견해가 어떻지 불안하기도 했다. 다음 순간 만약 그가 자기 환자의 요청에 합의하지 않았다면 나에게 전화를 하지 않았으리라는 생각이 들었다.

에드나는 다계통 위축증 환자로 증상이 계속 나빠지고 있었다. 흔치 않은 신경병성 장애가 삶의 전반에 영향을 미쳤다. 2주 전 에드나가 화이트보드에 글씨를 써서 MAiD를 요청해, 배스 박사가 집에 방문해 만나보았다고 했다. 일주일 전 77세 생일을 맞이하고, 병원에서 퇴원해 집으로 돌아간 직후의 일이었다. 이후 에드나는 여러 차례 간청했다. 배스 박사는 나에게 그가 적합한지 평가해줄 수 있느냐고 물었다. 에드나에게는 딸 한 명과 대가족이 있었다. 막내 여동생 민디가 가족의 접점이었다. 예약이 대부분 차 있었지만, 나는 곧 에드나를 만나볼 수 있을 거라고 배스 박사에게 장담했다.

집에 돌아와 벤지에게 먹이를 주고 옷을 갈아입은 뒤 책상 앞에 앉아 에드나의 병력을 살펴보았다. 기록을 읽어봤자 환자의 사정을 전부 알 수는 없지만—그걸 알려면 당사자와 한 공간에서 시간을 보내야 한다—내가 하는 일에서 중요한 단계였다.

며칠 뒤 집으로 방문했을 때, 에드나는 간신히 희미한 미소를 지어 보였지만 눈이 텅 빈 시선 안에 갇혀 있는 듯했다. 나는 그가 몸을 꼿꼿이 유지하기 위해 완충제를 채운 의자에 묶여 있는 것에 주목했다. 그의 간병인이 말하기를, 방금 그를 변기 의자에 앉혔다가 나를 맞으려 다시 침대로 데려왔다고 했다. 환자용 전동 리프트를 손보는 동안 나는 복도에 나가 있었다. 간병인이 친근하면서도 단호한 어조로 설명하는 소리가 들렸다. 이윽고 에드나의 불편해하는 울부짖음이 들려왔다. 20분쯤 뒤, 나는 그의 침대맡에 앉아 있었다. 변기 의자는 멀리 치워지고 간병인도 조용히 물러난 뒤였다. 내가 이야기를 시작하기도 전에 에드나가 화이트보드에 뭔가를 썼다. 그가 다 쓰기를 기다렸다. 알파벳 세 글자가 모든 것을 말해주었다.

"죽음D-i-E"

그는 내가 왜 왔는지 알고 있었다. 그가 아직 글씨를 쓸 수 있다는 사실이 놀랍고 고마웠다. 그가 손을 멈추고 나를 올려다봐서 글쓰기를 다 마친 줄 알았다. 잠시 후 그는 내가 알아들을 수 없는 소리를 내더니 마커펜을 세게 아래로 떨어뜨려 자신의 메시지에 주목하게 하고 동시에 느낌표까지 찍었다.

"제발 죽여줘요!D-i-E P-L-S-!"

요청이 접수되었다.

에드나는 동생 민디와 사이가 가까웠고, 민디가 내게 자세한 이야기를 들려주었다. 에드나는 거의 평생을 선구자로 살았다. 1960년에 그가 다닌 대학에서 생물학 학사 학위를 받은 두 여성 중 한 명으로, 20년 가까이 고등학교에서 과학을 가르쳤고 두 곳의 학교에서 교장으로 재직했으며, 68세에 교육감 자리에서 은퇴했다. 하이킹을 무척 좋아했고, 여성의 권리를 지지했으며, 활동적인 여성으로서 다양한 자원봉사 활동에 적극적으로 참여했다. 그러다 병을 진단받고 몸져눕기에 이르렀다.

에드나의 상태는 8년여에 걸쳐 서서히 악화되었고, 이제는 걷거나 말할 수도 없게 되었다. 다리와 눈의 움직임을 조정할 수도 없게 됐다. 그나마 팔이 기능을 조금 더 유지하고 있긴 했지만, 왼팔은 제어하기가 힘들었다. 그는 다른 사람들의 보살핌에 완전히 의존해야 하는 상태가 되었다. 좀더 최근에는 음식을 삼키는 능력도 잃었다. 지난달에는 음식물이 폐로 넘어가 병원에 가기도 했다. 이제는 영양공급용 관을 위에 삽입해야 한다는 이야기가 나오고 있었다. 그는 그러길 원치 않는다고 밝혔다. 자신이 볼 때는 이런 삶을 더 연장할 이유가 없었다. 하지만 굶어죽고 싶지는 않았다. 그래서 MAiD를 요청한 것이다.

내 앞에 있는 여성—말을 하지 못하고 공허하게 앞을 응시하는—이 내가 들은 이야기 속의 선구적인 여성과 동일인이라니…… 하지만 일주일 뒤 방문했을 때 에드나가 그 유용한 화이트보드를 다시 사용한 순간, 나는 그 불굴의 정신을 언뜻 엿보았다.

우리는 그의 침실에서 다시 만나 다음에 진행될 일을 이야기하고 있었다. "영양공급용 관은 간단한 도구예요." 내가 말했다. "장착하기도 쉽고요. 그러면 선택안을 고려할 시간을 벌 수 있어요."

"아뇨." 그가 삐뚤빼뚤한 글씨체로 썼다. "됐어요!ENuF!"

그가 MAiD에 적합할 거라 생각한다고, 하지만 기록을 좀더 심도 있게 살펴보고 전문가의 보고서를 읽어보고 그가 앓고 있는 병의 지금까지의 궤적과 치료의 종합적인 그림을 그려봐야 한다고 말하자 에드나는 납득했다.

나는 배스 박사와 다시 이야기했고, 에드나를 담당하는 신경과 의사에게 연락도 했다. 2주 뒤, 나는 그가 확실히 적합하다는 소식을 가지고 에드나의 침실을 다시 방문했다. 그가 어서 진행할 필요를 느낀다면 기꺼이 도울 작정이었다.

에드나는 행복한 얼굴이었다…… 눈은 변화가 없었지만 미소를 지었다.

우리는 실질적인 문제로 넘어갔다. 에드나는 종교적인 가정에서 자랐고 가족의 신심이 여전히 깊었다. 그는 가족들의 반응을 염려해서 의사결정의 많은 부분을 혼자서 해왔다. 이제 자신이 적합하다는 것을 알게 되었으니, 조력 사망을 진행한다는 결정을 알려야 했다. 그는 조력 사망 당일에 가족들이 기꺼이 참석해주길 바랐다. 민디의 도움으로 우리는 그가 예견하는 장애물 중 몇 가지에 관해 의논했고, 나는 모두가 힘든 대화일 거라 예상하는 것을 가능하게 만들기 위해 호스피스 상담자 한 명을 소개했다.

그러나 일은 계획대로 돌아가지 않았다.

만남을 마친 뒤 상담자가 나에게 전화를 걸어 가족들 중에 감정이 격하고 반대하는 사람이 있다고 '경고'했다. 상담자는 말하기를, 상황이 심각해서 에드나가 그들에게 감정을 표현하고 서로의 견해를 귀 기울여 들으라고 청했다는 것이다. 하지만 그 만남의 많은 부분이 마치 설교 같았다고 했다. 에드나는 그 대화에서 거의 비중이 없었다.

상담자가 설명했다. "남동생이 이야기하는 동안, 에드나는 '기독교인 적대감CHRiStN ANtAgONiSM'이라고 썼어요. 에드나는 진행하기로 분명히 결정한 것 같아요."

그래서 에드나를 만나러 다시 방문했을 때 조력 사망 날의 연출에 관해 이야기할 수 있었다. 그는 친척들이 자신의 임종 때 참석하지 않을 거라고 알려주었다. 그의 최종 결심에 대해 뚜렷한 의견 차이가 있었고 열띤 발언이 오갔다. 에드나는 실망했지만 그대로 진행하기로 했다. 내가 그 자리에 함께 있을 거라고 그를 안심시켰다. 에드나의 아들은 약 10년 전 흑색종(피부암)으로 사망했고, 딸은 조력 사망 전날 밤에 작별인사를 하고 싶어한다고 민디가 설명했다. 에드나의 남동생과 올케는 참석을 거절했고, 조카 앤드루 부부도 참석하지 않기로 했다. 민디는 자기 한 사람만 에드나와 함께 있을 거라고 했다.

그때 나는 어떤 사람들에게는 가족의 임종 자리에 참석하는 것이 다른 사람의 죽음보다 더 힘들다는 것을 알았다. 적어도 내 경험으로는 대부분의 가족들이 참석하길 원했더라도, 가족이 죽는 마지막 모습을 쉽게 잊지 못한다. 그래서 잠에 빠져들 때까지 옆에 있다가 마지막 순간에 자리를 뜨는 편을 택하는 사람들도 있다. 나는 참석한 사람들이 목격할 수 있는 상황을 매번 설명하고, 그들이 언제 나갈 수 있는지 몇 가지 선택안을 제공한다. 그런 다음 그들이 스스로 결정하게 한다. 에드나의 경우를 계기로 나는 가족들이 참석하지 않는 좀더 특별한 이유가 있음을 알게 되었다. 바로 그의 결정을 받아들일 수 없게 하는 확고한 종교적 믿음이었다.

나는 이 케이스가 조용히 지나갈 거라 생각했다. 하지만 에드나의 죽음이 예정된 날 오후에 그의 집에 도착하니 혼돈스러운 광경이 펼쳐졌다. 내가 현관문을 열자마자 남자의 고함이 들렸다. 에드나의 조카 앤드루와 그의 아내였다. 그들은 침대 발치에 서서 에드나에게 다시 생각해보라고 간청하고 있었다. 간병인 두 명은 겁에 질린 채 어쩔 줄 몰라하며 침실 밖에 서 있었다.

"그 사람들이 고모의 마음을 병들게 한 거예요!" 앤드루가 천둥 같은 소리로 외쳤다. "교회는 절대 이 일을 용납하지 않을 거라고요. 고모의 영혼은 절대 편안히 쉬지 못할 거예요. 이러면 안 된다는 거…… 고모도 알잖아요!" 앤드루의 분노가 점점 더 차올랐다. "우린 이걸 절대 용납 못 해요!"

그러다가 그들은 전략을 바꿔서, 에드나에게 함께 있게 해달라고 애원하고, 그의 상태를 편안하게 유지하는 데 필요한 것이 있으면 무엇이든 하게 해달라고 간청했다. 계획을 그대로 진행한다면 가버리겠다고 위협도 했다.

나는 모든 가족이 전날 밤 에드나와 작별인사를 하고 당일에는 아무도 참석하지 않을 줄 알았기 때문에 이런 장면이 펼쳐질 가능성에 대비하지 못했다.

"안녕하세요." 내가 큰 소리로 말했다. 그러자 고함이 즉시 그쳤다. "저는 그린 박사예요." 나는 좀더 평범한 목소리로 덧붙여 말했다.

에드나는 침착해 보였지만 표정을 읽기가 어려웠다. 앤드루는 몹시 화가 나 보였다. 나는 다른 방에서 이야기 좀 할 수 있겠느냐고 물었고, 부부는 거실로 나를 따라왔다. 거기서 그들의 견해를 설명할 기회를 주었다. 나는 경청하고, 고개를 끄덕이고, 그들의 말을 참을성 있게 들었다. 마침내 그들이 이야기를 마쳤을 때, 나는 두 사람의 입장을 존중한다고, 그 믿음의 기반을 이해한다고 말했다. 그런 다음 이런 언급으로 무례를 범할 생각은 없지만, 이 경우 그들이 무엇을 원하는지 혹은 믿는지는 사실 중요하지 않다고 말했다. "이 결정은 에드나의 것, 에드나 혼자만의 결정이에요."

이전에 그들은 자기들의 염려를 전부 표명했고, 에드나는 그들의 이야기를 들었다. 나도 그랬다. 그리고 그들에게는 이 결정이 옳지 않게 느껴졌을 거라고 내가 짐작하는 동안 에드나의 병은 이미 어떤 단계에 도달해 있었다. 가장 중요한 것은 고통이 그가 바로 지금이라고 믿는 단계에 도달했다는 점이었다.

"두 분이 감정을 억누르고 우리에게 합류하시면 기꺼이 맞이할 겁니다. 하지만 그러지 않으면 에드나의 방에 들어가실 수 없어요."

앤드루는 일순간 침묵했다. 그러더니 벌떡 일어났다가 다시 앉았다. "가까운 가족인 저의 주장이 어떻게 받아들여지지 않을 수 있습니까?" 그가 물었다.

나는 그의 주장도 중요하지만 그건 본인의 건강 문제와 관련될 때의 이야기이지, 다른 사람의 건강 문제에서는 중요하지 않다고 대답했다.

"하지만 이건 부도덕합니다!" 그는 다시 분노에 휩싸이기 시작했다. "당신이 일을 진행하면 경찰을 부를 겁니다. 사실 일이 어떻게 되든 경찰을 부를 거예요…… 이 일은 중단돼야 합니다. 당신은 내 고모를 죽일 수 없어요…… 내 말을 듣지 않겠다면 경찰 말을 들어야 할 겁니다."

나는 동요하지 않고 가만히 있었다. 그가 이토록 못마땅해하는 것을 보니 걱정스러웠다. 하지만 이건 법적으로나 의료적으로나 복잡한 문제는 아니었다. 네빈의 경우와 달리 에드나의 경우는 진단명이 명확했고, 그가 죽음을 향한 궤적을 그리고 있다는 사실에 의심의 여지가 없었다. 그리고 고든의 경우와도 다르게 나는 늦지 않게 이곳에 도착했다. 다시 말해 이 케이스에는 미심쩍은 부분이 하나도 없었다. 나에게는 MAiD에 적합한 환자가 있고 그 환자는 자발적으로 공식적인 MAiD 요청을 했다. 이 경우 법적 해석이 분명했다. 그는 내 도움을 받을 자격이 있었다. 나는 내 역할과 그의 권리를 확신했다. 에드나의 가족들이 안쓰럽기는 했다. 그들의 입장도 이해는 되었다. 하지만 난 내 일에 협박받지 않을 것이고, 그들이 에드나를 협박하도록 내버려두지도 않을 것이다.

"경찰을 불러도 돼요." 내가 대꾸했다. "부르세요. 법을 집행해 당신을 이 집 밖으로 데리고 나가는 데 도움이 될 것 같네요." 그런 다음 어조를 가다듬고, 표현을 누그러뜨리고, 숨을 골랐다. "당신에 관한 에드나의 마지막 기억이 그거라면 부끄러울 거예요."

우리는 침묵 속에서 서로를 응시했다. 앤드루는 자신의 선택안를 저울질하는 것 같았다.

"알았습니다." 그가 말했다. 그리고 한 번 더 자리에서 일어났다. "앨리스, 그만 갑시다. 여기서 우리가 할 일은 다 끝났어. 우린 할 수 있는 일을 다 했어. 에드나 고모는 대가를 치를 거야. 난 고모를 살해하는 일에 참석하지 않을 겁니다."

이 말을 한 뒤 그들은 걸어나갔다. 민디가 막 도착했지만 그 둘은 이야기를 멈추지 않았다. 그렇게 가는 것을 보니 조금 슬퍼졌지만―나는 그들이 한마음으로 고모를 지지하기를 바랐다―동시에 안도감이 들기도 했다.

운명이 기묘하게 꼬였고 나는 이 절차 앞에 혼자였다. 일을 진행해야 할 시간에 갈등이 생기는 바람에 링거관을 꽂아주러 들렀던 제시카는 떠나고 없었다. 결국 에드나, 민디, 그리고 나만 침실에 남았고, 에드나가 최종 동의 의사를 표명했다.

화이트보드가 한쪽으로 치워졌고, 나는 침실용 탁자 위에 약들을 준비해놓고 침대맡에 앉았다. 민디는 침대 맞은편에서 에드나의 손을 잡고 있었다. 내가 시작할 준비가 되었느냐고 묻자, 에드나는 끙하고 앓는 소리를 낸 다음 고개를 살짝 끄덕였다. 나와 눈을 잘 마주치지 못했지만, 내 손을 연달아 세 번 힘주어 꽉 쥐었다. 그런 다음 내 손에서 자기 손을 거두어 민디의 손에 올려놓았다. 그가 내 손을 꽉 쥔 것이 무슨 의미인지 정확히 알 수는 없었지만 고마움을 표하는 것처럼 느껴졌다. 나는 에드나가 더이상 말을 하지 못하는 여성으로서, 자기를 위해 대신 말해줄 이가 필요한 사람으로서 아름답게 의사소통을 했다고 생각했다. 나는 시작했다.

나중에 자동차 안에서 이 케이스를 머릿속으로 훑어보았다. 의도적으로 표현을 과장했다는 건 알지만, 앤드루가 에드나의 죽음을 '살해'라고 지칭한 것은 속상한 일이었다. 에드나의 병이 그를 죽이고 있었음을, 그리고 나의 역할은 오직 그의 자유의지 실현을 돕는 것이었음을 스스로 상기해야 했다. 나는 약상자들을 약국에 반납하고 사무실에 들러 서류 작업을 마친 뒤 팩스로 보냈다. 그런 다음 집으로 차를 몰았다. 행복하고 귀여운 개 벤지가 곧장 나를 맞이해주었다. 나는 벤지의 턱밑을 아주 오랫동안 긁어 보상해주었다. 그러고 나니 우리 둘 다 기분이 조금 나아진 것 같았다.

온라인 동료들에게 그들도 그런 저항과 맞닥뜨린 적이 있는지 물었다. 안타깝게도 그런 경험을 한 사람이 나 혼자만은 아니었지만, 나와 유사한 사례는 몇 건 되지 않았다. 훨씬 더 흔한 경우는 친구나 가족이 가치관의 차이를 이유로 참석을 정중하게 거부하는 경우였다. 그래도 그들은 사랑하는 사람이 그렇게 할 권리를 존중했다.

나는 에드나의 가족이 나의 행위에 대해 면허 관련 기관에 항의하지 않을까 염려하며 몇 주를 보냈다. 그런 항의가 들어와도 나에게 유리할 거라 확신했지만, 관련 과정을 겪는 일이 두려웠다. 마침내 에드나가 사랑하는 사람의 손을 잡고 자신의 결심에 확신을 느끼며 존엄하게 세상을 떠났다는 사실에서, 그리고 인권에 기반한 법률 체계를 통해 내가 그 일을 이행할 권한을 부여받았다는 사실에서 위안을 받았다. 다행히 가족의 항의는 없었다.

17.   작별 뒤 남겨진 사람들

MAiD 일을 시작하고 9개월이 지나자, 나는
의료적인 면들—기술적 실제와 물리적 과정들—에 익숙해졌
다. 하지만 가족 내 역학관계는 죽음을 준비하는 기간과 죽음
당일 모두 좀더 복잡했다. 에드나를 도울 때 내가 하는 일에 격
렬히 반대하는 가족 구성원을 만나긴 했지만, 나는 내 환자가
고통받는 유일한 사람이 아니라는 점을, 그를 사랑하는 사람
들도 나름의 고통을 겪고 있음을 계속 상기했다. 시간이 흘러
가면서, 뒤에 남겨진 사람들을 좀더 많이 생각하게 되었다. 그
들의 상실감, 깊은 슬픔, 그리고 늘 뚜렷하지만은 않은 요구에
대해.

캐나다에서 MAiD를 허가하도록 법이 개정될 때, 우리는
임상치료를 지원하는 기반을 세우는 데 너무 큰 노력을 집중
하느라, 뒤에 남겨진 가족들을 지원할 체계를 마련하는 데에는
충분한 시간을 투자하지 못했다. 이 일을 시작한 첫해가 끝나
갈 무렵에야 MAiD로 가족과 사별한 경우를 다룬 자료에서 진
전을 보기 시작했다. 하지만 초창기로 돌아가보면 나의 (아직

불완전한) 본능에 의지해야 했다.

대부분의 가정은 합심해서 환자를 지원했다. 조력 사망을 원하는 데 대해 처음엔 의견 차이가 있더라도, 가족이 편을 갈라 언쟁을 벌이는 건 일반적인 일은 아니었다. 작별인사를 제대로 하려고 몸부림치는 일이 훨씬 더 흔했다. 어떤 친구들과 가족 구성원은 그 방법을 모르기도 했다. 그런 의미에서 MAiD가 마법의 해결책을 제공하지는 않는다. 너무 늦기 전 그들이 진실한 감정을 표현할 기회를 줄 뿐이다. 그런 기회를 통해 절차가 좀더 수월하게 마무리되기도 한다.

그러나 작별인사를 하기란 결코 쉽지 않다. 준비된 사람들에게조차—그들은 무슨 일이 일어날지, 일의 순서는 어떤지, 시간이 얼마나 걸릴지, 그리고 무엇을 보게 될지 알고 있었는데도—죽음은 여전히 충격으로 다가올 때가 많았고, 그래서 나는 사망 선고를 한 뒤 그 여파를 처리하도록 돕는 일의 중요성을 자각했다.

사망 선고가 사건의 종결처럼 들릴지 모른다. 하지만 그것은 시작의 전조다. 뒤에 남겨진 사람들에게 그것은 사랑하는 사람이 없는 인생을 새롭게 시작하는 장章이다. 많은 사람에게 이것은 무척 힘들 수 있다. 모든 관계는 특별하고, 그래서 모든 반응이 예측 불가능하다. 죽음 후의 그 첫 순간에 어떻게 전문성과 세심함을 가지고 사람들을 인도할지 나는 여전히 배우고 있다.

ॐ

나는 조지프를 돕게 되었다. 하지만 오히려 그의 아내 스텔라를 나중까지 생생히 기억하게 된다.

처음 조지프를 만났을 때, 그와 스텔라는 빅토리아 근교 소도시 시드니의 새로운 고급 은퇴자 공동체로 이사한 지 얼마 안 된 상황이었다. 조지프는 자신이 폐암으로 죽을 거라는 걸 알게 되었다. 하지만 아직 계단을 천천히 걸어 우편물을 가져올 수 있었다. 우리는 어느 오후 그의 집 거실 소파에서 만났다. 뜯지 않은 상자들이 주위에 있었고, 스텔라는 그의 옆에 앉아 있었다. 나는 조력 사망이 진행되는 과정과 서류 작성 그리고 절차의 세부사항을 설명했다. 조지프의 질문들에 대답했고 내 쪽에서도 질문 몇 개를 했다. "조력 사망을 요청하시게 된다면, 그것이 어디서 실행되었으면 하나요?"

"여기, 집에서요." 조가 생각할 틈도 두지 않고 대답했다. "괜찮겠지요?"

"그럼요." 내가 대답했다. "제가 볼 때도 무척 좋은 생각이에요. 죽음의 순간에 누가 방안에 함께 있어주면 좋을지도 생각해보셨나요?"

통상적인 질문이었고, 답변에는 약간의 변형만 있는 경우가 많았다. 보통 이런 식이다. "직계 가족과 아마도 가까운 친구 한두 명 정도요." 하지만 조는 이 질문에 당황한 것 같았다. 전혀 대답을 하지 못했다. 그래서 표현을 달리해 다시 물었다. "지금 하시는 대답을 꼭 지켜야 하는 건 아니에요. 아무튼 그날 원하시는 뭔가가 있다면 그게 무엇일까요? 음악? 정신적 인도? 특정 가족이나 친구들?"

조 옆에 조용히 앉아 있던 스텔라가 불편한 기색으로 자세를 바꾸었다.

"아뇨." 조가 대답했다. "아무것도 없어요. 생각해본 게 없습니다." 그는 나를 똑바로 바라보며 나직이 말했다.

대화가 잠시 끊겼다. 내가 제대로 이해한 건지 확신이 서지 않았다. 그래서 확인받기 위해 스텔라를 바라보았다. "스텔라, 그날 조와 함께 있을 건가요?"

"아뇨." 스텔라가 대답했다. "아뇨, 그러지 않을 거예요."

대답이 이어지면서 상황이 꽤나 확실해졌다. 55년 동안 결혼생활을 하면서 그들은 이런 일을 예상하지 못했다. 스텔라는 아무런 설명도 하지 않았고, 조 역시 전혀 놀라지 않는 것 같았다. 그래서 나는 더 캐묻지 않았다.

사랑하는 사람들을 임종 장면에서 '보호'하고 싶어하는 환자를 몇 명 만나보긴 했지만, 배우자와 성인 자녀는 보통 그 자리에 참석하겠다고 고집했다. 나는 항상 누가 그날 방안에 있을지 대화를 해보라고 권유했다. 그러면 생각이 확고한 경우도 있지만, 대부분의 사람들은 선택안을 고려해본 적이 없다는 걸 알 수 있다. 최종 결정은 대부분 환자에게 주어졌지만, 그런 논의는 가치가 있었고 가족 구성원에게 결정을 고려할 기회를 주었다. 나는 그들이 그 결정을 통해 나중에 그 사건에 대해 좋은 느낌을 품게 되길 바랐다. 그리고 그런 논의를 통해 조력 사망 당일 침대맡에 동석하는 사람이 늘어나는 경우도 많았다.

하지만 조지프에게는 그런 일이 일어나지 않았다.

그 첫 만남 후 3개월이 지나 조지프의 조력 사망이 예정된 날, 나는 그를 위해 마련한 옆방의 병원용 침대맡에 앉았다. 그는 침대에 똑바로 누워 있었고 노쇠해 보였다. 우리가 처음 만났을 때보다 족히 10년은 늙어 보이고 체중이 5킬로그램은 더 가벼워 보였다.

"가족은 참석하지 않을 거예요." 그가 자신의 가족에 대해 나에게 상기시켰다. 그것이 조 자신의 소망인지 아니면 그의 아내의 소망인지는 정확히 알 수 없었다.

스텔라와 아들 스티븐은 함께 방 밖에 머물며 그가 죽음에 이르는 동안 서로를 지지할 거라고 조가 나에게 알려주었다. 나는 그 결정을 판단하거나 간섭할 입장은 아니라고 생각하며 일을 진행했다. 침실에서 나와 스텔라와 스티븐과 이야기를 하러 가니, 스텔라가 자신은 조지프가 죽을 때 함께 있고 싶지 않다고 다시 확인해주고 아들이 자신과 함께 있어줘서 고맙다고 말했다. 나는 아파트 안에 남아 있고 싶은지 아니면 밖에 나가 잠시 산책을 하고 싶은지 그들에게 물었다. 스텔라는 밖에 나가고 싶다고 했고, 그렇게 문제는 정리되었다.

조지프에게 링거관을 연결한 뒤, 나는 스텔라와 스티븐에게 아델과 나는 잠시 거실에 있을 테니 조지프의 방에 들어가 마지막 작별인사를 하라고 권했다. 아델은 최근 제시카와 함께 일하기 시작한, MAiD를 위해 환자에게 링거관을 연결해주는 두 간호사 중 한 명이었다. 168센티미터쯤 되는 키에 늘 함박미소를 보여주는 아델은 로열 주빌리 병원의 링거팀 팀장이었고, 나중에 알게 됐지만 내가 아는 좋은 친구의 이웃이었다(빅토리아 사람들은 두 다리만 건너면 다 아는 사람이라고 농담을 하곤 한다). 이후 몇 달에 걸쳐 나는 아델이 간호 경험이 풍부하고 꾸준하고 자애로운 여성이며 조력 사망을 강력히 신봉한다는 사실을 알게 되었다. 아델은 그 프로그램에서 우리가 상대하는 환자 가족들을 지원하는 데, 그리고 내가 필요할 때 의지할 수 있는 사람이었다.

아델과 나는 침실 안에서 하는 이야기를 많이 알아들을 수 없었지만, 스티븐이 밖으로 나온 뒤 조지프가 스텔라에게 하는 이야기가 우연히 들렸다. "그리고…… 멋진 55년을 함께해줘서 고마워요."

그렇게 친밀하게 들리지는 않았지만, 그래도 진심이 느껴졌다. 스텔라가 삼가는 태도로 말없이 밖으로 나와 소파에 앉더니, 신발을 꼼꼼히 갈아신기 시작했다.

스텔라는 젊지 않았기에 몸이 유연하지 않았다. 그는 벨크로 샌들을 벗고 끈을 묶는 스니커즈로 갈아신었다. 신중하게 그리고 천천히 신발 끈을 차례로 묶었다. 마침내 신발을 다 신고 옷장으로 가서는 외투를 꺼냈다. 그걸 어깨에 걸치고 한 번 돌더니 말없이 손을 흔들어 작별인사를 했다. 모자가 아파트를 나설 때 스티븐은 한눈에 보기에도 마음이 상해 있었고, 스텔라는…… 멍해 보였다.

나는 조에게 시작할 준비가 됐느냐고 물었고, 그는 준비가 되어 있었다. 그에게 특별한 기억을 떠올려보라고 한 뒤 약물을 투여했다. 그는 빠르게 무의식 상태로 빠져들었다. 몇 분 만에 절차가 끝났다.

때맞춰 스텔라와 스티븐이 돌아왔다. 그들이 조지프가 죽은 모습을 보고 싶어하지 않을 것 같아 재빨리 침실 문을 닫았다. 그런데 내 짐작이 틀렸다.

"침실 안에 들어가 조의 보청기를 가지고 나와도 될까요?" 스텔라가 나에게 물었다. 그는 내가 일을 다 마쳤는지 궁금해했고, 나는 아직 아니라고 말했다. "그가 당신과 이야기할 수 있도록 보청기를 끼워줬어요." 스텔라가 설명했다. "이제 그걸 제대로 보관해야 할 것 같아서요."

내가 대신 들어가서 가져다주겠다고 했다. 하지만 스텔라는 직접 그 일을 하기로 결심한 것 같았다. 스텔라가 침실 문을 조금 열고 안을 엿보았다. 그러는 동안 나는 주방 테이블 앞에 앉아 서류 작업을 하고 있었다.

"마치 잠을 자는 것처럼 보여요. 지난 며칠 밤처럼요." 스텔라가 그를 관찰하며 말했다. "이불을 덮은 채 입을 벌리고 쉬고 있네요."

스티븐이 침실 문 앞 어머니에게 가서 머리를 방안으로 쑥 들이밀었다가, 거실 소파로 돌아왔다. 나는 침실 안으로 들어간 스텔라가 조지프의 보청기를 빼서 침실용 탁자 위에 있는 케이스 안에 조심스럽게 넣는 모습을 열린 문 너머로 지켜보았다. 스텔라는 잠시 사이를 두었다가 조지프를 바라보았다. 그러다가 조지프의 가슴에 한 손을 얹었고, 나는 둘만의 조용한 작별인사를 하고 있다고 짐작했다. 스텔라는 그렇게 1~2분 정도 머무르다가 주방 테이블에 있는 나에게 다가와 한동안 서 있었다.

나는 절차가 원만하게 잘 이행되었다고, 조지프는 매우 편안했고 쉽게 잠에 빠져들었다고 설명했다.

"당신이 조의 눈을 감겨줘야 했나요?" 스텔라가 물었다.

이상한 질문이었다. 나는 그렇지 않았다고 대답했다. 그에게 멋진 기억을 떠올리라고 말했고 그러기 위해 눈을 감으라고 권했다고 설명했다. "그는 스페인에 갔던 일을, 두 분이서 우연히 발견했던 빛의 축제를 생각하겠다고 했어요. 제가 듣기로는 여러모로 근사한 저녁이었다더군요." 내가 미소를 지었다.

스텔라는 그 추억을 아는 듯했지만 그냥 고개만 끄덕였다. 나는 다소 표준적인 임무 수행 보고를 진행했다. 사용 가능한 사별 자료에 관해 이야기하고, 스텔라와 스티븐이 조의 결정을 지지해줌으로써 조에게 선물을 준 거라고 말했다. 스텔라는 모든 것을 차분히 받아들이는 듯 보였다. 감정을 전혀 드러내지 않았다.

내가 서류 작업을 다 끝마쳤을 때에야 스텔라가 자신의 진짜 걱정거리를 입 밖에 내어 말했다. "박사님은 정말 확신하나요? 그러니까 내 말은, 그의 가슴이 올라갔다 내려갔다 하는 걸 분명히 봤어요. 남편이 정말로 죽었다고 확신해요?"

그 순간 나는 스텔라가 그의 가슴에 손을 얹은 이유가 바로 그것 때문이었음을 깨달았다. 확인해보고 싶었던 것이다.

환자가 사망했다고 선고하는 것은 그 사람이 삶을 끝마치도록 도움을 줄 때 절차의 일부다. 우리 의사들의 임무이기도 하다. 여러분도 TV에서 그런 말을 들어보았을 것이다. 의사들이 환자의 상태를 '선고'하는 장면 말이다. 환자의 보호자가 의사에게 어떻게 되었느냐고 물으면, 의사는 환자의 동공 위치와 불빛에 대한 반응, 촉각 자극에 대한 반응, 심장 소리와 맥박을 확인하고 마지막으로 정확한 시각을 명시하며 사망 선고를 한다.

치사 약물을 투여할 때 예측할 수 있는 생리학의 경로는 다음과 같다. 환자가 잠에 빠져든다. 그런 다음 깊은 코마 상태에 돌입한다. 호흡이 멈춘다. 환자의 얼굴이 창백해진다. 입술이 조금 파래지는 경우도 많다. 대개는 목에서 맥박이 뛴다. 그것이 느려진다. 주의 깊게 관찰하면 맥박이 불규칙해지고 미동

微動하는 것이 보인다. 그러다 결국 멈춘다. 목에서 더이상 맥박이 잡히지 않게 된 후에도 남은 심장박동이 계속되기도 한다. 그래서 보통 나는 몇 분 더 기다렸다가 청진기를 대보고 심박정지를 확인한다. 필요하다면 가족에게 1~2분 더 걸릴 거라고 말하고 함께 자리에 앉는다. 내가 환자의 손을 잡았을 때 아직 따뜻한 경우도 많다. 우리는 조용히 앉아 있거나 죽어가는 환자와 관련된 이야기를 한다. 적절하다 싶은 이야기라면 무엇이든.

많은 환자가 죽음을 계획할 때 나에게 다음과 같이 강조했다. "내가 정말 죽었는지 잘 확인해주세요." 이런 일이 일어날 때마다 나는 그러마고 약속하고, 절차를 진행하는 중간에 깨어나는 일은 없을 거라고 안심시킨다. 내 일에 관해, 과정의 변경 불가능성에 관해, 그리고 죽음의 과정을 원만하고 편안하게— 그리고 완벽하게—진행하려는 결심에 관해 명확하게 말한다. 죽음을 100퍼센트 확신할 때까지는 사랑하는 사람이 갔다는 사실을 가족에게 알리기를 미루면서 환자가 사망한 것을 성실하게 확인했다.

"내 남편이 죽었다고 절대적으로 확신하나요?" 스텔라가 다시 물었다.

이 질문을 듣고 0.001초 만에 나는 조지프가 정말로 사망했는지 확인하기 위해 내가 취한 단계들을 머릿속에 재현해보았다. "네, 확신해요."

하지만 스텔라는 내가 다시 가서 확인해주길 바라는 것 같았다.

오랫동안 의료행위를 하면서 내가 배운 중요한 교훈 중 하나는 적절한 언어로든 혹은 말하는 분위기와 스타일로든 사람들을 상대의 입장에서 대하려고 노력해야 한다는 것이다. 그들의 이야기를 듣고 있다는 걸 많이 느낄수록, 그들은 당신의 말에 더 많이 귀 기울일 것이다. 이건 의료행위에만 한정된 이야기는 아니다. 친구가 좋은 소식을 공유하면 우리는 목소리를 높여 빠르게 화답한다. 나쁜 소식일 때는 좀더 천천히 그리고 조용히 말한다. 이는 비단 말투에만 한정되지 않는다.

나는 스텔라가 어디에 있든 그곳에서 스텔라를 만나고 싶었다. 그가 몹시 비탄에 빠져 있다고 짐작했고, 마음을 내려놓는 데 문제를 겪고 있다는 생각이 들었다. 그리고 나의 마음속 매우 작은 부분이 만약을 위해 다시 확인해보는 편이 현명할 거라고 말했다. 나는 스텔라에게 같이 조지프의 방으로 들어가 함께 살펴보자고 했다.

침실에 가서 조지프의 가슴에 손을 얹었다. 아무런 움직임이 없었다. 이어서 스텔라가 자신의 손을 얹었다. 그가 상황을 판단하는 동안 나는 기다렸다. 하지만 그는 여전히 의심스러워하는 듯했다. 사람이 죽었다는 사실을 내가 어떻게 판단하는지 부드럽게 설명했다. 심장박동 정지, 반사반응 부재, 통증반응 부재. 입술 색이 퇴색한 것, 손가락 끝부분에 보이기 시작하는 변화도 지적했다. 스텔라는 고개를 끄덕였지만 더 많은 증거가 필요한 것 같았다. 내가 청진기를 언급하며 이미 청진기로 오랫동안 들어봤다고 말하자 비로소 스텔라가 작은 소리로 알았다고 속삭였고, 나는 그것을 다시 확인해줘야 했다. 조지프의 가슴 부위 3곳에 청진기를 대고 듣는 동작을 했다. 그러다 스텔라에게 청진기 이어피스를 건넸고, 그는 적어도 15초 동안 들었다. 그래도 납득하지 못하는 것 같았다. 나는 청진기를 내 가슴에 대고 중간 정도로 숨을 쉬었다가 멈추었다. 그렇게 하면 스텔라가 공기의 흐름 소리와 내 심장박동 소리를 들을 수 있을 거라고, 그 소리를 조지프 가슴의 잠잠함과 비교할 수 있을 거라고 생각했다. 나는 청진기를 다시 조지프의 가슴에 얹고 1분 정도 기다렸다가 차이를 감지했느냐고 물었다.

"네." 그가 아래를 내려다보며 조용히 말했다. "처음엔 뭔가 들린 것 같았어요. 하지만." 이 목소리에 어린 것은 어떤 감정일까. 희망? 두려움? 불신? "하지만 이제 바깥의 소음이 들렸다는 걸 알겠어요. 이제 알겠어요…… 고맙습니다."

"작별인사를 하기가 힘들 거예요." 내가 말했다. 어쨌든 55년의 세월이 아닌가.

스텔라는 아무 말도 하지 않았다. 나는 그를 스티븐과 함께 놓아두고 그들 모자의 행복을 빌어주었다. 하지만 스텔라가 확연히 힘들어해서 불안했다.

조력 사망이 예정된 날 환자 자신보다 가족과 친구들이 더 힘들다는 것은 내 마음속에서 의심의 여지가 없다. 그런 모습을 자주 본다. 고통을 끝내고 싶은 열망에 죽을 준비가 된 사람은 그 결정에 만족하고 이를 진행할 의사능력이 있다는 사실에 고마워한다. 하지만 사랑하는 사람들도 같은 기분을 느끼는 건 아니다. 루이즈의 아들 피트가 좋은 예다. 나는 다양한 반응과 대처 메커니즘을 보아왔다. 그들은 고통받았던 사랑하는 고인에 대해, 그들 자신에 대해 혼란스러운 안도감을 느낀다. 죄책감을 느끼고, 자신이 더 많은 것을 할 수 있지 않았을까 하는 생각을 한다. 인생의 파트너를 잃었다는 순수하고 단순한 슬픔이 있고, 절절한 비통함이 있다. 불신, 망연자실한 침묵, 분노, 감사, 이 모든 것, 그리고 그 이상의 것이 있다. 나는 이런 반응을 어떻게 최대한 흡수할지, 어떻게 최대한 인정할지, 어떻게 들을지, 이런 감정을 느끼는 사람들을 어떻게 도울지 배우고 있었다. 그건 전문성의 영역이 아니었다. 기술의 영역도 아니었다. 조력 사망을 실행한 뒤 남은 사람들의 상태를 더 알아보고 지원하는 것도 나의 책임이었다. 하지만 이제 나는 그런 반응조차 죽음의 중대한 일부이고 항상 모든 것을 완벽하게 예측할 수는 없다는 것도 안다.

그날 스텔라의 집을 떠나면서 나는 그가 나에게서 다른 뭔가를 원했던 건가 싶었지만 어떤 식으로 물어야 할지 알 수 없었다. 이후 몇 주 동안 스텔라 생각이 자주 났다. 그가 잘 대처하고 있는지, 55년간 남편이었던 사람이 정말로 떠났다는 사실을 인정하는 길고 더딘 과정을 시작했는지.

내가 스텔라의 감정을 잘 다루지 못했다는 느낌을 떨쳐낼 수가 없었다. 그래서 CAMAP의 동료들과 온라인으로 소통해보았다. 환자와 그 가족의 사생활을 보호하기 위해 이름과 여러 세부사항을 바꿔서 이야기했다. 하지만 조지프의 사망 후 스텔라와 무슨 일이 있었는지는 사실대로 말했다. 동료들이 보인 최초의 반응은 나에게 힘이 되었다. 그들은 그런 예외적인 상황에서 내가 최선을 다한 거라고 장담했다. 두번째 반응은 가입한 지 얼마 안 된 신입 회원의 질문을 통해 나왔다. 다른 동료들도 일상적으로 장례팀이 올 때까지 환자 가족과 함께 머무느냐는 질문이었다(그렇게 하는 사람은 몇 안 되었다). 세번째 반응은 나에게 다소 찬물을 끼얹었다. "박사님이 말씀하신 내용과 방식으로 볼 때, 저는 그분이 배우자 학대의 피해자 같아요. 자신을 학대한 배우자가 정말로 죽었는지 확인하려 한 거라는 생각이 드는데요."

모든 것의 위치가 약간 바뀌었다. 나는 스텔라와의 상호작용을 준비된 렌즈를 통해 다시 들여다보았다. 그러자 상황이 너무도 쉽게 맞아들어가는 것 같았다.

"물론 저는 그 가족을 잘 몰라요." 동료가 계속 말했다. "실제 세부사항도 전혀 모르고요. 하지만 그런 분야에 경험이 좀 있어요. 박사님이 뭔가 해야 한다는 뜻은 아닙니다. 그저 제가 받은 첫인상을 박사님에게 이야기한 거예요. 만약 제 짐작이 옳다면, 절차가 다 끝난 뒤 박사님이 안심시켜준 건 그분에게 정확히 필요했던 일일 거예요."

동료의 짐작이 사실인지 나는 결코 알지 못할 것이다. 내가 그것을 확인할 적법한 방법도 없다. 하지만 지금까지도 그 가능성이 나를 따라다닌다. '55년의 결혼생활'이 완전히 새로운 의미를 띠게 되었다.

18.   정신질환자와의 상담

늦겨울에 나는 생긴 지 얼마 안 된 지역 MAiD 기관에서 위탁 건 하나를 받았다. 아일랜드 보건국 기관에 기반을 둔 프로그램의 일환으로 대중과 의료인을 지원하는 목적이었다. 그 기관은 케어를 온전히 도맡아 하는 다른 지역의 유사한 기관들처럼 탄탄하지는 않았지만, 많은 행정 업무를 의사들에게 맡기며 그들이 할 수 있는 선에서 최선을 다했다. 나는 배경 정보를 좀 얻기 위해 그 기관에 전화를 걸었다. 그러나 전화를 받은 여성은 그 건의 세부사항을 잘 알지 못했다. 목소리가 부드러운 영국 출신의 에드윈이라는 남자와 몇 번 이야기를 했을 뿐이라는 것이었다. 그 남자는 외로운 것 같고 도움이 필요해 보였다고 했다. 그는 에드윈이 무엇 때문에 고통을 겪는지는 확실하지 않다고 했다. 하지만 에드윈 본인이 MAiD 기관으로 전화를 했고 조력 사망에 대해 여러 번 이야기했기 때문에 그는 에드윈이 MAiD 평가를 받아야 할 것 같다고 생각했다. 나는 열흘 안으로 가정방문을 하겠다고 말했고, 캐런에게 차트를 준비해달라고 부탁했다. 에드윈의 의료기록을 모으고 메모도 했지만, 배경 정보를 파악하는 데 어려움이 있었다.

가정방문 날, 나는 우리가 처음 빅토리아에 왔을 때 살았던 가족 친화적인 분위기의 변두리 지역 오래된 아파트 건물 앞에 차를 댔다. 아파트 호수를 누르고 안으로 들어갔다. 로비는 천장이 낮았고, 1975년에 마지막으로 리모델링한 듯한 인조 목재 패널로 감싸여 있었다.

지금까지 다른 지역들—미국과 유럽 모두—에서 얻은 집단 경험이 캐나다에서도 사실로 입증되고 있었다. 즉 내가 만난 조력 사망 요청 환자들은 대개 백인에 교육 수준이 높고 나이가 많았으며 사회경제적 지위가 높은 계층이었다. 이 점은 미국에서 조력 사망의 역사가 가장 오래된 2개 주인 오리건주와 워싱턴주에서도 입증된 사실이었다. 또한 이 사실은 빅토리아의 인구통계를 반영하기도 했다. 이는 조력 사망에 관한 정보의 분배와 보급에 주로 기인하는 문제일까? 의료 서비스를 받을 기회나 접근성에서 비롯한 문제일까? 아니면 민족이나 토착 공동체들이 지닌 문화적 규범의 차이를 반영하는 문제일까? 우리는 취약한 사람들에게 조력 사망이라는 사안을 밀어붙이는 것처럼 보일까봐 지역사회의 소외된 계층에 조력 사망을 홍보하기를 주저했다. 하지만 우리 중 몇 사람이 교도소와 저소득 계층을 포함한 다양한 공동체의 관심도를 확인하기 위해 질적 조사를 시작했다. 나는 에드윈이 백인일 거라 추측했지만, 이날의 방문이 일반적인 인구통계 바깥에 위치한 누군가를 돕는 기회가 아닐까 하는 생각이 들었다. 나는 엘리베이터를 탔다. 잠시 후 엘리베이터 문이 미끄러지듯 천천히 열렸고, 불빛이 어둑한 복도가 나왔다.

노크를 하는데 에드윈이 벌컥 문을 열었다. 그의 뒤에서 담배 연기가 자욱이 피어오르고 있었다. 아파트 안으로 들어가면서 기침을 참기가 어려웠다. 그가 투덜거리며 복도 양쪽을 재빨리 살펴보았다. "그 사람들이 가끔씩 이 현관문 밖에서 엿듣는다니까요." 그러더니 내 뒤에서 문을 닫고 잠갔다. 문 뒤쪽에 손글씨로 쓴 메시지 3개가 접착테이프로 붙어 있었다. 문을 잠글 것과 일주일에 한 번씩 우편함을 확인할 것을 상기시키는 메시지였다.

에드윈은 보기에 불안할 정도로 야위었고, 낡아서 올이 드러난 노란 오버사이즈 파자마 차림에 맨발이었다. 나이는 70대로 보였다. 손톱이 길었고 턱수염이 들쑥날쑥했으며 많이 웃었다. 치아는 치료가 좀 필요해 보였다. 최근에 씻은 적도, 옷을 세탁한 적도 없어 보였다. 이런 것들이 그의 MAiD 적합성을 보여주지는 않았다. 뭔가 특이한 일이 일어날 것만 같았다.

그가 납작하게 압축한 종이 상자들을 깔아놓은 공간을 따라 조그만 아파트 안으로 안내했다. 곧장 작은 생활 공간으로 향했다. 그곳 한쪽 면에 작은 주방이 있었다. 옅은 베이지색 벽에는 아무것도 걸려 있지 않았다. 창문들을 네모난 판지로 덮고 접착테이프로 단단히 봉해놓아서 빛이 전혀 들어오지 않았다. 우려스러운 느낌에 가슴속이 찌릿했다. 뭔가 이상했다. 작은 환풍기가 켜져 있어서 연기 자욱한 공기가 소용돌이쳤다. 오래된 소파가 벽에 기대어 놓여 있고 닳아빠진 갈색 의자가 소파를 마주보고 있었다.

에드윈이 나에게 소파를 권하고 자기는 의자에 앉았다. 그러는 내내 지나칠 정도로, 거의 어린아이처럼 활짝 웃었다. 이 만남을 주최하게 되어 흥분한 것이 틀림없었다. 그는 내가 뭐라고 말을 꺼내기도 전에 이야기를 시작하더니 쉬지 않고 말했다. 일부 의사들이 다변증―환자가 자신의 생각을 전부 공유할 필요를 느낄 때 빠른 속도로 급하게 말하는 것을 뜻하는 의학 용어. 상황에 부적절하게 보일 때가 많고 중단시키기가 어렵다―이라고 지칭할 만한 상황이었다.

"오늘 여기에 와주셔서 매우 영광입니다. 전화를 받은 여자분이 참 친절했어요. 그분이 선생님이 방문할 거라고 하더군요. 그리고 지금 이렇게 왔고요. 다른 사람들은 선생님이 오지 않을 거라고 했지만 선생님은 여기에 와 있습니다. 선생님이 여기 와 있는 게 참 좋네요. 난 그 사람들이 틀렸길 바랐습니다. 그 사람들은 틀릴 때가 있거든요. 언제 틀리는지 항상 말할 수는 없지만요. 이제 나를 돌봐주는 의사는 없습니다. 그런데 난 의사가 필요해요, 무슨 말인지 알죠? 그래요, 난 의사가 필요합니다. 난 죽을 겁니다. 죽을 때가 되었어요."

그는 끝없이 이어지는 흐름으로 말했다. 태도가 부드럽긴 했지만, 나의 커져가는 불편을 가라앉히는 데는 별로 도움이 되지 않았다. 이런 유형의 화법은 조증이나 양극성 장애에만 해당하는 것은 아니다. 그가 말한 '다른 사람들'은 가족이나 친구들을 가리키는 듯했지만, 그가 환청을 들었을 가능성도 있었다.

내가 에드윈보다 현관문과 더 가까운 자리에 앉아 있다는 사실을 의식했다. 그리고 지금 내가 그와 함께 있다는 걸 누가 알고 있을지 생각해보았다. 캐런 말고 다른 누가 알고 있을까. 내가 어디에 가는지 아무에게도 말하지 않은 데 대해 나 자신을 책망한 뒤, 에드윈이 하는 말에 집중하려 했다. 기침을 하지 않을 수 없었지만 물 한 잔 마시겠느냐는 그의 권유를 정중히 사양했다.

내가 이 대화를 어떻게 이끌어야 할지 고민하는 동안, 에드윈이 죽고 싶어하는 이유를 설명했다.

"나는 이제 늙었고 고통 속에 있습니다. 특히 발이, 발목이, 발의 뼈가 아파요. 전부 다친 상태입니다. 여기 와주셔서 정말 고맙습니다. 그리고 팔의 이 부분도 아파요. 정말 통증이 심해요. 나는 늙었어요. 죽을 때가 되었지요. 죽는 일에 대해 많이 생각했습니다. 난 정말 준비가 되었어요."

에드윈은 자신의 다양한 통증들을 열거하고 자신이 겪고 있는 어려움을 말했다. 그러더니 놀랍게도 의자에서 미끄러져 내려와 무릎걸음으로 나를 향해 기어왔다. 내 바로 앞에서 멈추더니, 어떤 요점을 강조하려는 듯 양손을 흔들었다. 내 얼굴 앞에 몸의 부위들을 차례로 들이밀면서 자신이 겪고 있는 문제들의 증거인 온갖 관절과 멍을 보여주었다. 그렇게 내 앞에 계속 웅크리고 있었다. 그 시간이 매우 길게 느껴졌지만 실제로는 1~2분 정도였을 것이다. 도망칠까 생각했지만, 신체적 위협을 느끼지는 않았다. 그가 특별히 화가 나 있지도 않았다. 나는 그가 사람들 사이의 통상적인 물리적 경계를 염두에 두지 못한다고 짐작했다. 내가 그와의 사이에 약간의 장벽을 두기 위해 다시 한번 다리를 꼬자, 그는 몸을 돌려 다시 의자로 기어가 중단되지 않을 이야기를 계속했다.

나는 그의 자세한 이야기를 경청하길 이미 멈췄다. 그때까지 나는 에드윈에게 정신질환이 있다고 꽤나 확신하고 있었다. 나는 그의 말을 중단시키고 질문을 하기 시작했다. 식사는 어떻게 하는지, 집안에서 그리고 화장실에서 혼자 볼일을 볼 수 있는지, 필요할 때 의지할 수 있는 가까운 친구 한두 명이 있는지. 에드윈이 자신은 그런 모든 일에 아무런 문제가 없다고 나를 안심시키며 대답을 하기 시작했고, 나는 탈출 전략을 짜기 시작했다. 그를 화나게 하고 싶진 않았지만 거짓말을 하긴 싫었다. 사실이 그렇지 않은데 MAiD로 그를 도울 거라고 암시하고 싶지도 않았다. 정신건강 쪽의 경험이 많은 사람이 와서 그를 살펴보아야 할 것 같았다.

나는 정신질환 환자에게 MAiD가 부적합하다고 말한 뒤 살해 협박을 받았다는 다른 지역의 동료들 이야기를 떠올렸다가 그 생각을 떨쳐냈다.

그 대신 에드윈이 몹시 흥미롭게 여기는 듯한 MAiD에 관한 질문들에 답변하기 시작했다. 그는 자신이 수년 동안 세워온 다양한 자살 계획을 나에게 이야기했다. 그러다 의자에서 일어나 주방 수납장 안 상자에 보관해놓은 전기칼을 가져와 보여주었다. 한때 그것을 이용해 스스로 목을 자를 생각을 했었다고 설명했다. 그것이 결정타였다. 되돌아보면 협박 의도는 확실히 없었다. 하지만 그 순간 그의 손에 흉기로 사용할 수 있는 도구가 쥐어져 있고 그러니 그만 그의 아파트를 나설 때가 됐다는 생각이 머릿속을 스쳤다.

나는 에드윈에게 그가 그 칼을 스스로에게 사용하지 않아서 기쁘다고 말하고, 그가 조력 사망의 기준에 부합하는지 확실하지 않다는 설명으로 넘어갔다. 속으로는 MAiD를 요청할 정신적 능력에 의문이 있을 수 있다고 생각했지만, 합리적으로 예측 가능한 자연사 기준에 부합하지 않을 거라는 좀더 구미에 맞는 사실에 집중하기로 했다. 나는 그의 70년 인생과 그가 말한 고통을 무가치하게 여기지 않으며 그 이야기가 사실이라고 믿지만 법은 또다른 문제이고, 이번에 내가 이런 방식으로 그를 돕도록 법적 허가를 받을 수 있을 것 같지 않다고 설명했다. 언젠가 법에 발전이 있을 것이고 병세가 변하면 그가 다시 자유롭게 연락할 수 있을 거라는 언급도 했다.

내가 이 오후의 방문에 대해 이야기할 경우 남편이 할 법한 말이, 우리가 나눌 법한 대화가 머릿속에 들려오기 시작했다. 남편이 느낄 불안을 상상하니 그 불안을 나 자신의 것으로 인정할 수 있었다. 나는 낯선 남자의 아파트 안에 그와 단둘이 있었고, 그 남자의 정신적 안정을 확신하지 못했으며, 방안에는 칼이 있었다. 밖으로 나가고 싶었다.

직관이 중요하고 오랜 세월에 걸쳐 나 자신을 믿는 법을 배우긴 했지만, 그때 내가 느낀 기분이 조금 부끄럽기도 하다. 나는 에드윈에게 도움이 필요하다는 걸 알았지만, 내가 그 도움을 주기에 가장 적합한 사람이라고 생각하지 않았다. 그의 아파트에 계속 있는 것이 안전하다고 생각하지도 않았다. 나는 만약의 경우, 그가 화를 내거나 내가 자리를 뜨지 못하게 막을 경우 거짓말을 하거나 시간을 끌 준비를 했다.

그때 이후 나는 환자의 집을 방문하기 전에 반드시 그 환자의 의료기록 전체를 꼼꼼히 읽겠다고 다짐했다. 또한 내가 어디에 누구와 함께 있는지 캐런이 항상 알 수 있도록 일정표 전체를 공유하기로 결심했다. 또한 환자에게 정신질환의 조짐이 보이면 혼자 만나러 가지 않겠다고, 혹은 안전 점검 차원에서 약속 시간이 10분이 지난 시점에 전화를 걸어달라고 요청하겠다고 맹세했다. 머릿속으로 이런 결정을 하면서 입으로는 MAiD에 관해 이야기했다. 왜 그가 자격이 있거나 없는지, 내가 왜 지금 떠나야 하는지, 그리고 그의 기록을 어떻게 검토할 것인지 이야기하고, 상황이 명확해지면 다시 방문하겠다고 말했다.

그와 함께 현관문을 향해 걸어갔다. 에드윈이 따라와서는 뜻밖에도 내 손을 잡았다. 그의 손은 따뜻하고 부드러웠다. 거의 섬세하게 느껴질 정도였다. 이 사실 하나로 반사적으로 도망치듯 떠나려는 나 자신을 간신히 제어할 수 있었다. 그는 얼굴에 미소를 띤 채 내가 이야기한 모든 걸 이해한다고 분명히 말하면서, 방문해준 데 대해 다시 한번 고마움을 표했다. 자신을 보러 와주어 너무도 고맙다면서 언제 다시 와줄지 궁금해했다. 계속 손을 잡은 채 내 얼굴을 들여다보며 대답을 갈구했다. 그러더니 다시 나에게 아주 가까이 다가섰다. 너무 가까워서 불편하게 느껴질 정도로. 가슴속에서 심장이 뛰는 것이 느껴졌다. 나는 자신에게 말했다. 침착함을 유지해, 이 남자는 해를 끼치는 사람이 아니야, 거의 다 됐어, 라고. 나는 손을 빼내고 현관문의 잠금장치를 푼 다음 문을 열었다. 그리고 복도로 걸음을 내디뎠다. 그런 다음에야 에드윈을 돌아보았다.

"의료기록을 좀더 면밀히 검토해서 다음주에 전화할게요. 그때쯤이면 당신에 관해 더 많은 정보를 알게 되겠죠."

그가 다시 고마움을 표하고 고개를 숙여 몇 차례 인사했다. 나는 자리를 떴다. 엘리베이터를 타지 않고 곧장 복도 끝 계단참으로 향했다. 몸을 계속 움직일 필요가 있었다. 속도를 내서 계단을 걸어내려갔다. 로비에 도착하자 정문을 밀어 열고 신선한 공기를 가슴 깊이 들이마셨다. 그런 다음 내 차가 있는 곳으로 빠르게 걸어갔다. 차에 탔지만 가만히 앉아 있을 수가 없었다. 다시 차 밖으로 나가 공기를 더 마셨다. 그제야 내가 얼마나 겁을 먹었는지 깨달았다.

MAiD 기관에 전화를 걸어, 나를 이곳에 보낸 여성에게 내가 겪은 일을 알렸다. 그는 말없이 듣고는 미안해했다. 우리는 앞으로 더 나은 환자 분류법이 필요하다는 데 의견을 같이했다. 우리 모두가 배워야 할 것들이 아직 너무 많았다. 내 경험을 말하고 나니 마음이 좀 차분해져서 다시 차에 탈 수 있었고 다음으로 넘어갈 수 있었다.

에드윈과의 만남이 그날 나의 마지막 일정이었다. 집으로 돌아가기 전, 나는 해변으로 차를 몰고 가 해안가 가까이 주차했다. 차 안에 앉아 바다를 바라보았다. 평소 나는 마음을 정리하고 다시 집중하기 위해 바닷가를 자주 찾았다.

일로 받은 스트레스를 집까지 가져가고 싶지 않았고, 아직 완전히 안정되었다는 느낌이 들지 않았다. 내가 과잉반응을 하는 건가, 실제로 위험에 처했던 건 아니었나 싶었다. 내가 에드윈의 기대를 저버리고 있는 건지, 그의 입장을 적절하게 대변해주지 못한 건 아닌지 자문해보았다. 내가 한 일에 의문을 제기할 때마다, 나는 똑같이 만족스럽지 못한 결론으로 돌아갔다…… 나는 확신하지 못했다. 더 많은 정보가 필요했다. 그리고 에드윈은 내가 제공할 수 있는 것보다 더 많은 것을 필요로 했다. 사람이 육체적으로 말기 질환을 앓으면 정신적으로도 훨씬 더 단순해진다.

내가 볼 때 에드윈의 진단명은 명확하지 않았고, MAiD를 요청하는 의사능력도 확실히 의문이었다. 정신질환은 그 본성상 환자가 세상을 생각하고 이해하고 경험하는 방식에 영향을 미친다. 임상의는 합리적인 조력 사망 요청과 정신질환의 부차적 자살 충동을 어떻게 구분할 수 있을까? 어떤 환자의 MAiD 요청이 사실과 개인적 가치에 기반을 둔 것인지 아니면 이성적이지 못한 동기에 떠밀린 것인지 어떻게 알 수 있는가? 정신질환 환자에게도 조력 사망이 가능할 수 있다. 정신질환이 있다고 해서 자신의 건강에 관한 중요한 결정을 할 능력이 없다고 단정할 수는 없음을 나는 의식했다. 하지만 이런 구별이 매우 중요한 상황이 있을 수도 있다는 생각이 들었다.

MAiD와 관련해 환자의 정신질환을 관리하는 것은 극도로 복잡하다. 처음으로 대면한 내가 새로운 관례를 만들어낼 수 있는 문제가 아니었다. 정신질환 환자는 치료를 거부할 권리가 있을까?(대답이 예스일 때가 있다는 걸 우리는 알고 있다.) 정신질환이 치료 불가능한 것으로 간주될 수 있을까?(이 문제에 대한 합의는 이루어지지 않았다.) 암과 우울증을 같이 앓는 환자가 우울증 치료를 받고, 그리하여 기분이 안정되면, 그리고 여전히 조력 사망을 원한다면, MAiD에 적합하다고 판정을 받을 수 있다. 하지만 정신질환이 환자의 유일한 기저질환이라면 어떨까?(치료 저항성 우울증treatment-resistant depression이나 전환장애 conversion disorder 치료의 30년 역사로 볼 때.) 정신질환을 앓는 사람에게 조력 사망을 허가하는 것이 윤리적일까? 그들은 특별히 취약하니 좀더 높은 수준의 보호를 받아야 하지 않을까? 몇 가지 안전장치가 마련되어 있긴 하지만, 법은 정신질환 환자들을 조력 사망에서 특별히 배제하지 않고 있다. 그게 맞을까? 다른 한편으로, 정신질환 진단에만 기반해 환자를 MAiD 평가에서 완전히 배제하는 것은 차별 행위이자 윤리적으로 용인될 수 없는 일로 간주될 것이다. 폭넓은 법적·임상적 관점으로 볼 때, 이런 문제들은 오늘날까지 해결되지 않은 상태이다.

이 파장을 보면서, 다르게 행동하겠다고 나 자신에게 약속했던 것을 떠올렸다. 안전과 관련한 새로운 생각을 동료들과 공유하고 지역사회 보건기관에 전화해 에드윈을 위한 도움을 요청하기로 결심했다. 계획을 좀 세우고 나니 마음이 편안해지고 기분이 한결 나아졌다. 마침내 자동차를 운전해 집으로 돌아갔다. 오늘 있었던 일을 장마르크에게 세세히 말하는 건 삼가야 할 테지만 말이다…… 최소한 이런 문제에 대한 적절한 관례를 조금이나마 수립할 때까지는.

19. 　　어머니의 회복탄력성

　　　　　에드윈을 만난 뒤 얼마 안 되어 나는 어머니
를 만나러 다시 핼리팩스에 가게 되었다. 이번에는 어머니의
75세 생신을 축하하기 위해서였다. 장마르크는 가족을 만나러
유럽에 가 있었고, 두 아이는 오빠네 가족과 함께 축하연에 합
류할 예정이었다. 오빠와 나는 어머니의 65세 생신에 큰 축하
연을 열어드렸는데, 70세 생신 때는 어머니가 축하연을 하지
않겠다고 사양하셨다. 75세를 맞아 어머니가 직접 파티를 열기
로 했다고 알려왔을 때, 우리는 이 새롭고 중요한 사건에 어떻
게 대처해야 할지 고민했다. 현재 어머니는 지원을 받는 생활
환경이기 때문에 자세한 대화를 하기엔 무리가 있었다. 어머니
는 동네 호텔에 중간 크기의 룸 하나를 빌리고 오찬 메뉴를 선
택하셨다. 초대할 손님은 가족과 친구들 25명 정도였고, 꽃과
풍선도 준비했다. 물론 주위의 도움을 조금 받으셨지만 나는
감동했다.
　　우리는 파티 날 며칠 전에 핼리팩스에 도착했다. 손주 네
명도 모두 참석할 예정이었다. 대학에 다니는 세 명—남녀 조

카 한 명씩과 샘―은 비행기를 타고 와서 우리와 합류할 예정이고, 새러는 나와 함께 갈 예정이었다. 우리 직계가족 9명은 5개 도시에 흩어져 있었기에 모두가 모일 아주 좋은 기회였다. 오빠가 이 이벤트의 사회를 보기로 했고, 나는 앞에 나가 '몇 마디' 말을 하기로 했다. 크게 신경 쓸 일은 아니었지만, 무슨 말을 하면 좋을지 정하지 못했다.

나라를 가로질러 가는 동안, 나는 어머니에 대해 그리고 우리 관계에 대해 생각했다. 나 자신이 엄마가 된 후 나는 어머니가 나에게 했던 것보다 아이들에게 정서적으로 더 도움이 되어주기로, 어린 시절의 나에게 부족했던 안정감과 안전감을 주기로 결심했다. 그리고 아이들이 커가면서 어머니에 대해, 어머니와 나의 관계에 대해 여러 단계로 더 깊은 통찰과 이해를 하게 되었다. 어머니가 오빠와 나를 가정에서 건사하기 위해 하신 희생을 인식했다. 어머니의 재혼 결심이 당신의 사랑만큼이나 우리에게 동료애와 안정감을 주고 가정이라는 울타리를 만들어주려는 것이었음을 고려하게 되었다. 나 자신의 부모 경험을 통해, 자녀와의 양방향 의사소통이 늘 쉽지는 않다는 점을 이해하게 되었다. 하지만 어머니의 결점이 완전히 용서되는 것은 아니었다.

파티 자리에서 익숙한 가족 일화들을 재탕하거나 어머니가 지금보다 더 젊고 활기가 있었을 때 했던 지역사회 자원봉사 활동을 언급하고 싶지는 않았다. 마찬가지로 어떤 감정적 부담을 가지고 나의 말에 색을 입히거나 어머니가 최근에 겪고 있는 육체적 쇠퇴를 한탄하고 싶지도 않았다. 그렇다면 정확히 무엇에 초점을 맞춰야 할까? 새러와 함께 마지막 비행기에서 내릴 때까지도 전혀 알 수 없었다.

익숙한 핼리팩스의 스프링가든 로드와 사우스파크 스트리트가 만나는 모퉁이에 있는 로드 넬슨 호텔 입구 도로를 지나 호텔 로비 안으로 들어갔다. 산들바람에서 희미한 바다 냄새가 느껴지고 도어맨의 환영 인사와 로비에 있는 사람들의 말소리에서, 안내 데스크 뒤쪽 직원들의 목소리에서 해안지방 악센트가 느껴졌다…… 집에 있다는—아니, 집에 돌아왔다는—느낌이 들었다. 아니지, 나는 방문중이었다. 여기에 오면 늘 혼란스러웠다. 이곳은 나의 어린 시절만큼이나 친숙한 동시에 30년 넘게 살지 않은 만큼이나 낯설었다. 핼리팩스로 어머니를 방문할 때마다 나는 두 세계—어린 시절과 어른의 세계—에 걸쳐진 느낌이었다.

우리는 체크인을 하고 짐을 푼 다음 침대에 자리잡았다. 시차가 4시간 있어서 시계를 보니 새벽 한시였다. 하지만 잠들 수가 없었다. 다음날 새벽에야 어머니의 생신 축하 파티에서 하고 싶은 말이 생각났다.

과거에 어머니 생각을 할 때 나는 어머니의 약점, 육체적 한계 그리고 어렸을 때 나를 충분히 보호해주지 못했던 일에 초점을 맞추는 경향이 있었다. 그러나 나이가 들어가면서—그리고 조력 사망 일을 시작한 후로는 더욱더—어머니의 장점도 인식했다. 어머니는 1979년에 아이 둘을 데리고 이혼하셨다. 당시 어머니는 자신이 속했던 사회에서 초기에 이혼한 사람이었고, 그런 점에서 트렌드세터였다. 1981년 말 어머니가 재혼했을 때만 해도 '혼합 가정'이라는 용어는 매우 낯설었고, 우리의 험난한 이행을 안내해줄 로드맵도 없었다. 그때로부터 10년이 조금 못 되어 어머니는 신경계 질환을 진단받았다. 자립성을 빼앗겼고 자존감도 서서히 사라져갔다. 그래도 아직 좌절하지 않고 있다. 할 수 있는 한 계속 여행도 하고 사교생활도 하신다. 원치 않던 도우미도 결국 고용하셨다. 오늘 어머니는 당신의 병 앞에서 단호하고 반항적이었다. 대부분의 대화에 참여하지 못하지만, 가족과 친구들 사이에 앉아 있는 것으로 만족하셨다. 어머니는 시력과 청력도 약해지기 시작했다. 하지만아직 카드를 손에 쥘 수 있고, 거의 매일 크리비지 게임을 할수 있으며, 스크래블 게임에서는 아직도 대부분의 적수를 이길수 있다. 그렇다, 물론이다. 내가 보았고 어머니가 힘들었던 시절에 어머니에게 직접 말하기도 했지만, 어머니는 항상 다시회복되는 것 같았다.

　나는 어머니에게서 나 자신의 정서적 용기의 씨앗을 보았다. 나는 때때로 요동치던 어린 시절을 보냈고, 궁지에 몰렸을때 강함을 유지하기 위해 어린 나이에 정서적 갑옷을 두르고벽을 세워 스스로를 보호하는 법을 배웠다. 이런 대응 메커니

즘이 내 개인적 인간관계에 항상 도움이 된 건 아니지만, 취약해지는 상황에 좀더 조심스럽게 대응하도록 만들어주었다. 내가 MAiD 일로 망가지거나 압도되지 않도록 일과 개인적 삶을 분리할 수 있었던 건 아마도 어머니를 닮은 내적 강인함과 힘든 기분에서 나 자신을 보호하면서 얻은 교훈 덕분일 것이다.

나는 축하 연설에서 어머니의 강점에 대해, 어머니의 회복탄력성과 끈기에 대해 이야기하기로 마음먹었다.

다음날 아침, 새러를 좀더 자도록 놓아두고 어머니를 뵈러 갔다. 어머니는 벌써 일어나 옷을 입고 아침식사까지 마친 상태였다. 간병인 마거릿이 아침 일곱시 사십오분부터 와서 어머니를 준비시켰고, 둘이서 잘 해낸 것이다. 어머니는 옷을 잘 차려입고, 화장을 하고, 재미있는 귀걸이까지 달았다. 어서 휠체어를 타고 '산보'하러 나가고 싶어하셨다. 휠체어를 끌고 가는 동안 어머니는 마거릿과 계속 수다를 떨었다. 사실 마거릿이 거의 이야기를 했고, 어머니는 고개를 끄덕거리는 정도였다. 그들은 파티를 준비하느라 고생했던 이야기를 나에게 자세히 들려주었다.

그 이야기를 통해 마거릿이 대부분의 기초 작업을 했다는 걸 알게 되었다. 하지만 그들 두 사람은 놀라운 역학관계를 보여주었다. 마거릿이 모든 결정 사항을 어머니에게 전하면, 어머니는 늘 그랬듯이 독선적인 태도로 자기 의견을 고집했다. 룸 앞에 풍선은 몇 개나 달고 풍선 색깔은 무엇으로 할까? 각

테이블에 놓을 센터피스는 어떤 것으로 할까? 테이블은 총 몇 개 놓을까? 그리고 누구를 초대하고 누구를 초대하지 않을까? 마거릿은 어머니의 대변인이자 운전사 역할을 했다. 지휘는 어머니가 했다. 그들이 한 팀으로서 얼마나 잘 기능했는지 매우 놀라웠다. 가장 훌륭한 부분은 늘 서로를 웃게 했다는 점이다. 어머니의 요구를 채워주는 쾌활한 조력자이자 즐겁게 해주는 코미디언 역할은 내가 쉽게 할 수 있는 일이 아니었다. 어머니가 그 역할을 해줄 사람을 만난 것에 감사했다.

어머니가 룸이 완전하게 준비된 것을 볼 수 있도록 우리는 30분 일찍 호텔에 도착했다. 모든 것이 축제 분위기였으며, 우아하고 매력적으로 보였다. 어머니가 손님들이 도착하기 전에 사진 몇 장을 같이 찍자고 제안했다. 아이들과 조카들은 물 만난 고기 같았다. 자아도취에 빠진 17세에서 21세 사이의 아이들 아닌가. 한때 말끔하게 면도하던 남자아이들은 장발에 턱수염을 길렀고, 여자아이들은 오랜만에 만나서 반가워하며 수다를 떨었다. 아이들은 카메라 앞에서 과장된 연기를 했다. 괴짜 같은 포즈로 할머니를 웃겼다.

어머니의 손님들이 들어오기 시작했다. 모두들 어머니가 앉아 계신 데로 가서 인사하고 이 행복한 파티를 위한 덕담을 해주었다. 시간이 되자 오빠가 모두에게 환영의 말을 하고 참석해주셔서 고맙다고 인사했다. 어머니의 테이블로 가는 손님의 수가 꾸준하게 유지되는 가운데, 우리는 끊임없이 수다를 떨면서 애피타이저와 점심을 먹었다. 나는 어머니의 건너편 테이블에 앉아 있으면서, 가까운 친구분들의 친절함에 경탄했다. 그들은 차례로 의자를 당겨주고, 주변 소음에 묻히지 않도록 느리지만 큰 소리로 이야기해주고, 어머니의 이야기를 잘 듣기 위해 몸을 가까이 기울여주었다. 처음에는 그 노력이 고마웠다. 하지만 곧 그것은 어머니가 그들에게 어떤 사람인지 보여주는 표시이기도 하다는 걸 깨달았다. 그들은 어머니의 한계를 충분히 뛰어넘어 서로 연결될 만큼 어머니를 잘 보살폈다.

케이크 앞에 있던 오빠가 나에게 몇 마디 하라고 청했다. 나는 그 자리에 있는, 내가 평생에 걸쳐 알아온 남자들과 여자들의 얼굴을, 어머니가 겪어온 모든 일을 알고 있는 사람들의 얼굴을 둘러보았다. 가족과 친구들의 나이든 얼굴이 눈에 들어왔고, 모두가 각자 인생의 부침浮沈을 겪어왔음을 깨달았다.

"다행히도," 내가 이야기를 시작했다. "작고하신 외할머니 베티 여사께서는 사람들 앞에서 하는 연설은 절대 2~3분을 넘기지 말아야 한다는 걸 저에게 가르치셨습니다. 그러니 길게 말하지 않겠다고 약속할게요. 어머니는 제가 무슨 이야기를 할지 전혀 모르고 계세요. 이야기가 다 끝났을 때 어머니가 동의하실지 안 하실지는 모르지만…… 어느 쪽의 의견이든 듣게 되겠지요……"

손님들이 웃고 웅성거렸다.

"저는 여러분 모두가 잘 알고 계신 어머니의 기여에 대해 말하려고 이 자리에 서지는 않았습니다. 제가 조명하고 싶은 주제는 어머니가 말하고 싶어하지 않는 어떤 것…… 어머니에게는 약간의 도전 같은 주제일 겁니다. 어머니는 과거든 현재든 힘든 이야기 하는 걸 좋아하지 않으세요. 하지만 저는 그런 이야기가 어머니의 진정한 본질을 보여준다고 믿습니다. 제가 말하고 싶은 건 어머니의 회복탄력성이에요."

나는 어머니가 젊었을 때 얼마나 트렌드세터였는지 그리고 인생의 장애물들을 어떻게 극복했는지 이야기했다. 이 점에 있어서 어머니가 특별하지는 않았다는 걸 인정했다. 하지만 병(어머니가 잘 이야기하지 않는)이 어머니와 주변 사람들에게 짐을 보탰다. 나는 멀어진 친구분들을, 내 짐작으로는 어머니의 제한된 여건 때문에 어쩔 수 없이 지금 우리와 함께 축하하지 못하는 분들을 언급했다.

이야기를 마무리하기 시작했다. "다른 사람들이 어머니 같은 상황에 처했다면 중간에 텐트를 접었을 거예요. 하지만 어머니는 그러지 않으셨죠. 어머니는 엄청난 용기와 고집으로 모든 도전에 맞섰습니다. 저는 그 점이 큰 존중을 받을 가치가 있다고 생각해요."

나는 어머니를 향해 잔을 들어올리고 다른 사람들에게도 같이 하자고 제안했다. 룸 안에 있는, 어머니가 사랑하는 모든 사람이 내 말을 인정하듯 어머니 쪽으로 얼굴을 향했다.

정확한 의미의 용서는 아니었지만—내 안에는 10대 시절 어머니와의 거리 때문에 상처받았다고 느끼는 연약한 부분이 여전히 있었다―어머니의 장점에 대한 진실한 감사였다. 그리고 내가 MAiD 일을 하지 않았다면 이런 일이 일어나지 않았으리라는 걸 알았다. 아마 그때가 조력 사망 일이 인생을, 나의 인생과 어머니의 인생을 보는 새로운 시각을 제공해주었음을 처음으로 깨달은 순간일 것이다. 나는 어머니보다 증상이 훨씬 덜 심각한데도 죽을 수 있도록 도와달라는 사람들을 만났고, 계속 살아가기 위해 사람들이 하는 노력에 새삼 존경심을 느꼈다. 그들이 용인 가능하다고 생각했던 지점을 넘어, 그리고 그것이 궁극적으로 삶의 종결을 선택하기 위한 노력일지라도. 현재 어머니가 하고 있는 모든 노력과 어머니의 고집이 새롭게 조명되었다. 어머니는 당신 자신이 늘상 나에게 말한 것처럼 생존자였다. 때로 생존자들은 다른 사람들이 힘들어할 선택을 해야 한다. 하지만 그 목적은 또다른 날을 사는 것, 다음번에는 더 잘하는 것이다. 어머니는, 물론 실수할 수 있지만, 절대적으로 최선을 다하고 있었다. 내가 그 이상 무엇을 부탁할 수 있겠는가?

나는 내 장점의 씨앗에 관한 새로운 시각과 통찰에 기분이 좋아져서 집으로 돌아갔다. 내가 취약함과는 거리가 멀다고 깨닫는 것은 시간문제일 뿐이었다.

৩

베브는 67세로 비교적 젊은 편이었지만, 전이성 대장암 말기 환자였다. 처음 만났을 때 그는 이미 야위고 무척 쇠약했다. 하지만 따뜻한 함박미소로 나를 반기며 자신의 침대맡으로 맞아주었다. 나는 즉각 그가 사람들에게 베푸는 데 익숙한 사람이라는 인상을 받았다. 베브는 신심 깊은 여성이었고, 삶이 끝나가고 있음을 인정하고 평화로운 상태에 있었다. 그 끝이 얼마나 빨리 다가올지, 그가 준비하고 견뎌야 할 쇠퇴가 얼마나 남아 있는지는 더이상 문제가 아니었다.

"그저 우리 아이들과 좀더 시간을 보내고 싶을 뿐이에요." 그가 말했다. "맏이가 호주에서 여기로 날아올 예정이거든요. 그런 다음에 죽고 싶어요."

베브는 자신이 남편에게, 자신을 편안하게 해주기 위해 남편이 하고 있는 모든 일에 얼마나 고마워하는지 강조했다. 하지만 그가 베브의 방에 인센스를 피워두었음에도, 그 톡 쏘는 파촐리 향이 직장直腸의 병에서 발생하는 독특한 냄새를 덮지는 못했다. 나는 이 현실이 베브에게 영향을 미친다고 짐작했고, 그것이 고통의 특별한 근원이라는 생각이 들었다.

베브의 조력 사망이 예정된 날 오후 그 집에 도착했을 때 아델이 차를 몰고 왔고, 우리는 함께 안으로 걸어들어갔다. 지하로 통하는 계단을 내려가보니, 아내를 더 넓은 공간에서 돌보려고 남편이 그곳에 마련해놓은 침대에 베브가 누워 있었다.

사람들은 앉아 있거나 서 있었다. 베브와 이야기를 나누는 사람들도, 자기들끼리 이야기하는 사람들도 있었다. 모두 합쳐 10명쯤이었다. 침실용 탁자 위에는 반쯤 마신 샴페인 잔들이 있었고, 바닥에도 몇 개가 더 있었다. 핑크색 리본을 두른 빈 샴페인 병들도 왼쪽에 보였다. 방안에는 조용하고 기분 좋은 웅성거림이 감돌았고, 파촐리 향이 그 어느 때보다 강렬했다.

내가 들어가는 소리에 사람들이 뒤를 돌아보자, 나는 인사를 했다. "안녕하세요, 그린 박사입니다." 모든 사람이 하던 이야기를 멈추었다. 처음 겪는 일도 아니었다. 나는 침입자처럼 느껴지는 불편한 마음을 털어냈다. 베브가 나를 소개해 자신의 정신이 또렷함을 증명하고 모두가 적응할 시간을 주었다. 베브가 "그리고 이쪽은 우리 엄마예요"라고 말했을 때, 나는 이런 식으로 그의 가족을 만나는 것이 어색하다는 생각이 들었다.

조력 사망 일을 하면서 자주 듣는 소개말은 아니었다. 내가 도운 사람들의 평균연령은 75세였다. 그래서 베브의 소개말에 허가 찔린 것이다. 그곳에, 침대 발치에 놓인 의자에 노부인이 앉아 있었다. 이상하게도 노부인은 짙은 색 레인코트를 벗지 않고 계속 걸치고 있었는데, 80세가 훌쩍 넘어 보였고 젊은 여자의 손을 잡고 있었다. 그 젊은 여자는 알고 보니 노부인을 맹목적으로 사랑하는 손녀였다. 내 눈은 이 진기한 장면—조력 사망을 맞이할 환자의 침대맡에 부모가 앉아 있는—에 몇 초 더 머물렀다. 그러다 놀란 마음을 억누르고 다음 단계로 넘어갔다.

오래지 않아 우리는 일을 진행하기 위해 모였다. 나는 8개의 주사기를 순서대로 줄지어 옆에 놓아둔 채 베브의 오른쪽에 있는 커다란 매트리스 위에 앉았고, 아델은 내가 약물을 투여한 정확한 시각을 기록하기 위해 펜과 종이를 들고 방 뒤쪽에 비켜서서 기다리고 있었다.

"시작하기 전에, 하고 싶은 말이 남은 분이 계신가요?" 내가 물었다.

베브의 사랑하는 사람들이 한 사람씩 앞으로 나아왔다. 베브의 딸 제니퍼가 걸어와 침대 맞은편에 앉았다. 그는 엄마의 손을 잡고 몸을 가까이 기울이고는 베브가 해준 모든 것에 고마움을 표했다. "사랑해요. 그리고 많이 그리울 거예요. 하지만 엄마가 자신을 위해 옳은 일을 하고 있다는 걸 알아요." 제니퍼가 말했다. 그런 다음 망설이더니 눈을 감고 조용히 눈물을 흘렸다. 그리고 베브의 이마에 오랫동안 마지막 입맞춤을 한 후 뒤로 물러났다. 나는 이 온화한 이타심에 감동받았다.

제니퍼의 파트너, 엄격해 보이는 외모의 30대 초반 젊은이 로브가 베브 쪽으로 다가와 부드럽지만 확신에 찬 목소리로 그의 딸을 영원히 사랑하고 보살피겠노라 약속했다. 베브가 그와 눈을 맞추며 미소 지었다. "자네가 그럴 거라는 걸 알아." 베브는 이렇게 말하고는 그에게 손을 내밀었다. 로브가 베브의 손을 잡자 베브는 그 손을 꼭 쥐었다. 로브는 앞으로 몸을 기울여 베브의 손가락들을 자기 입술 높이로 들어올리고 입을 맞추었다. 그런 다음 우아한 기사처럼 뒤로 물러났다.

다른 사람들도 차례로 베브에게 다가갔다. 작별인사를 하는 이 과정은, 보편적인 경우와는 거리가 멀었지만, 특히 감동적이었다. 나는 이 소중한 마지막 시간 동안 가능한 한 눈에 띄지 않으려 노력했다. 내가 지켜보는 사람임을 의식하고 있었고, 담당 임상의로서의 역할을 인식하면서 이들의 시간을 침범했다는 기분과 씨름했다. 그렇게 하는 것이 그들의 프라이버시를 더 잘 지켜주는 일인 듯 본능적으로 눈길을 돌렸다. 하지만 눈앞에서 일어나고 있는 일에 매혹되었다.

그때까지 조용히 있던 베브의 어머니가 입을 열었을 때에야 이 모든 생각에서 벗어났다. "나도 작별인사를 하고 싶다." 그가 큰 소리로 말했다.

베브의 어머니가 앉아 있던 의자에서 일어나려고 몹시 애를 썼다. 손녀가 할머니가 일어서도록 도와주려 했다. 하지만 그는 혼자 힘으로 베브에게 다가가기 위해 어깨를 으쓱해 도움을 물리쳤다. 노부인은 몸을 아래로 기울이고 떨리는 손을 뻗어 베브의 얼굴을 양손으로 감쌌다. 그의 불거진 손가락 관절들과 구부러진 자줏빛 손가락들이 베브의 창백하고 부드럽고 스테로이드로 위축된 뺨과 생생하게 대조를 이루었다. 그는 베브의 오른쪽 뺨에 단호히 입을 맞춘 뒤, 얼굴을 가까이 대고 간단한 작별인사를 했다. "잘 가려무나, 사랑하는 내 딸아."

인사말 자체는 지금 일어나고 있는 일만큼 충격적이지 않았다. 딸을 먼저 보내는 88세의 노부인이 딸에게 어떻게 작별인사를 하겠는가? 어머니가 자식에게 어떻게 작별인사를 하겠는가? 그것은 부자연스럽고, 부당하고, 이 세상 질서가 아니다. 그리고 나는 그런 일을 고려할 준비가 되어 있지 않았다. 그 장면에 나 자신의 경우를 투사해보지 않을 수 없었다⋯⋯ 어머니가 나에게 마지막 작별인사를 해야 하는 상황이라면 어떨까? 혹은 더 심하게는, 내가 딸아이에게 작별인사를 해야 하는 상황이라면? 견딜 수 없을 것이다. 한동안 숨을 쉴 수 없었다. 딸아이의 죽음이 어떻게 느껴질지 그 망연자실한 두려움을 나도 모르게 떠올리자 식은땀이 흘러내렸다. 그때까지 40건이 넘는 조력 사망을 경험했지만, 눈물이 날 것 같은 기분을 억누르기 힘든 적은 처음이었다. 서사가 머릿속에 그려지지 않도록 눈길을 돌리고 싶었지만, 그들 모녀에게서 눈을 뗄 수가 없었다. 정확히 말해 몸을 움직일 수 없는 건 아니었지만, 나 자신을 제대로 통제할 수가 없는 느낌이었다.

기어이 눈물이 흐르기 시작해서, 어쩔 수 없이 침대를 내려다보며 자신을 다잡았다. 숨을 깊이 들이쉬었다. 심호흡을 못하고 있었음을 그제야 알아차렸다. 환자 가족들이 나와 가까이 앉아 있다는 것을 의식했다. 그들은 상실감에 휩싸여 있겠지만, 내가 몹시 충격받은 것을 눈치채진 않았을지 신경 쓰였다. 이런 상황에서 취할 행동 지침을 나는 전혀 알지 못했다. 임상의가 투사를 통해 눈물을 흘리고 휘청거리는 상황 말이다. 베브를 위해서만큼이나 나 자신을 위해 일을 진행해야 한다는 걸 깨달았다. 하지만 어떻게 해야 정중한 태도로 할 수 있을지 완전히 난감한 상태였다.

다행히 베브가 나 대신 그 역할을 맡아주었다. "우리 몬스터가 여기 있으면 좋겠어요!"

그는 반려견이 참석하게 해달라고 요청했다.

에너지 넘치는 검은색 푸들이 침대를 향해 덤벼들더니, 곧바로 다가와 나 그리고 주사기들에 코를 대고 킁킁거렸다. 개는 내가 쓰다듬는 걸 허락했고, 그 행동에 나는 진정됐다. 개는 이윽고 베브에게 가까이 코를 들이밀었다. 이제 모두 준비되었다. 더이상 일을 미룰 구실이 없었다. 베브가 나와 눈을 맞추고 시작하라고 청했다.

10분 뒤 베브는 저세상으로 갔다.

나는 베브의 가족에게 임무 보고를 한 뒤, 그들과 포옹으로 작별인사를 했다. 하지만 아델과 함께 그 집을 떠날 때까지 한마디도 하지 않았다. 전반적인 감정 상태 때문에 여전히 동요하고 있었고, 우리 말소리가 들리지 않을 만큼 멀리 벗어나기 전까지는 말하고 싶지 않았다. 내 자동차에 이르러 가방을 내려놓고 아델을 바라본 다음 차 문을 열었다. "아, 이번 일은 대단했네요." 내가 말문을 열었다. 나에게만 그랬던 건지 아니면 아델 역시 충격을 느꼈는지 궁금했다.

"정말 그랬어요." 아델이 대꾸했다. "스테파니, 뭐 좀 물어봐도 될까요?"

"그럼요." 내가 대답했다.

"제가 좀 안아드려도 돼요?"

나는 고개를 끄덕였다. 그리고 내가 고개를 끄덕인 걸 의식하기도 전에 아델이 나를 힘주어 단단히 끌어안았다. 나는 그 포옹을 받아들였고, 기분이 좋았다.

프로페셔널한 태도를 유지하는 것도 이 일의 일부다. 환자들이 그것을 기대하고, 표준이 그것을 요구한다. 나는 의료계에 들어올 때부터 그 점을 알고 있었다. 그러나 기쁨 그리고 특히 비극 한가운데에서 대처하는 또다른 방법을 산부인과 시절에 배웠다. 아기가 태어나서 축하하는데 뒤에 물러나 있는 것은 적절하지 않았고, 아기가 사산되었을 때 감정을 허물어뜨리거나 뒤로 물러나는 것도 적절하지 않았다. 이 모든 감정은 어디론가 흘러가, 이따금 옹벽에 금이 갈 때 부지불식간에 튀어나온다.

20.   친구의 죽음을 돕던 날

빅토리아에는 봄이 일찍 찾아온다. 3월 초가 되면 튤립 구근이 흙을 뚫고 터져나오고, 다년생 화초들이 싹을 틔우고, 한해살이 꽃들도 피기 시작한다. 도로변에 늘어선 벚나무의 개화를 보러 관광객들이 흘러들어온다. 우리 도시에서 번성하고 활발히 활동하는 일본인 공동체가 남긴 멋진 유산이다. 1년 중 사슴들이 덜 출몰하는 유일한 시기이기도 하다. 번식하고 곧 새끼를 낳기 때문이다.

새로운 계절이 다가옴에 따라, 조력 사망 요청이 눈에 띄게 증가했다. 크리스마스 휴가 전후로 약간 증가하는 것이 새로운 기준이 되었고, 나는 웬만하면 한 주에 한 건 넘게 제공하지 않는 것을 원칙으로 하면서 일주일에 4~5건을 평가하고 매일 환자 몇 명을 만나고 있었다. 일반 의사, 입원 환자 담당 의사, 암 전문의, 신경과 전문의에게 혹은 환자들과 그 가족들에게 상담 요청을 받았다. 또한 상태를 계속 추적하고, 다시 평가하고, 적절할 때 조력 사망을 제공하는 등 전에 만난 환자들도 관리하고 있었다. 되돌아보면 지속적으로 증가하는 업무량에 계속 대처할 수 있는지 보려고 나의 한계를 시험한 건 아닌가 싶다.

나만 그런 것은 아니었다. 나라 전체에서 조력 사망에 관심이 서서히 커지고 있었고, 동료들도 마찬가지로 바빴다. 점점 더 많은 사람이 도움을 요청하고 받는 상황에서, 아직도 많은 사람이 조력 사망이 합법이라는 사실을 모르고 있어서 놀라웠다. 캐나다에서 처음 MAiD가 시행된 6개월 동안 전체 사망자의 0.6퍼센트가 조력 사망이었던 것으로 보고되었다(이는 1997년에 말기 환자의 조력 사망이 허가된 미국 오리건주의 0.3퍼센트와 비교된다). 다음 6개월 동안에는 이 수치가 0.9퍼센트로 증가했다. 캐나다 안에서 활동하는 MAiD 임상의 수가 얼마나 많은지, 혹은 얼마나 적은지는 아무도 알지 못했다. 내가 아는 건 내가 바쁘다는 것과 이곳 밴쿠버 아일랜드에서 이 일을 하는 임상의 수가 10명 미만이라는 것, 우리가 조력 사망을 전국 평균치의 3배 이상 제공하고 있다는 것이었다.

나는 가능한 모든 경우를 보았다고 생각하곤 했다. 하지만 새로운 환자들이 매번 나를 놀라게 했다.

리즈의 소식을 들었을 때 내가 보인 첫 반응은 이것이었다. '리즈에게 그런 일이 일어날 수 있다면 나에게도 일어날 수 있어.' 그런 생각을 하니 정신이 번쩍 들었다. 리즈와 나는 친분이 있었다. 둘 다 40대 후반이고, 결혼해서 아이들이 있었다. 핫요가 스튜디오에 반半정기적으로 출석하면서 그를 알게 되었다. 한 번 함께 커피를 마시러 갔고, 그의 가족, 그가 하는 인테리어 디자인 일, 그리고 우리 동네로 이사 오고 싶어한다는 걸 알게 되었다. 1년 뒤 리즈와 그의 남편 마크—요가에는 관심이 없는 조용한 건축가—가 우리를 바비큐 파티에 초대했다. 최근에 그들은 이사를 잘 마쳤고, 그래서 리즈의 새집을, 그의 가정생활과 세 아이—남자아이 둘과 막내 딸아이—를 보러 갔다. 그때 이후 나는 요가 수업에 출석하는 빈도가 줄어들었지만, 동네에서 만나면 서로 손을 흔들어 인사를 나누었고, 요리를 하다가 재료가 부족하면 빌릴 수도 있는 사이였으며, 12월이 되면 연말 파티에서 마주치곤 했다.

어느 날 저녁 리즈는 주방에서 저녁식사 준비를 하고 있었다. 그때 마른하늘에 날벼락처럼 병이 발병했다. 소문으로는 뇌종양이라고 했다. 처음에 나는 그 소식을 우리 요가 스튜디오에 다니고 나보다 리즈를 더 잘 아는 친구에게서 들었다. 일주일 만에 정보가 업데이트되고 명확해졌다. 뇌가 아니라 다른 곳에서 생겨난 암이었다. 흑색종 4기. 어떻게 그렇게 오랫동안 발견되지 않았는지 다들 이해하지 못했다. 암이 허파, 간, 림프절, 뼈에까지 퍼져 있었다. 하지만 리즈는 암으로 뇌가 심하게 손상되고 나서야 자신이 아프다는 걸 알아차렸다.

나는 더 자세히 알고 싶었지만 물어볼 권리가 없었다. 어떤 사람이 리즈에 대해 언급하거나 자세한 내용을 알려주면 열심히 들었을 뿐이다. 그의 건강 상태에 관해 물을 만큼 스스럼없는 사이는 아니라는 느낌이었다.

그 봄의 어느 날, 새로운 환자를 만나러 호스피스 병동에 갔다가 제빙기 앞에서 마크를 마주쳤다. 나는 정중하게 목례한 뒤 가던 길을 갔다. 마크—엷은 갈색 머리에 소년 같은 얼굴—는 리즈에게 세상의 기반이었다. 나는 그의 아내가 호스피스 병동에 있을 정도로 많이 아프다는 것을 알 권리가 없었다. 병원에서 아는 사람을 우연히 만나면 항상 대처하기가 어렵다. 경력 내내 그랬다. "여기서 뭐 해요?"라는 말이 매번 반사적으로 튀어나오려 한다. 하지만 스스로를 다잡으려 애쓴다. 모든 사람은 사생활을 보장받을 권리가 있으니까.

그렇기는 했지만, 리즈가 조력 사망을 고려하고 있는지 궁금해졌다. 나로서는 자연스러운 궁금증이었다. 물론 나는 조력 사망이 모든 사람을 위한 선택은 아님을 알고 있었다. 그 불가피함을 받아들이는 사람도 있지만, 다른 사람들은 끝까지 싸우는 쪽을 택한다. 이 선택이 그들이 누구인지, 그들이 삶과 죽음의 문제에 어떻게 대처하는지를 말해준다. 그리고 나는 그 선택을 존중한다. 만약 지금 내가 말기 병을 앓고 있다면, 나는 가진 모든 수단을 동원해 싸울 것이다. 하지만 상황에 따라서는 삶을 끝내는 편을 더 원하는 순간이 올지 모른다는 생각도 든다. 더이상 의사소통을 할 수 없게 되면, 작별인사를 이미 했다면, 지속된 병으로 사랑하는 사람들이 더욱 고통받기만 한다면 그리고 앞으로 오직 쇠퇴만 남아 있다면, 내가 언제 죽을지 결정할 의사능력이 남아 있음에 감사할지도 모른다고 상상하고도 남는다.

나는 리즈의 병문안을 가고 싶은 유혹을 느꼈다. 하지만 과거에 여러 번 함께 일한 호스피스 의사 휘트모어 박사가 내가 초대받지 않았음을 상기시켰다. "단지 리즈가 여기 있다는 걸 알았다고 해서 병실에 들르는 건 적절하지 않아요." 휘트모어 박사가 지적했다. 지당한 지적이었다.

선의에서 나온 생각이지만 적절하지 못하다는 훈계를 받고 리즈가 쇠퇴하고 있다는 사실에 슬픔을 느끼며 호스피스 병동을 떠났다. 내가 그를 위해 할 수 있는 일은 없었다.

제빙기 앞에서 마크를 마주치고 3주가 지나서, 새로운 위탁 건을 맡게 되었다. "전이성 흑색종을 앓고 있는 이 상냥한 여자분을 만나줄 수 있길 바랍니다. 그는 결혼했고, 10대 자녀 셋의 엄마예요. 얼마 전부터 말기 상태입니다. MAiD를 요청하고 있고, 되도록 가까운 장래에 이를 가능하게 할 방법에 관해 박사님과 이야기를 나누고 싶어합니다. 그는 호스피스 병동에서 상태가 계속 악화되고 있어요. 가족들도 대부분 동의하고요."

나는 놀라서 환자의 이름을 재차 확인했다. 리즈를 상담하는 일이 내 손에 떨어진 것이다. 이 위탁 건이 무엇을 의미하는지 알았다. 하지만 상담자가 나―자신의 요가 친구―라는 걸 리즈가 알고 있는지 확인해야 했다. 요가 스튜디오에서 나는 결혼 뒤의 성姓을 사용했다. 그래서 그 건을 받아들이기 전 말기치료 담당 의사에게 다시 한번 확인해달라고 요청했다.

"100퍼센트 확실해요." 휘트모어 박사가 장담했다. "그 환자는 정확히 이렇게 말했어요. '굉장할 거예요. 그 일을 맡아줄 사람이 내가 아는 사람이어서 기뻐요'."

리즈는 우선 나와 단둘이 만나게 해달라고 했다. 그는 병원 환자복 차림이었고, 화장은 하지 않았으며, 평소 하던 헤어스타일인 포니테일이 아닌 보브 커트를 해서 자른 머리칼에 얼굴이 덮여 있었다. 요가 스튜디오에서 알던 유연한 리더와는 거리가 먼 모습이었다. 몸 오른쪽 부분의 움직임이 위축된 것 같았고, 병으로 언어 능력도 좀 상실된 듯했다. 하지만 말을 하려고 노력했다.

"나…… MAiD를 받고 싶어요…… 그게 내가 원하는 거예요. 그걸 선호하지 않는 사람은…… 그럴 필요가 없겠지만." 그는 조금 동요하는 것 같았다. "당신이…… 날…… 도와줬으면 해요. 알아요…… 내가 뭘 부탁하고 있는지."

리즈가 미소 지었다. 하고 싶은 말을 전부 정확하게 해서 만족한 듯했다. "난 확신해요." 그가 되풀이해 말했다. "사람들이 동의하지 않는다 해도…… 그 사람들 말은 듣지 말아요. 내가 확신하니까."

리즈는 마크가 자신을 이해하고 지지해준다고 말했다. 자신의 친인척도 이 절차에서 환영받을 거라고 했다. 하지만 그들이 자신의 결심에 관해 질문하는 건 견디지 못할 거라고 설명했다. 그는 병이 자신의 인간성을 앗아가기 전에 삶을 끝내기로 했다. "내가 아직 나일 때." 그가 강조했다. "내가 아직 그걸 할 수 있을 때."

그의 목표는 아이들이 자기들을 알아보지 못하는 엄마와 씨름해야 하는 상황을 막는 것이었다.

리즈는 자신의 소망을 분명히 하면서, 일이 어떻게 진행되는지 알고 싶어했다. 그래서 나는 마크도 함께 있는 자리에서 더 폭넓은 대화를 하자고 제안했다. 하지만 마크는 리즈의 결정을 아내가 말한 것 이상으로 힘들어하는 것 같았다. 그는 리즈를 지지하긴 했지만 당황했다. 아내에게 정말 확신이 드느냐고 계속 물었다. 나는 많은 질문에 힘닿는 만큼 대답해주었다. 중요한 질문은 아이들이 그의 죽음에 참석하느냐 아니냐에 관한 것이었다.

그들은 열한 살 난 딸의 반응을 무척 염려했다. 나는 최대한 터놓고 소통하고 솔직하게 이야기하라고 권했다. 딸아이가 리즈의 병을 얼마나 이해했을까? 그들이 활용할 수 있는 자료도 추천하고, 아이들이 어떤 감정을 토로하든 인정해주라고 말했다.[1] 내가 MAiD 일을 하는 동안 환자의 침대맡에 10대 아이들이 함께한 경험은 별로 없었고, 나의 지인이라는 사실로 이상황이 더 수월해질지 아니면 더 힘들어질지 궁금했다. 그의 가족이 이틀 뒤 호스피스의 슬픔 상담사와 만나 상담을 받기로 약속했다는 이야기를 들으니 좀 안심이 되었다.

일주일 뒤 마크가 나에게 전화를 했다. "둘이서만 이야기

좀 할 수 있을까요?" 우리는 호스피스 병동 안 작은 명상실에서 만나기로 했다. 창문과 소파, 요가 매트, 그리고 싱잉볼*이 있는, 마음을 진정시키는 공간이었다. 내가 역할에서 벗어나는 행동을 하는 건 아닐까 생각하며 명상실 안으로 들어갔다. 나는 슬픔 상담사 훈련을 받지 않았고, 마크에 대해서는 리즈에 대해서만큼 잘 알지 못하니 말이다. 우리의 친숙함이 도움이 될지 방해가 될지 다시 한번 생각했다.

우리는 소파에 앉았고, 그가 이야기하는 동안 나는 경청했다.

"모두들 너무 대단했습니다…… 내 말은…… 정말로 대단했다는 뜻입니다. 하지만 저는 여전히 이 일을 소화하지 못하고 있어요. 목구멍에 계속 걸려 있는 상태입니다."

그는 편안해 보이지 않았다. 나를 보고 있지 않았다. 그의 마음속에 뭔가가 맺혀 있었다.

"모르겠어요." 그가 이어 말했다. "얼마나 많은 사람들이 아는지 모르겠어요." 그가 어깨를 조금 으쓱했다. 약간 멋쩍어하는 것 같았다. 그러더니 나를 외면하고 말했다. "리즈가 몇 사람에게 자기가 이것에 대해…… 조력 사망에 대해 생각하고 있다고 말했어요. 하지만 저는 이것이 이해하기 힘든 일이라고 생각합니다. 왜냐하면 저도 이 문제로 고심하고 있으니까요. 아시겠어요?"

• 그릇 모양으로 생긴 청동 종. 요가나 명상을 할 때 사용한다.

그가 대답을 기다리는 듯 나를 돌아보았다. 하지만 나는 뭔가 더 있다는 느낌에 가만히 기다렸다.

"그러니까 저는 이 문제에 사실 찬성하지 않습니다." 그가 말했다. "리즈를 지원할 거예요. 하지만 전 아내가 그걸 안 했으면 좋겠어요. 저는……" 그가 다시 시선을 돌렸다. "저…… 저는 리즈가 안 했으면 좋겠어요."

지금까지 내가 50세 이하의 환자의 죽음에 도움을 준 적은 한두 번뿐이었다. 내가 만나고 평가한 젊은 환자들은 대부분 죽을 수 있도록 도와달라고 요청하는 지점까지 이르지는 않았다. 너무 힘든 일이라는 생각이 든다. 인생의 전성기에 죽음을 요청하는 것 말이다. 그건 직관에 반하는 일이다. 마크의 반응은 조력 사망이 인생을 거의 다 살아낸 89세 노인이 자율적으로 결정하는 경우에 비해 한창 가정을 꾸려가는 48세 여성의 경우가 얼마나 다르게 느껴지는지를 나에게 상기시켰다.

"그리고 제 어머니가," 마크가 말을 이었다. "제 어머니가 이 일을 정말 속상해하십니다. 어머니는 전혀 이해하지 못하세요. 계속 저한테 리즈가 그렇게 하도록 놔두면 안 된다고 말씀하십니다."

나는 마크에게 무척 스트레스를 받을 것 같다고 말했다. 그리고 아마도 그가 어머니에게 전후 사정을 설명해 도울 수 있을 거라고 말했다. 아이들에게도 나이에 맞는 방식으로 설명할 필요가 있다고 조언했다.

"그래요." 그가 대답했다. "그애들도 알아요. 리즈가 죽어간다는 걸, 엄마가 이 호스피스 병동에 머물고 있고 집으로 돌아오지 않으리라는 걸 알고 있습니다." 그는 아래를 내려다보고 있었다.

"아이들에게 이걸 설명하는 한 가지 방법은 MAiD가 하나의 선택이라는 걸 상기시키는 것일 거예요." 내가 말했다. "어려운 선택. 아마도 용감한 선택. 리즈는 죽음으로 이어질 병을 앓고 있다고, 하지만 자신의 생각에 따라, 스스로 선택한 방식으로, 선택한 시간에, 자신이 사랑하는 사람들에게 둘러싸여 죽기로 결정했다고 설명하면 될 거예요. 아이들이 이걸 이해할 수 있을 것 같으세요?"

"네, 아이들에게 말하기 좋은 방법 같네요. 아이들이 엄마를 약하게 보지 않고 강하다고 여길 것 같습니다. 제 마음에도 들어요." 그가 건성으로 고개를 끄덕였다.

내가 계속 말했다. "그런데 남편분은 어떠세요? 이 문제가 이 방식으로 납득이 되시나요?"

"납득은 됩니다. 생각 전체가 마음에 들진 않지만요."

"네, 이 문제에서 마음에 들 수 있는 건 아무것도 없어요." 나는 이렇게 말하고 그의 눈을 똑바로 들여다보았다. 그의 눈에 슬픔이 넘쳐흘렀다. 나는 목소리를 조금 누그러뜨렸다. "아내분을 잃을 좋은 방법은 존재하지 않아요, 마크. 엄마를 잃을 좋은 방법도 존재하지 않고요."

우리는 한동안 침묵 속에 앉아 있었다. 나는 상상할 수 없었다. 아니, 좀더 정확히 말하면, 상상할 수 있었다. 리즈는 나와 동갑이었다. 내가 리즈의 상황에 처할 수도 있었다. 내 남편이 마크의 상황에 처할 수도 있었다. 하지만 너무 깊이 동일시하고 싶지는 않았다. 그러지 않고 마크가 처한 곤경에 공감하면서, 하지만 안전한 감정적 거리를 유지하면서 내 직업적 가면 뒤로 숨었다.

리즈의 죽음이 예정된 날, 새벽 네시 반에 잠에서 깼다. 집 안은 조용했고, 침실 창문 블라인드 사이로 보이는 바깥은 칠흑같이 어두웠다. 알람이 울리기 전에 잠에서 깨는 일은 드물었다. 나는 실질적인 면에서는 오늘을 위한 준비가 되어 있었지만, 잠이 깬 채로 침대에 누워 있었다. 심리적으로도 준비가 되었을까 생각했다. 내가 리즈와 아는 사이여서 일을 진행하다가 주의가 산만해지거나 지나치게 감정이 올라올 위험은 없는지 걱정되었다. 앞으로 펼쳐질 어색한 상황도 고려해보았다. 다음에 요가 스튜디오에 갈 때 그리고 누군가가 리즈에 대해 이야기하는 걸 들을 때 어떤 느낌이 들지 궁금했다. 리즈의 친구들을 마주칠 땐 또 기분이 어떨까? 그들을 만나면 뭐라고 말해야 할까? 뭔가 말해야 할까? 아무 말도 하지 말아야 할까? 나는 그들이 고마워하기를 기대할까, 아니면 그들의 경멸이 두려울까? 마크와 아이들에 대해서는 또 어떨까? 우리집 앞을 운전해서 지나갈 때 혹은 진입로에서 나를 만날 때 그들은 어떤 기분을 느낄까?

오래된 진부한 문구가 떠올랐다. "지금이 구명조끼를 입어야 할 때인지 궁금하다면, 이미 그래야 한다는 뜻이다." 나는 아델에게 전화해 리즈의 절차를 이행하는 데 같이 가자고 청할지 아침 내내 고민했다. 아델이 평소에 그 병원에서 일한다는 걸 나는 알고 있었다. 물론 호스피스 병동의 설비를 이용할 수 있으므로, 그날은 링거 주사와 관련해 그의 지원이 필요하진 않을 터였다. 그러니 아델이 기술적으로 할 일은 아무것도 없었다. 하지만 일할 때 그가 내 옆에 있다고 상상하니 기분이 훨씬 나았다. 그래서 결심을 굳히고 아델에게 문자를 보냈다. "안녕, 아델. 오늘 아침에 병원에서 일해요?"

아델이 곧장 답 문자를 보내왔다. "무슨 일이에요?"

국내의 다른 MAiD 프로그램이 상호지원을 위해 한 건에 적어도 두 명으로 이루어진 임상팀이 참여하도록 보장한다는 걸 나는 알고 있었다. 나도 지역사회 환경에서는 항상 간호사를 동반했다. 하지만 호스피스 병동에서는 대개 혼자 일했다. 이번엔 아니었다. 이 일은 원만하게 진행되어야 했다. 나는 아델에게 전화해 사정을 설명했다.

고맙게도 아델은 주저하지 않았다. 병동 안으로 들어갔을 때, 간호 스테이션 옆에 서 있는 아델을 보니 안도감이 들었다. 우리는 호스피스 팀 그리고 휘트모어 박사와 짧게 만남을 가진 다음 리즈의 병실로 향했다.

가족들에게 우리를 소개했다. 그런 다음 아델이 그들 모두와 함께 일광욕실로 갔고, 나는 리즈와 함께 앉아 단둘이 이야기를 나누었다. 리즈는 허세를 부리는 건가 싶어 자신이 끝까지 해낼지, 아이들을 떠날 수 있을지 확신하지 못했다고, 하지만 이제는 개의치 않고 아이들을 떠날 수 있을 것 같다고, 지금이 바로 그때라고 느낀다고 나에게 말했다. 지난 일주일 동안 그는 한 친구의 도움을 받아 가족에게 전하는 편지 몇 통을 쓰고, 아이들을 위한 특별한 기념품들을 만들었다. 지난달에는 딸아이가 열여덟 살이 될 때를 위한 비디오도 찍었다. "하고 싶은 일이 그것들 말고도 아주 많았어요……"

리즈는 나에게 결과가 좋을 거라고 약속해달라고 했다.

일광욕실이 완전히 꽉 찼다. 손님들이 열두 명 넘게 모였다. 리즈의 언니가 모두들 개인적으로 작별인사를 하고 싶어한다고 나에게 알려주었다. 그리하여 마지막 긴 방문 행렬이 시작되었다.

나는 복도에서 기다렸다. 몇 사람은 짧게 인사했다. 리즈의 형제자매들은 조금 더 시간을 끌었다. 마지막으로 마크와 아이들이 함께 들어갔다. 나는 그들 뒤에서 문이 닫히는 것을 확인했다. 그들이 나를 지나쳐 걸어가는 동안 나는 할말이 없었다. 그 충격을 누그러뜨릴 방도가 없다는 걸 알고 있었다.

작별인사를 마친 뒤 마크가 병실 문을 소리 나게 열고는, 누구든 더 이야기하고 싶은 사람이 있으면 병실 안으로 다시 들어오라고 했다. 리즈 왼쪽의 테이블에 약물을 준비하는 동안 나는 마크를 거의 쳐다볼 수가 없었다. 마크의 눈이 붉게 충혈 되었고 어깨는 축 처져 있었다. 얼굴에 깊은 슬픔이 뚜렷이 새겨져 있었다. 그가 내 뒤쪽 합성가죽 소파에 아들들과 함께 앉았다. 딸아이는 마크의 무릎 위에 앉아 그의 가슴에 몸을 웅크리고 있었고, 그가 팔로 딸아이의 몸을 감싸고 있었다. 그는 앞쪽을 똑바로 응시한 채 아무 말도 하지 않았다. 우리 나머지 사람들은 리즈 주위에 모여 있었다. 내가 시작할 준비가 되었냐고 리즈에게 물었다.

"지금이에요?" 딸아이가 내 뒤에서 묻는 소리가 들렸다.

나는 뒤를 돌아보았다. 다양한 사랑의 징표들이 죽어가는 사람에게 건네지고, 붙잡히고, 걸쳐졌다. 리즈의 열한 살배기 딸아이가 아빠의 품에서 나와 둥글게 모인 우리를 뚫고 엄마에게 마지막으로 다가갔다. 그리고 손으로 칠한 하트 모양 펜던트를 엄숙한 태도로 엄마에게 보여주었다. 그들이 함께 만든 펜던트 같았다. 아이는 격식을 갖춰 그 펜던트에 입을 맞춘 뒤 그것을 리즈의 입술에 부드럽게 갖다 대었다. 그런 다음 리즈의 왼손바닥에 올려놓았다.

리즈가 입 모양으로 딸아이에게 말했다. "사랑해." 그런 다음 손가락을 오므려 펜던트를 꼭 쥐고 가슴으로 가져간 뒤 눈을 감았다. 리즈가 미소를 지었고, 눈물 한 방울이 눈가로 흘러내렸다. 아이는 아빠의 품으로 다시 돌아갔다.

그 순간 내가 중대한 실수를 저질렀다. 그 엄숙한 순간에 어떤 식으로든 기여하고 싶어서, 이토록 사랑이 많고 지지해주는 가족이 있다니 리즈가 얼마나 운이 좋으냐고 큰 소리로 말한 것이다. 다음 순간 리즈의 열다섯 살짜리 아들이 눈물이 가득한 얼굴로 화가 나서 지금 자기 엄마의 상황에서 운이 좋은 건 하나도 없다고 쏘아붙였고, 곧바로 내가 남의 아픈 곳을 건드렸음을 깨달았다. 충분히 일리가 있는 말이었다. 나는 아이가 있는 쪽으로 고개를 끄덕여 동의를 표했다. 하지만 아이는 아빠의 어깨에 얼굴을 묻어버렸다.

"어서 시작해요." 리즈가 말했다.

나는 마지막으로 남길 말을 하라고 했고, 리즈는 미소를 지었다. 그는 모두에게 사랑하고 사랑받으며 살기를 바란다고 했다.

내 뒤에서 딸아이가 크게 외치는 소리가 들렸다. "사랑해요, 엄마!" 그리고 나는 시작했다.

좋았던 기억을 떠올려보라고 하자, 리즈는 본능적으로 다시 눈을 감았다. 그런 다음 곧바로 다시 눈을 뜨더니 이렇게 말했다. "하나를 고르기에는 좋았던 기억이 너무 많아요!"

현저한 대비를 보여주는 순간이었다. 나는 믿을 수 없을 정도로 내밀한 그 순간을 공유하는 외부인이었다. 내가 표면적으로 절차를 이끄는 동안, 내 주위에서 리즈와 그 가족이 그 일이 어떻게 이루어져야 하는지를 나에게 보여주고 있었다. 그의 죽음은 깊고 손에 만져질 듯한 슬픔을, 사랑을 보여주는 놀라운 표현 방식을 제시했다.

리즈가 마지막으로 눈을 감았다. 그리고 첫번째 약물에서 잠에 빠져들었다. 나머지 약물을 투여하자 더 깊은 고요함에 빠져들었다. 잠깐 아주 조용히 코 고는 소리가 났고, 다음 순간 가족의 흐느낌 소리만 들렸다. 7분 동안 일어난 일이었다. 결과를 확인하는 데는 다음 1분이 꼬박 걸렸다. 내가 확신할 필요가 있었다. 약속했으니까.

내가 한마디도 하지 않은 유일한 시간이었다. 말을 하면 방해가 될 것 같았다. 아마도 이것이 타당한 이유일 것이다. 진실은 내가 나의 목소리를 믿지 못했다는 것이다. 나는 위를 올려다보았고, 나를 똑바로 바라보고 있는 리즈의 언니와 눈이 마주쳤다. 다 끝났다는 걸, 그러나 확인이 필요하다는 걸 그는 알고 있었다. 나는 고개를 끄덕인 뒤 약물을 챙겨 병실을 떠났다. 나가면서 마크 옆을 지나칠 때 그의 어깨를 살짝 두드렸다.

간호 스테이션 뒤에 있는 조용한 방으로 갔다. 거기서 아델을 보니 마음이 좀 편안해졌다. 아델은 나를 따라 리즈의 병실에서 나와, 내가 서류 작업을 하는 동안 거기서 다른 간호사들과 담소를 나누었다. 나는 심호흡을 하고 집중하려 애썼다.

서류 작업을 마칠 때쯤에는 좀더 차분해진 기분이었다. 아델에게 나는 괜찮다고, 와줘서 고맙다고 말했다. 아델이 자신은 사실 한 일이 아무것도 없다고 말했지만, 그가 큰일을 해줬다는 걸 우리 둘 다 알고 있었다.

차에 탈 때까지도 나는 긴장을 늦추지 못했다. 직업으로서의 일은 끝났지만, 병실 안에 배어 있던 슬픔이 나에게 여전히 남아 있었다. 한 어머니가 어린 자녀들을 두고 떠나야 했고, 아무도 그를 보내고 싶어하지 않았다. 부당하고 자연스럽지 못하다는 느낌이 들었다. 집에 가까워질 때까지 이 생각이 머릿속을 떠나지 않았다.

5부

다시 여름

This is
assisted
dying

21.   나 자신을 위한 시간

리즈 그리고 베브와의 경험에서 나는 감정에 사로잡히는 것을 느꼈고, 놀랐다. 그 경험으로 일에서 감정을 배제하는 능력이 흔들렸고, 솔직히 말해 허를 찔렸다. 그런 감정을 느끼는 것이 자연스러운 현상이라는 건 알았지만, 통제력을 잃기 싫었고 마음이 심란했다. 내가 나 자신을 너무 몰아붙이고 있는 건 아닌가, 일에 떠밀려가는 징표는 아닌가 하는 생각이 들었다.

한편으로 생각하면, 리즈와 베브는 평균에서 벗어나는 경우들이었다. 사실 에드윈과의 만남에서 큰 스트레스를 받긴 했지만 나는 여전히 외부자였다. 다른 한편으로는, 내가 MAiD 일에 심드렁해지고 있는 건 아닌가 하는 염려도 되었다. 내가 하는 일을 둘러싸고 정상성正常性 같은 것이 생겨나 있었다. 그것 자체는 긍정적이긴 했다. 하지만 어떻게 아침에 어떤 사람이 세상을 떠나도록 도와준 뒤 다른 사람을 상담하러 가고, 혹은 눈썹 한번 까딱하지 않고 같은 날 저녁식사 자리에 갈 수 있단 말인가? 어떤 사람이 죽는 데 도움을 준 뒤 오후에 브리지 게임을 하러 가서 심지어 아침에 무슨 일이 있었는지 언급조차 하지 않은 채 친구들과 수다 떨고 농담을 나눈다면 뭔가 잘못된 것 아닌가? 처음으로 하루에 두 사람에게 조력 사망을 제공했던 일을 나는 기억하고 있다. 내가 양쪽 가족들과 정서적으로 온전히 함께할 수 있을까 생각했다. 각각의 사람에게 합당한 것을 제공할 수만 있다면 그럴 수 있다는 것이 판명되었다. 하지만 그것이 곧 내가 이 일에 편안해졌음을 보여주는 증거일까? 아니면 그 일이 징수하는 통행료를 내가 애써 부인하는 걸까?

지금까지는 대부분 가족과 나 자신에게 한 약속을 지킬 수 있었다. 주말이나 평일 오후 5시 이후에는 MAiD 평가나 실행을 하지 않겠다는 약속 말이다. 환자들의 필요와 나 자신의 필요 사이에서 균형을 잡는 것은 힘든 일이었다. 주말이나 밤에 일하지 않는다는 것은 어떤 사람들이 내가 그들과 만나기 전에 죽을 수도 있다는 걸 의미했다. 또 어떤 경우에는 내가 이미 만나보고 평가한 환자들이 주말 한 번이 지나는 사이에 상태가 너무 빠르게 악화되어 도움을 주지 못하기도 했다. 월요일 아침에 가면 너무 늦어 고든의 경우에 그랬던 것처럼 최종 동의 의사를 표현할 수 없었다. 그런 일이 생기면 기분이 그야말로 끔찍했고, 그것을 나의 개인적 실수로 돌리지 않기 위해 열심히 일해야 했다. 때때로 나는 MAiD가 항상 가능한 것은 아니라고, 다른 선택안들이 존재한다고 스스로에게 상기시켜야 했다. 빅토리아에서 일하는 나는 운이 좋았다. 이곳 빅토리아에는 훌륭한 말기치료 팀이 있고, 지금은 조력 사망 제공자도 3명 더 생겼으니 말이다. 하지만 그들은 MAiD 환자들을 보살피는 일 외에도 풀타임으로 자기 분야의 진료를 하느라 바쁘다. 우리는 서로의 일을 커버해주지만 그것이 항상 가능하지는 않다. 이 일을 하는 사람이 너무 적기 때문에, 나 자신과의 약속을 깨고 예외를 만들고 싶은 유혹을 느낄 때가 많다. 하지만 지금까지 정말로 그런 적은 딱 한 번뿐이다. 토요일 오후에 친한 친구의 어머니가 돌아가시도록 도와드렸다.

일을 하는 날짜와 시간에 한도를 두는 반면, 맡아서 보살피게 될 새로운 환자의 수에는 제한을 두지 않았다. 상담 요청이 매우 많았기 때문에 매주 새로운 환자를 4명 정도 볼 때가 많았다. 부담이 과중하다고 느껴지는 않았다. 하지만 그런 페이스로 내가 모든 걸 견딜 수 있을까? 리즈를 도울 때는 특히 힘들었다. 그때 느낀 감정은 내가 한계에 다다랐다는 표시였을까? 그래서 베브를 도울 때도 감정에 압도되었던 걸까? 아니면 반대로 다른 건들에서는 내가 그렇게 감정적이지 않았다는 사실이 나의 억눌린 감정을 보여주는 경계신호였을까? 내가 모든 것을 잘 다루고 있는지 아니면 번아웃 직전에 와 있는지 판단할 수 없었다.

나는 관련된 모든 사람과 함께 확인해보았다.

"난 엄마가 중요한 일을 하고 있다고 생각해요." 딸아이가 나에게 말했다. "그리고, 맞아요, 엄마가 내 옆에 충분히 있어준다고 생각해요."

이 말을 들으니 다소 안심이 되었다. 하지만 열여섯 살짜리 아이가 엄마가 더 많이 옆에 있어주길 바랄까?

"글쎄, 난 당신이 조금 걱정돼, 스테프." 나의 일정표에 대해 어떻게 생각하느냐고 묻자 장마르크가 말했다. "산부인과 일을 할 때보다는 확실히 함께 있는 시간이 더 많아. 하지만 매일 밤 잠자리에 들기 전까지 일하고 매일 아침 더 일찍 일어나잖아. 당신이 일에 많이 신경 쓴다는 건 알아. 하지만 일의 일정 부분을 다른 사람에게 위임할 순 없어? CAMAP 일은 어때? 다른 누군가가 그 일의 일부를 맡아줄 수 있지 않을까?"

타당한 질문이었다. 하지만 나는 CAMAP의 성장을 늦추고 싶은 마음이 전혀 없었다. 마침내 서류상으로도 설립이 완료되었고, 회원도 매주 늘고 있었다. 곧 2회차 뉴스레터가 발행되고, 6월에 학회를 열기 위한 준비도 한창 진행중이었다.

내 주치의와의 연례 면담에서도 이야기를 해보았다. 그는 내가 하는 새로운 일이 어떻게 돌아가느냐고 물었다.

"솔직히 굉장히 보람 있어요." 내가 대답했다. "하지만 예상했던 것보다 일이 훨씬 많아요."

"꽤나 치열할 것 같네요." 그가 대꾸했다. "산부인과 시절 환자들이 밤낮으로 깨어 있을 때 그들에게 했던 말을 잊지 마세요…… 당신 자신이 행복하지 않으면 가족을 돌볼 수 없어요."

그는 할 수 있을 때 운동을 하라고, 여가 시간을 좀 만들라고, 취미활동을 놓지 말라고 조언했다. 이미 알고 있는 것들이지만 주치의의 입을 통해 들으니 더 무게가 있었다.

이 면담 후 나는 새로운 환자의 수를 조금 줄여보기로, 나 자신에게 숨 쉴 여유를 주기로 결심했다. 이제 이 일은 더이상 새롭지 않았다. 1년 가까이 하고 있으니 말이다. "이 일은 단거리 달리기가 아니라 마라톤이에요." 현명한 동료 한 명이 이렇게 지적했다. 이 일을 긴 안목으로 보고 할 거라면 나 자신의 리듬을 유지할 필요가 있었다. 캐런이 환자 분류를 해줄 수 있을 것이다. 나는 깨달았다. 캐런은 산부인과 시절부터 내가 환자를 잘 거절하지 못한다는 걸 알고 있었다. 그가 좀더 현실적으로 접근할 수 있을 것이다. 내 환자 명단이 꽉 찼다면 어쩔 수 없는 것이다. 논의의 여지가 없다.

캐런과 함께 일정표를 살펴보았고, 이후 6주가 넘는 기간 동안 새로운 환자를 위한 칸을 네 칸만 남겨두기로 합의했다. 그리고 내가 그 결정을 꼭 지킬 수 있게 해달라고 캐런에게 당부했다.

일정을 줄이고 나서 얼마 안 된 어느 날 오후, 예기치 않게 반나절 정도 쉴 수 있는 시간이 생겼다. 그래서 6개월 넘게 타지 못했던 카약을 꺼냈다. 굉장히 즐거웠다. 왜 이렇게 오랜만에 카약을 타게 됐을까 싶었다. 그렇다, 나는 대체로 일에 잘 대처하고 있었다. 하지만 그것은 내가 나 자신의 본성과 다시 연결되는 순간을 포기할 수도 있다는 걸 의미했다. 인생이 얼마나 위태로울 수 있는지 리즈가 나에게 가르쳐주지 않았던가?

그날 밖으로 나가 물 위에서 카약을 타면서, 벤지와 함께 산책하던 해변을 지나, 사람이 타지 않은 대형 모터보트가 머물러 있는 바위 많은 지점을 지나 노를 저어 앞으로 나아가면서, 나는 자유를, 다시 젊어지는 기분을 느꼈다. 일정을 줄이는 것이 바로 내가 해야 할 일이었다.

하지만 그것이 내가 실수를 하지 않는다는 걸 의미하지는 않았다. 어느 화창한 휴일 아침, 몇 시간 동안 긴장을 풀고 있던 나는 다음날 방문할 새로운 환자의 차트를 보고 싶어졌다. 카약을 꺼내는 대신 30분 거리의 사무실까지 걸어가기로 했다. 가는 동안 최근에 내가 무척 좋아하는 밴드 해밀턴의 짜릿한 사운드를 들었다. 차트를 가져오는 것이 목적이었다. 받은편지함을 재빨리 확인하고, 그런 다음 곧바로 집으로 돌아오려고 했다. 나로서는 그 정도도 스스로를 돌보는 일이었다.

시작은 좋았다. 그런데 사무실에 도착하니 팩스에 서류 몇 장이 들어와 있었다. 나중에 캐런이 알아서 하도록 그것들을 그대로 놓아둘 자신이 없었다. 앞으로 48시간 동안은 캐런이 여기 없으리라는 걸 알고 있는 마당에 말이다. 나는 팩스에서 서류를 꺼내 읽기 시작했다.

첫 장은 산부인과 시절 함께 일하던 파트너 의사 중 한 명의 병원에서 온 긴급한 상담 요청이었다. 뇌종양의 일종인 교모세포종을 앓는 중년 여성에 관한 건이었다. 그 여성은 겨우 두 달 전에 진단을 받았는데 벌써 상태가 크게 악화해 고통받고 있었다. 스테로이드성 약물의 효과로 일시적으로 호전되긴 했지만, 그에게 남은 시간이 별로 없다는 걸 모두가 알고 있었다. 놀랍게도 그는 5년 전에 같은 병으로 가까운 친구 한 명을 잃었다. 그래서 이 병이 어떤 식으로 진행되는지 정확히 알고 있었다. 그 환자는 조만간 MAiD에 관해 의논하고 싶어했고 MAiD 실행도 준비하기를 바랐다. 내가 일주일 안에 그를 만나볼 수 있을까?

두번째 위탁 건은 지금은 병원 소속으로 일하고 있지만 앞으로 MAiD 제공자가 될 것을 고려중인 동료가 보낸 것이었다. 그는 그날 퇴원해 집으로 돌아간 한 남성 환자를 만나줄 수 있는지 물었다. 그의 친구가 그 환자의 가정 주치의였는데, 그 주치의가 위탁하는 첫 MAiD 건이라고 했다. 그들 모두에게 지원이 필요했다. 그 환자의 주치의는 일을 맡아줄 경험 많은 의사를 찾았고, 내 동료가 나를 추천했다. 그 동료는 내가 격려와 도움을 주고 싶은 사람이고, 이 건을 받아주는 것이 친절한 응대일 터였다. 그러나 문제의 환자는 상태가 악화하고 있긴 하지만 긴급한 상태는 아니었다. 내가 10일 안에 그 환자를 만나볼 수 있을까?

서류의 마지막 두 장은 처음 보는 이름의 같은 동네 의사에

게서 온 것이었다. 골수의 미성숙한 혈구에 생기는 암인 골수
이형성증후군을 앓는 80세 남성 환자를 위탁하는 건이었다. 이
병에 걸리면 혈구가 성숙에 이르지 못한다. 그래서 그 환자는
격주로 한 번씩 수혈을 받으며 4년을 버텨왔다. 하지만 수혈도
점점 효과가 떨어지고 증상도 점점 심해지고 있었다. 2주 전 아
내의 전적인 지지하에 그는 더이상 수혈을 받지 않기로 결정했
다. 예측대로 그는 쇠약해졌고, 현재 양질의 말기치료를 받고
있긴 하지만, 죽음 직전 몇 주 동안의 쇠퇴를 피하기 위해 가능
하다면 긴급히 MAiD를 받고 싶어했다. 이번 주에 그를 만나볼
수 있을까?

∽

완벽한 시스템에서 조력 사망은 응급으로 실행되어서는 안
된다. 또한 위탁은 시기적절해야 하고, 적합성을 판단하는 엄
격한 과정을 거쳐야 하며, 다른 모든 선택안를 고려하고 살펴
볼 충분한 여지가 있어야 한다. 그런 다음 필요하다면 그 절차
에 대해서도 주의 깊게 계획을 세우는 것이 좋다. 그런데 이것
이 항상 가능하지 않은 데는 여러 가지 이유가 있다. 관련 시
설들이 협조해주지 않고, 개인의 믿음에 기반한 장애물도 있
으며, 조력 사망을 보는 대중과 의료 관련 기관들의 적절치 못
한 인식도 있다. 이로 인해 환자들이 나를 너무 늦게 찾아올 때

도 있다. 그리하여 그들이 선택을 고려하기에, 절차에 대한 동의 의사를 밝히기에, 죽기 전 내가 그들의 상태를 평가하기에 또는 그들에게 임박한 자연스러운 죽음, 공연히 편안하지 못할 때가 많은 죽음의 대안을 제공하기에 너무 늦어버리는 것이다. 조력 사망을 기꺼이 제공하고자 하는 임상의의 수가 적은데, 이것은 조력 사망 평가자와 제공자에게 접근할 기회가 제한된다는 사실을 의미한다. 그렇다, 개인이 접근할 수 있는 범위가 한정돼 있으므로 때때로 이 몇 안 되는 임상의들이 그들에게 도움을 줄 가능성 역시 제한되는 것이다. 또한 이 모든 사실은 내가 위탁 건을 받을 때 거절하기가 매우 힘들다는 것을 의미한다.

나는 온라인 캘린더를 살펴보았고, 시내의 또다른 MAiD 제공 의사이며 아마도 나보다 더 많은 MAiD를 제공하는 트루턴 박사가 앞으로 10일 동안 부재중이라는 걸 확인했다. 트루턴 박사는 보통 일이 넘쳐나도 다 처리하곤 했지만 이미 처리하기 힘들 만큼 일이 밀린 상태였다. 그리고 솔직히 말하면 나는 이런 개인적 위탁을 좋아했다. 지금 캐런은 여기에 없어서 이 요청에서 나를 보호해줄 수 없었다. 그래서 자리에 앉아 조사를 하기 시작했다. 그들이 보내온 의료기록들을 검토하고, 병원 기록 시스템에서 자료를 좀더 찾아보았다. 그런 다음 내 일정표를 확인했다. 개인 시간을 확보하기 위해 반나절만 일하는 날 하루를 지우고, 이미 알고 있는 환자와의 덜 긴급한 약속을 며칠 뒤로 옮겼다. 90분 뒤 계획이 섰다. 캐런에게 전화를 걸어 이후 7일 동안 새로운 환자 3명을 더 맡게 될 테니 약속을 잡아달라고 부탁했다. 그런 다음 내가 방금 무슨 일을 한 건가 생각하며 집으로 걸어왔다.

스트레스와 아드레날린이 뒤섞인 감정을 느끼며 빠르게 걸었다. 도움을 줄 수 있어서 기뻤지만, 내가 실수했나 싶은 의문도 들었다. 페이스를 조절하라는 장마르크의 목소리가 들리는 것 같았다. 스트레스 해소를 위해 정기적인 업무를 고정해놓아야 한다고 상기시키는 내 주치의의 목소리도 들렸다.

24시간 뒤 만나보니 그 80세 노인은 이미 의사능력을 잃은 상태였다. 그는 8일 뒤 호스피스에서 신체 기관의 기능이 차례로 멈추면서 세상을 떠났다. 그는 편안했고 양질의 보살핌을 받았다. 그의 아내도 이해하고 있었다.

뇌종양을 앓고 있는 여성은 스테로이드로 상태를 안정시킨 상태였다. 그는 순서에 따라 MAiD를 위한 서류 작성을 했고, 자신의 의지를 다시 밝혔고, 5주 뒤 그가 요청한 대로 나의 도움을 받아 세상을 떠났다. 집에서 가족들이 동석한 가운데. 사망 이틀 전 그는 가까운 친구들을 위한 작별 파티를 열었고, 나에게 그것이 이제껏 자신이 참석한 매우 행복한 파티 중 하나였다고 말했다. "모두들 나에게 무척 친절했어요. 중요한 모든 사람이 그 자리에 참석했고요!"

그리고 일주일 안에 동료 의사 친구의 환자를 만나러 갔는

데, 현관문 앞에 도착하자 그가 나를 반겼다. 그는 전이성 폐암이 많이 퍼진 상태였고, 침대 밖으로 나오지 못했다. 그리고 의료시설에는 다시 발을 들이지 않겠다는 결심이 확고했다. 그는 자신이 좋아하는 영화들 대부분을 다시 보았고, 수천 킬로미터 떨어진 곳에 사는 형과 페이스타임으로 이야기를 나누었으며, 33년간 함께해온 아내만 동석한 가운데 2주 뒤 집에서 나의 도움을 받아 세상을 떠나기로 결정했다.

결국 이 건들을 맡은 게 잘한 일이다 싶었다. 그렇게 할 수 있었던 건 원할 때 끼워넣을 수 있도록 내 일정표에 약간의 개방성을 허용했기 때문임을 깨달았다. 새로운 뭔가가 돌진해 들어올 때 내가 융통성을 발휘할 수 있도록 열려 있어야 한다는 메시지가 거기에 있었을까? 선택들 간에 균형을 유지해야 하고, 가끔은 나 자신을 위한 시간도 확보해야 할 것이다. 그리고 막판에 가서 약간의 수정도 허용해야 할 것이다.

나는 여전히 이 모든 것을 이해해가는 중이었다.

22.　　　　"엄마를…… 정말로 용서해요"

　　　　MAiD 일을 시작한 첫해에 앤이라는 환자 건을 위탁받았을 때, 나는 어머니를 생각하지 않을 수 없었다.

　"다계통 위축증을 앓는 이 여성 환자를 평가해주세요. 이분은 10년 넘게 지속적으로 병세가 악화되었고, 조력 사망을 고려할 준비가 되었다고 느낀답니다."

　묘하게도 유사한 점이 많았다. 앤 그리고 우리 어머니 둘 다 흔치 않은 신경계 질환을 진단받았다. 두 질환 모두 천천히 진행되었다. 앤의 병이 더 빠르게 진행되고 병세가 훨씬 더 깊긴 했지만.

　처음 앤을 만났을 때, 그의 발음이 불분명하다는 걸 곧바로 알 수 있었다. 떨림 증세, 글을 쓰지 못하는 것, 걸을 때 겪는 어려움, 그리고 음식을 삼킬 때의 위험에 대해 그의 남편이 말했을 때, 나는 고개를 끄덕였던 것 같다. 공통점은 병 자체만이 아니었다. 앤과 내 어머니 둘 다 병과 싸우기로 했고, 집에서 지내기로 했고, 가능한 한 자립적으로 생활하기로 한 점이 같았다.

앤의 경우는 적용하는 데 시간이 걸렸다. 그의 병은 복잡하고 잘 알려지지 않았기에 나는 신경학적 견해를 추가로 확보했다. 마침내 앤에게 적합하다는 소식을 알렸을 때, 뜻밖에도 앤은 좀더 기다리다가 절차를 밟고 싶다고 했다. 두 달쯤 뒤에 증손주가 오기로 했다는 이유였다. 앤은 그 아이를 한번 안아보고 싶어했다. 증손주가 왔지만 앤은 다시 일정을 연기했다. 그러자 그의 의도에 의문이 들기 시작했다. 나는 앤이 어떤 기분인지 파악하기 위해 단둘이 이야기하는 자리를 마련했고, 그는 자신이 가족들에게 하지 말라는 압력을 받고 있다고 털어놓았다. 앤은 MAiD를 받고 싶은 열망이 컸지만, 가족들은 그를 보낼 준비가 되어 있지 않았다. 그래서 그는 어찌해야 할지 몰라 우왕좌왕하고 있었다. 나는 가족 상담을 제안했고, 앤과 가족들은 상담을 받으며 각자의 감정을 토로하기로 동의했다. 나는 그 자리에 참석하지 않았지만, 나중에 모두가 그 시간이 도움이 되었다고 말했다. 내 동료가 기록해놓은 상담 메모에서 특정 세부사항들은 적절하게 모호했다. 그러나 앤과 그의 딸 중 한 명 사이의 오래된 긴장이 적혀 있었다.

내가 더 물을 일은 아니었지만 조금 친숙하게 느껴졌다.

가족이 앤을 보내는 일과 고투하는 동안, 앤은 지속적으로 쇠약해졌다. 나와 처음 만난 시점에서 거의 9개월이 지났을 때에서야 그는 준비가 되었다고 말했다. 나는 약속을 잡아 가족을 상담하고 위로했다. 그리고 앤의 죽음이 예정된 날, 그를 돕기 위해 그의 집이 있는 섬으로 오래 차를 몰고 갔다.

섬까지 가는 일이 평소보다 조금 더 힘들게 느껴졌지만, 약속 시간에 가깝게 도착했다. 대시보드의 시계가 오후 한시 이십삼분을 가리켰다. 나는 집 앞 진입로에 주차했다. 앤의 조력 사망 시간은 오후 한시 반이었고, 일찍 도착하면 사람들이 눈살을 찌푸릴 것임을 예민하게 의식하고 있었다. 대부분의 환자 가족에게 마지막 몇 분은 소중하니까. 반대로 늦게 도착하면 환자가 불안해할 수 있다. 그래서 나는 시간에 정확히 맞춰 도착하는 습관을 들여왔다. 특히 죽음 당일에는.

한시 반 정각에 문을 노크했다. 그러자 앤의 남편인 덩치 큰 로런스가 나를 맞아들였다. 그는 수년 동안 앤을 주로 도맡아 간병해왔고, 오늘 일은 그에게 힘들 터였다. 우리는 다 함께 거실에 모였다. 앤은 자신이 좋아하는 리클라이너 의자에 앉아 있었다. 가족들이 그 주위에 모여 작별인사를 할 준비를 했다. 로런스는 앤 옆의 작은 의자에 앉아 아내의 양손을 잡고 있었다. 그는 앤에게 힘을 주려고 애써 미소를 짓고 있었지만, 지금 일어나고 있는 일에 무척 충격을 받은 기미가 역력했다. 앤의 두 딸은 어머니 양옆에 바싹 붙어 있었다. 내가 그들에게서 다정한 작별인사를 기대했던 것 같다. 그래서 앤의 작은딸 질이 입을 열어 다음과 같이 말하는 걸 들었을 때 놀랐다.

"우리의 의견이 항상 일치하진 않았잖아요, 엄마." 질은 긴장되어 보였고, 그다음 말을 해야 할지 망설이는 듯했다. "우리가 너무 긴 시간을 다투며 보내서 유감이에요."

앤은 얼굴을 계속 남편 쪽으로 향하고 있었다.

"그러니까 내가 하고 싶은 말은," 질이 이어서 말하려고 했다.

하지만 앤은 이미 충분히 들었다고 생각하는지 딸의 말을 잘랐다. "오늘은 네 주장은 하지 말자꾸나, 애야."

그 말을 이해하지 못할 사람은 아무도 없었다.

이후 질은 말없이 있었다. 질의 언니가 공감하는 표정으로 시선을 던졌으나 말은 하지 않았다. 로런스는 계속 아내에게 집중했다. 겉으로 보기에는 주변에서 일어나는 역학관계를 의식하지 못하는 것 같았다.

덧붙일 말이 좀더 있어 보였다. 하지만 나는 평소의 루틴대로 할말이 남은 사람이 있느냐고 물었다. 아무도 입을 열지 않았다. 나는 앤에게 하고 싶은 말이 있는지 물었다. 앤은 고개를 흔들었다.

"그럼 시작할 준비가 되셨나요?" 내가 물었다.

"네."

첫번째 약물을 링거관에 천천히 주입하기 시작했다. "첫번째 약물을 시작합니다." 내가 말했다. "처음엔 아무 느낌이 없을 수도 있어요, 앤. 하지만 곧 긴장이 풀리는 느낌이 들고 매우 편안해지실 거예요. 그다음엔 조금 졸음이 올 거고요."

"래리." 갑자기 앤이 말했다. "모든 것에 대해 당신한테 감사하고 싶어요."

나는 움찔했다. 앤이 1분도 안 되어 잠들 거라고 생각했기 때문이다. 그래서 시작하기 전에 마지막 말을 하라고 권했었다. 앤이 말을 중단하거나 자신이 바라는 걸 표현하지 못하는 건 원치 않았다. 하지만 그런 일이 일어나고 있었다. 나는 그 말이 시작이자 끝이기만을 바랐다. 그가 하고 싶은 말을 다 했기를 바랐다. 로런스가 아내의 양손에 키스한 뒤 눈을 계속 들여다보며 미소 지었다. 그의 뺨에 눈물이 흘러내렸다.

"그리고 딸들아……" 앤이 눈을 감고는 계속 말하려고 애썼다. "난…… 난…… 항상……" 잠시 말이 끊겼고, 앤의 머리가 까닥거렸다. "하아아아아앙…… 사아아아아앙……" 그가 말을 끝마치지 않으리란 걸, 그러지 못하리라는 걸 알 수 있었다. 그건 끔찍한 인식이었다.

그때 질이 흔들림 없이 큰 소리로 그리고 또렷하게 말하는 소리가 들렸다.

"용서할게요, 엄마, 그 모든 것을."

나는 앤이 이 말을 들었을 거라고 확신했다. 세상을 떠날 때 사람의 청각은 감각 중 맨 마지막까지 살아 있는 경우가 많으니까. 나는 하던 일을 중단하고 위를 올려다보았다. 질이 그 말을 어머니에게 주는 선물로 한 것인지 아니면 자신을 위한 선물로 한 것인지 궁금했다.

2초 뒤 질이 좀더 나직하게 말을 덧붙여 내 의문에 답을 주었다. "정말로 용서해요."

질의 언니가 손을 뻗었고, 두 자매는 그들 사이에 오간 공감을 인정하며 손을 꼭 잡았다. 질은 한결 진정된 것 같았다. 거의 행복해 보일 정도였다. 질이 턱을 들고 눈을 감은 채 눈물을 흘리는 모습이 평화로워 보였다. 그후에는 아무도 한마디도 하지 않았다.

그날이 처음은 아니었지만 나는 우리 어머니를 생각했다…… 그리고 아버지 생각도. 이런 마지막 모습은 아버지가 돌아가셨을 때의 내 경험과 얼마나 대조적인가. 우리의 경우 너무도 많은 감정을 말하지 못한 채 남겨두었다. 그리고 적어도 나는 그 감정을 해결하지 못했다. 나는 앤의 딸이 찾고 발견한 온화한 끝맺음에, 그가 점유한 우위에 깊은 인상을 받았다. 하지만 그 노력이 얼마나 늦게 가능해진 걸까. 나도 어머니의 마지막 순간에 비슷한 해결을 경험할 운명일까? 아니면 해결책을 끝내 찾아내지 못할까?

환자들과 그 가족들이 나 자신의 삶에서 더 잘하도록 노력하라고 다시 한번 나를 격려하고 있었다.

ॐ

그 뒤 핼리팩스로 어머니를 만나러 갔을 때, 나는 어머니의 아파트에서 함께 자리했다. 나는 어머니 바로 맞은편의 2인용 안락의자에 앉고, 어머니는 평소 사용하는 전기 안락의자에 앉았다. 북쪽으로 난 넓은 창문을 통해 새어들어온 빛이 방안을 밝게 비추었다. 우리는 옛날 사진들을 보고, 추억에 잠기고, 서랍 한두 개를 정리하면서, 그리고 어머니가 더이상 보관할 필요가 없는 오래된 서류를 처분하면서 조용한 아침을 보낸 참이었다. 내가 어머니 혼자 몇 시간 동안 쉬게 해드리려고 준비하는데, 어머니가 이렇게 말했다. "내가 죽어가고 있다는 생각이 든다."

어머니의 솔직함에, 자신의 죽음을 한 번도 말한 적 없는 한 여성이 내뱉은 이 말에 나는 허를 찔렸다.

내 심장이 약간 빠르게 뛰었다. 익숙한 합리화 습관이 고개를 들었다. 이제 자리를 떠서 어머니가 쉬시게 해야 해, 나는 생각했다. 이 문제는 나중에 언제든 이야기할 수 있어, 그게 훨씬 더 수월할 거야.

하지만 자리를 뜨지 않고 머무르기로 했다. 어머니의 상태가 변화하는 데 대한 나의 관점 때문이었다. 어머니가 품은 불굴의 용기 덕분에 나는 일찍이 감정과 거리를 두는 방법을 배웠고, 그런 정서적 갑옷이 내가 일을 해나가는 데 도움이 되었음을 알고 있었다. 하지만 MAiD 일을 하다보니 그런 벽을 두고 사는 데 의문이 생겼다. 사람들이 그토록 깊이 연결된 것 ─ 하비와 노마가 이마를 맞대고 마지막 말을 속삭여 작별인사를 하던 모습, 혹은 베브의 가족이 사랑을 표현하던 모습 ─을 보니, 고맙게도 그 갑옷에 구멍이 뚫렸다. 그런 경험에서, 그리고 또다른 예들에서 관계의 풍부함을 보았다. 내가 인생에서 좀더 의미 있는 무언가를 원하면서도 현재의 피상적인 관계를 게으르게 그냥 받아들이고 있지 않은지 의문을 품게 되었다. 그런 예들은 주위 사람들과의 관계를 깊이 있게 만들라고 나를 자극했다. 우리는 서로를 진정으로 아는 것을, 자신을 알리는 것을 왜 그토록 두려워하는 걸까? 나는 좀더 개방적인 사람이 되고 싶고 좀더 깊고 친밀한 관계를 형성하고 싶었다. 그리고 그것은 내가 어머니의 육체적 필요와 정서적 싸움 모두에 좀더 도움이 되어야 한다는 걸 의미했다. 확실한 목적하에 도망치지 않고 깊이 파고들어 연결될 기회가 눈앞에 있었다.

나는 어머니의 말을 따라 한 뒤 신중하게 대화를 시작했다. "어머니가 그런 일을 안 겪었으면 해요. 하지만 만약 어머니가 병원에 입원해야 할 상황이라면 어떻게 하길 바라는지 이야기를 좀 해봐야 할 거예요. 만약 어머니가 더 심각하게 아프면 어떻게 하는 것이 좋겠는지 말이에요. 같이 이야기해볼 수 있죠?" 나는 허락을 구했다. "어떤 사람이 어머니 대신 나에게 물어볼 경우 내가 뭐라고 말해줬으면 하는지 함께 이야기할 수 있죠?"

"난 정말 잘 모르겠다…… 사람들이 이 양식을 채워넣으라고 줬는데…… 어떻게 생각하니?" 어머니가 물었다.

나는 어머니가 주는 서류를 받아 펼쳐보았다. 그리고 무슨 서류인지 곧장 알아차렸다. 그건 어머니가 이용하는 생활 지원 홈assisted living home이 거주자의 병이 심각해졌을 경우 원하는 개입의 단계를 체크하라고 준 표준 양식이었다. 그 양식에는 서로 다른 3단계의 개입이 제시되어 있었다. 첫째로, 환자를 소생시킬 수 있는 모든 노력을 동원하는 것. 둘째로, 되돌릴 수 있다고 여겨지는 증상에 대한 입원과 의학적 치료(하지만 응급실에는 보내지 않는). 끝으로, 병원으로 옮기지 않고 생활 지원 시설 내에서 임종 돌봄만 하는 것. 나는 어머니가 이용하는 생활 지원 홈에서 1년에 한 번씩 거주자들에게 이 서류 양식의 갱신을 요청한다는 걸 알게 되었다. 왜 전에는 이 서류를 한 번도 보지 못했을까?

"내가 뭘 선택해야 할 것 같니?" 어머니가 물었다.

"글쎄요." 어머니가 무엇을 묻고 있는지 인식하며 내가 말했다. "어머니가 이중에서 뭐가 제일 좋은지 고르기 전에, 일단 각각의 선택안이 무엇을 의미하는지 확실하게 이해하는 게 좋을 것 같아요."

"그러니까 말해줘." 어머니가 말했다. "이게 다 정확히 무슨 뜻이냐?"

어머니는 세부사항을 의논하고 싶은 열의까지는 없었다. 그렇다, 그건 좀 불편한 일인 것이다. 하지만 동시에 이렇게라도 대화를 시작할 수 있어서 뿌듯하기도 했다. 나는 어머니와 함께 항목을 하나하나 차례대로 살펴보았다. 그것이 무엇을 의미하며 그 영향은 무엇인지 최선을 다해 설명하려고 애썼다.

그날 아파트를 나서면서 나는 몸을 돌려 안락의자에 앉은 어머니를 바라보았다. 어머니는 서류에 적힌 내용을 다시 읽고 있었는데, 머리의 떨림이 뚜렷했다. 내가 문밖으로 걸어나갈 때 어머니는 고개를 들지 않았다. 집중한 것 같았다. 나는 어머니가 숙고하길 기대했고, 신중한 결정을 내리길 바랐다. 이것이 옳은 방향으로 떼는 한걸음처럼 느껴졌다. 대화를 시작한다는 건 너무나 중요하다. 우리가 늦지 않게 대화를 더 쌓아갈 수 있으리란 걸 나는 알고 있었다.

23.   언론에 공개된 존의 죽음

　　2017년 초봄에 나는 캐나다 존엄사 협회 연례
총회에서 기조연설을 해달라는 요청을 받았다. 지난 1년이 흐
르는 사이, MAiD 초보자로서 처음 상담을 하기 위해 페기의
집 문 앞에 긴장한 채 서 있던 나는 이제 전문가로서 전국 규
모 회의에서 이 일에 관해 이야기해달라는 의뢰를 받았다. 나
는 이 일의 여러 면—CAMAP 동료들의 동료애, 가족과 더 많
은 시간을 보낼 기회, 환자들과 그 가족들에게서 배운, 인생을
어떻게 더 잘 살 것인가에 관한 많은 교훈, 그리고 죽을 권리
운동을 하는 사람들이 표하는 고마움—에 감사한 마음이었다.
그리고 기조연설을 한다는 건 엄청난 영광이었다.

　　그것은 또한 내가 연설을 준비해야 한다는 뜻이었다. 과거
를 돌아보아야 하는 숙제였다. 지난 1년 동안 내가 해온 일뿐만
아니라, 더 넓게는 나의 경력까지. 지금까지 나는 아기를 받는
일과 조력 사망 일 사이에서 명확한 유사점들을 발견했다.

　　임산부들을 돌보던 시절, 나는 다양한 상황에서 함께 일했
던 산부인과 간호사 에이미의 출산을 도운 적이 있다. 에이미

는 가능한 한 약물을 쓰지 않고 가정에서 산통을 겪다가 병원에 가기로 결심했다. 그래서 집에서 산고를 치르다가 마지막 순간에 병원으로 이동했다. 에이미는 강하고, 단호하고, 집중력이 있었다. 반대로 그의 남편 마일스는 안절부절못하고 걱정이 많은 사람이었다. 아기 아빠가 물 한 잔을 건네고는 어떻게 도우면 될지 거듭 물으며 긴장한 채 침실과 주방 사이를 왔다갔다하는 것은 드문 일이 아니었다. 하지만 마일스는 특히 더 어쩔 줄 몰라했다.

에이미는 이제는 자주 보기 힘든 자연분만의 교과서였다. 바로 그것이 그가 바라온 바였다. 그가 아기 피오나를 출산하며 느낀 기쁨을 나는 아직도 기억한다. 젖은 몸으로 울어대는 피오나를 곧바로 엄마의 벗은 가슴에 올려주었다. 에이미는 흥분해서 몸을 떨었고, 마일스의 손이 에이미의 손에 줄곧 올려져 있었다. 둘 다 눈이 휘둥그레진 채 말문을 열지 못했다.

몇 분 뒤, 나는 아기를 다시 데려와 검사하고 아기가 문제없이 건강해 보이는지 확인했다. 내가 그 말을 했을 때, 간호사가 에이미를 도와 깨끗한 환자복으로 갈아입히고 있었다. 그래서 나는 마일스에게 딸아이를 처음 안아볼 기회를 주었다. 따뜻한 플란넬 담요로 아기 피오나를 감싸고, 한 여성 단체가 그 병원에서 태어난 모든 신생아에게 제공하는 손뜨개 모자를 씌웠다. 피오나를 조심스레 마일스에게 건네주며 보니, 가느다란 붉은 머리카락이 모자 밑으로 비어져 나와 있었다. 나는 마일스에게 구석에 놓인 합성가죽 의자에 앉으라고 했다. 그는 아기에게서 눈을 떼지 못했다. 아기에 대한 절대적 경외심에 사로잡히고 미친 듯한 사랑에 빠진 것 같았다.

그로부터 두 달 뒤, 주치의에게 보내기 전 마지막으로 내 병원에서 그 가족 모두와 만났다. 작별인사를 하는데 마일스가 뜻밖의 질문을 했다. "외딴 도로에 나와 있을 때 어떤 기분이 드는지, 그리고 한밤중이 지난 시간에 자동차가 고장 났을 때 어떤 기분인지 아세요? 제 말이 무슨 뜻인지 아시죠, 그린 박사님?"

"네, 안타깝게도요. 그 기분이 어떤 건지 정확히 알죠." 내가 미소를 띠며 대답했다.

"그땐 긴급출동 서비스를 부르고 기다려야 합니다, 맞죠?"

"네."

"그러니까 기다리세요. 그러면 마침내 알게 될 거예요. 길모퉁이를 돌아 박사님 쪽으로 달려오는 긴급출동 서비스 트럭의 헤드라이트가 보일 거예요. 그리고 모든 것이 괜찮으리라는 걸 알게 될 겁니다. 그린 박사님, 박사님은 그 헤드라이트와 같아요. 그날 밤 박사님이 우리집에 오셨을 때, 저는 모든 게 괜찮을 거라는 걸 알았어요. 박사님이 오시기 전에는 너무나 무서웠죠. 박사님에 저희에게 해주신 모든 일에 어떻게 해도 충분히 감사드리지 못할 겁니다."

환자들에게 MAiD에 적합하다고 말할 때, 마일스 생각이 나곤 한다. 그저 도와주겠다고 약속하는 것만으로도, 조력의 가능성만으로도 환자의 두려움과 고통이 줄어들 때가 많은 것을 보아왔기 때문이다.

산부인과 진료와 MAiD 둘 다 가정의 역학관계를 상기시키고 개인의 선택을 존중해야 하는 강렬하고 내밀하고 정서적인 경험이다. 둘 다 나를 현장에 온전히 참여하게 하고, 그런 다음에는 꽤나 빠르게, 품위 있게 물러나게 한다. 탄생과 죽음 둘 다 삶의 매우 중요한 이벤트, 통과, 변화, 일종의 이행transition 이다. 이는 비단 아기나 죽어가는 사람에게만 해당하지는 않는다. 관련된 모든 사람에게 의미심장한 변화가 일어난다.

이행은 '하나의 상태, 단계, 주제, 장소에서 다른 것으로의 이동'이다.[1] 산부인과 진료를 하는 동안 나는 경험을 통해 이런 이행을 잘 이끌려 노력했고, 지식과 안심시키는 말, 인내심 있는 준비를 공유했다. 각 개인의 목표와 필요를 이해하려고 노력했다. 통증과 고통의 차이를 알게 되었으며, 사람들이 공포에서 집중으로, 개인에서 부모로, 그리고 부부에서 가족으로 진화하는 모습을 때로는 넋을 잃고 지켜보았다.

조력 사망이라는 지금의 일에 관해서도 비슷한 이야기를 할 수 있다. 삶의 끝에 다다른 환자들은 나를 그들의 안내인으로 여긴다. 산부인과 진료를 할 때와 다르지 않게, MAiD도 환자들이 필요로 하는 것에 집중하고, 그 의향에 귀 기울이고, 목표를 이해하고, 그들과 그들의 사랑하는 사람들이 앞으로 나아가도록 돕는 일이다. 그들은 나의 바람대로 조금 더 힘을 얻어 파트너에서 간병인으로, 개인에서 환자로, 삶에서 죽음으로 이행할 수 있다.

또한 나의 역할은 이런 사건이 일어나는 동안—엄마의 가슴 위에 아기를 올려놓을 때 혹은 사랑하는 사람이 종내 사망했다고 선언할 때—그 이행을 살펴보는 것이다. 그리고 나는 내 역할이 도움을 주는 안내인에서 경의를 표하는 증인으로 바뀌었음을 즉시 인식한다.

내 환자들은 모두 나와 함께 혹은 나 없이 탈바꿈할 것이다. 내가 꼭 필요하지는 않다는 걸 알고 있다. 하지만 이행은 두려울 수도 있다. 그래서 나는 내가 도움이 될 수 있다고 생각하길 좋아한다. 때때로 내가 어두운 길모퉁이를 돌아 등장하는 헤드라이트가 될 수 있다고.

홀 안을 가득 채운 전문직 종사자들 앞에서 이 모든 것을 어떻게 기조연설로 전할 수 있을까 생각했다.

༄

2017년 5월 28일 일요일이었다. 기조연설을 하루 앞둔 아침이었고, 나는 토론토의 호텔 방에 있었다. 침대에 누워 졸고 있는데, 기분 좋은 문자메시지가 왔다. 뉴욕 타임스 기자인 캐서린 포터에게서 온 것으로, 캐나다에서의 조력 사망을 다룬 그의 기사가 그 신문 1면에 실렸다는 소식이었다. 방안이 아직 어두워서 휴대폰 불빛 때문에 눈을 가늘게 뜨고 그가 첨부한 사진을 보았다.

기사 링크도 클릭해서 읽었다. 7,000단어로 쓰인 그 기사는 나의 조력을 받아 세상을 떠난 환자 중 한 명인 존의 내밀한 이야기를 다루고 있었다. 관련된 사람들의 사진과 존이 이야기하는 비디오 클립 몇 개도 포함되어 있었다. 기사는 크고 두꺼운 글씨체로 멋지게 쓰여 있었다.

나는 이전에도 캐나다 언론 몇 곳에 노출된 적이 있었다. 하지만 내가 하는 MAiD 제공 일로 국제적 관심을 끈 것은 뉴욕 타임스가 기사를 내고 싶다면서 연락해왔을 때가 처음이었다. 캐서린은 환자가 MAiD를 받기로 결정하고 최종적으로 실행될 때까지의 전 과정을 취재하고 싶어했다. 그러니 나더러 몇 사람을 소개해줄 수 있느냐고 했다. 그건 의미 있는 요청이자 수락하기 힘든 요청이었다. 대부분의 환자들은 병세가 너무 심하거나 삶의 마지막 순간을 언론에 공개하는 데 전혀 관심이 없었다. 내가 목격한 긍정적인 사례들에서도 가족들 대부분은 부고에 조력 사망이라는 언급을 생략했고, 많은 가족들이 그들의 사정을 가까운 친구들한테만 알렸다. 그러니 이런 프로젝트에 참여하는 것은 대부분의 가족들에게 달갑지 않은 공개 조사가 될 터였고, 나 역시 함께 일하는 대부분의 사람들에게 그 이야기를 공개하라고 요청하지 못할 터였다. 하지만 포터의 요청은 타이밍이 좋았다. 나는 곧장 존을 생각했다.

존 실즈는 놀라운 사연이 있는 놀라운 남자였다. 그리고 내 생각엔 그가 자신의 이야기를 공개할 것 같았다. 그는 두 번 결혼했고, 한 번 의붓아버지였으며, 많은 사람의 친구였다. 존은 아일랜드 출신의 미국인으로, 1965년에 가톨릭교회에서 밴쿠버 BC의 사제로 임명받아 뉴욕에서 캐나다로 건너오면서 성인기를 시작했다. 그러나 불과 4년 만에 교회와 절연하고 사회복지 분야에서 새로운 경력을 시작했다. 불우한 청소년들을 돕는 데 집중했고, 브리티시컬럼비아에서 가장 큰 노동조합의 회장을 맡기도 했다. 노동조합 일을 하면서 여성이 남성과 동일한 임금을 받도록 하고 노동자와 퍼스트네이션First Nation•의 권리를 옹호하기도 했다. 만년에는 BC의 야생 보호 활동에서 중요한 역할을 했다. 존은 BC의 원주민 공동체들과 깊은 관계를 맺었고, 남성들의 동아리를 이끌었고, 우주에 의식意識이 있으며 모든 것은 불가분하게 연결되어 있다고 믿는 영적 우주론자가 되었다.

존은 신체의 여러 기관에 비정상적인 단백질이 증가해 몸의 기능을 파괴하는 희귀병인 유전분증으로 고통받고 있었다. 네빈을 괴롭힌 것과 같은 질병이었다. 그런데 네빈의 경우와 달리 존의 진단에는 의심스러운 부분이 없었다. 나를 만났을

• 캐나다의 원주민 단체 중 하나.

때 존은 발가락에서 정강이까지, 그리고 손가락 끝에서 팔꿈치까지 감각이 없었다. 걷기가 무척 힘들었고 옷을 입는 데도 도움이 필요했다. 위장, 심장, 피부 그리고 신장에 아밀로이드*가 뚜렷했는데, 이것이 그의 목소리를 변화시키고, 음식을 삼키는 데 문제를 일으키고, 장과 방광에도 이상을 유발하고 감염을 일으켰다. 존은 엄청난 통증으로 고통받았고, 자신의 증상이 시간이 갈수록 더 나빠질 것임을 알고 있었다.

그의 적합성을 확인해주었을 때, 존은 나에게 자신이 병을 진단받은 이후 처음으로 약간의 희망을 느껴본다고 말했다. 그는 뚜렷한 목표를 가지고 삶의 마지막 몇 주를 보낼 준비에 착수했다. 아내 로빈과 함께 '잘 살기, 잘 죽기Living Well, Dying Well'라는 제목의 대중 워크숍을 열기로, 사람들이 죽음과 임종에 관해 자유롭게 이야기하도록 독려하기로 결심했다.

삶의 종결을 주제로 열린 대화를 하고 싶어하는 존의 헌신은 이 이야기를 좀더 많은 대중에게 전하자는 포터의 목표와 일치했다. 내가 그의 죽음과 결심을 저널리스트와 공유하는 일을 고려해보겠느냐고 묻자, 처음에 그는 침묵했다. 생각을 해보는 것 같았다. 다음 순간 그의 얼굴에 함박웃음이 떠올랐다. 지금껏 살아오면서 사람들에게 엄청난 영향을 주었으면서도, 존은 두려움 없이 자신의 이야기를 드러내고 공개적으로, 그리

---

* 여러 개의 단백질이 뭉쳐 섬유 모양을 형성한 응집체.

고 마음을 다해 죽는 것이 가장 의미 있는 유산이 될 거라고 말했다.

나는 존을 캐서린에게 연결해주었다. 존은 캐서린과 몇 차례 인터뷰를 하기로 허락했고, 종국에는 자신의 임종 자리에 동석하는 특권을 그에게 주었다. 나는 캐서린이 그를 정당하게 평가해주기를 바랐다.

빅토리아 호스피스에서 그의 조력 사망 예정일의 전날 밤, 캐서린 포터는 존이 자신의 아일랜드식 웨이크wake*를 지휘하고 참여하는 모습을 지켜보았다. 그의 숭배자 여남은 명이 참석했다. 맥주를 많이 마셨고, 음악 연주와 시 낭송이 있었고, 많은 작별인사를 나누었다. 그 이벤트는 축제 분위기였고 동시에 가슴 아팠다. 그날 저녁 존의 조력 사망에 함께한 경험을 설명해달라는 요청에, 로빈은 다음과 같이 요약해서 말했다. "우리는 죽음과 친구가 되고 있어요. 우리는 그걸 붙잡고 있고, 목격하고 있고, 손수 처리하게 된 거죠."

다음날 나는 존의 임종 자리에 참석했다. 존의 아내와 딸, 친한 친구 두 명이 참석했고, 캐서린 포터도 왔다. 그리고 페니라는 이름의 여성도 왔는데, 공인받은 경조사 집전 사제였다. 그는 존에게 공감을 불러일으킨 다문화 전통에서 끌어온 의식儀式을 설계하는 일을 존과 함께 했었다. 30분 동안 의식을 진

---

* 장례식 전에 열리는, 죽음과 관련된 사교 모임.

행한 뒤 페니가 조상들을 언급했고, 존의 친구 헤더가 아시시의 성 프란체스코의 기도문을 낭독했다. "주여, 나를 당신의 평화의 도구로 써주소서. 미움이 있는 곳에 사랑을 심게 하소서." 존이 자신이 좋아하는 거슈윈의 노래를 부르기 시작했고, 어느 순간 우리 모두가 따라 불렀다. 노래는 〈아이 갓 리듬I Got Rhythm〉이었고, 친숙한 후렴구 "누가 이 이상을 요구할 수 있겠어Who could ask for anything more?"가 있었다. 감정을 다루는 면에서 볼 때 존은 극기심이 강한 사람이었다. 그때껏 그가 우는 모습을 본 적이 없었다. 그러나 그의 아내가 그를 위해 여러 섬에서 불길이 타오르고 있고 밴쿠버 아일랜드 북쪽 끝의 토착민 원로들이 북을 치고 있다고 말하자, 그는 눈을 감고 눈물을 흘렸다.

뉴욕 타임스에 그 기사가 정말로 실릴지는 미정이고 실린다 해도 언제가 될지 확실하지 않은 상황임을 나는 알고 있었다. 캐서린은 그 기사가 1면에 실린 사실을 나에게 문자메시지로 알린 뒤, 독자 댓글 몇 개도 보냈다.

댓글이 아주 많이 달려 있었다. 존의 이야기가 사람들의 신경을 건드린 것이다. 의사가 행하는 조력 사망은 "말기치료의 형편없는 대체물"이라는 예상했던 댓글을 포함해 비판적인 댓글도 소수 있었다. 이는 물론 조력 사망을 선택했을 때 존이 이미 말기치료 시설에서 양질의 치료를 받고 있었다는 사실을 고려하지 않은 반응이다. "우리는 고통을 없애도록 최선을 다해야 한다. 하지만 죽음에 대한 슬픔에 그것이 '더 나은' 죽음이 아니었다는 슬픔을 덧붙여선 안 된다" 같은 좀더 사려 깊은 댓글도 있었다. 이 댓글을 보니, 응급상황에 처해 출산 계획이 제대로 지켜지지 않아 속상하고 '완벽한' 출산을 완수하지 못해 실망감을 느꼈을 내 산부인과 시절 환자들이 떠올랐다. 어떤 사람들은 완벽한 죽음을 행해야 한다는 압박을 느낄 거라 생각하니 슬퍼졌다. 혹은 존의 이야기가 모든 죽음이 비교, 평가받아야 할 대상이라는 어떤 암시처럼 느껴졌다. 모든 조력 사망이 존과 같을 수는 없다. 하지만 나는 존의 죽음이 우리가 그런 일이 허락되는 사회에서 살 때 무엇이 성취될 수 있는가 하는 사례로서 중요하다고 느꼈다.

　내가 읽은 가장 기억에 남는 비판은 불만스러워하는 어느 독자가 쓴 이 글이었다. "나는 뉴욕 타임스가 이런 개인적인 이야기를 게재한 것은 매우 비윤리적이라고 생각한다. 내가 누구라고 실즈 씨의 친구들과 그들이 실즈 씨에게 한 마지막 말을 알아야 하는가? 내가 누구라고 그의 병실 침대맡에서 우는 여성들의 모습을 보아야 하는가? 나는 그의 친구가 아니다." 하지만 그것이 정확히 존이 남긴 선물의 가치라는 생각이 불현듯 들었다. 그는 그 이벤트를 기꺼이 공유하고, 자신의 생각을 밝히고, 이 여정을 견본으로 제시하고, '죽음과 친구가 된다는 것'이 어떤 것인지 보여주려 했다. 사람들이 그의 웨이크에서 기념하는 모습과 그의 침대맡에서 우는 모습을 독자들에게 보여줌으로써. 그는 독자들이 죽음을 두려워하거나 불편해하거나 외면해야 한다고 느끼지 않길 바랐다. 그리고 그가 공유한 것은 영향력이 컸다.

그 기사는 많은 대화에 불을 댕겼다. 사람들이 MAiD와 관련된 자신의 이야기를 공유하기 시작했다. 그리고 내 경험으로는, 더 많은 사람이 삶의 끝에서 자신들이 바라는 소망에 관해 좀더 열어놓고 이야기하기 시작했다. 1년 전 이 일을 시작했을 때, 나는 이 일을 비밀스럽게 하지 않고 공개적으로 하기로 작정했었다. 사람들을 교육하고 정보를 제공하고 싶었다. 하지만 내 고객들을 보호할 필요도 있었다. 그들은 모두 나에게 신중한 대우를 받을 자격이 있었고, 많은 사람이 분명하게 그것을 요청했다. 그들은 자신의 선택을 공개하고 싶어하지 않았다. 그런데 존이 자신의 이야기를 주요 언론매체에 상세한 부분까지 공개함으로써 문을 열어젖혔다.

ᔎ

다음날 아침 토론토에서 한 기조연설에서, 나는 자유로운 영혼의 소유자이자 광대였던 내 환자 에드의 이야기를 했다. 그 일이 나에게 어떤 의미인지, 내가 왜 그 일을 중요하다고 생각하는지 말했다. 산부인과 시절의 일화 몇 가지와 연관 짓기도 했다. 뉴욕 타임스 기사에 관한 이야기도 했는데, 홀 안에 흥분이 더해지는 것 같았다. 사람들은 내 허심탄회함에 고마워하는 듯했고 질문도 했다.

그 행사장을 떠나 집으로 돌아가는 비행기에 오르니, 내가 암스테르담에서 열린 조력 사망 학회에 가서 정보를 구하며 청중 사이에 앉아 있던 때로부터 정확히 1년이 지났다는 데 생각이 미쳤다. 이후 지금까지의 과정을 거쳐오면서 요령을 터득했고, 내가 결코 상상하지 못한 방식들로 그 일의 역설적인 특성에 감사하게 되었다. 내가 일을 지휘했지만 나는 그 일들의 전개에서 증인이었다. 나는 의학에 관해 많이 알지만, 늘 사람들에 관해 새로이 배웠다. 나는 행동하도록 요청받았지만, 자주 뭔가를 느끼지 않을 수 없었다. 내 역할에 자신만만해졌지만, 환자들이 나에게 품는 신뢰 덕분에 끊임없이 겸손해졌다.

캐나다에서 법이 개정된 이후 1,000명 이상의 캐나다인이 조력 사망으로 세상을 떠났다.[2] 규정을 남용하거나 악용하려는 움직임은 없었고, 임상의가 고발당한 적도 없었으며, 내 머리를 번개처럼 후려친 충격도 없었다. 대신 감사함이 있었고, 자율권과 조력 사망을 둘러싼 활발한 토론이 있었다. 존에 관한 기사는 조력 사망을 둘러싼 오명을 씻는 데, 더 나아가 조력 사망이 좀더 세계적인 레이더망 안에서 화제를 불러일으키는 데 도움이 될 터였다.

나는 보기 드물게 훌륭한 동료들을 만나기도 했다. 우리는 전국적 규모에서 이 일을 시작하려는 임상의들을 모으고 지원했다. 그 수는 아직 적지만 점점 늘고 있다. CAMAP은 회원들의 전문적 성장과 정서적 회복을 돕고, 회원용 지침을 담은 문서 제작이나 진행중인 교육 행사를 통해 최고 수준의 의료 서비스를 제공할 수 있는 플랫폼을 마련해주었다. 우리는 지역, 주, 국가 단위의 의료기관들과 생산적인 관계를 맺고 있다. 또한 임상의들이 일을 하고 받는 보수를 협상하고, 더 좋은 약물을 활용하기 위해 영향력을 행사한다. 전국의 연구원들을 위한 플랫폼도 제공한다.

집으로 돌아온 뒤 나는 앞으로 한 달도 남지 않은 우리의 조력 사망 학회를 위해 세부사항을 마무리하는 데 돌입했다. 많은 결정사항과 과제들에 둘러싸여 있던 중 CAMAP 사무실을 통해 예상치 못한 이메일 한 통을 받았다. 연방정부의 지국인 헬스 캐나다Health Canada에서 이야기를 좀 나눌 수 있겠냐고 연락해온 것이다.

그들은 우리 조직을 알고 싶어했다. 회원들이 어디 출신이고 향후 2년 동안 우리 자신의 발전에 대해 어떻게 보고 있는지. 연방정부 직원 세 명이 전화를 했다. 처음에는 예상치 못했던 구직 인터뷰를 하는 듯한, 상사들에게 질문 공세를 받는 듯한 기분이 들었다. 하지만 질문이 끝난 뒤 그들은 우리 위원들과의 만남을 마련해 우리가 하는 일을 둘러싼 이슈들에 관해 조언해줄 수 있는지 물었다. 물론 나는 좋다고 대답했다. 그것만으로는 충분하지 않다는 듯, 나는 그들을 곧 있을 전국 규모의 학회에 과감히 초대했다. 학회는 MAiD의 첫 기념일에 맞춰 다음달에 열릴 예정이었다. 놀랍고 기쁘게도 그들은 참석하겠다고 대답했다.

소규모로 시작해 성장해온 CAMAP이 마침내 공식적으로 인정을 받은 기분이었다.

24.　침대에서의 포옹

　　도시의 긴 여름날을 다시 즐기고 있다. 자전거 도로에는 한가로운 관광객과 운동하는 사람들이 가득하다. 새끼 독수리들이 마침내 부화해 초기 성장 단계를 지나며 먹이 먹는 데 한창이다. 운이 좋으면 하늘을 올려다봤을 때 그들이 나는 법을 배우는 모습을 지켜볼 수 있을 것이다. 하지만 내 환자 리처드의 아내 메그에게 계절은 상관이 없다. 리처드의 상태가 갑자기 악화했고, 메그는 점점 걱정이 늘었다.

　　나는 몇 달 동안 리처드, 메그와 만났다. 내가 월요일에 환자를 만나는 것, 그리고 만난 지 겨우 며칠 만에 죽음을 돕는 건 흔한 일이 아니다. 대개는 적합성 여부가 판명되기까지 혹은 그들이 절차를 진행할 '준비가 되었다'고 느낄 때까지 여러 주가 걸리고 여러 번 방문을 한다. 죽음으로 이어지는 방문과 평가가 내 일에서 사실상 큰 비중을 차지하고, 정작 실제 절차가 차지하는 비중은 작다. 복잡하지 않은 불치병 말기인 환자의 사례를 충분히 평가하고, 관련된 사람들에게 말하고, 알게 된 것들을 문서화하는 데 총 3~4시간이 걸린다. 좀더 복잡한 병의 경우 12시간 정도 걸린다. 여러 번 방문을 해야 하고, 다양한 전문가들에게 연락을 해야 하며, 흔치 않은 진단명의 경우 조사를 해야 하고, MAiD 일을 하는 다른 동료들의 의견도 구해야 하기 때문이다.

1월에 있었던 리처드와의 첫 상담에서 나는 그를 처음 만났다고 생각했다. 그가 악수하려고 손을 내밀었을 때에야 알아보았다.

"다시 만나게 될 거라고 내가 말했죠." 그는 눈웃음을 띠며 말했다.

그의 왁스칠한 하얀 콧수염과 머리카락이 눈에 띄었다. 지난 11월 연합교회에서 한 강연 때 내 명함을 받아간 바로 그 리처드—멋진 재킷 차림에 화려한 워킹 스틱을 지팡이로 사용하던 어르신—였다. 그날 저녁 나는 언젠가 그에게 내 도움이 필요할까 생각했었다. 그런데 정말 내 도움이 필요하게 된 것이다.

리처드는 특유의 재킷에 타이를 맨 모습이었고, 알고 보니 은퇴한 회계사였다. 그의 아파트는 벽에 그림이 걸려 있고 조용하고 아늑한 구석에는 조각 작품이 놓여 있는 것이 특징이었다. 모든 것이 질서정연하게 제자리에 놓여 있었다. 나는 리처드가 세심한 사람일 거라고 짐작했다. 그가 나에게 자신의 병력을 이야기하는 방식에서 그런 첫인상이 맞았음을 확인했다. 그는 83년을 살아오면서 흔한 질병들—약간의 심부전증, 고혈

압, 통풍, 상당한 청력 상실―탓에 괴로웠다고 설명했다. 좀더 결정적으로는 3년 전에 전립선 종양 진단을 받았다. 조기 호르몬 주사 치료와 수술을 통해 지금까지 그럭저럭 잘 견뎌왔다. 종양은 천천히 자랐지만 끈질겼다. 척추에 전이되어 등에 통증이 점점 심해졌고, 오른쪽 갈비뼈에 통증 없는 반점들이 생겨났으며, 불행히도 왼쪽 엉덩이 깊은 곳에도 퍼져 걷기가 점점 더 힘들어졌다. 방사선 치료가 이 병변들을 줄이는 데 도움이 되었고, 엔잘루타미드°가 시간을 좀더 벌어주었다. 그러나 그런 개입이 궁극적으로는 실패하리라는 걸 그는 알고 있었고, 만일의 사태에 대비하고 싶어했다.

리처드와 메그 부부는 둘 다 두번째 결혼이었고, 나이 차가 있었지만―리처드가 12살 연상이었다―두 사람의 여러 공통점 중 하나는 첫번째 파트너를 암으로 떠나보냈다는 사실이었다. 리처드는 첫 아내가 난소암으로 고통받는 모습을 지켜보았고, 그가 성심껏 돌보았는데도 아내의 죽음이 '좋은 것과는 거리가 멀었다'고 했다.

"나 자신도 메그도 그런 최후를 겪게 하고 싶지 않습니다." 그가 말했다.

리처드는 존엄사를 강력히 지지했고, 메그는 리처드를 강

● 전이성 전립선암 치료에 사용하는 약제. 안드로젠 수용체에 결합해 남성 호르몬이 수용체에 결합하지 못하도록 억제하여 암세포의 성장을 막는다.

력히 지지했다. 리처드의 요청을 어떻게 생각하느냐고 내가 물었을 때, 메그는 이렇게 설명했다. "우리 둘 다 말년에 서로를 알게 되어 무척 운이 좋다고 느껴요. 그 일을 치르면서 난 엄청난 비탄에 빠지겠죠. 하지만 우린 그 일에 대해 많이 이야기했고 난 리처드의 선택을 전적으로 지지해요."

자신도 인정한 바지만, 리처드는 아직 심각하게 고통받지는 않았다. 그리고 나는 그의 쇠퇴가 아직 많이 진행된 상태가 아니라는 데 주목했다. 우리는 MAiD 과정을 검토했다. 언제 어디서 실행해야 적절할지를. 그리고 3개월 뒤에 다시 이야기하기로 했다.

4월에 만났을 때는, 약간의 쇠퇴가 뚜렷이 보였지만, 그는 아직 준비되어 있지 않았다. 리처드의 경우가 이례적인 것은 아니었다. 그가 원하는 것은 우리 이메일 그룹이 '예비 MAiD MAiD in the back pocket' —MAiD가 가능할 테고 아직은 법적으로 허가되지 않는 사전 요청 말고는 다른 모든 것이 준비되어 있다고 안심시키기—라고 부르는 것이었다.

하지만 그해 여름 메그와 통화하면서, 나는 상황이 변했음을 감지했다. 지난 몇 주 사이에 리처드는 통증이 더 심해졌고, 더 많은 약을 복용했으며, 보행기가 필요해졌다. 메그가 정말로 겁을 먹은 것은 요전날 밤 리처드가 침대에서 떨어져, 그를 일으키기 위해 911을 불러야 했을 때였다. 가정 주치의가 그를 말기 가정 치료 팀 명단에 올려주었다. 메그는 이 모든 것에서 업데이트된 사항이 MAiD 요건에 충분하다고 생각했다.

"난 병원에서 죽고 싶지 않아요." 그가 MAiD를 요청한 계기가 된 조건들을 살펴보는 자리에서 리처드가 말했다. "사실 무슨 일이 있어도 절대 병원으로 돌아가고 싶지 않습니다. 내가 한밤중에 쓰러져도 여기 그냥 놓아둬요. 통증을 참을 수 없으면 죽음을 앞당겨달라고 박사님에게 도움을 구할게요. 난 자부심 있는 남자입니다. 더이상 침대에서 안전하게 내려오거나 다시 올라갈 수 없게 된다면 떠날 준비를 할 거예요. 내가 박사님에게 전화해 도움을 요청할 만한 상황을 전부 열거할 수 있을지는 잘 모르겠습니다. 하지만 때가 되면 알 수 있을 거라 확신해요. 그러면 괜찮겠죠?"

괜찮았다. 그때까지 나는 환자들이 그들의 그때가 언제가 될지, 언제 고통이 극심해질지 미리 아는 경향이 있다는 사실을 보아왔다. 나 역시 환자들을 돌보면서 본능을 믿도록 항상 격려해왔다. 견딜 수 없으리라 생각했던 상황을 거치고 혼자 침대에 드나들지 못하는 것이 예상했던 만큼 끔찍한 일은 아니라는 걸 깨달으면서 환자들은 잘 살기로 결심했다. 사랑하는 사람들을 위해 그렇게 했다. 하지만 내가 생각하기에 대부분의 환자들은 자신조차 알지 못했던 내면의 힘과 자원, 가능하다면 견딜 수 있는 한 살아보고자 하는 깊은 열망 때문에 그렇게 했다. 그렇다, 때로는 약간의 희망이 존재하는 것이다.

열흘 뒤, 리처드는 심각한 심장마비를 겪었다. 메그가 나에게 전화해 그가 끔찍하고 치명적인 가슴 통증을 겪으면서도 앰뷸런스 부르는 걸 반대했다고 말했다. 메그는 말기치료 대응팀에 전화를 걸었고, 간호사가 그에게 니트로글리세린과 모르핀을 투여하라고 알려주었다.

나는 서류 작업을 완성할 때가 되었다는 데 동의했고, 리처드가 공식 신청서 양식을 채워넣었다. 나는 2차 평가를 해주기로 약속한 그의 가정 주치의에게도 알렸고, 우리 둘 다 리처드가 적합하다고 판단했다. 나는 리처드에게 일을 마무리 지을 시간이 되었다고 말했다.

이틀 뒤 메그에게 다시 소식을 들었다. 리처드가 또 가슴 통증을 겪었고, 의식을 잃는 순간이 더 잦아졌으며, 전날 밤 침대에서 일어나 화장실에 가려다가 한 번 더 넘어졌다고 했다. 그는 등에 심한 통증을 느끼며 바닥에 앉아 있다가 낙담해서 울음을 터뜨렸으며, 아내에게 자신은 이제 끝났다고 말했다.

"일주일을 더 기다리고 싶지 않아. 난 준비가 됐어. 그린 박사에게 전화해요."

그의 조력 사망이 예정된 날, 아델이 나와 동행해주기로 했다. 나는 엘리베이터를 타고 그의 아파트로 올라가, 고령자의 특성을 고려해 마련된 의료 환경과 재킷에 타이를 고집하는 성향 등 리처드의 생활환경을 아델에게 설명했다. 이런 세부사항이 머릿속에 생생했기 때문인지, 메그가 목욕가운에 맨발 차림으로 맞이했을 때 우리 둘 다 많이 놀랐다. 머리를 포니테일 스타일로 간단히 묶고 편안한 흰색 목욕가운의 허리 부분을 묶은 메그는 평소보다 더 작고 젊어 보였다. 메그가 우리를 안으로 들어오게 한 뒤 신발을 벗어달라고 했다. 리처드는 침실에 있다고 했다. 나는 대화를 나누려고 안으로 들어갔다.

누군가의 침실에 들어가는 건 언제나 내밀한 느낌을 준다. 침실은 내면의 성소聖所이고, 옷장에서 나는 냄새, 침대 옆 탁자에 놓인 물건들, 가장 사랑하는 사람, 개인적인 사진 등 사적인 장식이 침실 주인의 스타일과 개성을 말해주니 말이다. 리처드와 메그의 침실의 특징은 킹사이즈 침대가 한가운데에 놓여 있다는 것이었다. 그 옆 벽에는 메그를 위한 기념일 시가 액자에 끼워져 있고, 메그 쪽의 탁자에는 책이 쌓여 있었다. 리처드 쪽 탁자에는 약병들이 있었다.

무척 놀라운 것은 리처드 자신이었다. 그는 침대에 앉아 있었는데, 허리 아래로 이불을 덮고 있었지만 알몸 상태였고, 커다란 베개 몇 개로 허리를 받치고 있었다. 안경을 벗었고 보청기는 끼고 있었다. 하얀 머리카락은 어린애처럼 뻗쳐 있었다. 콧수염에 왁스를 발라 정리하고 깔끔하게 차려입은, 재킷에 타이를 맨 회계사의 모습은 온데간데없었다. 마침내 껍질이 벗겨져나간 것이다. 변한 그의 모습에 약간 어리둥절했지만, 다음 순간 '내가 도대체 뭘 기대한 거지?' 하는 생각이 들었다.

다가오는 나를 보고 리처드가 미소 지었다. 그는 주변이 준비되었는지 다시 확인하고, 와줘서 고맙다고 나에게 말했다.

우리는 잠시 이야기를 나누었다. 모든 것이 제대로 준비되어 있었고, 나는 밖으로 나가 메그와 이야기를 나누었다. 아델이 우리에게 와서 리처드에게 링거 주사를 연결했다고 말했고, 우리는 다 함께 침실 쪽으로 향했다. 메그가 하고 싶던 말을 곧바로 털어놓았다. "우리가 알몸으로 침대 안에 같이 있어도 여러분이 불편해하지 않으면 좋겠어요."

메그는 허리띠를 풀어 가운을 벗고 개켜서 옆에 있는 의자에 올려놓은 뒤 창가로 가서 커튼을 쳤다. 방의 불을 끄고 작은 스탠드만 켜놓았다. 자신의 베개들을 불룩하게 만든 뒤 침대 안으로 들어갔다. 이제 방안에는 따뜻한 호박색 불빛이 감돌았다. 나는 메그의 변함없는 신뢰에 감동받았다. 메그는 70대이고 리처드는 83세였다. 나는 메그가 리처드 옆에 앉아 그를 향해 몸을 비스듬히 기대며 준비하는 모습을 일종의 부러움을 느끼며 지켜보았다. 메그가 두 팔을 뻗어 리처드의 몸을 감싸고 자기 쪽으로 끌어당겼다. 리처드도 메그를 두 팔로 감싸며 몸을 기울였다. 그리고 머리를 아내의 어깨에 얹었다. 그들의 몸은 서로의 윤곽에 익숙했다. 리처드가 메그를 올려다보았고, 두 사람은 몇 번 입맞춤을 했다. 메그의 한쪽 손이 그의 뺨을 감싸고 있었다. 메그가 그의 얼굴, 어깨, 팔을 어루만졌고, 그들은 몇 번 더 입을 맞추었다.

"우리가 아주 좋은 추억을 갖게 되었어요." 메그가 말했다. "당신과 이렇게 오래 함께할 수 있어서 나는 얼마나 운이 좋은지."

그들은 소중한 추억 몇 가지를 언급하며 서로에 대한 사랑을, 함께한 멋진 세월을 이야기했다. 나는 그 소박한 말에 깊은 인상을 받고, 그 다정한 모습에 감동받았다. 메그는 리처드에게 계속 키스하면서 리처드의 몸을 부드럽게 얼렀다. 리처드는 메그와 함께하는 동안 자신이 온전히 행복했다고 말했다. 나는 침대맡에 말없이 앉아 내 앞에서 펼쳐지는 사랑의 장면을 지켜보았다. 숨이 멎을 만큼 아름다운 장면이었다.

내가 뭔가 말하려고 마음먹기도 전에 리처드가 속삭여 말했다. "이제 해줘요."

아내의 품에서 그가 잠에 빠져들었다. 메그는 힘을 주어 그를 꺼안고 가볍게 흔들었다. 그의 호흡이 느려지더니 마침내 멈추었다. 메그가 한쪽 팔꿈치만 움직여 나에게 그의 심장박동이 멈췄는지 확인하게 했다. 나는 마지막 인사를 하도록 그들 두 사람만 남겨둔 채 조용히 자리에서 일어나 거실로 향했다.

～

사람들은 나에게 직업이 뭐냐고 자주 묻는다. 보통 대화를 시작하려는 상냥한 의도에서 하는 질문이다.

"그래서 무슨 일을 하시는데요?" 칵테일 파티에서, 학교 행사에서, 파티에서 그들은 이렇게 묻는다. 내가 정확히 뭐라고 설명할 수 있을까?

그런 순간에 나는 방금 태어난 축축한 여자 갓난아기를 에이미의 가슴에 건네주고 있다. 에이미는 기대감으로 눈이 휘둥그렇고, 지쳐서 두 팔이 떨리고 있다. 하비의 집안으로 들어가려고 문을 여는데, 내 심장이 쿵쾅거리며 뛴다. 나는 치사 약물이 담긴 가방을 들고 있다. "조금 무서워요." 그가 말한다. 속도를 높여 정말로 시작해야 한다. 나는 고든의 뺨에 있는 종양을, 레이의 가슴을 뒤덮은 혹들을, 찰리의 뼈만 남은 몸을 본다. 조지프의 심장박동이 멈춘 것을 듣는다. 긴 휴지休止다. 얼레가 풀리는 속도가 느려지는 것처럼. 스텔라에게 청진기를 건네주며 나는 혼란을 느낀다. 레인코트 차림의 88세 노부인이 마지막 순간을 위해 손을 뻗어 딸의 얼굴을 감싸는 모습을 지켜보며 가슴속에 혼란을 느낀다. 검은색 푸들이 침대로 뛰어오르고 공기 중에 파촐리 향이 감도는 가운데, 나는 꼼짝할 수가 없다. 내 콧속이 다시 담배연기로 가득차고, 빛나는 미소를 머금은 에드윈의 모습이 보인다. 앤드루가 고모에게 외치는 소리와 헬렌이 손자에게 외치는 소리가 들린다. "누가 이 이상을 요구할 수 있겠어?" 우리는 노래한다. 나는 사람들로 붐비는 어느 농가의 방안에 있다. 그 딸기잼의 맛이 거의 느껴지는 듯하다. 내 차 안으로 들어가면서 흥분을 느낀다. 내 카약 안에서 네빈 생각을 하며 무력감을 느낀다. "박사님이 내 생명을 구해준 느낌입니다." 레이가 말했다.

"그래서 무슨 일을 하시는데요?"

나는 광대 옷을 입은 에드의 모습을 보며 미소 짓는다. 그는 편안한 자세로 머리를 뒤로 젖히며 싱긋 웃은 뒤 잠에 빠져들었다. 그가 잠에 빠져들었다. 그녀가 잠에 빠져들었다. 그들은 나에게 고마워했고, 그런 다음 그들 모두 잠에 빠져들었다.

"사람들을 도와요."

나는 그들에게 선택안을 제공한다. 환자들에게 그들이 조력 사망에 적합하다는 걸 알려줌으로써 자율권을 준다. 그렇다고 해서 그들이 조력 사망을 받아들여야 한다는 의미는 아니다. 조력 사망을 제공받는 걸 의미하지도 않는다. 그게 필요하다면 진행할 수 있다는 걸 의미할 뿐이다. 그리고 그 결과는 고통의 축소다.

이 일을 할 때 어떤 기분을 느끼냐고? 마치 내가 어떤 심오한 것의 일부가 된 것 같다. 어려움에 처한 사람을 돕는 특권을 가진 것 같다.

"정말…… 고마워요." 하비의 쇠약해진 목소리가 들리고, 나는 그의 복잡한 감사의 마음을 헤아리려 한다. 리즈의 어린 세 자녀의 텅 빈 눈빛이 눈앞에 떠오른다. 그들은 유년기가 끝나가는 시기에 눈앞에서 무슨 일이 일어나고 있는지 이해하지 못하는 눈빛이다. 에드나가 내 손을 세 번 꼭 쥐는 것이 느껴진다. 그가 자신의 선택을 확신하고 있음을 나는 안다. 메그가 침대 안에서 리처드의 몸을 어르는 장면이 보인다. 나는 그들을 통해 사랑이 어떤 모습일 수 있는지 배웠다고 믿는다.

나에게 이 일은 사람들이 어떻게 죽기를 바라는가에 관한 것이라기보다는 어떻게 살기를 바라는가에 더 가깝게 느껴진다.

당신에게는 무엇이 가장 중요한가?

당신은 사랑하는 누군가와 그것을 공유해본 적이 있는가?

나는 우리 중 죽음에서 면제된 사람은 아무도 없다는 것을, 그러나 우리는 언제고 삶을 끌어안는 선택을 할 수 있다는 것을 배웠다. 심지어 삶의 마지막 순간에도.

나가며

캐나다에서 조력 사망이 제공된 첫해 이후 조력 사망이라는 분야는 지역적으로, 전국적으로, 그리고 국제적으로 확산되는 동시에 많은 부분—캐나다 법에 대한 이해와 해석, 조력 사망의 관리를 지원하는 사회 기반 시설, 관련된 직업 공동체—에서 발전을 이루었다.

캐나다의 발전

내가 처음 이 일을 시작했을 때, '합리적으로 예측 가능한 자연사'나 '쇠퇴가 진행된 상태' 같은 말은 낯설고, 불분명하고, 검증되지 않은 문구였다. 이후 여러 해가 흐르면서 법에 대한 우리의 이해도 성숙했다. 논쟁은 아직 남아 있고, 내가 볼 때는 표준화도 아직 덜 되었다. 하지만 분명해진 사항도 있다. 2017년 6월에 온타리오 고등법원의 퍼렐 판사가 전국적으로 임상의 및 다른 의사들의 MAiD법 해석 방식을 개선해야 한다고 공표했고, 이후 MAiD 평가자와 제공자들이 일하는 방식에 변화가 일어났다.

AB라는 가명으로 알려진 80세에 가까운 한 여성(보호 차원에서 이 여성의 신원은 공개되지 않았다)은 25년 동안 극심한 진행성 골관절염과 싸우고 있었다. 여러 번 수술을 받고, 인공관절을 삽입하고, 의학적 치료도 받았지만 결국 종일 돌봄에 전적으로 의존하게 되었고, 끊이지 않는 통증으로 끔찍하게 고통받았다. 그러나 임상의들은 그의 자연사가 합리적으로 예측 가능한가 하는 적합성 기준을 충족하지 않는다고 보았다. 그는 소송을 걸어 법정에 해명을 구했다. 이에 퍼렐 판사는 법 조항을 해석하면서, 한 사람의 자연사가 합리적으로 예측 가능하기 위해 또는 그 사람이 MAiD 자격을 갖기 위해 반드시 말기 질환을 앓을 필요는 없음을 명확히 했다. 다만 이 특별한 기준을 충족하기 위해 '죽음을 향한 여정'―"그들에게 남은 시간을 특정하지 못하는 상태에서 그들이 처한 의료적 환경을 모두 고려할 때"[1]―에 있어야 한다고 말했다. 이 결정은 그 자신이 강조한 바, 변호사나 법정이 아니라 임상의가 내리는 임상적 결정을 의미했다. 연방정부도 주 정부도 이 판결에 항소하지 않았다. 그리고 이 해석은 국가표준이 되었다. 이 판결을 통해 퇴행성 질환을 앓고 있지만 시한부 선고를 받지 못한 사람들에게 잠재적으로 MAiD 자격을 부여할 수 있게 되었고, 그때까지 많은 사람이 잘못 적용해온 보수적 해석이 개선되었다. 이는 특히 다계통 위축증이나 파킨슨병 같은, 궤적이 뚜렷하지만 안타깝게도 죽음에 이르기까지의 타임라인이 모호한 신경계 질환을 앓는 사람들에게 도움이 되었다.

그렇기는 했지만 많은 사람이 이 조건이 우선시되어선 안 된다고 주장했기 때문에, '죽음이 합리적으로 예측 가능해야 한다'는 조항은 논란의 대상으로 남아 있었다. 캐나다에서 조력 사망 금지를 폐지한 대법원의 판결, 일명 카터 소송은 위중하고 치료 불가능한 질병으로 견디지 못할 만큼 고통받는 의사 능력이 있는 성인이기 위해 환자가 삶의 끝에 다다랐거나 거의 다다라야 한다는 조건을 요구하지 않았다. 그리고 2019년 9월에 MAiD 관련 법정 소송에서 오래 기다려온 또다른 판결이 나왔다.

심한 뇌성마비를 앓던 장 트뤼숑이라는 남성과 폴리오 후後 증후군을 앓던 니콜 글라뒤라는 여성이 C14법이라는 구어체 명칭으로 알려진 법이 너무 제한적이어서, 특히 그 법이 '자연사가 합리적으로 예측 가능해야 한다'고 요구해서 헌장권Charter right을 침해한다고 주장한 것이다. 퀘벡주 고등법원의 보두앵 판사가 이들의 손을 들어주었다.[2] 이 적합성 기준이 법률정신에 위배된다고 강력히 표현한 판결을 내렸다. 그는 판결을 6개월 동안 유예했고, 그 덕분에 정부는 법을 개정하거나 새로운 안전장치 마련을 고려할 수 있었다. 중요한 것은 주 정부도 연방정부도 이 판결에 항소하지 않았다는 점이다. 퀘벡주 정부는 이 판결을 발효했다. 퀘벡주가 조력 사망을 제공받기 위해 '자연사가 합리적으로 예측 가능해야 한다'는 요건을 삭제하면서 (동시에 조력 사망을 제공받을 사람이 '삶의 끝'에 가 있어야 한다는 퀘벡주의 요건을 폐지하면서). 연방정부도 연방법을 주 판결에 맞춰 조정하기로 약속했다.

법을 개정해야 할 상황에 처하자 법무부는 가능한 다른 개정안을 고려하기로 했고, 2021년 2월 연방정부는 C7법에 대한 수정안을 발표했다. 전국의 다양한 이해 당사자에게 피드백을 수집한 뒤, 새로운 법안이 단지 "자연사가 합리적으로 예측 가능해야 한다"는 기준만 삭제하는 것만이 아니라, 몇몇 안전장치를 삭제하고 다른 안전장치들을 추가하면서 절차도 개선하는 것임을 분명히 했다.

C7법의 매우 중요한 수정사항 중 하나는 MAiD 평가를 받았고 적합하다고 판명된 몇몇 환자들에게 최종 동의 요건 면제를 허가했다는 점이었다. 어떤 특정한 환경에서, 이를테면 내 환자 고든이 그랬던 것처럼 예기치 않게 의사능력이 상실된 경우에도 MAiD를 받을 수 있게 된 것이다. 다른 수정사항으로는 죽음이 합리적으로 예측 가능한 사람들을 위한 10일간의 숙려 기간 삭제와 죽음이 예측 가능하지 않은 사람들을 위한 안전장치의 추가가 있었다(최소 90일의 평가 기간, 환자에게 고통을 유발하는 질환에 대한 전문지식을 가진 임상의의 투입, 해당 질환에 관한 필수 정보 제시, 정신건강 및 장애 지원 서비스, 상담 서비스, 말기 치료를 포함해 환자의 고통을 줄여주는 모든 합리적이고 사용 가능한

수단들에 대한 진지한 고려).

또한 입법자들은 죽음이 예측 가능해야 한다는 요건을 폐지한 것이 정신건강 장애(치료 저항성 우울증 같은)로 고통받는 많은 환자들이 이제 MAiD를 받을 자격이 있음을 의미하지는 않는다고 강조했다. 그들은 C7법에서 치료 불가능성과 취약성에 관한 부분을 인용하면서 정신건강 장애로 고통받는 환자들 전체를 조력 사망에 대한 접근에서 배제할 것을 제안했다. 상원은 이런 금지를 차별적인 것으로 인지하고 법안을 수정해, 18개월 뒤 매뉴얼과 지침을 만들고 필수 안전장치들을 만들 시간을 부여하면서 이 배제가 자동적으로 폐지되게 했다. 하원은 일몰조항을 받아들였지만 그것을 수정해 2년 뒤 발효하기로 했다. C7법은 2021년 3월에 정식 법이 되었다.[3] 오로지 정신질환만 있는 사람들을 조력 사망에서 배제하는 조치는 2023년 3월에 폐지될 거라는 의미이다.

한편 분별력 있는 미성년자(의사능력을 지닌 18세 이하의 청소년)의 MAiD 이용, MAiD 사전 요청(예를 들어 치매 진단을 받았지만 초기 단계여서 의미심장한 쇠퇴는 아직 발생하지 않은 경우), 유일한 기저질환으로 정신건강 장애만 있는 환자들을 위한 MAiD 시행을 둘러싼 이슈들에 대한 검토가 연방정부의 지시로 2021년 5월에 시작되었다. 그 결과들은 2022년에 보고될 예정이다. 난관 또는 해결책을 강구해야 할 사안은 여전히 많으며, 캐나다에서 MAiD는 계속 발전하고 있다.

미국의 발전

조력 사망에 대한 논의가 캐나다에서만 발전된 것은 아니다. 미국에서도 의미 있는 변화가 계속 일어났다.

2016년 내가 처음 MAiD 일을 시작했을 때, 미국에서 어떤 형태로든 조력 사망을 허가하는 주는 5개였다(오리건, 워싱턴, 몬태나, 버몬트, 그리고 새로 추가된 캘리포니아). 이후 5개 주(콜로라도, 하와이, 뉴저지, 메인, 뉴멕시코)가 추가되었고, 컬럼비아 지역은 조력 사망을 허가하는 법령을 전부 통과시켰다. 어떤 법학자들은 현행 법률로 MAiD를 특별히 합법화하지는 않았지만 그렇다고 금지하지도 않은 몬태나주처럼 노스캐롤라이나주도 조력 사망을 허가할 수 있다고 주장했다. 이 12개 지역의 주민 인구를 전부 합하면 8,400만 명이다. 다시 말해 미국 전체 인구의 25퍼센트가 MAiD를 잠재적으로 이용할 수 있다는 뜻이다.

법학자 타데우스 포프는 미국의 다양한 조력 사망 법에 관한 최근의 검토에서 다음과 같이 말했다.[4]

(미국에서) MAiD의 확장은 규모 면에서만이 아니라 속도 면에서도 주목할 만하다. (……) 현재 12개의 MAiD 허가 지역 중 7개 지역이 지난 5년 사이에 법을 제정했고, 그중 2개 지역은 (……) 2019년에 법을 제정했으며, 나머지 40개 주가 2021년 MAiD법 제정을 고려하고 있다.

미국의 모든 새로운 법령들은 오리건주의 최초 생애말기 모델end-of-life model에 기반을 두고 있다. 그러나 포프가 강조하듯이, 각 주의 다양한 법들이 모두 동등한 것은 아니다. 과정, 안전장치, 적합성 요건 등에서 조금씩 차이가 있다. 포프는 이어서 말한다.

미국에서 처음 MAiD가 시행된 20년 동안, 정책 입안자들은 MAiD에 대한 접근을 제한하면서 안전성을 많이 강조했다. 오늘날 더 많은 주들이 다시 균형을 잡기 위해 작업중이다. (……) 특히 2가지 혁신이 유망하다. 첫째는 현재 모든 주에서 요구하는 것으로 (……) MAiD를 담당하는 임상의가 내과의사여야 한다는 것이다. 하지만 어떤 주들은 MAiD 자격을 상급 실무 등록 간호사Advanced Practice Registered Nurses, APRNs로까지 확장할 것이다. 둘째, 현재 모든 주에서 MAiD를 6개월 이하의 시한부 말기 질환을 앓고 있는 환자에게 한정할 것을 요구하고 있다. 아마도 어떤 주들은 이 시한을 12개월 혹은 그 이상으로 늘릴 것이다.

미국에서 이루어진 또다른 의미 있는 발전은 창의적인 몇 가지 사고思考다. 미국의 MAiD 법령들이 천편일률적으로 환자 자기 투여를 요구해온 반면, 새로운 법령들은 환자가 약물을 어떻게 사용할지를 설명하는 데 다양한 동사를 활용한다. MAiD법에 '복용하다ingest'라는 특정 용어를 사용한 5개 주에서는 조력 사망을 위해 약물을 투여할 때 위장관을 통해야만 하는 것이 분명하다. 이를 완수하는 가장 흔한 방법은 물약을 마시는 것이다. 하지만 이제는 약물을 복용하는 다른 방법들이 있음이 받아들여지고 있다.

이미 인공 영양공급과 수분 섭취에 의존하는 경우, 환자가 영양공급관의 플런저를 눌러 치사 약물이 투여되게 하면 된다. 다른 환자들은 관장용 관의 압축기를 누르면 될 것이다.

약물 복용(위장관을 통하는 것으로 정의되는)을 위한 이런 용인할 만한 대안들에서는 혼자 힘으로 앉을 수 있고, 손으로 컵을 쥐거나 음식물을 삼킬 수 있어야 한다는 조건이 필요없다.

세계의 발전

내가 MAiD 일을 시작한 첫해 이후, 전 세계적으로 조력 사망에 대한 태도가 계속해서 변화하고 있다. 2019년 6월 '자발적 조력 사망Voluntary Assisted Dying, VAD'이라고 불리는 것이 호주 빅토리아주에서 시행되었고, 18개월 뒤에는 주 법안이 통과되었다. 빅토리아 모델은 말기 질환과 6개월 이하의 시한부를 요구하는 오리건 모델에 기반했다. 서호주의 주도 빅토리아주를 따라 같은 해에 유사한 법률을 통과시켰다. 2021년에는 호주의 또다른 3개 주―태즈메이니아, 남호주, 퀸즐랜드―가 조력 사망 법을 통과시켰다.

뉴질랜드에서도 2019년에 VAD법이 통과되었으며, 2020년에는 국민투표를 성공적으로 치렀다. 그리고 2021년에 법이 발효되었다. 독일에서는 2020년 2월 대법원이 직업적으로 자살을 돕는 것을 금지하는 5년 된 법을 헌법에 위배된다고 간주해 폐지했다. 2020년 12월 호주 헌법재판소는 조력 사망 금지가 헌법에 위배되고 개인의 자기결정권을 침해한다는 판결을 내렸는데, 이는 캐나다의 일련의 여정을 떠올리게 한다.

2021년 3월 18일에는 스페인 의회가 조력 사망을 합법화하는 법을 통과시켰고, 3개월 뒤 발효되었다. 이로써 스페인은 유럽에서 말기 질환을 앓는 환자들이 삶을 끝내기 위해 합법적으로 도움을 받을 수 있는 다섯번째 나라가 되었다. 그리고 내가 이 책을 마무리할 때 스코틀랜드 의회와 영국 상원이 유사한 입법에 관해 논쟁중이었다.

코로나 시국의 발전

국가적으로나 세계적으로 중요한 변화들이 일어나는 동안, 예상하지 못했고 반갑지 않은 새로운 요인들이 등장했다.

2020년 3월에 신종 코로나바이러스 혹은 코로나19가 전 세계를 휩쓸면서 우리의 삶이 흔들리고 중단되었다. 캐나다에서 어떤 사람들은 MAiD 요청이 증가할 거라고 예상했고, 우리가 MAiD를 계속 제공할 수 있을지 궁금해하는 사람들도 있었다. 많은 서비스가 멈추었고, 자원의 배급이 제한되었으며, 병원들은 과중한 업무량에 대비했다. 앞으로 상황이 어떻게 될지 아무도 알지 못했다. 어떤 지역에서는 의료시설들이 우선시되는 사항들을 평가하느라 MAiD 프로그램을 일시적으로 중단했다. 다른 지역에서는 MAiD가 중요한 서비스로 간주되어 방해받지 않는 상태가 계속되었다. 몇몇 동료들이 온라인에 자신들이 일하는 곳에서 MAiD 요청이 잠잠해졌다는 글을 올렸다. 반면 대부분의 동료들은 더 바빠졌다고 말했다. 두려움과 불안이 요청을 부추긴 걸까, 아니면 예상했던 증가가 계속된 걸까?

MAiD 전문기관인 CAMAP의 회장으로서 나는 MAiD 평가자와 제공자들을 지원해야 할 책임을 느꼈다. 의료 및 간호 직원들이 안전과 건강을 유지하는 것이 가장 중요했다. 그래야 그들이 코로나19 팬데믹 기간 동안 모든 의료 서비스를 계속 제공할 수 있으니 말이다. 이 외에도 임상의들이 MAiD를 제공할 때 고려해야 할 것이 많았다. 개인용 보호 장구가 필요할 수 있었고, 현장에 참석 가능한 사람 수가 제한될 수 있었으며, 절차를 행할 장소의 안전성을 확보해야 했다. 또한 인력 및 장소 부족으로 시설 밖으로 옮길 수 없는 환자들의 경우에는 어떻게 해야 하는지도 문제였다. CAMAP은 원격의료를 통한 환자 평가 허가 및 증가 그리고 증인 신청을 위해 영향력을 행사했다. 우리는 코로나19로 죽어가는 환자들에게 MAiD는 실행 가능한 해결책이 아닌 것 같다는 사실을 인식했다. 적합성을 판정하는 데 시간이 걸린다. 충분한 용량의 진정제 투여를 포함하는 이상적이고 시기적절하고 질 좋은 말기치료는 응급상황에서 새로 투입되는 인력을 감염원에 노출시키지 않고 환자가 평화로운 죽음을 맞이하게 하는 데 매우 적절하다. CAMAP은 이런 문제들에 대처하기 위해 3종의 새로운 지침 문서를 만들었다.

코로나 기간에 대부분의 MAiD 제공자들이 경험한 가장 큰 변화는 현장의 느낌이었다. MAiD를 제공할 때 장갑과 마스크를 착용하게 되었고, 환자의 가족도 그렇게 했다. 환자와의 신체 접촉이 많이 제한되고 거리를 두게 되었다. 가족에게 설명하는 일도 바깥의 발코니나 현관 옆 베란다, 혹은 적어도 2미터쯤 떨어진 안뜰에서 했다. 그렇게 해서 마스크를 벗고 말해 설명이 잘 전달되게 할 수 있었다. MAiD 절차의 내밀함이 전반적으로 감소했다. 하지만 여전히 가능하다.

CAMAP의 발전

이제 우리 CAMAP[5]의 회원은 전국적으로 400명이 넘는다. 우리는 12종의 지침 문서를 만들었고, 전국 규모의 학회를 3회 개최했고, 표준화된 전국적 교육 워크숍을 개발했다. 이 워크숍은 여러 주에서 활용되었고 이제 온라인으로도 이용할 수 있다. 우리는 회원들을 위해 양질의 웹 세미나를 자주 개최하고 있으며, 주 및 국가 단위의 기관들과 파트너십을 맺어 중요한 연구 발표를 용이하게 했다. 이는 전적으로 다양한 회원들이 매일 헌신적으로 진행하는 업무 덕분이다. 우리 회원들은 죽음에 대한 의학적 조력 문제에 있어서 선도적 임상 전문가들이 되었다. 입법자들이 이 법안에 관해 논쟁할 때 상원과 하원은 이 단체의 회장인 나에게 증거를 제출하도록 요청한다.

마지막 말

수년 동안 일하면서 만난 환자들이 남긴 마지막 말들을 모아 목록을 만들어보았다. 이 목록이 이 책의 좋은 끝맺음이 되리라.

모두 이 자리에 와줘서 고마워요.

난 너무나 준비가 됐어요.

서로를 돌보려무나.

쏘세요!

난 내 방식대로 살아왔어.

안녕, 자기.

어서 시작합시다.

난 이렇게 떠나야 해요.

당신의 지원에 감사해요.

시작하는 거죠……

이제 해주세요.

너희 자신을 돌보렴.

사랑해요.

한번 놀아보자!

신의 은총이 함께하길.

추억들에 감사해요.

내가 유일하게 후회하는 건…… (잠에 빠져듦)

이제 준비됐어요.

나중에 보자, 녀석들!

모두들 사랑해.

너희를 지켜볼 거야.

저세상에서 만나요.

너희가 여기 와줘서 참 기쁘다.

해주세요…… 갑시다!

(나를 바라보며) 사랑합니다.

덧붙임

나는 환자의 신뢰를 얻고 유지하는 일을 절대 당연한 일로 여기지 않는다. 그것은 치료 관계의 초석이고, 나는 그것을 의도적으로 위험에 빠뜨리지 않을 것이다. 직업상 환자의 사생활을 보호해야 하므로, 이 책 전체에 걸쳐 등장하는 환자의 이름, 나이, 성性, 민족, 직업, 가족관계, 거주지, 진단명을 비롯해 사건, 인물 그리고 케이스를 묘사하는 데 대해 명시적 동의를 구했고, 때로는 이해를 돕기 위해 허구적 합성을 하기도 했다.

나는 CAMAP 온라인 커뮤니티의 은밀한 특성도 마음 깊이 존중한다. 그런 의미에서 특정한 내용은 CAMAP 위원회 그리고 그 내용을 올린 사람들의 허가를 받아 인용했음을 밝힌다. 혹은 그 커뮤니티를 온전히 보호하기 위해 변형하기도 했다.

불가피했던 이런 변형과는 별개로, 이 책은 내가 동료, 환자, 그리고 그들의 가족 들과 함께 목격하고 경험한 것을 정확히 반영하고 있다.

혹시 모를 논란을 피하기 위해, 이 책에 표현된 모든 관점은 전적으로 나 자신의 견해임을 밝힌다. 그러니 내 동료들이

나 BC 의과대학, 캐나다 의사 협회, 밴쿠버 아일랜드 보건국, 혹은 캐나다 MAiD 평가자 및 제공자 협회 등 단체들의 관점이라고 생각하지는 마시길. 또한 이 책에 서술된 어떤 내용도 의료조력 사망 요청 혹은 의료 서비스의 어떤 측면에 대한 법률적·의료적 조언으로 받아들여져선 안 될 것이다.

감사의 말

이 책을 출간한다는 프로젝트가 시작되기 전에, 나는 내 임상 경험들에 관해 책을 쓴다는 막연한 상상만 하고 있었다. 뉴욕 타임스의 캐서린 포터(그리고 우리의 만남을 도모해준 코리 러프)가 없었다면 이 일은 현실이 되지 못했을 것이다. 캐서린이 비범한 존 실즈에 관해 쓴, 전 세계 많은 사람의 마음과 영혼을 사로잡은 아름다운 기사가 이 프로젝트의 분수령이었다. 고마워요, 캐서린. 존과 그의 이야기를 시간을 들여 취재해줘서. 존, 존의 가족 그리고 그들의 내밀한 여정에 경의를 표해줘서. 또한 그것을 무척 생생하고 솜씨 좋게 전해줘서.

그 기사가 너무도 설득력이 있어서, 스털링 로드 리터리스틱의 니티 메이던이 대륙을 건너 나에게 연락해 혹시 책을 쓸 생각이 있느냐고 물었다. 니티, 이 프로젝트의 잠재력을 본 당신의 비전에 감사해요. 그 비전은 결코 흔들리지 않았지요. 그리고 나는 내가 마침내 해낼 거라는 당신의 신뢰에 은혜를 입었고요.

발레리 스테이커, 스크리브너 출판사의 이 프로젝트를 받아들이라는 당신의 제안서가 지금도 나에게 영감을 주는 물건으로 내 책상 위에 놓여 있어요. 당신은 2년 동안 당신의 기준에 이르도록 나를 격려했고, 마침내 나는 경청하는 법을 배웠어요. 당신이 없었다면 이 책은 존재하지 않았을 거예요.

이브 클랙스턴, 나의 흐름을 발견하도록 도와준 재능 있는 북 닥터인 당신을 무슨 단어로 표현할 수 있을까요? 당신은 모든 것을 훨씬 더 의미가 통하게 만들어주었어요. 또한 당신의 도움으로 내가 최종 편집자인 사이먼앤드슈스터의 카라 왓슨을 설득할 수 있었죠. 카라는 원고를 손에 쥐고는 내가 열망해오던 열정으로 결승선을 통과했거든요.

(여기까지는 유명인들이다. 하지만 이름이 알려지지 않은 사람들도 마찬가지로 중요하다.)

셸리 플램, 팸 스타인, 비벌리 머슨, 그리고 킴벌리 루리, 내 초고에 대한 여러분의 솔직한 피드백은 내가 말하고 싶은 이야기의 형태를 잡는 데 매우 귀중한 도움이 되었어요.

타데우스 포프, 조슬린 다우니, 로니 샤벨슨, 그리고 조슈아 웨일스, 몇몇 세부사항에 대한 여러분의 전문지식에 큰 감사를 표합니다.

아네스 판 더르 헤이더, 케네스 챔베레, 로브 종키에르, 여러분은 나에게 필요한 자료와 참고문헌들을 제공해주었어요. 하지만 암스테르담에서 해준 강연에 그 이상으로 감사하고 싶어요. 여러분은 나의 지적 호기심을 사로잡았고, 그 일 이면에 엄격한 연구가 존재함을 확신시켜 주었어요. 또한 부지불식간에 나의 경력 변화로 이어지는 문을 열어주었죠.

초기의 그리고 지금도 계속 이어지는, MAiD 공동체 도처에서 일하는 자애로운 전문 직업인 팀의 지원이 없었다면 오늘날 이 작업은 진행되지 못했을 거예요. 여러분의 이름을 하나하나 열거하기엔 너무 길지만, 나는 동료이자 CAMAP의 공동 설립자로서 여러분의 비범하고 선구적인 작업의 공로를 특별히 인정해드려야만 합니다. 우리의 원년 위원인 타냐 도스 박사, 제시 페와추크 박사, 조너선 레글러 박사, 코니아 트루턴 박사, 엘렌 위브 박사, 폴 색터, 그리고 애슐리 홀이 오늘날의 CAMAP을 조직하는 데 도움을 주었습니다. 모든 회원들과 현재의 위원들에게도 감사를 드립니다. 여러분이 나를 지탱하게 해주고, 영감을 주고, 끊임없는 도전과 가르침을 주는 걸 잘 알고 있어요.

마지막으로 내가 이 프로젝트를 완수하는 데 걸린 수년의 시간 동안 인내심을 가지고 옆에 있어준 가족과 친구들에게 감사합니다. 아무도 콕 집어 지목하지는 않겠다고 내가 약속했죠. 하지만 어떻게 그러지 않을 수 있겠어요? 샘과 새러, 너희 둘 다 사랑한다, 깊이 그리고 대단히. 알렉산드라 맥퍼슨, 감사의 특별한 이유는 없지만 모든 이유 하나하나가 내겐 정말 중요해. 장마르크, 바위처럼 든든한 사람, 나의 파트너, 나의 사랑. 안심, 지지, 자율권이라는 선물을 나에게 줘서 고마워요.

부모님 두 분, 지난 30년 넘게 삶을 공유해주시고 당신들을 돌보는 일을 저에게 맡겨주셔서 감사해요. 제가 두 분을 도왔다면 두 분도 그만큼 저를 도와주셨다고 믿습니다.

조력 사망은 여전히 윤리적, 법적, 실제적, 정서적 난제가 가득한 이슈다.[1] 나는 조력 사망이 전 세계의 점점 많은 지역에서 논쟁의 대상이 되고, 수용되고, 적용될 거라고 확신한다. 이 주제에 관한 더 많은 정보에 관심이 있는 독자들을 위해, 캐나다의 MAiD에 관한 최근 자료들이 담긴 그래프 몇 개와 믿을 만한 자료가 담긴 짧은 목록들—정부 웹사이트들과 환자 보호 단체, 그리고 관련 이슈를 다룬 책 몇 권—을 묶어보았다.

2016~2020년 캐나다에서 보고된 MAiD 사망자 수

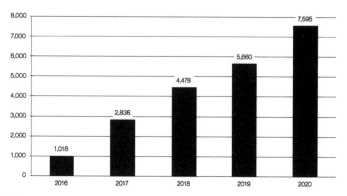

설명
1. 사망이 발생한 연도마다 1년 단위로 MAiD 건수를 헤아렸으며(이를테면 1월 1일부터 12월 31일까지), 이는 신청서를 받은 날짜와는 무관하다.

2. 2016년의 경우, 퀘벡 지역의 자료는 퀘벡주 법이 생애말기 돌봄의 법적 효력을 인정한 2015년 12월 10일에 시작된다. 캐나다 나머지 지역들의 자료는 2016년 6월 17일에 시작된다.
3. 수정사항과 추가 보고 내용 등을 전년도의 보고 내용에 반영해 수정했다.
4. 이 표는 2021년 1월 31일까지 헬스 캐나다에 보고된 MAiD 사망(7,384건의 사망)과 아울러 헬스 캐나다에 아직 보고되지 않은 지역들의 MAiD 사망(211건의 사망)을 보여준다. 이 두 수치를 합해 2020년에 캐나다에서 MAiD 사망은 총 7,595건 발생한 것으로 집계되었다.
5. 자기 투여 MAiD 사망도 이 표에 포함되었다. 비밀을 보장하기 위해 연도나 지역은 밝히지 않았다.

· **미국**

– 존엄사 협회: 전국적 옹호 단체

www.deathwithdignity.org

– 컴패션 앤드 초이스: 전국적 옹호 단체

www.compassionandchoices.org

– 의료조력 사망을 연구하는 미국 임상의 아카데미: 미국에서 이 일을 하는

전문 의료인들을 지원함

www.acamaid.org

· **캐나다**

– 캐나다 정부: 의료조력 사망에 대한 정보

www.canada.ca/en/health-canada/services/medical-assistance-dying.html

– 캐나다 존엄사 협회: 전국적 옹호 단체

www.dyingwithdignity.ca

– 캐나다 MAiD 평가자 및 제공자 협회(CAMAP): 캐나다에서 MAiD 일을 하는 전문 의료인들을 지원

www.camapcanada.ca

– 캐나다의 수명종료 법과 정책, 보건법 협회, 달하우지대학교: 캐나다의

생애말기 돌봄과 관련된 법, 정책 그리고 실무에 관한 질문들에 답변

http://eol.law.dal.ca

2019~2020년의 주요 MAiD 현황

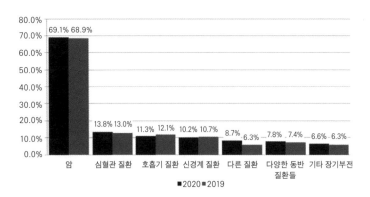

설명

1. 이 표는 2021년 1월 31일까지 헬스 캐나다에 보고된 MAiD 사망을 보여준다. 2020년 한 해 동안 7,384건의 MAiD 사망이 행해진 것으로 보고되었다.

2. MAiD 제공자들은 보고할 때 한 가지 이상의 질환을 선택할 수 있었다. 그래서 총합이 100퍼센트가 넘는 것이다.

3. 자료 수정 결과 2019년분 자료의 수정이 이루어졌다. 2020년분 자료와 비교할 수 있도록 여기에 소개한다.

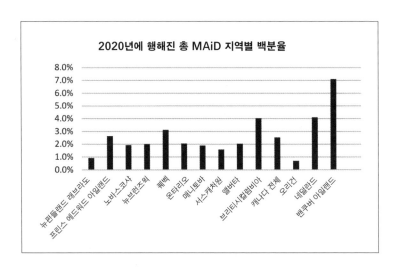

· **세계 죽을 권리 연맹**

wfrtds.org

· **어린이들이 느끼는 슬픔에 관한 자료**

어린이들이 느끼는 슬픔에 관한 자료들에서 많은 정보를 얻을 수 있다. 그중 다음의 2가지를 추천한다.

– Kidsgrief.ca, 캐나다 가상 호스피스 제공. 특히 부모들은 모듈 2를 참조할 수 있다. 「임종과 죽음에 관해 이야기하기」, 7장, 「의료적으로 지원받는 죽음 준비하기」(캐나다).

– 더기 센터: 어린이와 가족들을 위한 국립 슬픔 치유 센터(미국)

www.dougy.org

· **관련 서적**

– 아툴 가완디, 『어떻게 죽을 것인가』, 김희정 옮김, 부키, 2015

– 케이티 버틀러, 『죽음을 원할 자유』, 전미영 옮김, 명랑한지성, 2014

– 케이티 엥겔하트, 『죽음의 격』, 소슬기 옮김, 은행나무, 2022

– Sandra Martin, 『A Good Death』

– Wayne Sumner, 『Physician-Assisted Death: What Everyone Needs To Know』

4. 조력 사망이 합법화되던 날

1 존엄사 인식 조사, https://d3n8a8pro7vhmx.cloudfront.net/dwdcanada/ pages/47/attachments/original/1435159000/DWD_Ip sosReid2014. pdf?1435159000.

2 미국 소아과 아카데미, 「할례 정책 성명서」, https://pediatrics.aappublications. org/content/pediatrics/130/3/585.full.pdf, 캐나다 소아과 학회, 「남자 신생아 의 할례 문제」, https://www.cps.ca/en/documents/position/circumcision.

5. 암스테르담 '안락사 2016' 컨퍼런스

1 「Tweede evaluatie Wet levensbeeindiging op verzoek en hulp bij zelfdoding(수명종료 요청에 대한 2차 평가와 조력 자살 평가법)」, p. 82, p. 86.

2 「지역 안락사 검토 위원회—2015년 연례 보고서」, https://www.euthanasiecommissie. nl/binaries/euthanasiecommissie/documenten/jaarverslagen/2015/april/26/ jaarverslag-2015/Jaarverslag2015ENG.pdf.

3 「오리건 존엄사법: 2015년 자료 요약」, https://www.oregon.gov/oha/ PH/PROVIDERPARTNERRESOURCES/EVALUATIONRESEARCH/ DEATHWITHDIGNITYACT/Documents/year18.pdf.

12. 워싱턴주의 환자에게 걸려온 전화

1 「Tweede evaluatie Wet levensbeëindiging op verzoek en hulp bij zelfdoding(수명종료 요청에 대한 2차 평가와 조력 자살 평가법)」, p. 195.

2 지역 안락사 검토 위원회, '의무 치료 기준Due Care Criteria', https://english. euthanasiecommissie.nl/due-care-criteria.

3 캐나다 의회, C14법, https://www.parl.ca/DocumentViewer/en/42-1/bill/ C-14/royal-assent. Eligibility section 241.2를 볼 것.

14. 호스피스 의료진과의 협업

1 WHO 2013—3차 중요 항목, https://palliative.stanford .edu/overview-of-palliative-care/overview-of-palliative-care/world-health-organization-definition-of-palliative-care/.
2018년에 발표된 최신 정의를 알고 싶으면(5쪽의 중요 항목 10번을 볼 것), https://apps.who.int /iris/bitstream/handle/10665/274559/9789241514477-eng.pdf?ua=1.

2 Jan L. Bernheim et al., 「벨기에의 통합적 생애말기 돌봄 모델에 대한 질문과 답변: 실험? 원형原型?」, 〈생명윤리연구 저널Journal of Bioethical Inquiry〉 11(2014년), 507~529, https://link.springer.com/article/10.1007/s11673-014-9554-z.

3 Francis X. Rocca, "가톨릭 병원들은 안락사를 바티칸에 거역하는 정신적 병으로 여긴다", 월스트리트저널, 2017년 10월 27일 자 https://www.wsj.com/ articles/catholic-hospital-group-grants-euthanasia-to-mentally-ill-defying-vatican-1509096600.

4 Kenneth Chambaere and Jan L. Bernheim, 「의사가 행하는 합법적인 조력
사망이 말기치료 발전을 방해하는가? 벨기에와 베네룩스의 경험」, 〈의료윤리
학 저널Journal of Medical Ethics〉 41, no. 8(2015년 8월), 657~660, DOI: 10.1136/
medethics-2014-102116 또는 http://jme.bmj.com/(first published online on
February 3, 2015).

15. 안전장치의 역설

1 Jocelyn Downie and Stefanie Green, "MAiD법의 개정은 치매 환자들에게 새
로운 희망을 가져다준다", 폴리시 옵션스 폴리티크Policy Options Politique, 2021년
4월 21일, policyoptions.irpp.org/magazines/april-2021/for-people-with-
dementia-changes-in-maid-law-offer-new-hope.

20. 친구의 죽음을 돕던 날

1 Kidsgrief.ca, 캐나다 가상 호스피스 제공(부모들은 특히 2번 모듈을 참조할 수
있다. 「죽는 일 그리고 죽음에 대해 이야기하기」, 7장, 「의료조력사 준비하기」).
더기 센터(어린이와 가족들을 위한 국립 슬픔 치유 센터, 미국, https://www.
dougy.org.)

23. 언론에 공개된 존의 죽음

1 미리엄웹스터 사전, https://www.merriam-webster.com/dictionary/
transition.

2 캐나다 정부, 「2020년 캐나다의 의료조력 사망에 대한 관한 2차 연례 보고서」,
https://www.canada.ca/en/health-canada/services/medical-assistance-
dying/annual-report-2020.html.

나가며

1 A. B. v. Canada(Attorney General), 2017, https://camapcanada.ca/wp-

content/uploads/2018/12/ABDecision1.pdf.

2 Truchon c. Procureur général du Canada, 2019, https://www.canlii.org/en/
qc/qccs/doc/2019/2019qccs3792/2019qccs3792.html?searchUrlHash=AAAAA
QANdHJ1Y2hvbiBnbGFkQAAAAAB&resultIndex=1.

3 캐나다 의회, C7법, https://parl.ca/DocumentViewer/en/43-2/bill/C-7/royal-
assent.

4 법학자 타데우스 메이슨 포프의 미국의 다양한 조력 사망에 관한 최근의 검
토, 「의료조력 사망: 미국 주州법들의 핵심적 변화」, 〈보건 및 생명과학법 저널
Journal of Health and Life Sciences Law〉 14, no. 1(2020년, 25~59, https://papers.ssrn.
com/sol3/papers.cfm?abstract_id=3743855

5 CamapCanada.ca

자료들

1 캐나다 정부, 「2020년 캐나다의 의료조력 사망에 대한 관한 2차 연례 보고서」
https://www.canada.ca/content/dam/hc-sc/documents/services/medical-
assistance-dying/annual-report-2020/annual-report-2020-eng.pdf.

나는 죽음을 돕는 의사입니다

초판 인쇄 2023년 6월 15일 | 초판 발행 2023년 6월 26일

지은이 스테파니 그린 | 옮긴이 최정수
책임편집 권한라 | 편집 심재경
디자인 백주영 이주영 | 저작권 박지영 형소진 최은진 오서영
마케팅 정민호 김도윤 한민아 이민경 안남영 김수현 왕지경 황승현 김혜원
브랜딩 함유지 함근아 박민재 김희숙 고보미 정승민
제작 강신은 김동욱 임현식 | 제작처 영신사

펴낸곳 (주)이봄 | 펴낸이 김소영
출판등록 2014년 7월 6일 제406-2014-000064호
주소 10881 경기도 파주시 회동길 210
전자우편 yibom@yibombook.com
팩스 031) 955-8855
문의전화 031) 955-2696(마케팅) 031) 955-1905(편집)

ISBN 979-11-90582-71-1 03840

www.munhak.com